程国煜 / 著

《诗经》修辞同义词研究

中国社会科学出版社

图书在版编目(CIP)数据

《诗经》修辞同义词研究/程国煜著. —北京：中国社会科学出版社，2015.12

ISBN 978-7-5161-7331-2

Ⅰ.①诗⋯ Ⅱ.①程⋯ Ⅲ.①《诗经》—修辞—同义词—研究 Ⅳ.①I207.222

中国版本图书馆 CIP 数据核字(2015)第 300909 号

出 版 人	赵剑英
责任编辑	郭晓鸿
特约编辑	席建海
责任校对	闫 萃
责任印制	戴 宽

出 版	中国社会科学出版社
社 址	北京鼓楼西大街甲 158 号
邮 编	100720
网 址	http://www.csspw.cn
发 行 部	010-84083685
门 市 部	010-84029450
经 销	新华书店及其他书店

印 刷	北京君升印刷有限公司
装 订	廊坊市广阳区广增装订厂
版 次	2015 年 12 月第 1 版
印 次	2015 年 12 月第 1 次印刷

开 本	710×1000 1/16
印 张	23.5
插 页	2
字 数	403 千字
定 价	88.00 元

凡购买中国社会科学出版社图书，如有质量问题请与本社营销中心联系调换
电话：010-84083683

目　录

修辞同义关系的"同"与"异"

——序程国煜《〈诗经〉修辞同义词研究》

李运富

三年前，我曾给李艳红女士的《〈汉书〉单音节形容词同义关系研究》写过序，其中说：

在语言学界，同义词的研究是个非常重要而又十分复杂的课题。说它重要，因为它是语言表达中以情设词、同义替换的有效修辞手段；也是注释家解读文本、编辑字典辞书时同义相训的基本方式；更是类聚词语、描写词语系统的客观依据。说它复杂是因为，首先，"同义"的概念不专指"词"而言，也可以指同义字（例如某字跟某字的构意相同，《说文》叫"同意"）、同义语（例如成语和谚语之间可以同义）甚至同义修辞（例如不同的表达方式可以同义），这些关系如何处理比较麻烦；其次，即使就"词"而言，有的"同义"是指词的义素而言，有的"同义"是指词的义位而言，有的指一个义素或义位而言，有的指多个义素或义位而言，有的指贮存状态下的固定意义而言，有的指使用状态中的临时意义而言，有的指复合词的参构语素义而言，有的指整个复合词的合成词义而言，这些不同的"同义"常被混为一谈；再次，所谓"同义"并不真正相同，总是有"异"存在的，甚至研究同义词的重点并不在"同"而是在"异"，那么如何辨别各种不同的"异"也不是件容易的事；最后，还有个词音和词性的问题，由此又引出跟同源词的关系，等等。

可喜的是，这个重要而复杂的问题一直有人在研究，今天呈现在大家面前的《〈诗经〉修辞同义词研究》就是程国煜先生奉献给学术界的一项新成果。程先生 2006 年曾来北京师范大学访学，在确定研究课题时跟我商量，我就建议他做这个题目。尽管我对"修辞同义词"并没有什么研究，但凭语感觉得这是个值得探讨的问题，因为《诗经》中有许多词语的语境表达义应该近同，却无法按照一般的同义词沟通理解，我想应该可以从修辞的角度加以阐释。程先生接受我的建议，一年访学结束，写成《〈诗经〉修辞同义词研究》的论文，刊发于《励耘学刊》总第 5 期（2007）。那篇论文已就《诗经》修辞同义词的几个主要问题做了探讨，作为访学成果，我很满意。没想到几年后，程先生来信说他把论文扩展成了一部专著，希望我能给他写个序。我一看稿件，竟然从论文的 1.5 万多字扩充到了专著的 25 万多字，这令我既高兴又惊讶。专著在原来论文的基础上全面论述了《诗经》修辞同义词的有关问题，"上篇"不仅有诸如修辞同义词跟词汇同义词的关系、《诗经》修辞同义词的研究方法、《诗经》修辞同义词的形成基础与基本类型、《诗经》修辞同义词的构组与辨释、《诗经》修辞同义词的修辞作用等着眼"修辞"的论述，而且有从《诗经》修辞同义词看古汉语同义并列复合词，从《诗经》修辞同义词看古人的认识能力等内容，基本形成了描述《诗经》修辞同义词的自足框架。更为难得的是，"下篇"按照《诗经》修辞同义词的基本类型列举了全部词例，每组修辞同义词例都包括构组和辨释两项内容，这样翔实的材料分析，大大增加了专著的分量。

当然，这部书稿在标题拟定、行文表述方面还不太精致，在有关问题的讨论及材料分析上也可能见仁见智，但它以专书为研究对象，又以专著的形式来展现，第一次从修辞和词汇相结合的角度正式提出专书修辞同义词的问题，第一次描述《诗经》修辞同义词的基本面貌并穷尽性地提供全部材料，这种开创之功是值得肯定的。有了这个基础，我们再深入讨论某些问题就会方便得多。下面就《诗经》修辞同义的认"同"和别"异"问题谈一点个人的看法。

通常所说的同义词，是就储存状态而言，即两个词的数个义项中，只要各有一个义项相同，就算同义词。储存状态下的同义词的认同别异是针对词的全部功能的，所以一组同义词要"认同"，但也可以"别异"。而修辞同义词则与此不同，它是就使用状态而言，是针对具体的某个义项来分析的，所以要么是"同"，要么是"异"，"同"时要说明该组词"同"的是什么义，为什么能同义；"异"时要说明它们的不同意义各是什么，为什么要共现使用。可见对具体语境中的某组修辞同义词，站在理解赏析的角度，认同和别异是各有偏重的。这就需要首先弄清楚具体语境中的一组修辞同义词究竟是在

"同"的义项上发生了关系，还是在"异"的义项上发生了关系。

古人有所谓"对文则别，散文则通"，可以借用来帮助我们确定修辞同义词在具体语境中的使用义是取"同"还是取"异"。"对文"就是一组词相对出现，即在不同的语位上共现，这时它们的意义是不同的。"散文"就是一组词的某个成员单独出现，但在这个成员的语位上可以换用同组的其他成员，那么替换使用的一组词表达的应该是同一个意义。就《诗经》而言，异位共现的修辞同义词和同位换用的修辞同义词都有，分析时应区别对待。例如：

(1) 去其螟螣，及其蟊贼。(《小雅·大田》)

(2) 于以盛之？维筐及筥。于以湘之？维锜及釜。(《召南·采蘋》)

这是两个含有异位共现修辞同义词的例句。例 (1) 的"螟、螣、蟊、贼"四词的上位义相同，都属于害虫，所以在害虫的意义上可以看作一组同义词。但在句中使用的不是它们的共有义"害虫"，而是互有区别的专名义。《毛传》："食心曰螟，食叶曰螣，食根曰蟊，食节曰贼。"可见"螟、螣、蟊、贼"分别指吃植物心、叶、根、节的不同害虫。这里之所以共现，是因为这些害虫共同侵害田间的幼苗，一一列出同一对象的不同侵害者，可以显示害虫之多和稼穑之苦，强调其"异"才能体会作者使用这组同义词的修辞目的。例 (2) 的"筐"与"筥"、"锜"与"釜"也分别属同类同义词。《毛传》："方为筐，圆为筥。"则"筐"与"筥"同属竹制容器。《毛传》："锜，釜属，有足曰锜，无足曰釜。"《说文段注》："锜，三脚釜也。"则"釜"与"锜"同属锅类器物。尽管"筐"与"筥"、"锜"与"釜"属于同类同义词，但在句中的使用义仍然是各自的专名义，否则"及"作为并列连词就无法落实。这些类属相同的同义词由于在句中占据着不同的语法位置，各自表达不同的专名意义，作为修辞同义词来分析时，应该强调其"异"，才能体现修辞的本意。

某组同义词如果处于同位换用的语境，那其修辞取义则在于"同"，强调的是共同的意义特征。例如：

(3) 葛之覃兮，施于中谷，维叶萋萋。黄鸟于飞，集于灌木，其鸣喈喈。

　　葛之覃兮，施于中谷，维叶莫莫。是刈是濩，为绤为绤，服之无斁。

　　（4）绵绵葛藟，在河之浒。终远兄弟，谓他人父。谓他人父，亦莫我顾。

　　绵绵葛藟，在河之涘。终远兄弟，谓他人母。谓他人母，亦莫我有。

　　绵绵葛藟，在河之漘。终远兄弟，谓他人昆。谓他人昆，亦莫我闻。

　　例（3）是《诗经·周南·葛覃》的前两章。其中前三句结构、语意都相同，只是第二章将第一章相同位置的"萋萋"换成"莫莫"。例（4）是《诗经·王风·葛藟》的全部三章，其中第一章的"在河之浒"在第二、第三章分别换成"在河之涘""在河之漘"。这就是我们所说的"同位换用"语境。用以替换的词语本来是潜在的，每次只能出现一项；而《诗经》用重章叠咏的方法将可以替换的词语分章列出，就整个诗篇来说好像是"对文"共现，但就单章来看，仍然是"散文"式的替换用法。所以这种重章同位换用的词语一般应该意义相同。例（3）《毛传》："萋萋，茂盛貌。"朱熹《诗集传》："莫莫，茂密貌。"马瑞辰《毛诗传笺通释》："《广雅》：'莫莫，茂也。'莫莫犹言萋萋，故训为茂。"可见"萋萋"与"莫莫"属于同义换用。例（4）《毛传》："水厓曰浒。"《说文·水部》："涘，水厓也。"《说文·水部》："漘，水厓也。"可见"浒"、"涘"、"漘"也属于同义换用。为什么要在不同章段换用同义词语，就需从修辞上解释了。一则求变化，二则为叶韵，所以如此之类的同义换用是有特殊的修辞目的。对这种分章换用的同义词语如果从词义上硬生生地辨析其"异"，似乎没有必要。

　　以上所论同义词实际上离开《诗经》语境仍然成立，只是用在《诗经》中另有修辞效果，这就是程著所说的"语境词汇同义词"。《诗经》中还有不少"语境临时同义词"，更需要从修辞上说明其"同义"的实质和所以同义之"理据"。例如：

　　（5）萚兮萚兮，风其吹女。叔兮伯兮，倡予和女。

　　萚兮萚兮，风其漂女。叔兮伯兮，倡予要女。

　　（6）彼美淑姬，可与晤歌。

彼美淑姬，可与晤语。

彼美淑姬，可与晤言。

　　例（5）《郑风·萚兮》是《诗经》中最短小的诗，共二章八句。其中第一章的"风其吹女"第二章同位换用为"风其漂女"。《毛传》："漂犹吹也。""漂"与"吹"八竿子打不着，应该是"飘"的通假字。"飘"怎么会与"吹"同义呢？这就是语境临时赋予的。但语境临时赋予也应该有某种理据，不能无缘无故就说"某犹某"。其实"飘"是"吹"的结果，风一吹，树叶就飘起来，所以"飘"包含着"吹"义，所以作者把"飘"用在跟"吹"相同的语位，所以毛传说"飘犹吹也"。这可以解释为因果相关而临时产生的同义。但这种同义与其看作字面的替换，不如看作字面意义的加合，即"飘"字面上对应于"吹"，而实际上并不是为取代"吹"，诗人要表达的意思应该等于第一章"吹"和第二章"飘"词义的加合，也就是说，第一章的"风其吹女"和第二章的"风其飘女"都是指风把树木的枯叶"吹得飘落"。这样来理解"吹"与"飘"的意义关系和修辞作用，则不仅能满足求变化、协音律的需要，而且使表义更为丰富生动，也许更符合诗意。那么"飘"与"吹"的同义就不是词义的相同，也不完全是为了替代，而是换用相关词语以便把相关词语加合起来表达同一个意思。例（6）是《陈风·东门之池》中三章的各两句，说"语""言"同义，大家能接受，而说"歌"与"语""言"同义，则缺乏训诂依据。实际上也需要将"歌"与"语""言"合起来理解，才可能符合诗意。"可与晤歌""可与晤言""可与晤语"并没有分别解释的必要，而是总体表达或者都是表达"可以跟他一起唱唱歌、说说话"的意思。当然，"歌"与"语""言"之所以能够合起来理解，也是因为它们同类相关。这种分言合解式的修辞同义现象在《诗经》中并不少见，其原理有点像"互文"，甲句包含着乙句的意思，乙句包含着甲句的意思，甲乙句合起来理解才能得到完整的意思。

　　除了相关加合的同义形式外，《诗经》中的语境临时同义还更多地表现为同类概括。即分章列举同类的具体事物，实际表达的是从具体事物概括出的抽象类属义。例如：

（7）孑孑干旄，在浚之郊。素丝纰之，良马四之。彼姝者子，何以畀之？

孑孑干旟，在浚之都。素丝组之，良马五之。彼姝者子，何以予之？

孑孑干旌，在浚之城。素丝祝之，良马六之。彼姝者子，何以告之？

这是《诗经·鄘风·干旄》的全文。其中"旄、旟、旌"如果"对文"的话，是古代三种不同的旗帜：旄，用旄牛尾做装饰的旗帜；旟，用鸟隼图画做装饰的旗帜；旌，用五色羽毛做装饰的旗帜。而在此诗中分置三章，各自属于"散文"，其义可通。就是说，该诗并不强调三种旗帜的区别，而是取它们的共属概括义：旗帜。那为什么不直接用通名或表示上位概念的词语？这就有修辞同义的妙处了：除一般同义替换所具有的变化、叶韵等作用外，概括起来理解还兼有举例或不确定的模糊效果，即"像旄、旟、旌之类的旗帜"。同样的道理，尽管"郊、都、城"各有其义，但都属于市区外的地域，《尔雅·释地》："邑外谓之郊。"陈奂《诗毛氏传疏》："周制，乡、遂之外置都、鄙，都为畿疆之境名。"城，本指城墙，亦属市区外围。诗句"在浚之郊""在浚之都""在浚之城"并非要精确区分具体位置，只是概言在城外某个地方而已，所以只取"郊、都、城"的类属概括义：郊外。"纰"重在缝合，"组"义为交织，"祝"（通"属"）义为用线连接，三词本不同，但在重章"素丝纰之""素丝组之""素丝祝之"的语境中，其实表达的是同一个意思，所以当取其共属概括义：缝制。究竟旗帜上的装饰是怎么缝制的，可能是"纰"，可能是"组"，可能是"属"，也可能都是，也可能都不是，而是另外某个近似的方式，模糊表意即可，不必认真追究。其实"良马四之""良马五之""良马六之"也是同一个意思，皆指良马很多，而不是一会儿四匹马，一会儿五匹马，一会儿六匹马。凡此类重章同义，如果拘泥字面原义，辨析彼此差异，可能失去诗章修辞的含蓄模糊之美。当然，《诗经》的重章叠句往往同义，但不必尽为同义。如"何以畀之"与"何以予之"同义，都是指拿什么东西送给他；可"何以告之"则是拿什么话来向他诉说。"告"与"畀、予"，我们无法找到同义的理据，就不能强以"语境"加之。所以说《诗经》的章法句法可以为修辞同义创造语境，但不能为词语同义提供理据，因而这样的语境同义不是必然的。

总而言之，从词汇的角度来分析词语的同义关系，针对的是词语的全部功能，故可认其"同"而辨其"异"，"同""异"共存于词际之间。而从修辞角度来理解词语的同义关系，则是针对某个具体意义，所以要根据实际使用语境或求"同"而舍"异"，或取"异"而略"同"。一般来说，"对文"（对立使用）取其"异"，"散文"（单独使用）求其"同"。"散文"之"同"，或替换同义，或加合同义，或概括同义，已经不限于"词"的层面。这些修辞同义关系所体现出来的不同于一般词汇同义的特点，值得我们继续深入研究。

2013 年 2 月 6 日

上　篇

赢 上

第一章 《诗经》词汇同义词研究述评

《诗经》是我国第一部诗歌总集，是中华文化的元典之一，《诗经》作为人类共同的文化遗产，已经成为一门国际性的学术——《诗经》学。《诗经》作为语言资料的研究价值十分宝贵，它是考察春秋以前汉语面貌和文化现象的一部最珍贵的文献。目前，从研究角度上看，研究《诗经》同义词主要有两种：一是从词汇角度研究，二是从修辞角度研究。

迄今为止，学术界对《诗经》同义词的研究仅限于词汇角度，少有学者从修辞角度进行探讨，可以说，《诗经》修辞同义词的研究是这一领域的边缘、交叉地带，而从这一角度研究又具有重要意义和实用价值。

第一节 《诗经》简介

《诗经》是我国第一部诗歌总集，它汇集了从西周初年到春秋中叶，也就是公元前 1100 年到公元前 600 年，五百多年间的诗歌 305 篇。

《诗经》在先秦叫作《诗》，或者取《诗》的数目整数叫《诗三百》，本来只是一本诗集。但是，从汉代起，儒家学者把《诗》当作经典，尊称为《诗经》，列入"五经"之首。

《诗经》中的诗当初都是配乐的歌词，按当初所配乐曲的性质，分成风、雅、颂三类。

"风"的意思是土风、风谣，也就是各地方的民歌、民谣。"风"包括了十五个诸侯国的民歌，即"十五国风"，共 160 篇，占了《诗经》的一半以上。与《雅》《颂》相比，《风》显得活泼，生活气息更浓，如开篇《关雎》写初涉爱河的青年；《氓》写被丈夫抛弃的女子的哀怨；《静女》写恋爱时的微妙心理。

"雅"是正声雅乐,是正统的宫廷乐歌。"雅"分为"大雅"和"小雅",一共有 105 篇。"大雅"是用于隆重盛大宴会的典礼;"小雅"则是用于一般宴会的典礼。

"颂"是祭祀乐歌,用于宫廷宗庙祭祀祖先,祈祷赞颂神明,现存共40 篇。

《诗经》是中国韵文的源头,是中国诗史的光辉起点。它形式多样:史诗、讽刺诗、叙事诗、恋歌、战歌、颂歌、节令歌以及劳动歌谣样样都有。

它内容丰富,对周代社会生活的各个方面,如劳动与爱情、战争与徭役、压迫与反抗、风俗与婚姻等各个方面都有所反映,被誉为中国古代社会的人生百科全书。

《诗经》早在春秋时期,就已广泛流传,是中国几千年来贵族教育中普遍使用的文化教材。在《论语·季氏》里也有孔子"不学《诗》,无以言"的说法,并常用《诗》来教育自己的弟子。此后,它与《书》《礼》《易》《春秋》并称"五经"。孔子以后的儒家学派人物,都把《诗》当作教本,传授不绝。虽经秦始皇焚书,但《诗》由于学者的口头传诵,得以流传下来。

《诗经》在中国以至在世界文化史上都占有重要的地位,对后代文学影响很大。

《诗经》的表现手法:以四言为主,讲求节奏和用韵,常常采用重章叠句的形式,大量运用了赋、比、兴的手法,具有一唱三叹的艺术效果。

一 《诗经》的集结

《诗经》的集结历代说法众多,主要的有以下三种。

(一)王官采诗说

最早的记载出现于《左传·襄公十四年》:"史为书,瞽为诗,工诵箴谏,大夫规诲,士传言,商旅于市,百工献艺。"《孔丛子·巡狩篇》载:"古者天子命史采歌谣,以观民风。"另外在《汉书·食货志》载:"孟春之月,群居者将散,行人振木铎,徇于路以采诗,献之太师,比其音律,以闻于天子。故曰王者不出牖户而知天下。"周朝朝廷派出专门的使者在农闲时到全国各地采集民谣,由周朝史官汇集整理后给天子看,目的是了解民情。当时的采诗官被称为"行人",刘歆《与扬雄书》亦称:"诏问三代,周、秦轩车使者、遒人使者,以岁八月巡路,求代语、童谣、歌戏。"

(二) 公卿献诗说

当时天子为了"考其俗尚之美恶",下令诸侯献诗。《国语·周语上》载:"天子听政,使公卿至于列士献诗,瞽献曲……师箴,瞍赋,曚诵。"

(三) 孔子删诗说

这种说法见于《史记·孔子世家》:"古者诗三千余篇,及至孔子,去其重,取可施于礼义三百五篇。"据说原有古诗3000篇,孔子根据礼义的标准编选了其中300篇,整理出了《诗经》。唐代孔颖达、宋代朱熹、明代朱彝尊、清代魏源等对此说均持怀疑态度。《左传·襄公二十九年》中记载孔子不到10岁时就有了定型的《诗经》,公元前544年鲁乐工为吴公子季札所奏的风诗次序与今本《诗经》基本相同。《论语·子罕》中孔子曾说:"吾自卫返鲁,然后乐正,雅、颂各得其所。"可见也许孔子只是为《诗》正过乐而已。现在通常认为《诗经》为各诸侯国协助周朝朝廷采集,之后由史官和乐师编纂整理而成。孔子也参与了这个整理的过程。

二 《诗经》的流传

到春秋时代,流传下来的诗,据说有三千多首,后来只剩下三百十一首(其中有六首笙诗:南陔、白华、华黍、由庚、崇丘、由仪),为了方便,就称它为"诗三百"。孔门弟子中,子夏对诗的领悟力最强,所以由他传诗。到汉初,说诗的有鲁人申培公,齐人辕固生和燕人韩婴,合称三家诗。齐诗亡于魏,鲁诗亡于西晋,韩诗到唐时还在,而现在只剩外传十卷。至于现在流传的诗经,则是毛公(大毛公:毛亨,小毛公:毛苌)所传的毛诗。我们所探讨的《诗经》为毛诗。

三 《诗经》的研究

历代学者对《诗经》的考订、说解、评价等工作,称为《诗经》研究。《诗经》研究,首先要解决的是版本真伪问题,梁启超先生在《要籍解题及其读法》中指出:"《诗经》为古籍中最纯粹可信之书,绝不发生真伪问题。"又进一步指出:"现存先秦古籍,真赝杂糅,几于无一书无问题。其精金美玉,字字可信可宝者,《诗经》其首也。"① 也就是说,《诗经》研究不存在版本真伪问题,为"最纯粹可信之书",无须进行版本考证。所以,我们直接探讨《诗经》研究概况。夏传才先生在《诗经研究史概要》里把《诗经》研究史分为五个阶段。②

（一）先秦时期

春秋时三百篇最初流传、应用和编订,孔子创始儒家诗教,孟子、荀子加以发展。奠定了后世《诗经》研究的理论基础。

（二）汉学时期（汉至唐）

汉初,《诗》成为"经"。鲁、齐、韩、毛四家传诗,反映了汉学内部今文经学与古文经学的斗争。以毛诗为本,兼采三家的郑玄的《毛诗传笺》,实现今文、古文的合流,是《诗经》研究的第一个里程碑。唐初孔颖达的《毛诗正义》,完成了汉学各派的统一,成为《诗经》研究的第二个里程碑。

（三）宋学时期（宋至明）

朱熹的《诗集传》是宋学《诗经》研究的集大成著作,是《诗经》研究的第三个里程碑。

（四）新汉学时期（清代）

乾嘉时期,以古文经学为本的考据学派,对《诗经》的文字、音韵、训诂、名物进行了浩繁的考证,产生了一大批《诗经》研究专家。

（五）"五四"及以后的时期

闻一多先生在研究《诗经》的丰富著作中提出许多新颖的见解,把民俗学的方法、文学分析的方法和考据的方法结合起来,揭示《诗经》的内容和艺术性,并且创始了《诗经》新训诂学。

夏传才先生接着又把《诗经》研究的五个阶段归纳为四个方面的研究:

第一,关于《诗经》的性质、时代、编订、体制、传授流派和研究流派的研究。

第二,对于各篇内容和艺术形式的研究。

第三,对于其中史料的研究。

---

① 梁启超:《梁启超全集》卷 16《要籍解题及其读法》,北京出版社 1999 年版,第 4651、4657 页。

② 夏传才:《诗经研究史概要》,中州书画社 1982 年版,序第 3—5 页。

第四，文字、音韵、训诂、名物的考证研究以及校勘、辑佚等研究资料的研究。

现存《诗经》研究资料有五百多种，① 我们侧重于古代、现代的对文字、词汇、音韵、训诂、名物制度考证以及校勘等研究资料的选用。

在夏传才先生提出的《诗经》研究的第五个阶段中，即"五四"及以后的时期，涌现出了众多的《诗经》研究专家，特别是闻一多、曾运乾、余冠英、程俊英、余培林等专家的《诗经》研究在词汇、训诂等方面成就卓著，注、译、论证切合《诗经》文本内容，注意到了《诗经》的行文特点和语例特色。

值得注意的是，在现当代 70 多种《诗经》注译本中，程俊英的《诗经译注》独树一帜，"是当前众多译本中的佼佼者"②。

第二节 《诗经》词汇同义词研究概况

从词汇角度看，《诗经》同义词研究的主要论、著有：

王定焕《〈诗经〉单音节同义词复用探析》③ 指出：几个词意义相同，用在一起，做句子的同一成分，就是同义词复用。它属于联合词组，不包括由几个同义词素合成的词。这与训诂学家传统的所谓"复语"、"连文"（两者有时指词）有别。《诗经》中同义词复用，从音节上区分，有三种：第一种是双音词和单音词同义复用。如《大雅·文王》："济济多士"，"济济"与"多"义同。《唐风·绸缪》："绸缪束薪"，"绸缪"与"束"同义。第二种是两个双音词同义复用。《周南·关雎》："辗转反侧"就是。第三种是两个以上的单音节同义词复用。如《小雅·正月》"洽比其邻"。这主要探讨了《诗经》单音节同义词的复用情况。

陈伟武《〈诗经〉同义动词说例》④，根据《诗经》同义动词的特点提出五种辨析条例：神我之别、物我之别、尊卑之别、兼独之别和虚实之别。这

---

① 夏传才、董治安：《诗经要籍提要》，学苑出版社 2003 年版，前言第 22 页。
② 洪湛侯：《诗经学史》下册，中华书局 2002 年版，第 808 页。
③ 王定焕：《〈诗经〉单音节同义词复用探析》，《宁波师专学报》（教育科学版）1982 年第 1 期。
④ 陈伟武：《〈诗经〉同义动词说例》，《中山大学研究生学刊》1986 年第 1 期。

是从词义、语法和古代文化方面对《诗经》同义动词的综合考察。在"神我之别"中辨析了三组同义词：1. 降、生。2. 陟、乘、升、登、跻。3. 监、临、省、相、瞻、观、望、视、觐、见。在"物我之别"中辨析了两组同义词：1. 栖、集、止、休、息、宿。2. 鸣、呼、咬、号、叫号。在"尊卑之别"中辨析了一组同义词：绥、靖、柔、能。在"兼独之别"中辨析了一组同义词：谋、度、图、究。在"虚实之别"中辨析了两组同义词：1. 何、负、任。2. 矢、肆、设、施。应该说，这是较早探索《诗经》动词同义词的论文之一。这种探索，结合了当时的文化背景进行综合考察，是值得称道的。

方文一《〈诗经〉中的同义词研究》[①]，选取了四组同义名词从意义上、音韵上进行辨析，从而归纳出同义词运用上的特色。这四组同义名词分别是：1. 皮、革、肤；2. 邦、国；3. 京、丘；4. 室、家。在辨析中，分别指出了它们的不同点和相同点。这是较早探索《诗经》名词同义词的论文之一。

荆亚玲《〈诗经〉同义词研究》[②]，以《诗经》词汇同义词作为研究对象，以词语在文献中的用例为根本依据，结合古代训诂文献材料以及前人的研究成果，来确定《诗经》中的同义类聚。

文章具体考辨了以下 39 组同义词：1. 洲、渚、沚、坻。2. 人、民、氓。3. 革、皮、肤。4. 耆、耋。5. 旂、旄、旐。6. 饑、馑。7. 夕、莫。8. 萧、蒿。9. 豆、登。10. 筵、席、簟。11. 墙、垣、墉。12. 廪、囷。13. 园、圃。14. 筐、筥。15. 苗、狩、猎、田。16. 寝、寐。17. 觉、寤。18. 休、息、憩。19. 逝、之、适、徂、往。20. 怒、愠。21. 赠、贻。22. 歌、谣。23. 卜、筮。24. 香、馨。25. 白、皓、皎、曒、素。26. 恭、敬。27. 劬、劳、勤。28. 佐、右。29. 祠、禴、尝、烝。30. 醹、歠。31. 阜、陵、阿。32. 薪、蒸。33. 涘、湄、滑、滨、浒。34. 种、藝、树。35. 网、毕、罗。36. 脂、膏。37. 绤、絺、绤。38. 牖、向。39. 临、望、瞻、观、相。作为一篇硕士论文，对同义词的构组与辨析，从容量上看还是较大的，但所辨释的大多为古汉语常用词，不少古汉语同义词在一些辨

---

① 方文一：《〈诗经〉中的同义词研究》，《浙江师范大学学报》1986 年第 3 期。
② 荆亚玲：《〈诗经〉同义词研究》，硕士学位论文，辽宁师范大学，2004 年，笔者摘录篇中同义词。

释书上也曾涉及一些。

荆亚玲《〈诗经〉中的同义词探析》①，借鉴王力先生的“一义相同”说，以词语在文献中的用例为根本依据，结合古代训诂文献材料以及前人的研究成果，在对事实材料进行翔实分析的基础上，深入地从词义角度揭示了《诗经》中同义词之间的内在差异。这篇文章是其硕士毕业论文的节缩。

孙道功、张楠《〈诗经〉单音节名词类同义词研究》②，通过对《诗经》中单音节名词类同义词做穷尽性的研究，构组出单音节名词性的同义词群，在此基础上，从语义、语法和语用三个平面辨析同义词的同中之异。

该文展示了《诗经》中的单音节名词性同义词群，按每组的含词个数的多少和音序依次排列。标注的数字表示含有共同义位的该词在《诗经》全文中的使用次数。

宾$_{21}$-客$_{9}$，裯$_{1}$-衾$_{2}$，弁$_{7}$-冠$_{2}$，池$_{4}$-沼$_{3}$，楚$_{1}$-荆$_{5}$，砥$_{1}$-砺（厉）$_{1}$，父$_{33}$-考$_{7}$，防$_{1}$-陂$_{3}$，歌$_{4}$-谣$_{1}$，瓜$_{4}$-瓞$_{2}$，笱$_{5}$-罶$_{4}$，国$_{68}$-邦$_{46}$，燬$_{1}$-火$_{5}$，鸿$_{3}$-雁$_{2}$，贿$_{1}$-资$_{2}$，禾$_{5}$-稼$_{4}$，饥$_{3}$-馑$_{2}$，筐$_{7}$-筥$_{1}$，昆$_{2}$-兄$_{33}$，涟$_{1}$-沦$_{1}$，雷$_{7}$-霆$_{3}$，门$_{2}$-户$_{5}$，髦$_{2}$-发$_{7}$，年$_{71}$-岁$_{11}$，皮$_{3}$-革$_{1}$，犬$_{1}$-尨$_{1}$，朋$_{3}$-友$_{11}$，泣$_{2}$-涕$_{6}$，天$_{73}$-帝$_{19}$，橐$_{1}$-囊$_{1}$，醓$_{1}$-醢$_{1}$，蜩$_{3}$-螗$_{1}$，文$_{1}$-章$_{1}$，险$_{1}$-阻$_{1}$，舄$_{3}$-屦$_{2}$，熊$_{4}$-罴$_{5}$，向$_{1}$-牖$_{2}$，牙$_{1}$-齿$_{1}$，衣$_{37}$-服$_{4}$，仪$_{6}$-容$_{2}$，园$_{5}$-圃$_{2}$，英$_{3}$-花$_{14}$，（华）羽$_{14}$-翼$_{4}$，枝$_{4}$-条$_{4}$，蒸$_{2}$-薪$_{13}$。

絺$_{3}$-绤$_{2}$-绉$_{1}$，仓$_{2}$-庾$_{2}$-廪$_{1}$，宫$_{2}$-庙$_{5}$-宗$_{2}$，膏$_{1}$-脂$_{2}$-膋$_{1}$，疆$_{6}$-埸$_{2}$-圉$_{2}$，酤$_{1}$-酒$_{63}$-醴$_{4}$，烈$_{2}$-功$_{3}$-绪$_{4}$，年$_{152}$-岁$_{212}$-载$_{1}$，豕$_{2}$-豵$_{2}$-豜$_{1}$，师$_{10}$-旅$_{6}$-军$_{1}$，室$_{14}$-宫$_{5}$-屋$_{6}$，田$_{20}$-亩$_{2}$-菑$_{1}$，绒$_{1}$-纶$_{1}$-緫（总）$_{1}$，行$_{10}$-道$_{28}$-路$_{5}$。

都$_{7}$-城$_{1}$-邑$_{2}$-墉$_{4}$，辜$_{7}$-罪$_{11}$-尤$_{2}$-咎$_{2}$，民$_{67}$-人$_{228}$-氓$_{1}$-黎$_{1}$，夙$_{8}$-朝$_{20}$-旦$_{2}$-晨$_{1}$，禴$_{1}$-祠$_{1}$-烝$_{4}$-尝$_{4}$，夜$_{15}$-夕$_{8}$-宵$_{3}$-暮$_{8}$，（莫）洲$_{2}$-渚$_{3}$-沚$_{5}$-坻$_{2}$。

觥$_{1}$-罍$_{3}$-尊$_{1}$-爵$_{5}$-斝$_{1}$，旄$_{2}$-於$_{5}$-旆$_{1}$-旐$_{8}$-旂$_{10}$，郊$_{5}$-林$_{9}$-野$_{26}$-牧$_{2}$-坰$_{4}$，墙$_{6}$-堵$_{3}$-垣$_{4}$-墉$_{1}$-城$_{10}$，逑$_{1}$-仇$_{3}$-知$_{1}$-特$_{2}$-仪$_{1}$，声$_{3}$-音$_{2}$-誉$_{2}$-闻$_{3}$-望$_{2}$。

浒$_{3}$-涘$_{3}$-漘$_{2}$-湄$_{1}$-滨$_{1}$-浦$_{2}$，度$_{1}$-则$_{9}$-刑$_{1}$-极$_{8}$-宪$_{2}$-仪$_{2}$-章$_{3}$-典$_{2}$，福$_{39}$-禄$_{13}$-祜$_{8}$-祉$_{5}$-嘏$_{4}$-戬$_{1}$-祚$_{1}$，山$_{4}$-丘$_{13}$-岳$_{4}$-陵$_{7}$-京$_{3}$-阜$_{2}$-阿$_{4}$，网

---

① 荆亚玲：《〈诗经〉中的同义词探析》，《江南大学学报》2006年第6期。

② 孙道功、张楠：《〈诗经〉单音节名词类同义词研究》，《伊犁师范学院学报》2005年第1期。

（罔）$_6$－罗$_1$－罟$_3$－毕$_1$－罴$_1$－罦$_1$－毁$_1$－罝$_1$，王$_{118}$－君$_9$－辟$_{11}$－后$_3$－皇$_2$－公$_1$－侯$_1$，凶$_2$－祸$_2$－灾（甾）$_1$－孽$_1$－夭$_1$－害$_7$－患$_1$，疾$_3$－邛$_2$－疢$_1$－瘁$_7$－疧$_3$－疧$_2$－瘅$_1$－痒$_2$－痗$_2$－瘏$_1$－痛$_2$－瘉$_1$－瘼$_2$－癫$_2$－瘵$_2$－瘅$_1$－瘟$_1$。

作者在词义层面主要从以下八个方面进行辨析：1. 内质差异。2. 形制差异。3. 用途差异。4. 范围差异。5. 大小差异。6. 方位差异。7. 侧重点不同。8. 语源义不同。在语法层面主要从以下三个方面辨析：1. 能否单独做句子成分。2. 做何种句子成分。3. 名动引申。在语用层面主要从以下四个方面辨析：1. 情态陪义。2. 方言陪义。3. 语域陪义。4. 频度差异。应该说，该文对《诗经》中单音节名词类同义词的构组与辨析成绩较大。

车艳妮、王海艳《〈诗经〉中"大"的同义词探析》[1]，指出了《诗经》中"大"的同义词有三十多个，即"甫、皈、溥、冢、景、夏、项、硕、骏、坟、颁、颙、博、介、席、纯、洪、乌、将、幠、濯、讦"等，并以"大"为例探讨了形容同义词丰富的原因。其原因大致有以下几个方面：古人审美倾向的影响、方言因素、本义相同、引申义相同、音律和谐、行文灵活等。这是对《诗经》形容同义词的探讨。

王怀宜《〈诗经〉四组同义词辨异》[2]，通过对《诗经》同义词实例的全面细致考察，归纳出四组同义词，结合历代训诂文献资料，对每组同义词内部的细微差别进行具体辨析，以准确把握每个词的表意特征。这四组同义词是：1. 视、见、瞻、望、临、监、观、相；2. 祭、祀、祖、类、袑、社、方、禘、祠、禴、尝、烝；3. 忡、悲、慭、悼、怛、惨；4. 马、雏、骊、驳、驼、驹、骊、骆、骗、骄、骐、骒、骕、骓、骏、骟、骟、骅、骧、骊。该文所辨释的大多为古汉语常用同义词。

以上八篇文章基本上谈了《诗经》同义词的界定，判定标准，构组辨释，具体操作等，但均是从词汇角度进行研究的，对《诗经》的修辞内容及其与词汇的结合论及不多。为对《诗经》同义词进行全面、深入的研究，有必要从修辞角度，对其同义词进行探讨研究。

① 车艳妮、王海艳：《〈诗经〉中"大"的同义词探析》，《浙江教育学院学报》2006 年第 6 期。
② 王怀宜：《〈诗经〉四组同义词辨异》，《扬州职业大学学报》2009 年第 2 期。

第二章 《诗经》修辞同义词的
界定与研究方法

我们的研究是从修辞的角度，对《诗经》同义词进行探讨的，曾发表了《释"类"》以及《〈诗经〉修辞同义词研究》和《〈诗经〉中的修辞学考据——以同义词为例》①等论文，在文章中对以下问题进行了探讨：（1）词汇同义词的界定。（2）修辞同义词的界定。（3）修辞同义词的研究方法。（4）探讨《诗经》修辞同义词研究的文化意义。以下分别加以论述。

第一节 修辞同义词的界定

为界定修辞同义词，我们必须先了解词汇同义词，也就是我们常说的同义词。

一 同义词的界定

什么是同义词？这是伴随着汉语同义词研究首先应进行讨论的一个热点问题。但迄今为止，学术界仍然没有一个令大家一致接受的定义。总体来看，有如下三种提法。

（一）"一义相同"说

王力先生在《同源字典·同源字论》中对同义词的界定为："所谓同义，是说这个词的某一意义和那个词的某一意义相同，不是说这个词的所有意义

---

① 程国煜：《释"类"》，《语文学刊》2003 年第 6 期。程国煜：《〈诗经〉修辞同义词研究》，《励耘学刊》2007 年第 1 辑。程国煜：《〈诗经〉中的修辞学考据——以同义词为例》，《求索》2009 年第 4 期。

和那个词的所有意义都相同。"① 持此观点的还有蒋绍愚、黄金贵两位先生。蒋绍愚《古汉语词汇纲要》:"(1)同义词是几个词的某一个或某几个义位相同,而不是全部义位都相同。(2)同义词只是所表达的概念(即理性意义)的相同,而在补充意义(即隐含意义)、风格特征、感情色彩、搭配关系等方面却不一定相同。"② 黄金贵《论同义词之"同"》:"同义词之'同'只能指一义相同,一义相同的词群,就是同义词;所谓一义相同,其内涵指构组的系统性,立义的单一性,细辨一义的同中之异。"③

(二)"多义相同"说

张永言在《词汇学简论》中指出:"同义词就是语音不同但是有一个或几个意义相同或很相近的词。"④

(三)"同一对象"说

刘叔新《现代汉语同义词词典·导论》:"两个词不论意义上差异如何,如果指同样的对象,就必然构成同义词。反之,两个词尽管意义很接近,如果不指同一对象,便只是近义词,不能看作同义词。对于同义词的界定,可以从多角度作科学的、确切的说明。"⑤

我们认为,以上三种提法中第一种说法更符合古汉语一词多义的特点,而且此观点已为越来越多的研究者所认同。承认词的多义性,是我们研究《诗经》同义词的一个重要前提。

"一义相同"说正鲜明地反映了古汉语词义特别是古汉语同义词的特点,是同义词构组的基准。本书采用王力先生对于同义词的界定,并按照"一义相同"说结合古汉语修辞进行分析研究。

二 修辞同义词的界定

关于修辞同义词,最早提到的是张弓先生,他在《现代汉语修辞学》中指出"有些词在一定上下文中,彼此可能构成同一关系,离开具体上下文就

---

① 王力:《同源字典·同源字论》,商务印书馆 1982 年版,第 24 页。
② 蒋绍愚:《古汉语词汇纲要》,商务印书馆 2005 年版,第 94 页。
③ 黄金贵:《论同义词之"同"》,中国人民大学复印资料《语言文字学》2000 年第 11 期。
④ 张永言:《词汇学简论》,华中工学院出版社 1982 年版,第 105 页。
⑤ 刘叔新:《现代汉语同义词词典·导论》,天津人民出版社 1987 年版,第 1 页。

不是同义，有这种同义关系的词可以叫作灵活的同义词，不以上下文为转移的，词汇中公认的同义词，可以叫作固定的同义词。前者是说话人在临时语境中自由创造的；后者是语言词汇在历史发展过程中自然形成的"①。张弓先生把同义词区分为"灵活的同义词"和"固定的同义词"，并说明了二者的关系。张弓先生所说的"灵活的同义词"，实际上指的就是"修辞同义词"。

王希杰先生在《修辞学通论》中从心理世界、物理世界和文化世界三个方面论述了修辞同义词。

"心理世界是言语同义词产生的基础。'为忆绿罗裙，处处怜芳草。'这样的联想能力，不是诗人所特有的，而是每一个人都具有的。""说写者靠着联想创造了言语同义词，听读者靠着联想解读了言语同义词。""没有联想，就不可能有这些言语同义词的产生。"

"从物理世界和文化世界方面来看，客观存在万事万物之间都是具有某种关系的。物理世界和文化世界中的联系，有相同的一致的地方，也有全然不同的一面。主要的有两种：相关关系和相似关系。相似关系和相关关系都是多种多样的。例如：上位和下位、部分和整体、原因和结果、条件和行动、一般和个别、具体和抽象、顺序关系、并列关系、相反关系、对称关系、互补关系、邻近关系、主从关系、包容关系、施受关系、修饰关系，等等。""从理论上看，两个事物之间只要具有了相关关系或者相似关系，就可以有条件地相互替代，构成言语同义词。"

王希杰先生又进一步指出："言语同义词，指的是在语言系统中，本来并不同义的词语，到了话语中，暂时地有条件地成了同义手段。"并举了例子，一位负责同志说，"对'吃喝风'问题，就是一抓住不放！""不，是'咬'住不放！另一个同志补充说（韩少华《再访陈武爱》）。""在语言系统中'抓'和'咬'并不是同义词，但是在这特定的上下文中，可以互相代替，就是有条件的同义词语。"② 王先生特别指出了"特定语境中的""言语的同义词"。这指出了一些词，主要是近义词、类义词在语境中会构成临时同义词。

---

① 张弓：《现代汉语修辞学》，天津人民出版社 1963 年版，第 34 页。
② 王希杰：《修辞学通论》，南京大学出版社 1996 年版，第 280、282 页。

唐建先生较早明确提出"修辞同义词"这一术语并下了定义，"修辞同义词是语言中通过修辞手段而形成的词的临时同义现象，是两个或几个在意义上本来不同，但又有一定关系，在特定的语境中表示同一事物或现象，并起到一定修辞作用的词。"① 所论虽然是现代汉语修辞同义词，但也适用于古汉语修辞同义词。

李运富先生从事物之间具有的"同类"逻辑关系论述了修辞同义词形成的基础。"类属相同的事物可以模糊同义"，"既然类属相同，就肯定有某些相同相似的地方。如果不计较它们之间的区别性特征，就可以用甲事物来表达同类的乙事物所能表达的意思。""之所以能够相代，就是因为它们之间具有'同类'的逻辑关系。"②

张弓先生所说的"灵活的同义词"，王希杰先生提出的"言语的同义词"，李运富先生提出的由"'同类'的逻辑关系"而构成的同义词，虽然没有使用"修辞同义词"这一术语，但我们认为所论均属修辞同义词。

综合以上观点，我们认为"修辞同义词"就是指在言语作品中，通过修辞手段而形成的词的临时同义现象，是两个或两个以上在意义上本来不同，但又有一定关系，在特定的语境中表示同一事物或现象，并起到一定修辞作用的词，同时还指词汇同义词在特定的语境中表示同一事物或现象，并起到一定修辞作用的词。

可见"修辞同义词"这个概念有两方面的含义：一是修辞同义词是指在语言系统中两个或两个以上的词并不同义，但在语境中临时同义，我们称为语境中的临时同义词，简称语境临时同义词。二是修辞同义词还指词汇同义词进入到一定的语境中也是修辞同义词，我们称为语境中的词汇同义词，简称语境词汇同义词。也就是说，修辞同义词既包括语境临时同义词又包括语境词汇同义词。

为更好地说明语境临时同义词，我们先试举一例加以说明。如《陈风·衡门》：

---

① 唐建：《修辞同义词探略》，中国人民大学复印资料《语言文字学》1986 年第 2 期。
② 李维琦、王玉堂、王大年、李运富：《古汉语同义修辞》，湖南师范大学出版社 1990 年版，第 288 页。

衡门之下，可以栖迟。泌之洋洋，可以乐饥。

岂其食鱼，必河之鲂？岂其取妻，必齐之姜？

岂其食鱼，必河之鲤？岂其取妻，必宋之子？

此诗三章，二、三章叠咏，毫无疑问，此诗中的"鲂、鲤"与"姜、子"并不是两组词汇同义词，但却是修辞同义词。"鲂"、"鲤"上位义相同，均指鱼类，属类义词。"姜"、"子"本不同义，但在此诗"岂其取妻，必齐之姜"，"岂其取妻，必宋之子"的具体语境中，为语境临时同义词。"姜"、"子"均指女子，语义相同，分别指姜姓、子姓的女子。"姜"、"子"是春秋时齐国、宋国的贵族姓氏。此指"姜姓"、"子姓"的贵族女子。在此诗中，这是两组修辞同义词。

第二节　《诗经》修辞同义词的研究方法

一　《诗经》修辞同义词的研究方法

《诗经》修辞同义词研究的方法，简单地说，就是三句话：识其义同，证其义同，辨其义异。

所谓识其义同，是指对修辞同义词的判定。这是指如何在具体语言环境中识别修辞同义词。主要根据《诗经》中的叠咏同义、对出同义及连文同义情况判定其义同。

所谓证其义同，是指修辞同义词的确定，不能靠臆断，必须有语言材料来证明。具体而言，就是看具体文献中同义词、修辞同义词的运用情况，看文本特点，看古代典籍注释，看工具书的解释。如训诂术语中的"曰、为、谓之，犹、统言、散文"等标明了同义词之"同"。

所谓辨其义异，是指同义词、修辞同义词相同义项在表达上的修辞特点和不同义项的区分。具体来说，就是要研究语境和探求本源。如训诂术语中的"曰、为、谓之、析言、对文"等标明了同义词之"异"。

为了更好地说明问题，我们试举一例，如《诗经·郑风·缁衣》：

缁衣之宜兮，敝予又改为兮。适子之馆兮。还予授子之粲兮。

缁衣之好兮，敝予又改造兮。适子之馆兮，还予授子之粲兮。

缁衣之席兮，敝予又改作兮。适子之馆兮，还予授子之粲兮。

第一，先判定其为修辞同义词。

此诗主旨，后人认为是一首赠衣诗。诗三章，三章叠咏。三章先言缁衣的"宜"、"好"、"席"，继而又言缁衣敝了（破了）的"为"、"造"、"作"，三章诗意义完全相同，证明"宜、好、席"与"为、造、作"是两组修辞同义词，分别在"适合"和"做"的义项上意义相同。

第二，而后证明其为修辞同义词。

这是两组修辞同义词，我们先证明第一组。

宜、好、席，叠咏同义，均为"适合"之义。宜，适合。朱熹《诗集传》："宜，称。"闻一多《风诗类钞》："宜，称也，谓称身。"《吕氏春秋·察今》："世易时移，变法宜矣。"好，此指适合。朱熹《诗集传》："好，犹宜也。"席，适合。黄典诚《诗经通译新诠》："席，疑是'度'的借字。度、席都从庶省声。度，尺寸适合。"据此可证，"宜、好、席"为一组修辞同义词。

我们再证明第二组"为、造、作"。

为、造、作，叠咏同义，同为"做"之义。《尔雅·释言》："作、造，为也。"为，做。程俊英、蒋见元《诗经》："为，制作。"《周南·葛覃》："是刈是濩，为絺为绤，服之无斁。"造，做。《郑笺》："造，为也。"沈括《梦溪笔谈·雁荡山》："祥符中，因造玉清宫，伐山取材，方有人见之，此时尚未有名。"作，同"做"。《大雅·下武》："王配于京，世德作求。"《郑笺》："作，为。"《后汉书·张衡传》："遂乃研核阴阳，妙尽璇机之正，作浑天仪。"据此可证，为、造、作，为一组修辞同义词。

第三，最后辨释其相同义项与不同义项。

先看第一组"宜、好、席"

宜、好、席，均为"适合"之义，但本义不同。宜，合适，适宜。《说文·宀部》："宜，所安也。"《小雅·裳裳者华》："左之左之，君子宜之。"好，本义为美好、漂亮。《说文·女部》："好，美也。"《乐府诗集·陌上桑》："秦氏有好女，自名为罗敷。"席，本义为席子，蓆，为"席"的古字，蓆、席为异体字。《说文·巾部》："席，籍也。《礼》：天子、诸侯席，有黼绣纯饰。"《礼记·祭统》注:"设之曰筵,坐之曰席。"

再看第二组"为、造、作"

为、造、作,同为"做"之义,但词义稍有区别。三词均为多义词,当为一组词汇同义词。关于"造"和"作"这组同义词,王凤阳在《古辞辨》中作了辨释,指出:"'作'和'造'在从无到有的意义上很相近,不同的是'造'多用于器用,而'作'则多用于精神产品。"为,即做。根据甲骨文和金文的字形𤔥、𤔰,"为"字从手从象,是个明显的会意字,像人牵着象,表示人牵象、役使象劳动的意思。为,即做义,时贤多有论证,早已得到学术界的公认。《庄子·人间世》:"夫仰而视其细枝,则拳曲而不可以为栋梁,俯而见其大根,则轴解而不可为棺椁。"

这样,就完成了整个一组修辞同义词的研究过程。这种研究方法,在学术界并不多见,我们先做了一些初步的尝试。

研究《诗经》中的同义词不能离开具体作品,不能离开《诗经》中的修辞现象,因为《诗经》中的同义词与修辞是紧密结合的,研究其同义词不能抛开修辞。《诗经》最主要的特点是:重章叠韵,叠字叠句。"诗是语言艺术,而修辞是语言艺术的重要手段之一。"[①] 因此研究《诗经》同义词应该是研究其修辞同义词而不是词汇同义词。这一点在其构组与考辨上显得尤为重要。

我们所探讨的《诗经》修辞同义词,既包括语境临时同义词也包括语境词汇同义词。那么什么样的情形是修辞同义词呢?我们认为以下三种情况可以作为确定修辞同义词构组的依据:

第一,在一定的语境中若干词语表达一个同一的或近似的语义,这些词大多为近义词。

第二,在一定的语境中若干词语表达一个同一类事物或现象,这些词大多为类义词。

第三,本是词汇同义词,但已进入到具体语言环境中,表达相同的或近似的语义,具有一定的表达效果,这些词大多为词汇同义词。

以上三点,是我们确定《诗经》修辞同义词的三点依据。具体来说,其方法主要有三:根据《诗经》叠咏义同、连文义同和对出义同来判定、证明

---

① 夏传才:《〈诗经〉语言艺术新编》,语文出版社 1998 年版,第 13 页。

和辨释其修辞同义词。

（一）叠咏修辞同义词

《诗经》中叠咏体诗篇中的同义词我们称为叠咏修辞同义词。叠咏修辞同义词这个提法，是根据向熹先生把《诗经》中重章叠句体诗称为叠咏体诗而命名的。叠咏体诗（包括完全叠咏体和不完全叠咏体）在《诗经》中有 183篇，所占比例接近 60％。① 据夏传才先生统计，《诗经》中复沓的有 177 篇，所占比例是 58％。② 二人统计虽有出入，但篇数相差不大，都说明叠咏体诗在《诗经》中占一半以上。叠咏体诗是从《诗经》的章法上概括出来的。它多用同语反复，其中一二词语有所变异，这一二词语一般构成了修辞同义词。据向熹《〈诗经〉语言研究》统计，"《诗经》305 篇，共 1141 章，各诗体制长短不一。《国风》是民间歌谣，一般较短，每诗多为二、三章，且多用叠咏体。"③ 叠咏的"各章句式整齐一致，多用同语反复，只是其中一二词语有所变易"，这一二词语大多为修辞同义词。"意义上有的各章平列，有的前后互补，有的层层深进。"④ 我们初步统计，叠咏修辞同义词在《诗经》中有 260多组。例如，《鄘风·干旄》：

> 孑孑干旄，在浚之郊。素丝纰之，良马四之。彼姝者子，何以畀之？
> 孑孑干旟，在浚之都。素丝组之，良马五之。彼姝者子，何以予之？
> 孑孑干旌，在浚之城。素丝祝之，良马六之。彼姝者子，何以告之？

此诗三章，三章叠咏，当为完全叠咏体，构成四组修辞同义词。一组"旄、旟、旌"均指旗帜。二组"郊、都、城"是一组语境临时同义词。三组"纰、组、祝"，"纰、组"为语境词汇同义词，与"祝"构成一组语境临时同义词。《毛传》"祝：织也"。郑笺："祝，当作属。"⑤ 属，编连之意。四组"畀、予、告"，《诗经通译新诠》："畀，赠给。予，赠予。"⑥ 为语境词汇同义词。

---

① 向熹：《〈诗经〉语言研究》，四川人民出版社 1987 年版，第 417 页。
② 夏传才：《〈诗经〉语言艺术新编》，语文出版社 1998 年版，第 43 页。
③ 向熹：《〈诗经〉语言研究》，四川人民出版社 1987 年版，第 404 页。
④ 同上书，第 405 页。
⑤ 《十三经注疏》，上海古籍出版社 1997 年版，第 320 页。
⑥ 黄典诚：《诗经通译新诠》，华东师范大学出版社 1992 年版，第 64 页。

"告"，在此语境中也是赠予义，与"畀、予"构成一组语境临时同义词。

（二）连文修辞同义词

《诗经》连文句中的同义词，我们称为连文修辞同义词。连文，亦称同义连文，即通常所说的同义词连用。它是两个或两个以上的同义词在特定的语言环境中的连用，应属于语境词汇同义词。《诗经》中，同义词连用的例子很多，遍及风、雅、颂中很多诗篇，"《诗经》同义连用 60 多个"。① 我们所说的连文修辞同义词，既包括词汇学中几个同义词在作品中的连用，也包括修辞学中几个词临时同义连用。我们初步统计，连文修辞同义词在《诗经》中有 130 多组。我们试举一例：

《鄘风·载驰》："大夫跋涉，我心则忧。"

"跋、涉"连文同义。《毛传》："草行曰跋，水行曰涉。"② 即步行走旱路为跋，步行渡水为涉。"跋、涉"上位义均为行走，构成一组语境词汇同义词。

（三）对出修辞同义词

对出修辞同义词的这个提法主要是从华锋先生的《〈诗经〉中对出近义单音词的文化阐释》③ 一文受到了启发而提出的。华文讲了两种对出近义词，即同一句诗中对出近义词和上下两句诗中对出近义词。我们认为同句对出近义词和对句对出近义词均属于对出修辞同义词，我们称之为同句对出修辞同义词和对句对出修辞同义词。除此之外，还有第三种对出修辞同义词，即同篇几句诗，文字基本相同、结构相同、语意相近，但又不属于同句对出修辞同义词和对句对出修辞同义词这两种情形，我们称之为同篇对出修辞同义词。这样对出修辞同义词可分为三个小类：1. 同句对出修辞同义词；2. 对句对出修辞同义词；3. 同篇对出修辞同义词。《诗经》中，对出修辞同义词的例子很多，遍及风、雅、颂中很多诗篇，我们初步统计，对出修辞同义词在《诗经》中有 300 多组。

1. 同句对出修辞同义词，如：

《魏风·园有桃》："心之忧矣，我歌且谣。"

---

① 黄金贵：《古汉语同义词辨释论》，上海古籍出版社 2002 年版，第 61 页。

② 孔颖达：《毛诗正义》，北京大学出版社 1999 年版，第 212 页。

③ 华锋：《〈诗经〉中对出近义单音词的文化阐释》，中国诗经学会编《〈诗经〉研究丛刊》第八辑，学苑出版社 2005 年版，第 263 页。

"歌、谣"同句对出同义。《毛传》:"曲合乐曰歌,徒歌曰谣。"① "歌"、"谣"上位义相同,均指歌唱,构成语境词汇同义词。

2. 对句对出修辞同义词,如:

《周南·葛覃》:"薄污我私,薄浣我衣。"

"污、浣"、"私、衣"对句对出同义。《诗集传》:"污,烦捣之以去其污。""浣,则濯之而已。"污,指洗去污垢。捣,揉洗。"污"、"浣"上位义为洗,二词为语境词汇同义词。《诗集传》:"私,燕服也。衣,礼服也。"② "私"、"衣",上位义相同,均指衣服,为语境词汇同义词。

3. 同篇对出修辞同义词,如:

《小雅·正月》全诗十三章。第一章中的第六句"忧心京京",第二章中的第七句"忧心愈愈",第三章中的第一句"忧心惮惮",第十一章中的第五句"忧心惨惨",第十二章中的第六句"忧心愍愍",五句诗结构相同。

"京京、愈愈、惮惮、惨惨、愍愍"同篇对出同义。结合上下文"念我独兮,忧心京京";"忧心愈愈,是以有侮","忧心惮惮,念我无禄";"忧心惨惨,念国之为虐";"念我独兮,忧心愍愍",再参之古注,可见其语意相近。《毛传》:"京京,忧不去也。"③ "愈愈,忧惧也。""惮惮,忧意也。"④ "惨惨,犹戚戚也。""愍愍然痛也。"⑤ 据此可知,五句中的"京京"、"愈愈"、"惮惮"、"惨惨"、"愍愍"当是一组同义词,均为"忧心貌"。它们既非同句对出修辞同义词也非对句对出修辞同义词,而是属于另外一种情况,这就是我们所说的同篇对出修辞同义词。

以下顺便谈一下"探讨《诗经》修辞同义词的文化意义"和"词汇同义词与修辞同义词的区别与联系"。

二　探讨《诗经》修辞同义词的文化意义

(一)从语言运用角度看,《诗经》修辞同义词很丰富,说明先民们在语

---

① 孔颖达:《毛诗正义》,北京大学出版社 1999 年版,第 365 页。
② 朱熹:《诗集传》,凤凰出版社 2007 年版,第 4 页。
③ 孔颖达:《毛诗正义》,北京大学出版社 1999 年版,第 707 页。
④ 同上书,第 708 页。
⑤ 同上书,第 716 页。

言运用上已相当纯熟。

《诗经》中有大量的近义词、类义词和词汇同义词，在作品中为修辞同义词，它们极富表现力。这是《诗经》时代的先民们创造出来的，并在作品中加以运用，以此来反映事物之间的联系性与区别性。如"它山之石，可以为错。它山之石，可以攻玉"。"为"和"攻"、"错"和"玉"分别是两组修辞同义词。这说明《诗经》时代的先民们已认识到事物之间的联系性与区别性，说明先民们在语言运用上已相当纯熟。

（二）从认识能力角度看，《诗经》修辞同义词的运用，说明先民们已认识到了事物之间的相关关系与区别性。

《诗经》中，上位义相同，构成一组修辞同义词，说明《诗经》时代的先民们已有了事物的属种观念，并在作品中类而聚之。如《鲁颂·駉》凡四章，总计列举了十六种不同的马匹："骐、皇、骊、黄、骓、駓、骍、骐、驒、骆、骝、雒、駰、骃、骥、鱼。"这既反映古人对马的重视，也反映了古人已有事物类聚的观念。

（三）从语言发展角度看，《诗经》修辞同义词是汉语双音词的重要来源之一。

《诗经》中的近义词、类义词、词汇同义词在作品中为修辞同义词，它们有些合并为一个汉语双音词。这些汉语双音词，有些自然消亡，有些流传至今。流传至今的，如"切磋"、"琢磨"、"跋涉"，"稼穑"、"昏姻"、"干戈"、"臧否"、"劳苦"、"恭敬"等。通过对其探讨，可以发现其发展演变的规律。

三　词汇同义词与修辞同义词的区别与联系

词汇同义词和修辞同义词的关系是：词汇同义词是修辞同义词的基础，修辞同义词主要是词汇同义词在具体语境中的运用。词汇同义词是语言上的，具有固定性；修辞同义词是言语上的，具有临时性。其中语境临时同义词具有临时性，无须赘言；词汇同义词进入到一定的语境中即为语境词汇同义词，它具有一定的修辞作用，语境词汇同义词离开了语境，也就成为词汇同义词，也就谈不上修辞作用，从这个角度讲，语境词汇同义词也具有临时性。

第三章 《诗经》修辞同义词形成的
基础与基本类型

第一节 行文特点和章法特色所形成的
修辞同义词及其类型

在《诗经》305篇中，"完全叠咏体和不完全叠咏体共183篇"[①]，在结构、语言几乎完全相同的篇章中更换一两个字，这一两个字，大多为修辞同义词。我们称这类修辞同义词为叠咏修辞同义词，它们在《诗经》中数量最多。在《诗经》具体篇章中，有很多连文语句和对出语句，其中对出、连文的词语大多是同义的，我们称为对出修辞同义词和连文修辞同义词。所以根据《诗经》的章法、体例，修辞同义词有叠咏、对出和连文三大类型。因另文叙述较详，此不赘述。

第二节 方言词语和诗乐结合所形成的修辞同义词

一 方言词语的融入所形成的修辞同义词

同一概念，在不同的方言中可能会用不同的词来表示，这就产生了具有地方色彩的同义词。这些方言词语在春秋时代融入雅言（即当时的普通话），扩大了雅言词汇，形成了一些同义词。

扬雄《辀轩使者绝代语释别国方言》（以下简称《方言》）是我国最早的方言词典，许慎《说文解字》也吸收了不少方言同义词，其他著作中也保存了一些，这些方言词语有不少融入了雅言。我们试举几例：

---

① 向熹：《〈诗经〉语言研究》，四川人民出版社1987年版，第417页。

《鲁颂·闷宫》第五章："俾尔昌而大，俾尔耆而艾。"这里的"耆"与"艾"为一组修辞同义词，"耆"为雅言，"艾"为方言。《方言》卷六："艾，长老也。东齐、鲁、卫之间，凡尊老谓之叟，或谓之艾。"① 程俊英、蒋见元《诗经》："耆、艾：都是长寿的意思。"②

《方言》是东汉的作品，"艾"在东汉是个方言词，往前推算，它在《诗经》时代也有可能是个方言词，而后融入雅言（当时的普通话），成为普通词语，这就与普通词汇的"耆"构成了一组修辞同义词。

《商颂·长发》第六章："苞有三蘖，莫遂莫达。""遂"与"达"为一组修辞同义词，"遂"为雅言，"达"为方言。马瑞辰《毛诗传笺通释》："《方言》：'达，芒也。'遂与达，皆草木生长之称。"③ 据此可知，这里的"达"为当时的方言词语，而后融入雅言，成为当时的普通词语，与"遂"构成一组修辞同义词。

向熹先生进一步指出："扬雄《方言》及汉魏旧注不能作为判断《诗经》语言有无方言成分的唯一依据。但是我们从中可以探索《诗经》某些方言成分的痕迹，却是没有什么疑问的。"④ 我们同意向熹先生的说法。

在《诗经》中，方言词语融入雅言而构成一组同义词的例子很多。

二 诗、乐结合所形成的修辞同义词

在《诗经》时代，《诗经》里的诗都是入乐的，有谱的。《墨子·公孟》："或以不丧之间，诵诗三百，弦诗三百，歌诗三百，舞诗三百。"⑤《史记·孔子世家》："三百五篇孔子皆弦歌之，以求合韶武、雅颂之音。"⑥ 即是明证。为便于歌唱，《诗经》常常采用重章、叠句形式，表现在歌词上，就是几章内容基本相同。但为了避免单调、重复，在重章、叠句形式下，变换几个词语，所变换的词语大都为修辞同义词。例如，《卫风·木瓜》诗三章，章四句。首章一二句为"投我以木瓜，报之以琼琚"。二章一二句为"投我以木桃，报之

① 周祖谟：《方言校笺》，中华书局 1993 年版，第 45 页。
② 程俊英、蒋见元注译：《诗经》，岳麓书社 2000 年版，第 345 页。
③ 马瑞辰：《毛诗传笺通释》，中华书局 1989 年版，第 1181 页。
④ 向熹：《〈诗经〉语言研究》，四川人民出版社 1987 年版，第 198 页。
⑤ 孙诒让：《墨子间诂》，中华书局 1986 年版，第 418 页。
⑥ 司马迁：《史记》，中华书局 1975 年版，第 1936 页。

以琼瑶"。三章一二句为"投我以木李，报之以琼玖"。三章内容基本相同，但变换了几个词语，"木瓜"、"木桃"、"木李"，"琼琚"、"琼瑶"、"琼玖"，这几个词语就是修辞同义词，这样既便于反复咏唱，又不至于单调、呆板。

在《诗经》中，许多篇章经常采用重章、叠句形式，几章内容基本相同，只变换几个词语，所变换的词语大都为修辞同义词。例如，《召南·鹊巢》诗三章，章四句，每章一、三句相同。首章二句"维鸠居之"，二章二句"维鸠方之"。三章二句"维鸠盈之"，"居"、"方"、"盈"构成一组修辞同义词，"居"、"方"释为"居住"，"盈"释为"住满"。一至三章语意微别，指来住鹊巢的鸠的数量由少而多，比喻陪嫁之人较多。

第三节　诗歌押韵和诗歌节奏所形成的修辞同义词

一　诗歌押韵所形成的修辞同义词

在《诗经》中，特别是叠咏体诗作，为了深化思想内容或强化思想感情，常常需要用两个或更多的韵，这样在不同的章里，在同一韵脚的位置上，就必须使用韵不相同的同义词或近义词，形成了修辞同义词。例如，《鄘风·定之方中》之首章："定之方中，作于楚宫。揆之以日，作于楚室。树之榛栗，椅桐梓漆，爰伐琴瑟。"此章句句押韵，一二句韵脚为"中、宫"，侵部字。三至七句韵脚为"日、室、栗、漆、瑟"，质部字。诗中的同义词"宫、室"前后分用，不能随意调换，这是为了适应用韵的需要。

再如：《秦风·无衣》，诗三章，章五句，首章"岂曰无衣？与子同袍。王于兴师，修我戈矛。与子同仇！"袍、矛、仇为韵脚，押幽部韵。二章"岂曰无衣？与子同泽。王于兴师，修我矛戟。与子偕作！"泽、戟、作为韵脚，押铎部韵。诗中的同义词"戈矛、矛戟"前后分用，不能随意调换，是为了适应用韵的需要。在《诗经》中，一篇诗作运用异韵同义词的例子不胜枚举。

二　诗歌节奏所形成的修辞同义词

关于这一点，华锋先生有详细的论述。"《诗经》是韵文，韵文不仅要有韵律，更要有鲜明的节奏，而且节奏有时比韵律还要重要，因此有带韵的散文，没有无节奏的诗歌。为使节奏鲜明，使用'之'、'兮'、'些'等语助词是必要的，有时必须使用近义单音词来表情达意，而且使用近义单音词比使用语助词更富有诗意，更能反映出诗人丰富真实的社会生活。我们不妨以《豳风·七月》'取彼斧斨，以伐远扬'为例，说明使用并出近义单音词的重要性。如我们仅言'取彼斧'，显然有违于节奏的要求，如言'取彼斧兮'，虽然满足了节奏的要求，但没有'取彼斧斨'更能反映出丰富多彩的生活。因'取彼斧斨'坦言拿来各种斧子，去砍伐桑枝，来喂养桑蚕，'取彼斧兮'则无此功效。再如《召南·采蘋》的'于以湘之，维锜维釜'，马瑞辰认为：'斧与斨亦对文异，散文通耳。'马氏认为此处用'釜'与'锜'的原因，主要是节奏上的要求，若是在散文中就大可不必了。可见，近义单音词的对出，首先应是诗歌节奏和内容的需要。"① 这段论述同样也适用于修辞同义词形成的基础。

　　类似的例子在《诗经》中很多。例如，《齐风·东方未明》："颠倒衣裳"中的"衣"、"裳"；《桧风·匪风》："溉之釜鬻"中的"釜"、"鬻"；《邶风·柏舟》："以敖以游"中的"敖"、"游"；《郑风·有女同车》："将翱将翔"中的"翱"、"翔"等即属此类。也可以说，修辞同义词形成的基础，是诗歌节奏和内容的需要。

---

① 华锋：《〈诗经〉中对出近义单音词的文化阐释》，中国诗经学会编《〈诗经〉研究丛刊》第八辑，学苑出版社 2005 年版，第 193 页。

第四章 《诗经》修辞同义词的构组与辨释

第一节 《诗经》修辞同义词的构组

关于词汇同义词的构组，黄金贵先生在其《古汉语同义词辨释论》[①] 中有系统、深入的研究，归纳起来有以下几点：

构组是进行同义词辨释的前提与基础。按照"一义相同"的同义词观构组，要解决标准、对象、识同这三个问题。

构组的标准要达到四项：系统性，多层次性，共用性和区别性。

构组的对象及其选取原则是：以文言书面语的名词、动词、形容词为主体，以单音节的单词为主，必须同词类、同词性，必须以文化义为重点，不同类的同义词有不同的识同方法。对理性意义相同而附加意义有别的异称词，可围绕异名别称，用"同一概念"和"同一对象"两种识同法，对理性意义有同中之异的一般同义词，可用"浑言通义"识同法。

此外，对古汉语同义词来说，还可以而且必须结合文献训诂材料识同法，即利用"通同义"，互训，同训，文献训诂材料证其同，"古人替换使用"识同法，即考察古代文献中表现同一事物的同义词的使用情况以识其同。

在此基础上我们探讨《诗经》修辞同义词的构组问题。《诗经》同义词研究，应注意其同义词的时空关系，应从修辞角度入手进行研究。我们知道，《诗经》跨越时间之长、地域之广，作者之多，是其他典籍少有的。《诗经》收录了周初至春秋中叶五百多年间的诗歌，这些诗歌有的出于王都，有的出于诸侯国的领地，编写者有的是贵族，有的是民歌作者。

---

① 黄金贵：《古汉语同义词辨释论》，上海古籍出版社 2002 年版，第 277—283 页。

我们主要运用"语境求同法"判定其修辞同义词：在语境中求其"一义相同"者，并充分考虑叠韵、对文和对出等修辞手法，结合古注、今注，判定其同义情况，一义相同者构成一组，为《诗经》修辞同义词。

从《诗经》文本、体例角度上看，叠咏体诗中的意义相同或相近的词语，一般为一组修辞同义词。同义连文复用的意义相同或相近的词语，一般为一组修辞同义词。同义对出运用的意义相同或相近的词语，一般为一组修辞同义词。

据此可得出，《诗经》中的修辞同义词主要有三类：叠咏修辞同义词、连文修辞同义词和对出修辞同义词。这是根据《诗经》篇章中的同义词出现情况而命名的。

一 叠咏修辞同义词的构组

洪东流先生在《诗经疑难新解》中指出："熟悉《诗经》的人都知道，同义或近义的并列反复，是《诗经》普遍采用的一种最基本的艺术表现手法。有关诗篇，前后各章相对应的诗句，含义往往相同或相近，有时只换上几个不同的词语，这些词语含义相同或相近，形成相互补充、相互呼应的对应关系，以加强其艺术效果。"[①] 这不仅指出了《诗经》中的疑难词语判定、解释的方法，而且也指出了《诗经》叠咏同义的特点。

《诗经》中叠咏体诗篇中的同义词我们称为叠咏修辞同义词。叠咏修辞同义词这个提法，是根据向熹先生把《诗经》中重章叠句体诗称为叠咏体诗而命名的。叠咏体诗（包括完全叠咏体和不完全叠咏体）在《诗经》中有 183 篇，所占比例接近 60％。[②] 据夏传才先生统计，《诗经》中复沓的有 177 篇，所占比例为 58％。[③] 二人统计虽有出入，但篇数相差不大，都说明叠咏体诗在《诗经》中占一半以上。叠咏体诗是从《诗经》的章法上概括出来的。它多用同语反复，其中一二词语有所变异，这一二词语构成了修辞同义词。据向熹《〈诗经〉语言研究》统计，"《诗经》305 篇，共 1141 章，各诗体制长短不一。《国风》是民间歌谣，一般较短，每诗多为二、三章，且多用叠咏体。"[④]

---

① 洪东流：《诗经疑难新解》，上海人民出版社 2001 年版，第 70 页。
② 向熹：《〈诗经〉语言研究》，四川人民出版社 1987 年版，第 417 页。
③ 夏传才：《〈诗经〉语言艺术新编》，语文出版社 1998 年版，第 43 页。
④ 向熹：《〈诗经〉语言研究》，四川人民出版社 1987 年版，第 404 页。

叠咏的"各章句式整齐一致，多用同语反复，只是其中一二词语有所变易"，这一二词语大多为修辞同义词。"意义上有的各章平列，有的前后互补，有的层层深进。"① 我们初步统计，叠咏修辞同义词在《诗经》中有 260 多组。例如：

> 岂曰无衣？与子同袍。王于兴师，修我戈矛，与子同仇！
> 岂曰无衣？与子同泽。王于兴师，修我矛戟，与子偕作！
> 岂曰无衣？与子同裳。王于兴师，修我甲兵，与子偕行！（《秦风·无衣》）

这是一首讴歌秦军战士同仇敌忾激昂情怀的诗。诗三章，三章叠咏，构成三组修辞同义词。即"袍、泽、裳"；"戈矛、矛戟、甲兵"；"偕行、偕作、同仇"。从词汇角度看，前两组不属于同义词，但在《无衣》这首诗中，是语境临时同义词。袍，指长衣，形如斗篷。《诗经通译新诠》："泽，同'襗'，汗衫。"② 指贴身内衣。裳，指下衣。"袍、泽、裳"三词的上位义相同，均指衣着，属类义词，构成修辞同义词。"戈矛、矛戟、甲兵"也不属于词汇同义词，但三词的上位义相同，均指兵器，构成修辞同义词。"偕行、偕作、同仇"是词汇近义词，在此当为语境词汇同义词。

在《诗经》叠咏体诗中，因其上位义相同，属于类义词而构成修辞同义词的诗篇是很多的。

二　连文修辞同义词的构组

《诗经》连文句中的同义词，我们称为连文修辞同义词。连文，亦称同义连文，即通常所说的同义词连用。它是两个或两个以上的同义词在特定的语言环境中的连用，应属于语境词汇同义词。《诗经》中，同义词连用的例子很多，遍及风、雅、颂中很多诗篇。我们所说的连文修辞同义词，既包括词汇学中几个同义词在作品中的连用，也包括修辞学中几个词临时同义连用。我们初步统计，连文修辞同义词在《诗经》中有 130 多组。例如：

---

① 向熹：《〈诗经〉语言研究》，四川人民出版社 1987 年版，第 405 页。
② 黄典诚：《诗经通译新诠》，华东师范大学出版社 1992 年版，第 156 页。

去其螟螣，及其蟊贼。（《小雅·大田》）

"螟、螣、蟊、贼"在害虫的意义上为一组同义词。《毛传》："食心曰螟，食叶曰螣，食根曰蟊，食节曰贼。"① 可见"螟、螣、蟊、贼"分别指吃植物心、叶、根、节的害虫。四词的上位义相同，均是害虫。

三 对出修辞同义词的构组

对出修辞同义词的这个提法主要是从华锋先生的《〈诗经〉中对出近义单音词的文化阐释》② 一文受到了启发而提出的。华文讲了两种对出近义词，即同一句诗中对出近义词和上下两句诗中对出近义词。我们认为同句对出近义词和对句对出近义词均属于对出修辞同义词，我们称之为同句对出修辞同义词和对句对出修辞同义词。除此之外，还有第三种对出修辞同义词，即同篇几句诗，文字基本相同、结构相同、语意相近，但又不属于同句对出修辞同义词和对句对出修辞同义词这两种情形，我们称之为同篇对出修辞同义词。这样对出修辞同义词可分为三个小类：（一）同句对出修辞同义词；（二）对句对出修辞同义词；（三）同篇对出修辞同义词。《诗经》中，对出修辞同义词的例子很多，遍及风、雅、颂中很多诗篇，我们初步统计，对出修辞同义词在《诗经》中有300多组。

（一）同句对出修辞同义词的构组

于以盛之？维筐及筥。于以湘之？维锜及釜。（《召南·采蘋》）

"筐"、"筥"，《毛传》："方为筐，圆为筥。"③ "筐"、"筥"上位义均为筐。"锜"、"釜"，《毛传》："锜，釜属，有足曰锜，无足曰釜。"④ 段玉裁《说文解字注》："锜，釜属。有足曰锜。方言曰：'镜，江淮陈楚之间谓之锜。'郭云：

---

① 孔颖达：《毛诗正义》，北京大学出版社1999年版，第849页。
② 华锋：《〈诗经〉中对出近义单音词的文化阐释》，中国诗经学会编《〈诗经〉研究丛刊》第八辑，学苑出版社2005年版，第263页。
③ 孔颖达：《毛诗正义》，北京大学出版社1999年版，第73页。
④ 同上。

'或曰三脚釜也'。""《诗》《左传》皆锜、釜并言。"① 可见釜是没有脚的锅，锜是三只脚的锅。它们的上位义相同，均是锅，构成语境词汇同义词。

（二）对句对出修辞同义词的构组

有匪君子，如切如磋，如琢如磨。（《卫风·淇奥》）

《毛传》："治骨曰切，象曰磋，玉曰琢，石曰磨。"② 可见雕刻骨器为切，雕刻象牙为磋，雕刻玉器为琢，雕刻石器为磨。"切"、"磋"、"琢"、"磨"四词上位义相同，均为雕刻，为语境词汇同义词。

（三）同篇对出修辞同义词的构组

《小雅·采薇》全诗六章。第四章中的第六句"四牡业业"，第五章中的第二句"四牡骙骙"与第五句"四牡翼翼"，三句诗结构相同。

结合上下文"戎车既驾，四牡业业"；"驾彼四牡，四牡骙骙"；"四牡翼翼，象弭鱼服"，再参之古注，可见其语意相近。《毛传》："业业然壮也。"③"骙骙，强也。"④《小雅·采芑》首章有"四骐翼翼"一句，与《采薇》中的"四牡翼翼"结构、语意相同。《郑笺》注"四骐翼翼"中的"翼翼"为"壮健貌"⑤。可证"四牡翼翼"之"翼翼"，亦为"壮健貌"。据此可知，"业业"、"骙骙"、"翼翼"为同篇对出修辞同义词，其均为"健壮、强壮"之义，属语境词汇同义词。

第二节　《诗经》修辞同义词的辨释

关于词汇同义词的辨释，黄金贵先生在其《古汉语同义词辨释论》⑥ 中提出了辨释古汉语同义词的科学而系统的方法论，建构了一套多角度、多手

---

① 段玉裁：《说文解字注》，上海古籍出版社 1988 年版，第 705、706 页。
② 孔颖达：《毛诗正义》，北京大学出版社 1999 年版，第 216 页。
③ 同上书，第 593 页。
④ 同上书，第 594 页。
⑤ 同上书，第 641 页。
⑥ 黄金贵：《古汉语同义词辨释论》，上海古籍出版社 2002 年版，第 302、344 页及其以下内容。

段、多侧面的方法体系，归纳起来有以下几点：

作者将方法分为"操作层"与"思辨层"两个层面，分两章进行全面探讨；并将文化义的辨释置于突出位置而贯穿其中。

在操作层，讲具体的操作方法，作者归纳为用法比较、词义取证、同源求索、多重证据四类，每类中又论述若干具体方法。语境别异法、文例归纳法、同节见异法、异文稽异法、语法解异法、本义索异法、引申释异法等十三法。这些方法实用性强，基本都是著者长期进行古汉语同义词辨释实践中使用并证明是行之有效的方法。

思辨层是讨论使用方法的方法，即思辨方法，总结了四条：

第一，系统互补律。一个义位系统的同义词组各个词都有自己的存在地位、作用，它们互补共存，据此对某个词的"义象"发疑解惑。

第二，名与物相应律。具体从名与物"对号入座"，新名必有新物、新貌，利用多种方法来审鉴异称词等方面以思辨。

第三，语言与文化统一律。主要运用从文化理析词义，由语言论证词义，语言与文化互证互求三条方法。

第四，从名物索解文化。将语言与文化的研究统一起来，以名物揭示名源，勾勒史段，"拾遗补阙"。

黄金贵先生的同义词辨释的方法论，不仅对于古汉语同义词的辨释具有相当的指导意义，而且也适用于整个古汉语词义训诂，因而是对训诂学的发展，为现代训诂学增添了方法论的重要内容。

在此基础上我们探讨《诗经》修辞同义词的辨释问题。主要运用"语境别异法"，从词义、语用、文化等角度辨释《诗经》修辞同义词。构组求其同，辨释别其异。

一　从词义角度辨释

《小雅·正月》全诗十三章，八章章八句，五章章六句。第一章中的第六句"忧心京京"，第二章中的第七句"忧心愈愈"，第三章中的第一句"忧心惮惮"，第十一章中的第五句"忧心惨惨"，第十二章中的第六句"忧心慇慇"，五句诗结构相同，语意相近。

结合上下文"念我独兮，忧心京京"；"忧心愈愈，是以有侮"，"忧心惮悍，念我无禄"；"忧心惨惨，念国之为虐"；"念我独兮，忧心愍愍"，再参之古注，可见其语意相近。《毛传》："京京，忧不去也。"① "愈愈，忧惧也。"② "悍悍，忧意也。"③ "惨惨，犹戚戚也。"④ "愍愍然痛也。"⑤ 据此可知，五句中的"京京"、"愈愈"、"悍悍"、"惨惨"、"愍愍"当是一组同义词，均为"忧心貌"。它们既非同句对出修辞同义词，也非对句对出修辞同义词，而是属于另外一种情况，这就是我们所说的同篇对出修辞同义词。分别运用，以避重复。这主要是根据词例、古注，从词义角度辨释修辞同义词。

二　从语用角度辨释

语用学是专门研究语言的理解和使用的学问，它研究在特定情境中的特定话语，研究如何通过语境来理解和使用语言。它有两个十分基本的概念，一个是意义，另一个是语境。我们在辨释时既要注意意义，更要注意语境，以此来解释同义词的意义。如《陈风·月出》：

> 月出皎兮，佼人僚兮。舒窈纠兮，劳心悄兮。
> 月出皓兮，佼人懰兮。舒忧受兮，劳心慅兮。
> 月出照兮，佼人燎兮。舒夭绍兮，劳心惨兮。（《陈风·月出》）

这是一首月下怀人的诗，诗三章，三章叠咏。每章之中的第一、二、四句各换一字，第三句换两字，构成四组修辞同义词。即"皎、皓、照"，"僚、懰、燎"，"悄、慅、惨"，"窈纠、忧受、夭绍"。

"皎、皓、照"三词形容月亮明亮。"皎、皓"属词汇上的近义词，而"照"与"皎、皓"纯属语境上的临时同义词。"僚、懰、燎"，《毛传》："僚，好貌。懰，好貌。"⑥ "燎，形容女子面貌漂亮。"⑦ 僚，同"嫽"，俏丽。懰，

---

① 孔颖达：《毛诗正义》，北京大学出版社1999年版，第707页。
② 同上书，第708页。
③ 同上。
④ 同上书，第716页。
⑤ 同上。
⑥ 《十三经注疏》，上海古籍出版社1997年版，第378页。
⑦ 程俊英、蒋见元注译：《诗经》，岳麓书社2000年版，第129页。

妩媚。燎，漂亮。三词均指美丽。"悄、慅、惨"，《毛传》："悄，忧也。慅，忧也。惨，忧也。"① 三词均指忧愁。"窈纠、忧受、夭绍"，清马瑞辰《毛诗传笺通释》："窈纠，犹窈窕，皆叠韵，与下忧受、夭绍同为形容美好之词，非舒迟之义。"② 窈纠，形容女子体态苗条。忧受，形容女子行步婀娜。夭绍，形容女子体态轻盈。三词均指女子体态美好。在《月出》这篇诗作中，这是四组修辞同义词。复沓形式强化了诗的意境，修辞同义词的运用使此诗具有错综美。这主要是充分考虑语境来判断、解释同义词的意义。

三 从文化角度辨释

禴祠烝尝，于公先王。（《小雅·天保》）

"禴、祠、烝、尝"，在祭祀的意义上四词为一组同义词，只是祭祀的时间不同。"宗庙之祭，春曰祠，夏曰禴，秋曰尝，冬曰烝。"③ 朱熹从古代祭祀的时间上辨释了词义。

"旐旟有翩"，"降此蟊贼"，"稼穑卒痒"，"自有肺肠"，"朋友已谮"。（《大雅·桑柔》）

"旐、旟"，《毛传》："鸟隼曰旟，龟蛇曰旐。"④ 旟，指古代画有鹰隼的旗，旐，指古代画有龟蛇的旗，连文同义指各种旗帜。"蟊、贼"，《毛传》："食心曰螟，食叶曰螣，食根曰蟊，食节曰贼。"⑤ "稼、穑"，《郑笺》："耕种曰稼，收敛曰穑。"⑥ "稼"、"穑"连文同义。这是三组语境词汇同义词。"肺、肠"，"朋、友"，各自近义。为两组语境临时同义词。《毛传》《郑笺》、孔颖达从古代同类事物的不同点辨释了词义。

---

① 《十三经注疏》，上海古籍出版社 1997 年版，第 378 页。
② 马瑞辰：《毛诗传笺通释》，中华书局 1989 年版，第 417 页。
③ 朱熹：《诗集传》，凤凰出版社 2007 年版，第 122 页。
④ 孔颖达：《毛诗正义》，北京大学出版社 1999 年版，第 1178 页。
⑤ 同上书，第 849 页。
⑥ 同上书，第 1184 页。

第三节　构组与辨释应注意的问题

古汉语同义词的构组、辨释应注意以下几个方面的问题：

第一，同义词的"同"是就义项而言的，而不是就词义系统而言的。所谓"同义"，是指某些词的一个义项相同，而不是所有义项都相同。其构组一定要在"一义相同"下进行。

第二，一个词在不同的义项上可以与不同的词构成同义关系。"同义词由一个义位相同再到另一个义位相同，还会引起同义词的重组、数量增减、词类变化等现象。例如，"执、持、操、秉、握"经过引申，发生构组分化，产生新的同义词组，"操、秉、握"产生相同的意义"掌握"，构成一个新的同义词组，而"执、持"产生相同的意义"掌管"，构成另一个新的同义词组，且"掌管"组还有"主、掌、典、司"等词加入。①

第三，同义关系可以随词义的发展而发生变化。本来同义的后来可能不同义，本来不同义的后来可能同义。如"履"和"屦"、"后"和"王"。上古原本同义，但后来已不同义。

《诗经》修辞同义词构组、辨释应注意的，主要是时空观念和语境问题。

时空观念是指"同义词语只能是同一语言符号系统内的共时的事实"②。"根据研究的需要，（古汉语）它可以被划分为不同的历史阶段，如通常人们所说的'上古汉语'、'中古汉语'、'近代汉语'等。""在作历史的共时考察时，实际上人们总是把某一朝代或者不太长的一段时间的语言事实作为特定的对象，叫法也是比较具体的，如'两晋汉语'、'清代汉语'等。"③我们探讨的是《诗经》修辞同义词，从时空观念上看，它是具体的、特定的对象，《诗经》虽然跨越时间之长、地域之广、作者之多，但作为一部典籍，对其同义词从修辞角度进行研究，已经明确注意到了同义词研究的时空观念——特定的、具体的对象。

语境即言语环境，它既包括语言因素，也包括非语言因素。指上下文、

---

① 杨运庚：《古代汉语同义词研究对同义关系的再界定》，《社会科学论坛》2010 年第 7 期。
② 转引自张生汉《古汉语同义词研究的时空观念》，《语言研究》2008 年第 1 期。
③ 同上。

时间、空间、情景、话语前提等与语词使用有关的都是语境因素。《诗经》修辞同义词研究，必须紧密结合语境，即在《诗经》具体篇章中进行，充分考虑篇章语境。这是《诗经》修辞同义词研究构组、辨释应注意的问题。具体要注意以下两个方面：

第一，紧密结合语境，在"一义相同"下构组。

第二，紧密结合语境，主要从文化角度上辨释。

这在《诗经》修辞同义词构组、辨释所举的例子中有充分的体现，这也是我们进行修辞同义词研究中一贯遵循的原则。

第五章 《诗经》修辞同义词的修辞作用

《诗经》中的修辞同义词，从文本、体例角度上看，主要可分为三类：叠咏修辞同义词、连文修辞同义词和对出修辞同义词。

叠咏修辞同义词，是指叠咏体诗中的意义相同或相近的词语。连文修辞同义词，是指同义连文复用的意义相同或相近的词语。对出修辞同义词，是指同义对出运用的意义相同或相近的词语。这个分类，是根据《诗经》篇章中同义词出现的情况而命名的。

夏传才先生指出："重章叠唱，就是全篇各章的结构和语言几乎完全相同，中间只换几个字，有时甚至只换一两个字，反复咏唱。这种复沓的艺术形式是《诗经》语言艺术的一大特色。"[①] 这里所说的"重章叠唱"，就是指"叠咏体诗"，在"结构、语言几乎完全相同"的篇章中所更换的"一两个字"，大多是指叠咏修辞同义词。在《诗经》305篇中，复沓的诗篇有177篇。[②]

初步统计，在《诗经》305篇中，叠咏修辞同义词有260多组。连文修辞同义词有130多组。对出修辞同义词有300多组。

同义词的使用是古汉语成熟的一个标志，古汉语同义词的大量使用使语言更加丰富多彩，更加富有表现力。这主要表现在以下几个方面。

第一节 叠咏修辞同义词的修辞作用

夏传才先生将《诗经》"重章叠唱"（即"叠咏体诗"）的表现力概括为

---

① 夏传才：《〈诗经〉语言艺术新编》，语文出版社1998年版，第42页。
② 同上书，第43页。

三：借助音乐效果；加强主题；层层递进。① 我们也将其概括为三点：一是反复强调美；二是错综变化美；三是双关含蓄美。

一 反复强调美

"《诗经》中某些诗篇采用复沓的形式，经各章换用几个字，起到了一章接一章推进诗意发展的作用。"夏传才先生接着列举了《召南·摽有梅》《王风·采葛》《鄘风·相鼠》进行深入分析。② 反复强调美，主要包括推进诗意发展和强化诗歌意境两个方面，我们试举几例。如《周南·芣苢》：

> 采采芣苢，薄言采之。采采芣苢，薄言有之。
> 采采芣苢，薄言掇之。采采芣苢，薄言捋之。
> 采采芣苢，薄言袺之。采采芣苢，薄言襭之。

《周南·芣苢》三章，三章叠咏，构成一组修辞同义词，即"采、有、掇、捋、袺、襭"。今人认为这是一群妇女采集车前子时随口唱的短歌。全诗十二句，只换六个动词，这六个动词突出表现了采撷时的不同动作，起到了章与章之间诗意推进的作用。"采"与"有"同义。《广雅·释诂》："有，取也。"王引之《经义述闻》："首章泛言取之，次则言其取之之事，卒乃言既取而盛之以归耳。若首章既言藏之，而次章复言掇之捋之，则非其次矣。"③ 这是说，首章泛指采撷。次章"掇"与"捋"则指具体的采撷动作。《说文》："捋，取易也。"卒章"袺"与"襭"则指采撷之后的放置，全诗节奏鲜明，情调轻快，逐章推进了诗意的发展。

再如《陈风·月出》：

> 月出皎兮，佼人僚兮。舒窈纠兮，劳心悄兮。
> 月出皓兮，佼人懰兮。舒忧受兮，劳心慅兮。
> 月出照兮，佼人燎兮。舒夭绍兮，劳心惨兮。

---

① 夏传才：《〈诗经〉语言艺术新编》，语文出版社1998年版，第44—49页。
② 同上书，第44—51页。
③ 王引之：《经义述闻》，江苏古籍出版社2000年版，第118页。

《陈风·月出》三章，三章叠咏，构成三组修辞同义词，即"皎、皓、照"，"僚、㑩、燎"，"窈纠、忧受、夭绍"。现代一般认为此诗是月下怀人之作，用叠咏修辞同义词强化了诗的意境。"皎、皓、照"，形容月光洁白明亮。"僚、㑩、燎"，形容女子容貌妩媚漂亮。《说文》："僚，好皃。""㑩"，妩媚。"燎"，女子面貌漂亮。"窈纠、忧受、夭绍"，形容女子体态苗条轻盈。马瑞辰《毛诗传笺通释》："窈纠犹窈宛，皆叠韵，与下忧受、夭绍同为形容美好之词。"① 诗人反复咏唱，用三组修辞同义词层层加深印象，渲染了月下之人悠长的情思，突出了诗中人物的美丽形象。如果此诗只有一章而非三章叠咏，就难以构成如此深邃的意境和淋漓的抒情效果。

二 错综变化美

叠咏修辞同义词的主要作用还在于避免用词的重复单调以获得错综变化之妙，对出修辞同义词也具有此作用。"为避免用词重复，在上下文中，对同一对象，变换说法，使语言活泼自然，富于变化。"② 例如，《王风·采葛》：

> 彼采葛兮，一日不见，如三月兮！
> 彼采萧兮，一日不见，如三秋兮！
> 彼采艾兮！一日不见，如三岁兮！

此诗写一个男子对心爱的采葛姑娘的深挚思念。此诗三章，三章叠咏，构成两组修辞同义词，即"葛、萧、艾"，"月、秋、岁"。

"葛、萧、艾"，指被思念的女子去采集一些植物，"月、秋、岁"表示时间，而且一个比一个时间长，以此来比喻越来越深的相思之情。

三 双关含蓄美

修辞同义词具有双关含蓄美。例如，《秦风·黄鸟》：

---

① 马瑞辰：《毛诗传笺通释》，中华书局 2005 年版，第 417 页。
② 唐建：《修辞同义词探略》，中国人民大学复印资料《语言文字学》1986 年第 2 期。

交交黄鸟，止于棘。谁从穆公？子车奄息。维此奄息，百夫之特。临其穴，惴惴其栗。彼苍者天，歼我良人！如可赎兮，人百其身！

交交黄鸟，止于桑。谁从穆公？子车仲行。维此仲行，百夫之防。临其穴，惴惴其栗。彼苍者天，歼我良人！如可赎兮，人百其身！

交交黄鸟，止于楚。谁从穆公？子车铖虎。维此铖虎，百夫之御。临其穴，惴惴其栗。彼苍者天，歼我良人！如可赎兮，人百其身！

此诗三章，三章叠咏，每章的第二句分别是"止于棘"、"止于桑"、"止于楚"。"棘"、"桑"、"楚"三词本指三种树木，在此为语境临时同义词。但它并不是说黄鸟飞落在这三种树上，而是指"棘"、"桑"、"楚"有双关意义。这从此诗的内容上，可见其双关含蓄的修辞作用。程俊英、蒋见元《诗经》："《毛诗》'《黄鸟》'，哀三良也。国人刺穆公，以人从死，而作是诗也。'"① 此诗记叙了一段历史，《左传·文公六年》载："秦伯任好卒，以子车氏之三子——奄息、仲行、虎为殉，皆秦之良也。国人哀之，为之赋《黄鸟》。"② 也就是说，人们为了痛悼秦国的贤者奄息、仲行、虎三兄弟，唱了这首挽歌。"棘"、"桑"、"楚"三词与诗旨密切相关。"棘，酸枣树。棘与急音近，含有双关义。""桑，与丧音近，双关义。"、"楚，荆条，与'痛楚'音近，双关义。"③ 这是同义词的谐音双关。

第二节 连文修辞同义词的修辞作用

连文，也称同义连文，是指古文中若干意义相同或相近的词并列连用的行文现象，是古汉语中一种普遍而重要的语言现象。古人对这一语言现象多有论及，清顾炎武称之为"重言"（《日知录》卷二十四），高邮王氏父子称之为"连语"（《读书杂志·汉书第十六·连语》《经义述闻·通说下》），俞樾《古书疑义举例》称之为"语词复用"（《古书疑义举例》卷四"语词复用例"、卷七"两字一义而误解"），清儒利用同义连文这一规律，研究古代汉语和古

① 程俊英、蒋见元注译：《诗经》，岳麓书社 2000 年版，第 119 页。
② 《十三经注疏》，上海古籍出版社 1997 年版，第 1844 页。
③ 程俊英、蒋见元注译：《诗经》，岳麓书社 2000 年版，第 119 页。

代文献，多有发明，解决了不少实际问题。连文修辞同义词的表现力主要表现在以下几个方面。

一 意义显豁美

黄金贵先生指出了同义连文的修辞作用，"正由于同义词有准确表意的作用，古人常用同义词的连用，即用义素意义间的相互限制、解释，来区别单音词的多义性，直接明显地显示一个词的确切含义"。[①] 连文修辞同义词的作用之一就在于避免单音节词的多义而使语义不明。例如：

《小雅·小明》："我征徂西，至于艽野。"

"征徂"同义连文。"征"在《诗经》中既有"征讨、征伐"义，又有"往"义，在此与"徂"连文，"征"当为"往"义。《小雅·采芑》："显允方叔，征伐猃狁。""征伐"同义连文。"征"在此句中显然已不是"往"义，而是"征讨"义。《诗经》中以"征徂"、"征伐"同义连文来解释多义的"征"，避免了理解诗中用意的含混。这是动词的同义连用。我们再看副词的同义连用。

《邶风·简兮》："简兮简兮，方将万舞。"

"方将"同义连文。"方"主要有"祭祀四方之神"义，《小雅·甫田》："以我齐明，与我牺羊，以社以方。"《毛传》："方，迎四方气于郊也。""方"还有"边"义，《秦风·蒹葭》："所谓伊人，在水一方。"《郑笺》："乃在水之一边。""方"还有"筏"义，《邶风·谷风》："就其深矣，方之舟之。"马瑞辰《毛诗传笺通释》："方本并船之名，因而并竹木亦谓之方，凡船以及用船以渡通谓之方。"[②] "方将"在此连文同义，"方"即"将"义，马瑞辰《通释》："方将二字连文，方犹云，将也。将，且也。"[③]

二 节奏和谐美

连文修辞同义词作用之二在于避免词语的孤单，以满足意思表达和声音结构的需要，为协调音节，求得句法整齐。连文的各项语义微别，互相补充，

① 黄金贵：《古汉语同义词辨释论》，上海古籍出版社 2002 年版，第 52 页。
② 马瑞辰：《毛诗传笺通释》，中华书局 2005 年版，第 417 页。
③ 同上。

或使内容更全面，意思更周密，或使意境更丰富，感情更浓厚。"一个词可以表达的意思，却用两个或两个以上的词来表达，一个词组或句子可以表达的意思，却用两个词组或句子来表达，这是为什么呢？刘师培曾作这样的解释：'古人属词，虽以达意为主，然句法贵齐。若所宣之蕴已磬，而词气未休，则叠累其意，以复词足其语。'（《左盦集》卷十三）这也就是说，古人行文，注意语句的整齐，节奏的和谐，为了这种需要，往往不避重复，增加必要的词语。"[1] 例如：

《桧风·匪风》："谁能亨鱼？溉之釜鬵。""釜"、"鬵"，同义连文，为连文修辞同义词。《毛传》："鬵，釜属。"《说文·鬲部》："鬵，大釜也。"[2]"釜、鬵"均是锅，此指各种大小锅。"釜鬵"连文同义，使意思周密，音节协调，句法整齐。如果《匪风》中只用其中一个"釜"或"鬵"，意思虽然基本未变，但句法不够整齐，节奏不够和谐。

第三节　对出修辞同义词的修辞作用

对出修辞同义词的这个提法主要是从华锋先生的《〈诗经〉中对出近义单音词的文化阐释》[3] 一文受到了启发而提出的。它可分为三个小类：①同句对出修辞同义词；②对句对出修辞同义词；③同篇对出修辞同义词。对出修辞同义词包括古代修辞方法——对文。

对文是古代文献中广泛使用的修辞方法，也是传统训诂学的重要方法之一。在现今文言文学习中，对文训释已被广泛使用。"对文"还有"相对为文"、"相对成文"、"对言"、"对举"等名称。"对"就是"相对称"；"文"就是"文字"，也就是文字所表示的词或词组。所以"对文"是指在相同或相近的语法结构中，处于等同位置上的词或词组。对文最大的特点就在一个"对"字。一般来说，所对之文应是结构相同或相近，意义相同相似或相对相反。我们只探讨结构相同或相近，意义相同、相似的对文，并把它归入对出修辞

---

① 楚永安：《古汉语表达例话》，中国青年出版社 1994 年版，第 140 页。
② 马瑞辰：《毛诗传笺通释》，中华书局 2005 年版，第 432 页。
③ 华锋：《〈诗经〉中对出近义单音词的文化阐释》，中国诗经学会编《〈诗经〉研究丛刊》第八辑，学苑出版社 2005 年版，第 263 页。

同义词之中一起讨论。对文广泛存在于同句对出修辞同义词和对句对出修辞同义词之中，同篇对出修辞同义词中较少出现。对出修辞同义词在语言运用中具有更加丰富的表现力，具体表现在以下几个方面。

一　语义丰富美

在同句对出修辞同义词中，这一特点较为突出。

（1）《邶风·燕燕》："燕燕于飞，颉之颃之。"

《毛传》："鸟飞而上曰颉，飞而下曰颃。"① 程俊英、蒋见元注译《诗经》："颉，往下飞；颃，往上飞。"② 今人大都持此观点。"颉"、"颃"上位义是飞，为语境词汇同义词。今人认为，这是卫国国君送二妹远嫁送行的诗。"差池其羽"、"颉之颃之"（一个上飞，一个下飞），传达出二人一个像上飞的鸟、一个像下飞的鸟一样，难舍难离之情，感情真挚感人。若仅用其一"颉"或"颃"，就难以传达出如此丰富的意蕴。

（2）《邶风·谷风》："就其深矣，方之舟之。就其浅矣，泳之游之。"

"方"、"舟"，"泳"、"游"为两组同句对出修辞同义词。今人认为，这是一首弃妇诗，是弃妇怨恨丈夫喜新厌旧的诗。诗人以河深舟渡、水浅泳渡，喻写以往生活不论有何困难，都能想方设法予以解决。"方"、"舟"，"泳"、"游"写出了困难的繁多及克服的办法。

（3）《魏风·园有桃》："心之忧矣，我歌且谣。"

《毛传》："曲合乐曰歌，徒歌曰谣。"③ "歌"、"谣"上位义相同，均指歌唱，构成语境词汇同义词。今人认为，这是一首士人伤时忧贫的诗。本诗两章首二句以所见园中桃树、枣树起兴，有感于它们所结的果实尚可供人食用，而自己却无所可用，不能把自己的"才"贡献出来，做一个有用之人。因而引起了诗人心中的郁愤不平，所以首章三、四句说"心之忧矣，我歌且谣"，诗人无法解脱心中忧闷，只得放声高歌，聊以自慰。《毛诗序》说："永歌之不足，不知手之舞之，足之蹈之也。"④ "歌"、"谣"二词写出了情感发泄方

---

① 孔颖达：《毛诗正义》，北京大学出版社 1999 年版，第 122 页。
② 程俊英、蒋见元注译：《诗经》，岳麓书社 2000 年版，第 24 页。
③ 孔颖达：《毛诗正义》，北京大学出版社 1999 年版，第 365 页。
④ 程俊英、蒋见元注译：《诗经》，岳麓书社 2000 年版，第 1 页。

式之多。

二 避复错落美

在对句对出修辞同义词中，这一特点较为突出。

（1）《周南·卷耳》：“我马瘏矣，我仆痡矣。”

《诗集传》：“瘏，马病不能进也。痡，人病不能行也。”[①]“瘏”、“痡”二词上位义均指病，为语境词汇同义词。今人认为，这是一位贵族妇女思念她远行丈夫的诗。全诗四章，这是第四章，写备受辛苦、满怀愁思的男子旅途的辛劳。它主要是通过对马和人的神情刻画间接表现出来的：“马瘏”、“仆痡”衬托出行者怀人思归的惆怅。如果上、下句均用“瘏”，或均用“痡”，用词重复，缺少美感。

（2）《邶风·简兮》：“左手执龠，右手秉翟。”

“执”、“秉”，均为拿之义，二词是语境词汇同义词。今人认为，这是一位卫国宫廷女子赞美、爱慕舞师的诗。全诗四章，这是第三章，写舞师文舞时的雍容优雅、风度翩翩、多才多艺。使得这位女子赞美有加，心生爱慕。“执”、“秉”同义，用此避复，错落有致。

三 往复回环美

在同篇对出修辞同义词中，这一特点较为突出。

（1）《小雅·采薇》全诗六章。第四章中的第六句“四牡业业”，第五章中的第二句“四牡骙骙”与第五句“四牡翼翼”，三句诗结构相同。

结合上下文“戎车既驾，四牡业业”；“驾彼四牡，四牡骙骙”；“四牡翼翼，象弭鱼服”。再参之古注，可见其语义相近。《毛传》：“业业然，壮也。”“骙骙，强也。”[②]《小雅·采芑》首章有“四骐翼翼”一句，与《采薇》中的“四牡翼翼”结构、语义相同。《郑笺》注“四骐翼翼”中的“翼翼”为“壮健貌”，[③]可证“四牡翼翼”之“翼翼”，亦为“壮健貌”。据此可知，“业业”、“骙骙”、“翼翼”为同篇对出修辞同义词，其义均为“健壮、强壮”之

---

① 朱熹：《诗集传》，凤凰出版社 2007 年版，第 5 页。
② 孔颖达：《毛诗正义》，北京大学出版社 1999 年版，第 593—594 页。
③ 同上书，第 641 页。

义，属语境词汇同义词。

《小雅·采薇》是写西周时期一位戍边兵士在返乡途中的所思所想，叙述了他转战边陲的艰苦生活，表达了他爱国恋家、忧时伤事的感情。全诗六章，第四、五章追述行军作战的紧张生活，写出了军容之壮，戒备之严。"戎车既驾，四牡业业"，概括地描写了威武的军容、高昂的士气；"驾彼四牡，四牡骙骙"，又具体描写了士卒们驾起公马，公马高大强壮。"四牡翼翼，象弭鱼服"，写战马强壮，训练有素，武器精良。诗人反复述说四牡"业业"、"骙骙"、"翼翼"，描写了边防军士的战马高大强壮，时刻高度戒备的威仪。这既反映了当时边关紧张的形势，又再次说明了久戍难归的原因，加深了读者对客观事物的认识和理解。

（2）《小雅·正月》：首章"忧心京京"，二章"忧心愈愈"，三章"忧心惮惮"，十一章"忧心惨惨"，十二章"忧心慇慇"。"京京"、"愈愈"、"惮惮"、"惨惨"、"慇慇"为五组同篇对出修辞同义词。

《小雅·正月》全诗十三章，八章章八句，五章章六句。第一章中的第六句"忧心京京"，第二章中的第七句"忧心愈愈"，第三章中的第一句"忧心惮惮"，第十一章中的第五句"忧心惨惨"，第十二章中的第六句"忧心慇慇"，五句诗结构相同。

结合上下文"念我独兮，忧心京京"；"忧心愈愈，是以有侮"，"忧心惮惮，念我无禄"；"忧心惨惨，念国之为虐"；"念我独兮，忧心慇慇"，再参之古注，可见其语义相近。《毛传》注曰："京京，忧不去也。""愈愈，忧惧也。""惮惮，忧意也。""惨惨，犹戚戚也。""慇慇然痛也。"① 据此可知，五句中的"京京"、"愈愈"、"惮惮"、"惨惨"、"慇慇"当是一组同义词，均为"忧心貌"。

《小雅·正月》是一首失意官吏忧国忧民、愤世嫉俗的诗。显示了诗人对国事民生的深深忧虑，"忧愁"贯穿全篇，五组同义词"京京"、"愈愈"、"惮惮"、"惨惨"、"慇慇"反复强调诗人的忧愁。全诗以诗人忧伤、孤独、愤懑的情绪为主线，首尾贯穿，一气呵成，感情充沛。同篇对出修辞同义词的运用既反复强调了忧愁，又使诗歌具有回环往复的美感。

---

① 孔颖达：《毛诗正义》，北京大学出版社 1999 年版，第 707、708、716 页。

第六章 《诗经》修辞同义词与古汉语
同义并列复合词

　　《诗经》时代，主要是使用单音词的时代。随着历史的不断发展，社会生活的内容也不断丰富，反映社会生活的词汇也日益增多。单音词不够用了，就渐渐产生了复合词。后世所用的不少双音词都是从《诗经》时代的复合词渐趋凝固发展而来的。《诗经》修辞同义词，大多为单音节的，经过发展演变，有不少修辞同义词由单音节的变为双音节的同义并列复合词，其发展演变有一定的规律。王力先生主编的《古代汉语》（修订本）指出："汉语大部分的双音词都是经过同义词临时组合的阶段的。这就是说，在最初的时候，只是两个同义词的并列，还没有凝结成为一个整体，一个单词。这可以从两个方面证明：第一，最初某些同义词的组合没有固定的形式，几个同义词可以自由结合，甚至可以颠倒。""第二，古人对于这一类同义词，常常加以区别。"① 这段话说明了同义词与汉语大部分双音词的关系，汉语大部分双音词大都经过同义词组合阶段。我们认为《诗经》中的同义并列复合词主要是由其单音节修辞同义词融合发展而来的。我们主要探讨以下几个问题。

第一节 修辞同义词与古汉语同义
并列复合词的判定

一 复合词与合成词

　　意义相同或相近的语素并列构成一个双音节复合词，我们称为同义并列

---

　　① 王力：《古代汉语》（修订本），中华书局1962年版，第86页。

复合词。为什么称为复合词而不称为合成词，这主要出于以下考虑：

朱广祁先生在《诗经双音词论稿》中对"复合词"与"合成词"做了区分，指出："把语法造词法早期产生的词叫作双音复合词，而不叫作双音合成词。这是基于如下的考虑：语法造词法本身是逐渐形成和确立下来的，在它出现的早期，还有与语音造词法相混同的现象。并且，一开始由两个单音词通过语法关系形成的双音词，它的独立性还不很强，结构也不十分凝定，复合词的名称比较能体现这些特点。'复合'的意思，包含了由词组向词过渡的内容。至于'合成词'，应该指语法造词法比较广泛运用，双音词的结构形式比较固定，词素的独立性基本消失以后，所产生的双音词。"① 这是从造词法上以及词和短语的区分上对这两个概念进行了阐述，观点很明确，我们采纳这个说法，称同义并列复合词而不称同义并列合成词。

二 同义并列复合词的判定

从结构方式上看，一组单音节修辞同义词，词性相同，在运用过程中，结合为同义并列复合词。它们是同义并列复合词，而不是短语。从语义内容上看，一组单音节修辞同义词，其中理性意义只有一个义项相同，在运用过程中，结合为同义并列复合词，这时的单音节修辞同义词成为同义并列复合词的语素。它包含了义同、义近两种情况。在判定同义并列复合词时，主要看构成并列复合词的两个语素的理性意义是否相同，即两个语素各自表达的概念是否相同，至于附加意义，诸如应用范围、语义轻重、行为情态、事物表象、感情色彩等方面存在的细微差别不影响我们将其归入同义并列式复合词。

朱广祁先生在《诗经双音词论稿》中指出以下四种情况应看作复合词。"一、两类具有共同性质的概念合成一个同一的概念。""二、两个单音词组合在一起后，意义发生了转化。""三、两个单音词组合在一起后，意义有偏指。""四、两个单音词组合在一起后，不仅包含两个单音词的意义，还兼指同类的或有关联的其他事物。"② 在一组修辞同义词中，如果它们结合后表达

---

① 朱广祁：《诗经双音词论稿》，河南人民出版社 1985 年版，第 150 页。
② 同上书，第 152—154 页。

的是：同一概念；意义转化；意义偏指；兼指他物，这就可以认定为同义并列复合词，而不是短语。

也就是说，两个单音节修辞同义词，如果词性基本相同，语义相同或相近，结合之后意义有了变化，我们就视为同义并列复合词，同时还要参考《辞海》《辞源》《汉语大词典》等工具书的收词情况以及后代典籍的运用情况加以综合判定。例如：

（1）《鄘风·载驰》："大夫跋涉，我心则忧。""跋"、"涉"为一组连文修辞同义词，同为动词，组合后"跋涉"意义引申为"长途行旅"。《左传·襄公二十八》："跋涉山川，蒙犯霜露。"宋曾敏行《独醒杂志》卷八："朕久望卿来，何其迟也。涂中跋涉不易？"

（2）《魏风·伐檀》："不稼不穑，胡取禾三百廛兮。"《大雅·桑柔》："好是稼穑，力民代食。""稼"、"穑"既是对出修辞同义词又是连文修辞同义词，组合后"稼穑"，它不仅指种和收，还泛指一切农事。《孟子·滕文公上》："后稷教民稼穑。"《史记·货殖列传》："好稼穑，殖五谷。"

例（1）（2）中的"跋涉"、"稼穑"应为同义并列复合词，而不是短语。因为它们的意义有了引申和泛指，而且后代典籍中已在运用。

第二节 《诗经》中的古汉语同义并列复合词

一 由《诗经》修辞同义词构成的同义并列复合词

（一）由对出修辞同义词构成的同义并列复合词

（1）敖游

《邶风·柏舟》："微我无酒，以敖以游。"《说文》："敖，出游也。""敖"与"游"为一组修辞同义词，它们组合为同义并列复合词"敖游"，也作"遨游"，意即"游历漫游"。《后汉书·张衡传》："虽遨游以媮乐兮，岂愁慕之可怀。"

（2）游泳

《邶风·谷风》："就其浅矣，泳之游之。"《尔雅·释言》："泳，游也。"朱熹《诗集传》："潜行曰泳，浮行曰游。"组合后为同义并列复合词"游泳"，指人或动物在水里游动。《晏子春秋·问下十五》："臣闻君子如美渊泽，容之，众人归之，如鱼有依，极其游泳之乐。"

（3）宫室

《鄘风·定之方中》："定之方中，作于楚宫。揆之以日，作于楚室。"朱熹《诗集传》："楚宫，楚丘之宫也。""楚室，犹楚宫。""宫"与"室"为一组修辞同义词。后来，"宫室"就凝固成为一个同义并列复合词，专指帝王的宫殿。如《管子·八观》："入国邑，视宫室，观车马衣服，而侈俭之国可知也。"

（4）驰驱

《鄘风·载驰》："载驰载驱，归唁卫侯。"《大雅·板》："敬天之渝，无敢驰驱。"《说文·马部》："驰，大驱也。""驱，马驰也。""驰"与"驱"为修辞同义词。组合后"驰驱"，指纵马奔驰，引申为任意放纵。杜甫《哀王孙》："金鞭断折九马死，骨肉不得同驰驱。"

（5）卜筮

《卫风·氓》："尔卜尔筮，体无咎言。"朱熹《诗集传》："龟曰卜，蓍曰筮。""卜"与"筮"都是占卜方法，只是用的材料不同，二者为一组修辞同义词。作为同义并列复合词"卜筮"，指古代的占卜方法。《韩非子·亡征》："用时日，事鬼神，信卜筮而好祭祀者，可亡也。"

（6）怙恃

《小雅·蓼莪》："无父何怙，无母何恃。"《尔雅·释言》："怙，恃也。"《说文·心部》："怙，恃也。""恃，赖也。""怙"与"恃"为一组修辞同义词，组合为同义并列复合词"怙恃"，指凭借依仗。《聊斋志异·陈云栖》："怙恃俱失，暂寄此耳。"

（7）弓矢

《小雅·吉日》："既张我弓，既挟我矢。"《大雅·公刘》："弓矢斯张，干戈戚扬。""矢"，指箭。"弓"与"矢"对文类义，连文类义，为一组修辞同义词，组合为同义并列复合词"弓矢"，指武器装备。唐杜甫《喜闻官军已临贼境二十韵》："戈铤开雪色，弓矢向秋毫。"

（8）言语

《小雅·宾之初筵》："匪言勿言，匪由勿语。""言"与"语"为一组修辞同义词，组合为同义并列复合词"言语"，指说的话，说话。《水浒传》第六十九回："史进只不言语。"

类似的例子很多，如"歌舞"、"枝叶"、"飞跃"、"松柏"、"饥渴"、"饮食"、"桑梓"等都是由《诗经》时代的同义、类义对出修辞同义词凝固而来的同义并列复合词。

（二）由连文修辞同义词构成的同义并列复合词

（1）福履

《周南·樛木》："乐只君子，福履绥之。"《毛传》："履，禄也。""履"、"禄"为连文修辞同义词，组合后为同义并列复合词"福履"，指福和禄。宋苏轼《与程天侔书》："至后福履增胜，辱访不果见，悚怍无量。"

（2）寿考

《秦风·终南》："佩玉将将，寿考不忘。""寿"、"考"连文同义，为修辞同义词，组合为同义并列复合词"寿考"，指高寿。《后汉书·东夷列传》："多寿考，至百余岁者甚众。"

（3）晤歌、晤语、晤言

《陈风·东门之池》："彼美淑姬，可与晤歌。""彼美淑姬，可与晤语。""彼美淑姬，可与晤言。""晤歌"、"晤语"、"晤言"为三组连文修辞同义词，"晤"为相会之义，与"歌"、"语"、"言"意义相关，后成为同义并列复合词。"晤歌"指相对而歌。宋王安石《送石赓归宁》："裹饭北城阴，永怀从晤歌。""晤语"、"晤言"均指对面交谈。晋陶潜《感士不遇赋》："无爰生之晤言，念张季之终蔽。"唐韩愈《答张彻》："勤来得晤语，勿惮宿寒厅。"

（4）忖度

《小雅·巧言》："他人有心，予忖度之。""忖"、"度"连文同义，组合为同义并列复合词"忖度"，指推测、估量。《资治通鉴·汉献帝建安二十四年》："忖度操意，豫作答教十余条。"

（5）恭敬

《小雅·小弁》："维桑与梓，必恭敬止。""恭敬"连文同义，为修辞同义词，组合为同义并列复合词"恭敬"，指端庄而有礼貌。《辞海》引例《汉书·司马相如传》："临邛令缪为恭敬。"过晚。《孟子·告子上》："恭敬之心，人皆有之。"

（6）丧乱

《小雅·常棣》："丧乱既平，既安且宁。"《大雅·板》："丧乱蔑资，曾莫惠我师。"等篇中的"丧乱"连文同义,为修辞同义词,组合为同义并列复合词"丧乱",指死丧祸乱,后多以形容时势或政局动乱。北齐颜之推《颜氏家训·涉务》:"居承平之世,不知有丧乱之祸;处庙堂之下,不知有战陈之急。"

类似的还有"场圃"、"孑遗"、"衣裳"、"爪牙"、"救药"、"监观"、"燕喜"等都是由《诗经》时代的同义、类义连文修辞同义词凝固而来的同义并列复合词。

(三)由叠咏修辞同义词构成的同义并列复合词

(1)狱讼

《召南·行露》三章,二、三章叠咏。第二章:"何以速我狱。"第三章:"何以速我讼。"《说文·狱部》:"狱,确也。从狱、从言,二犬,所以守也。"狱,本指监狱,引申为争辩。《说文·言部》:"讼,争也。""狱"与"讼"在此为叠咏修辞同义词。组合为同义并列复合词"狱讼",指打官司。晋刘琨《劝进表》:"讴歌者无不吟咏徽猷,狱讼者无不思于圣德。"

(2)英华

《郑风·有女同车》二章,二章叠咏。第一章:"颜如舜华。"第二章:"颜如舜英。"朱熹《诗集传》:"英,犹华也。"屈原《楚辞·离骚》:"朝饮木兰之坠露兮,夕餐秋菊之落英。""华"与"英"都是花,为叠咏修辞同义词。组合为同义并列复合词"英华",指才能或智慧杰出的人。唐韩愈《和崔舍人咏月》:"浩荡英华溢,潇疏物象泠。"

(3)羽翼

《曹风·蜉蝣》三章,一、二章叠咏。第一章:"蜉蝣之羽。"第二章:"蜉蝣之翼。""羽"与"翼"在这里都是指"蜉蝣"的翅膀,为一组叠咏修辞同义词。组合为同义并列复合词"羽翼",指翅膀,比喻辅佐的人和力量。《三国志·魏书·曹植传》:"植既以才见异,而丁仪、丁廙、杨修等为之羽翼。"

(4)休息、安康

《大雅·民劳》五章,五章叠咏。第一章:"汔可小康。"第二章:"汔可小休。"第三章:"汔可小息。"第四章:"汔可小愒。"第五章:"汔可小安。""康"、"休"、"息"、"愒"、"安"为一组叠咏修辞同义词。后来,"休息"合为一词，"安康"合为一词，已成为现代汉语常用词。

由叠咏修辞同义词构成的同义并列复合词不多。

二　由修辞同义词结合为同义并列复合词的语义、文化原因

我们所探讨的是《诗经》中的修辞同义词结合为同义并列复合词的情况，它们的结合有语义、文化的原因。同义并列复合词两个语素的语义关系是辩证统一的：它们既有彼此融合的一面，又有相互制约的一面。王宁先生指出："现代汉语里的许多双音词，两个语素结合的原因必须从先秦文献语言及训诂材料中去探寻。这里所说的原因可分为两个方面，一是意义本身的原因，二是文化方面的原因。"① 王宁先生这段话主要有两个意思，一是现代汉语许多双音词语素结合的原因必须从先秦文献语言中寻找，二是现代汉语双音词语素结合的原因有词义和文化两个方面。同义并列复合词的语素组合，原因复杂，我们只分析以下两个方面。

（一）语义原因

詹人凤先生在《现代汉语语义学》中指出："联合关系比较单一，两个成分平等并列。但这平等并列关系，实际上也因为有前有后而并不平等。现代汉语中，在前的往往是主要的、需要强调的。"② 这是针对现代汉语词语联合关系的语素组合的语义分析，但也适用于古汉语同义并列复合词的语义分析。一般说来，主要的、需要强调的语素在前，构词能力强的语素在前。例如：

（1）瓜瓞

《大雅·生民》："麻麦幪幪，瓜瓞唪唪。""瓜"、"瓞"同义，后组合为同义并列复合词"瓜瓞"，指各种瓜，比喻子孙繁衍，相继不绝。但为什么是"瓜瓞"而不是"瓞瓜"，大概原因是把主要的语素放在前。朱熹《诗集传》："大曰瓜，小曰瓞。瓜之近本初生常小，其蔓不绝，至末而后大也。"在现代汉语双音词中，"瓜"构词能力较强，如"瓜农"、"瓜瓢"、"瓜子"、"瓜期"、"瓜代"、"瓜分"、"瓜片"、"密瓜"、"木瓜"、"南瓜"等，而"瓞"构词能力

---

① 王宁：《训诂学与汉语双音词的结构和意义》，《语言教学与研究》1997 年第 4 期。
② 詹人凤：《现代汉语语义学》，商务印书馆 1997 年版，第 216 页。

较弱。

（2）飞跃

《大雅·旱麓》："鸢飞戾天，鱼跃于渊。""飞"、"跃"为对出修辞同义词，后组合为同义并列复合词"飞跃"，指高翔，比喻突飞猛进。《辞海》收李群玉《赠方处士》："赤霄终得意，天池俟飞跃。"较晚。为什么是"飞跃"而不是"跃飞"，大概原因可能是认为天空飞翔的东西较为神奇，"飞"较主要。许慎《说文·飞部》："飞，鸟翥也。"《广雅》："跃，跳也。"在现代汉语双音词中，"飞"构词能力较强，有五十多个词语。如"飞行"、"飞扬"、"飞翔"、"飞弹"、"飞涨"、"飞舟"、"飞驰"、"飞播"等，而"跃"构词能力较弱。

（二）文化原因

（1）震电

《小雅·十月之交》："烨烨震电，不宁不令。""震"、"电"为连文修辞同义词，后组合为同义并列复合词"震电"，指雷电，也比喻盛怒。《毛传》："震，雷也。""震"为何是雷的意思？这源于《周易》中的八卦，乾为天，坤为地，震为雷，巽为风，艮为山，兑为泽，坎为水，离为火。震为八卦之一，处于主要地位，组成"震电"一词。但随着科技的发展，"电"构词能力渐强。

（2）场圃

《豳风·七月》："九月筑场圃，十月纳禾稼。""场"、"圃"为连文修辞同义词，后组合为同义并列复合词"场圃"，指场院，用来打谷和晒粮食。郑玄笺："场、圃同地。自物生之时耕治之以种菜茹，至物尽成熟，筑坚以为场。"如果不了解郑玄这段解说，就很难理解"场"、"圃"的组合。"场"为主要语素，构词能力强。

三　由《诗经》修辞同义词发展为同义并列复合词的几点规律

《诗经》修辞同义词是同义并列复合词形成的基础。《诗经》中的同义并列复合词大都由同篇同义词组合而成。

（一）从构成特点上看，《诗经》中的同义并列复合词绝大多数为同篇聚合。

由对出修辞同义词和连文修辞同义词构成的同义并列复合词自不必说，

它们处于同篇之中。由叠咏修辞同义词构成的同义并列复合词亦处于同篇之中。

（二）从语素组合上看，《诗经》中的同义并列复合词的语素组合灵活，凝固性不强。

《诗经》中的同义并列复合词的构词语素一般都曾以单音词身份独立使用过，在最初产生的时候往往是一种临时性的组合，其中的某些随着人们的不断使用，渐渐凝固。也就是说，《诗经》中的同义并列复合词基本上还没有定型化。

（三）从词序上来看，《诗经》中的同义并列复合词的语素次序主要受语义原因和文化原因的影响。

（四）从来源上看，《诗经》中的同义并列复合词大多来自《诗经》修辞同义词。

第七章 《诗经》修辞同义词与
古人的认识能力

《诗经》中的修辞同义词极其丰富，初步统计，在《诗经》305 篇中，叠咏修辞同义词有 260 多组。连文修辞同义词有 130 多组。对出修辞同义词有 300 多组。

众多《诗经》修辞同义词的运用，使《诗经》语言更加富有表现力。从认识能力的角度看，说明先民对事物的认识能力在不断深化。认识是指人的头脑对客观世界的反映。张斌先生指出："同义词的产生是人们对客观现实的认识不断深化的结果，这是促使大量同义词产生的重要原因。"①

《诗经》修辞同义词的运用，说明先民们已认识到了事物之间的相关关系、相似关系及其区别性。据此可以看出先民们对事物的求同认识能力和区分认识能力的深化。

求同认识能力是指在众多事物中，找出其共同点，将其聚合在一起的一种聚合能力。邢福义先生指出："几个不同的词形成一组同义词，是以各词词义之间的'大同'为基础的。""几个词之间如果不能够归纳出一个主要的共同意义，就不能形成一组同义词。"② 这道出了同义词的聚合特点。

区分认识能力是指把两个以上的对象加以比较，认识它们不同的地方的一种区别能力。具体来说，就是要辨别分析同义词中的"小异"，掌握和运用好同义词。张斌先生指出："同义词在很大程度上是为适应人们区分事物现象的细微差别而创造出来的，丰富多彩的同义词，为人们细腻地表情达意创造

---

① 张斌主编：《现代汉语》，中央电视大学出版社 1996 年版，第 264 页。
② 邢福义主编：《现代汉语》，高等教育出版社 1986 年版，第 264 页。

了条件。"① 以下我们从求同认识和区分认识两个方面谈点看法。

第一节 《诗经》修辞同义词与古人求同认识的深化

在《诗经》中，上位义相同，构成一组修辞同义词，说明《诗经》时代的先民们已有了事物的属种观念，并在作品中类而聚之。《诗经》中大量修辞同义词的运用，充分说明了古人求同认识能力已相当普遍并不断深化，这表现在《诗经》的各类诗篇之中。例如：

（1）《鲁颂·駉》凡四章，总计列举了十六种不同的马匹："骄、皇、骊、黄、骓、駓、骍、骐、骝、骆、駵、雒、骃、騢、驔、鱼。"这十六种马虽各有特点，但它们都是"马"，所以构成了一组同义词，这既反映了古人对马的重视，也反映了古人对已有事物类聚的观念。

"国之大事，在祀与戎。"（《左传·成公十三年》）《诗经》中有关祭祀的修辞同义词不少，主要是祭祀求福、弭灾、占卜等。《诗经》时代的先民们把有关祭祀、占卜的同义词聚合在具体篇章之中。例如：

（2）《小雅·天保》："禴祠烝尝，于公先王。"这里的"禴、祠、烝、尝"四词，均指祭祀，构成一组修辞同义词。

（3）《卫风·氓》："尔卜尔筮，体无咎言。"这里的"卜、筮"均指占卜，构成一组修辞同义词。

"禴、祠、烝、尝"、"卜、筮"，它们的祭祀、占卜的时间、方式等各有自己的特点，但它们均指祭祀、占卜，所以在具体篇章中构成一组同义词，这反映了《诗经》时代的先民们对祭祀、占卜的重视和事物类聚观念的加强。

（4）《周颂·我将》："仪式刑文王之典，日靖四方。"这是一首祀天的乐歌。《毛序》："《我将》，祀文王于明堂也。"为强调效法文王的典章制度，诗中连用了三个同义词"仪、式、刑"构成一组，三词均为效法之义。这同样反映了《诗经》时代的先民们事物类聚观念的加强。

在《诗经》中，叠咏修辞同义词较多，充分说明了古人事物类聚的观念已相当成熟，标志着求同认识能力的深化。我们再试举一例。

① 张斌主编：《现代汉语》，中央电视大学出版社1996年版，第265页。

（5）夏传才先生在《〈诗经〉语言艺术新编》中分析了《秦风·无衣》："岂曰无衣？与子同袍。王于兴师，修我戈矛。与子同仇！岂曰无衣？与子同泽。王于兴师，修我矛戟。与子偕作！岂曰无衣？与子同裳。王于兴师，修我甲兵。与子偕行！"

此诗三章，三章叠咏，构成三组修辞同义词，即"袍、泽、裳"、"戈矛、矛戟、甲兵"和"偕行、偕作、同仇"。夏传才先生指出："在这篇诗里，袍、泽、裳都是指衣着，戈矛、矛戟、甲兵都是指兵器，偕行、偕作、同仇也是近义词，它们的调换并不改变诗意，而是以不同的词汇及其韵调，一而再，再而三，强调一个思想，使主题得到加强。"① 这既指明了叠咏修辞同义词的作用，同时也反映了古人求同认识能力已相当纯熟。

第二节 《诗经》修辞同义词与古人区分认识的深化

区分认识，具体来说，就是辨析同义词中的小异。古人云"对文则异"。将同义词中的"小异"区分出来，说明事物之间的细微差别，表明古人区分认识的精细和表情达意的细腻，这说明汉语在春秋时代已很发达。我们试从区分认识的角度对前举几例略作分析。

（1）《鲁颂·駉》凡四章，总计列举了十六种不同的马匹："骐、皇、骊、黄、骓、駓、骍、骐、骥、骆、骝、雒、骃、騢、驔、鱼。"但这十六匹马又各有特点，外形、毛色等是其主要区别之一。例如：

骐，指两股间为白色的黑马。《毛传》："骐马白跨曰骐。"

皇，指毛色黄白的马。《毛传》："黄白曰皇。"

骊，指深黑色的马。《毛传》："纯黑曰骊。"

黄，指黄色带赤的马。《毛传》："黄骍曰黄。"

骓，指毛色苍白相杂的马。《毛传》："苍白杂毛曰骓。"

駓，指毛色黄白相杂的马。《毛传》："黄白杂毛曰駓。"

骍，指赤黄色的马。《毛传》："赤黄曰骍。"

骐，指有青黑色纹理的马。《毛传》："苍祺曰骐。"

---

① 夏传才：《〈诗经〉语言艺术新编》，语文出版社 1998 年版，第 47 页。

骃，指青黑色而有白鳞花纹的马。《毛传》："青骊驎曰骃。"

骆，指鬃毛黑色的白马。《毛传》："白马黑鬣曰骆。"

駵，指赤身黑鬃的马。《毛传》："赤身黑鬣曰駵。"

雒，指白鬃的黑马。《毛传》："黑身白鬣曰雒。"

骃，指浅黑与白色相杂的马。《毛传》："阴白杂毛曰骃。"

騢，指赤白杂毛的马。《毛传》："彤白杂毛曰騢。"

驔，指黑色黄脊的马。陈奂《诗毛氏传疏》："《说文》：'驔，骊马黄脊，读若簟。'是骊马黄脊为驔。"

鱼，指两眼眶有白圈的马。《毛传》："二目白曰鱼。"王引之《经义述闻》卷二十八："（马）二目毛色白曰鱼。"

《鲁颂·駉》对十六类"马"区分得如此细致，今天看来已无必要，但在《诗经》时代说明马很重要，马曾是农业生产、交通运输和军事等活动的主要动力。这说明了当时畜牧业相当发达和先民们对事物区分认识能力的不断深化。

（2）《小雅·天保》："禴祠烝尝，于公先王。"禴、祠、烝、尝，四词均指祭祀，但祭祀时间不同。《毛传》："春曰祠，夏曰禴，秋曰尝，冬曰烝。"古代祭祀为国家大事之一，所以祭祀的时间、地点、对象、方式等均有不同的要求。

（3）《卫风·氓》："尔卜尔筮，体无咎言。""卜、筮"均指占卜，但占卜方式不同。卜，是卜卦，用火烧龟甲，看甲上的裂纹以判断吉凶。筮，是用蓍草排比推算来占卜。

（4）《周颂·我将》："仪式刑文王之典，日靖四方。""仪、式、刑"，三词连用，均为效法，但侧重点有所不同。仪，侧重于效法法度。《说文·人部》："仪，度也。"徐锴《说文解字系传》："度，法度也。"式，侧重于规格、法式的效法。《说文·工部》："式，法也。"《孟子·公孙丑下》："我欲中国而授孟子室，养弟子以万钟，使诸大夫国人皆有所矜式。"刑，侧重于做榜样。《孟子·梁惠王上》："刑于寡妻，至于兄弟，以御于家邦。""仪、式、刑"，三词连用，从内容、形式、榜样三个方面强调效法文王之典，语义完足。

（5）《秦风·无衣》，短短的十五句诗，竟有三组修辞同义词，每组三个，说明古人语言运用能力的高超。"袍、泽、裳"、"戈矛、矛戟、甲兵"和"偕行、偕作、同仇",三组修辞同义词,侧重点有所不同。

袍、泽、裳,均指衣裳,但具体所指不同。袍,有夹层、中间着棉絮的长衣。《毛传》:"袍,襺也。"泽,汗衣,内衣。《释名·释衣服》:"汗衣近身受汗垢之衣也。《诗》谓之泽,受汗泽也。"裳,古人穿的裙子,男女都穿。《毛传》:"上曰衣,下曰裳。"《释名·释衣服》:"凡服上曰衣,衣,依也。人所依以芘寒暑也。下曰裳,裳,障也。所以自障蔽也。"袍、泽、裳,三词语义区别明显。

戈矛、矛戟、甲兵,三词语义均指武器,但具体样式不同。戈矛,"都是长柄的兵器,戈平头而旁有枝,矛头尖锐。"① 戈矛,当是两种兵器。矛戟,是将戈和矛结合在一起,具有勾啄和刺击双重功能的格斗兵器,一种兵器,却是两种格斗功能。甲兵,指铠甲和兵器。可见,这三个同义词,无论种类还是功能,均成双出现。

我们再分析一下"偕行、偕作、同仇",三词均指一起干,但语义微别。偕行、偕作,二词语义基本相同,指一起干,当与"同仇"语义相同。从文本内容上看,"袍、泽、裳"、"戈矛、矛戟、甲兵"为两组词汇同义词,"偕行、偕作",与"同仇"语义也应相同。从行文格式上看,此时三章,三章叠咏,处在叠咏体诗相对应的位置上的词语,语义基本相同,所以"偕行、偕作"与"同仇"语义是基本相同的。训"同仇"与"偕行、偕作"语义基本相同,有训诂依据。《毛传》:"仇,匹也。"清胡承珙《毛诗后笺》:"《笺》以仇为雠怨,义可自通,但与下二章'偕作'、'偕行'语意不相类耳。"也就是说,篇章词语的训释应照顾到全篇内容的理解,不可只顾个别词语,而忽视了全篇内容的解读。

以上我们从《诗经》修辞同义词的运用上,基本见出先民们对事物的求同认识能力、区分认识能力的深化。《诗经》中的修辞同义词较多,主要包括叠咏修辞同义词、对出修辞同义词与连文修辞同义词,同义词的大量使用使语言更加富有表现力。同义词的使用是古汉语成熟的一个标志,同时也说明先民们对事物的认识能力在不断深化。这方面的内容值得我们深入探讨。

---

① 余冠英:《诗经选译》,人民文学出版社 1985 年版,第 81 页。

下　篇

第八章 《诗经》叠咏修辞同义词研究

第一节 《诗经·风》叠咏修辞同义词研究

一 《诗经·周南》叠咏修辞同义词研究

《诗经·周南》11篇，叠咏修辞同义词18组：流、采、芼；友、乐；萋萋、莫莫；崔嵬、高冈；虺隤、玄黄；罍、觥、怀、伤；累、荒、萦；绥、将、成；诜诜、薨薨、揖揖；振振、绳绳、蛰蛰；室家、家室、家人；中逵、中林；干城、好仇、腹心；采、有、掇、捋、袺、襭；楚、蒌；马、驹；枚、肆；公子、公姓、公族。

1. 流、采、芼

流、采、芼，在"摘取"的意义上构成一组修辞同义词。

【构组】

《周南·关雎》五章，二、四、五章叠咏。二章：参差荇菜，左右流之。四章：参差荇菜，左右采之。五章：参差荇菜，左右芼之。

流、采、芼，叠咏同义，同为"摘取"之义。"流"，本指水流急速涌出，这里为摘取之义。《毛传》："流，求也。"《尔雅·释诂》："流，择也。"余冠英《诗经选译》："流，通'摎'，就是求或择取。和下文'采'、'芼'义相近。"杨合鸣《〈诗经〉疑难词语辨析》："《诗经》多为重章叠唱，往往将同一个意思分成几章反复歌咏，因此'流之'当与'采之'、'芼之'义同，而决非'别之'之义。"采，采摘。《说文·木部》："采，捋取也。"《邶风·谷风》："采葑采菲，无以下体。"芼，用手指采摘。《毛传》："芼，择也。"王先谦《诗三家义集疏》："《鲁》说曰：'芼，搴也，取也。'《齐》说曰：'芼，草覆蔓。'"

【辨释】

流、采、芼，同为"摘取"之义，但语义稍有区别。采、芼，为词汇同义词，与"流"构成一组修辞同义词。"流"，本义指水流动。李白《望天门山》："天门中断楚江开，碧水东流至此回。"此篇中，流，通"摎"，捋取。陈奂《诗毛氏传疏》："流本不训求，而训诂云尔者，流读与求同。其字作流，其义为求，此古人假借之法也。凡依声托训者例此。""采"，摘取。陶渊明《饮酒》："采菊东篱下，悠然见南山。""芼"，择取。芼，本义指可供食用的野菜或水草，后引申为采摘。流、采、芼，三词同义而语义微别，先"捋"后"摘"而后"择"，其动作由快而渐慢，由获取而择取。诗中再三出现的荇菜，象征着爱情可以触摸的美丽。

2. 友、乐

友、乐，在"使……快乐"的意义上为一组修辞同义词。

【构组】

　　《周南·关雎》五章，四、五章叠咏。四章：窈窕淑女，琴瑟友之。
　五章：窈窕淑女，钟鼓乐之。

友、乐，叠咏同义，同为"使……快乐"之义。友、乐，使……快乐。《毛传》："宜以琴瑟友乐之。"陈奂《诗毛氏传疏》："《传》云'友乐之'者，兼释下'钟鼓乐之'句。友之，友读如相亲有之有，乐之，乐读如喜乐之乐。于琴瑟言友，于钟鼓言乐，互词。"马瑞辰《毛诗传笺通释》："友之，犹乐之也，故《传》连言'友乐之'。"

【辨释】

友、乐，同为"使……快乐"之义，语义微别。友，侧重于爱怜；乐，侧重于"使……快乐"。友，本义为朋友，名词，后引申为动词，使……快乐。《说文·又部》："友，同志为友。"王昌龄《芙蓉楼送辛渐》："洛阳亲友如相问，一片冰心在玉壶。"这里的"友"为名词。友，在此诗中活用为动词，为"使……快乐"之义。侧重于爱怜。《释名·释言语》："友，有也，相保有也。"《三国志·先主传》："瓒深与先主相友。瓒年长，先主以兄事之。"乐，侧重于"使……快乐"。《韩非子·十过》："颜涿聚曰：'君游海而乐之，奈臣有图国者何？君虽乐之，将安得？'"

3. 萋萋、莫莫

萋萋、莫莫，在"茂盛的样子"的意义上构成一组修辞同义词。

【构组】

《周南·葛覃》三章，一、二章叠咏。一章：葛之覃兮，施于中谷，维叶萋萋。二章：葛之覃兮，施于中谷，维叶莫莫。

萋萋、莫莫，叠咏同义，同为"茂盛的样子"之义。萋萋，茂盛的样子。《毛传》："萋萋，茂盛貌。"莫莫，茂盛的样子。朱熹《诗集传》："莫莫，茂密貌。"马瑞辰《毛诗传笺通释》："《广雅》：'莫莫，茂也。'莫莫犹言萋萋，故训为茂。"程俊英、蒋见元《诗经》："萋萋，茂盛的样子。"又曰："莫莫，茂密的样子。"

【辨释】

萋萋、莫莫，同为"茂盛的样子"之义，二词语义相差不大。《辞海》："萋萋，茂盛貌。"崔颢《黄鹤楼》："晴川历历汉阳树，芳草萋萋鹦鹉洲。"莫莫，茂盛的样子。《大雅·旱麓》："莫莫葛藟，施于条枚。"萋萋、莫莫，换用避复以获得错综变化之妙。

4. 崔嵬、高冈

崔嵬、高冈，在"山之高冈"的意义上为一组修辞同义词。

【构组】

《周南·卷耳》四章，二、三章叠咏。二章：陟彼崔嵬，我马虺隤。

三章：陟彼高冈，我马玄黄。

崔嵬、高冈，叠咏同义，同为"山之高冈"之义。《毛传》："崔嵬，土山之戴石者。"《文选·南都赋》李善注："山石崔嵬，高而不平也。"《说文·山部》："崔，大高也。"又曰："嵬，高不平也。"由以上解释可见：崔嵬，指山之高冈。高冈，高高的山脊。《毛传》："冈，山脊曰冈。"《大雅·卷阿》："凤凰鸣矣，于彼高冈。"

【辨释】

崔嵬、高冈，同为"山之高冈"之义，语义基本相同。崔嵬，山之高冈。《小雅·谷风》："习习谷风，维山崔嵬。"高冈，高高的山脊，这是一个短语，临时与"崔嵬"构成一组修辞同义词组，二词语换用避复。

5. 虺隤、玄黄

虺隤、玄黄，在"马得病"的意义上为一组修辞同义词。

【构组】

　　《周南·卷耳》四章，二、三章叠咏。二章：陟彼崔嵬，我马虺隤。
三章：陟彼高冈，我马玄黄。

虺隤、玄黄，叠咏同义，均为"马得病"之义。虺隤，马得病。《尔雅·释诂》："虺颓、玄黄，病也。"朱熹《诗集传》："虺隤，马罢不能升高之病。"玄黄，马得病。《诗集传》："玄黄，玄马而黄，病极而变色也。""玄黄"当为一联绵词，训为马病极而变色。蔡邕《述行赋》："仆夫疲而劬瘁兮，我马虺颓以玄黄。"黄典诚《诗经通译新诠》："虺隤，疲乏不堪之貌。玄黄，液体流下模糊之貌。"这已间接注释出二词为同义词。

【辨释】

虺隤、玄黄，皆指病之通名，此为马病之通名。《辞海》："虺隤，疲极而病。"又曰："玄黄，疾病。"郭璞《尔雅》注："虺隤、玄黄，皆指人病之通名，而说者便谓之马疾，失其义也。"虺隤、玄黄，皆人病之通名，此用为马病之通名。陈奂《诗毛氏传疏》："虺颓，病，此云马病义互明也。虺颓叠韵，玄黄双声,皆合二字成义。"王引之《经义述闻·毛诗上》卷五:"我马元黄。""虺颓,叠韵字。元黄,双声字。皆谓病貌也。"这里的"元黄"即"玄黄"。王建《闻故人自征戍回》:"亦知远行劳,人悴马玄黄。"

6. 罍、觥;怀、伤
罍、觥;怀、伤,在"酒杯"和"思念"的意义上为两组修辞同义词。
【构组】

> 《周南·卷耳》四章,二、三章叠咏。二章:我姑酌彼金罍,维以不永怀。三章:我姑酌彼兕觥,维以不永伤。

罍、觥,叠咏同义,均为"酒杯"之义。罍、觥,酒杯。《尔雅·释器》郭璞注:"罍形似壶,大者受一斛。"《说文·角部》:"觵,兕牛角可以饮者也。"觵,同"觥"。马瑞辰《毛诗传笺通释》:"兕觥形似兕角,故谓之兕觥,又谓之爵。"陈振寰解注《诗经》:"罍,酒器名。觥,酒器。"

怀、伤,叠咏同义,均为"思念"之义。马瑞辰《通释》:"《尔雅》、《方言》皆曰'怀,思也。'《说文》:'怀,念思也。'怀与伤同义。《终风》传曰:'怀,伤也。'"

【辨释】

罍、觥,同为古代盛酒器,但质地、形状有别。"罍",青铜制或陶制,小口,大肚,广肩,圈足,有盖儿。《周礼·春官·司尊彝》:"其朝践用两献尊,其再献用两象尊,皆有罍,诸臣之所昨也。""觥",角制、青铜制或木制,腹椭圆,上有提梁,底有圈足,兽头形盖,亦有整个酒器作兽形的。《小雅·桑扈》:"兕觥其觩,旨酒思柔。"

怀、伤,二词语义基本相同,均指思念、怀念。伤,指思念。《尔雅·释诂》:"伤,思也。"但"伤"的词义较多,有损伤,伤害之义。如《国语·周语上》:"防民之口,甚于防川,川壅而溃,伤人必多,民亦如之。"怀,本义即思念、怀念。《王风·扬之水》:"怀哉怀哉,曷月予还归哉?"朱熹《诗集传》:"怀,思。"《楚辞·悲回风》:"惟佳人之独怀兮,折若椒以自处。"此"怀",指怀念。

7. 累、荒、萦

累、荒、萦，在"缠绕"的意义上为一组修辞同义词。

【构组】

《周南·樛木》三章，一、二、三章叠咏。首章：南有樛木，葛藟累之。二章：南有樛木，葛藟荒之。三章：南有樛木，葛藟萦之。

累、荒、萦，叠咏同义，均为"缠绕"之义。陆德明《经典释文》："累，缠绕也。"《毛传》："荒，奄也。"陈奂《诗毛氏传疏》："奄与掩通。"马瑞辰《毛诗传笺通释》："奄地曰荒，掩树亦曰荒。"宋严粲《诗缉》："萦，绕也。"黄典诚《诗经通译新诠》："累，缠绕上去。"又曰："荒，包荒的省略，今以为围绕。"又曰："萦，围绕。"累、荒、萦，三词语义相同，均是"缠绕、围绕"之义。

【辨释】

累、荒、萦，均为"缠绕"之义，语义微别。《说文·糸部》："累，缀得理也。一曰大索也。"《辞海》："累，通缧，捆绑。"引申为缠绕。《孟子·梁惠王下》："若杀其父兄，系累其子弟，毁其宗庙，迁其重器，如之何其可也？"荒，本义为长满野草的沼泽地。引申为缠绕。《说文·艸部》："荒，芜也，一曰草淹地也。"《辞海》："掩；覆盖。"《说文·糸部》："萦，收韏也。"段玉裁注："萦，收卷也。"《辞海》："萦，缠绕。"李白《蜀道难》："青泥何盘盘，百步九折萦岩峦。"从语境上看，三词换用避复。

8. 绥、将、成

绥、将、成，在"保佑、安抚"的意义上为一组修辞同义词。

【构组】

《周南·樛木》三章，一、二、三章叠咏。首章：乐只君子，福履绥之。二章：乐只君子，福履将之。三章：乐只君子，福履成之。

绥、将、成，叠咏同义，均为"保佑、安抚"之义。《毛传》："绥，安也。"意即"使……安宁",与"保佑、安抚"义近。《郑笺》:"将,犹扶助也。"与"保佑"意义相近。成,成全。从语境上看,"福履绥之"、"福履将之"、"福履成之",是同一个意思分成三章反复歌咏,语义相近,为一组修辞同义词。

【辨释】

绥、将、成,均为"保佑、安抚"之义,但侧重点不同。绥,侧重于心理。《广雅》:"绥,舒也。"王念孙《广雅疏证》:"绥者,安之舒也。"《大雅·民劳》:"惠此中国,以绥四方。"将,扶进。侧重于动作。《乐府诗集·木兰诗》:"爷娘闻女来,出郭相扶将。"成,成全。侧重于整个过程完美结束。《说文·戊部》:"成,就也。"

9. 诜诜、薨薨、揖揖

诜诜、薨薨、揖揖,在"羽声众多"的意义上为一组修辞同义词。

【构组】

《周南·螽斯》三章,一、二、三章叠咏。首章:螽斯羽,诜诜兮。二章:螽斯羽,薨薨兮。三章:螽斯羽,揖揖兮。

诜诜、薨薨、揖揖,叠咏同义,均为"羽声众多"之义。《毛传》:"诜诜,众多也。"马瑞辰《毛诗传笺通释》:"诜诜为众多貌,犹《说文》駪训为马众多貌也。诜通作莘、駪、駪等字,犹《小雅》'駪駪征夫'《说文》引作莘莘。"《毛传》:"薨薨,众多也。"朱熹《诗集传》:"薨薨,群飞声。"《广雅·释诂》:"揖揖,集集,众也。"揖揖同"集集"。马瑞辰《通释》:"诜诜、薨薨、揖揖,皆形容羽声之众多耳。"陈振寰解注《诗经》:"诜诜,形容众多蝗虫聚集一起所发出的声响。薨薨,众多蝗虫群聚振翅的声音。揖揖,众蝗虫聚集的样子。"

【辨释】

诜诜、薨薨、揖揖,均为众多貌,在此指羽声众多。诜诜,同"莘莘",众多的样子。《国语·周语四》:"《周诗》曰:'莘莘征夫,每怀靡及。'"薨薨,羽声众多的样子。《齐风·鸡鸣》:"虫飞薨薨,甘与子同梦。"揖揖,众多的样子。欧阳修《别后奉寄圣俞二十五兄》："我年虽少君，白发已揖揖。"
三词语义基本相同，有时指众多，有时指羽声众多。换用避复。

　　10. 振振、绳绳、蛰蛰
　　振振、绳绳、蛰蛰，在"众盛"的意义上为一组修辞同义词。
　　【构组】

　　　　《周南·螽斯》三章，一、二、三章叠咏。首章：宜尔子孙，振振
　　　　兮。二章：宜尔子孙，绳绳兮。三章：宜尔子孙，蛰蛰兮。

　　振振、绳绳、蛰蛰，叠咏同义，均为"众盛"之义。朱熹《诗集传》：
"振振，盛貌。"马瑞辰《毛诗传笺通释》："谓众盛也。振振与下章绳绳、蛰
蛰，皆为众盛，故序但以'子孙众多'统之。"马瑞辰《通释》："绳绳，传本
《尔雅》：'绳绳，戒也'为训。但以诗意求之，亦为众盛。"《毛传》："蛰蛰，
和集也。"朱熹《诗集传》："蛰蛰，亦多意。"
　　【辨释】
　　振振、绳绳、蛰蛰，均为众多义，三词语义基本相同。《左传·僖公五
年》："丙之晨，龙尾伏辰；均服振振，取虢之旗。"李邕《大唐赠歙州刺史叶
公神道碑》："绳绳焉，熙熙焉，孔德之容，罔可测已。"李贺《感讽》诗之
五："侵衣野竹香，蛰蛰垂叶厚。"振振、绳绳、蛰蛰，三词换用强化了诗歌
意境。

　　11. 室家、家室、家人
　　室家、家室、家人，在"配偶"的意义上为一组修辞同义词。
　　【构组】

　　　　《周南·桃夭》三章，一、二、三章叠咏。首章：之子于归，宜其室
　　　　家。二章：之子于归，宜其家室。三章：之子于归，宜其家人。

　　室家、家室、家人，叠咏同义，均为"配偶"之义。孔颖达《毛诗正

义》："室家，《左传》曰：'男有室，女有家。'室家，谓夫妇也。"朱熹《诗集传》："室谓夫妇所居，家谓一门之内。"《毛传》："家室，犹室家也。"朱熹《诗集传》："家室，犹室家也。"《郑笺》："家人，犹室家也。"黄典诚《诗经通译新诠》："室家，家庭。家室，和室家一样，倒文是为了押韵。"

【辨释】

室家、家室、家人，均为"配偶"之义，三词语义基本相同，为求得押韵和谐，换韵避复。首章韵脚字"华、家"，同为鱼部字。二章韵脚字"实、室"，同为质部字。三章韵脚字"蓁、人"，同为真部字。

12. 中逵、中林

中逵、中林，在"道路交错之处"的意义上为一组修辞同义词。

【构组】

《周南·兔罝》三章，一、二、三章叠咏。二章：肃肃兔罝，施于中逵。三章：肃肃兔罝，施于中林。

中逵、中林，叠咏同义，均为"道路交错之处"之义。《毛传》："逵，九达之道。"马瑞辰《毛诗传笺通释》："中林，《尔雅》：'牧外谓之野，野外谓之林。'中林犹云中野，与上章中逵为一类。"陈振寰解注《诗经》："中逵，大路中间。逵，四通八达的道路。中林，这里指林间道路。"

【辨释】

中逵、中林，均为"道路交错之处"之义，二词语义基本相同，换用避复。

13. 干城、好仇、腹心

干城、好仇、腹心，这三个短语在"保卫者"的意义上为一组修辞同义短语。

【构组】

《周南·兔罝》三章，一、二、三章叠咏。首章：赳赳武夫，公侯干城。二章：赳赳武夫，公侯好仇。三章：赳赳武夫，公侯腹心。

干城、好仇、腹心，叠咏同义，同为"保卫者"之义。闻一多《诗经新义》："《兔罝》篇一章曰'公侯干城'，三章曰'公侯腹心'，'干城'、'腹心'皆二名词平列而义复相近，则二章'公侯好仇'之'好仇'，亦当为义近平列之二名词。"

【辨释】

干城、好仇、腹心，同为"保卫者"之义，三词本不同义，但在这个具体语境中临时构成一组同义短语。闻一多先生的分析准确、允当。这是较早将"干城、好仇、腹心"三词作为一组同义词来处理的例子，应该说闻一多先生所论至确。

14. 采、有、掇、捋、袺、襭

采、有、掇、捋、袺、襭，在"采摘"的意义上为一组修辞同义词。

【构组】

《周南·芣苢》三章，一、二、三章叠咏。首章：采采芣苢，薄言采之。采采芣苢，薄言有之。二章：采采芣苢，薄言掇之。采采芣苢，薄言捋之。三章：采采芣苢，薄言袺之。采采芣苢，薄言襭之。

采、有、掇、捋、袺、襭，叠咏同义，均为"采摘"之义。朱熹《诗集传》："采，始求之也。"朱熹《诗集传》："有，既得之也。"《说文·手部》："掇，拾取也。"朱熹《诗集传》："捋，取其子也。"《尔雅·释器》："袺，执衽谓之袺。"王先谦《诗三家义集疏》："采物既多，以袖受之，此袺之义也。"陈奂《诗毛氏传疏》："襭者，插衽于带以纳物。"陈振寰解注《诗经》："有，占有，拥有。掇，捡拾，拾取。捋，取。袺，手提着衣襟来装东西。襭，把衣襟角掖到腰带上来盛东西。"

【辨释】

"采、有、掇、捋"四词，有"始求、既得、挑选"之义，"袺、襭"二词，写采摘之后的"盛纳"。六个同义词写出了古代劳动妇女采摘车前子时的整个过程，欢快而有趣，渲染了劳动场景，具有意境美。

15. 楚、蒌

楚、蒌，在"灌木"的意义上为一组修辞同义词。

【构组】

　　《周南·汉广》三章，二、三章叠咏。二章：翘翘错薪，言刈其楚。
三章：翘翘错薪，言刈其蒌。

　　楚、蒌，叠咏同义，均为"灌木"之义。《说文·林部》："楚，丛木。一
名荆也。"其义有二：一是丛生的树木；二是荆条。本章即指荆条，属于灌
木。朱熹《诗集传》："楚，木名，荆属。"王念孙《广雅疏证》："……楚茎坚
强，故谓之荆。荆、强古声相近。"闻一多《诗经新义》："《汉广》篇二章曰
'言刈其楚'，三章曰'言刈其蒌'。楚与蒌并举……然则楚亦草矣。"程俊英、
蒋见元《诗经》："楚，荆条。砍下柴草扎成火把，是古代婚嫁的一种习俗。"
蒌，蒌蒿，多年生草本植物，多生水滨，高四五尺。

【辨释】

　　楚、蒌，同为"灌木"之义，但有区别。楚，木本丛生灌木。蒌，草本
丛生灌木。依据程俊英、蒋见元的《诗经》的注解，"砍下柴草扎成火把，是
古代婚嫁的一种习俗"，由此可以想见：楚、蒌，可能为定情之物。

16. 马、驹

马、驹，在"马"的意义上为一组修辞同义词。

【构组】

　　《周南·汉广》三章，二、三章叠咏。二章：之子于归，言秣其马。
三章：之子于归，言秣其驹。

　　马、驹，叠咏同义，均为"马"之义。马，一种家畜。《周南·卷耳》：
"陟彼高冈，我马玄黄。"驹，高大、少壮的马。《毛传》："五尺以上曰驹。"

驹，有二义：一指小马；二指良马，此章中的"驹"即指良马，指高大、少壮的马。今有俗语"宝马良驹"，"马"、"驹"叠咏同义。

【辨释】

马、驹，均为"马"之义，语义稍有区别。马，草食性家畜。在4000年前被人类驯服。是古代农业生产、交通运输和军事活动的主要动力。韩愈《马说》："千里马常有，而伯乐不常有。"驹，指高大、少壮的马。《陈风·株林》："乘我乘驹，朝食于株。"《郑笺》："六尺以下曰驹。"也常指小马。《说文·马部》："驹，马二岁曰驹。"《小雅·角弓》："老马反为驹，不顾其后。"

17. 枚、肄

枚、肄，在"多余的树枝"的意义上为一组修辞同义词。

【构组】

《周南·汝坟》三章，一、二章叠咏。首章：遵彼汝坟，伐其条枚。二章：遵彼汝坟，伐其条肄。

枚、肄，叠咏同义，均为"多余的树枝"之义。枚，多余的枝条。《广雅·释草》："枚，条也。"闻一多《诗经新义》："《诗》一章曰'伐其条枚'，二章曰'伐其条肄'，条枚犹条肄矣。"肄，多余的枝条。《毛传》："肄，余也。斩而复生曰肄。"陈振寰解注《诗经》："条枚，枝条。条肄，枝条。"

【辨释】

枚、肄，在此章属于语境临时同义词，为"多余的树枝"之义。枚，一些版本释为"树干"，"树干"与"树枝"部位不同。依据诗旨，今人认为是一首"思妇之词"，即一个女子思念丈夫的内心感受，"伐其条枚"，即砍下树枝。如果译为"一个女子伐倒树木"，似乎有悖情理。所以，枚，译为"枝条"符合语境。肄，通"枿"，树木砍伐后再生出来的枝条。

18. 公子、公姓、公族

公子、公姓、公族，在"贵族子孙"的意义上为一组语境词汇同义词。

【构组】

《周南·麟之趾》三章，一、二、三章叠咏。首章：麟之趾，振振公子。二章：麟之定，振振公姓。三章：麟之角，振振公族。

公子、公姓、公族，叠咏同义，均为"贵族子孙"之义。马瑞辰《毛诗传笺通释》："《小尔雅》、《广雅》并曰'姓，子也。'昭四年《左传》：'问其姓，对曰：余子长矣。'杜注：'问其姓，问有子否？'《曲礼》'纳女于天子曰备百姓'，即《诗》'则百斯男'之义，百姓犹百子也。此诗公姓犹言公子，特变文以协韵耳。公族与公姓亦同义。"王引之《经义述闻》卷五："公姓、公族，皆谓子孙也。古者谓子孙曰姓，或曰子姓，字通作生。……公子、公姓、公族皆指后嗣而言，犹《螽斯》之言'宜尔子孙'也。"黄典诚《诗经通译新诠》："公子，贵族子弟。公姓，贵族的同宗。公族，贵族，周王朝的同族。"

【辨释】

公子、公姓、公族，均为"贵族子孙"之义，语义区别不大。今人认为《麟之趾》是颂扬统治者子孙繁盛多贤的诗。"公子、公姓、公族"三词均指子孙，词语换用，变文协韵使诗歌富于变化。

二　《诗经·召南》叠咏修辞同义词研究

《诗经·召南》14 篇，叠咏修辞同义词 13 组：居、方、盈；御、将、成；降、说、夷；忡忡、惙惙；伐、败、拜；芨、憩、说；狱、讼；皮、革、缝；纮、绒、总；吉、今、谓；氾、渚、沱；以、与、过；犯、狱。

1. 居、方、盈
居、方、盈，在"居住"的意义上为一组修辞同义词。
【构组】

《召南·鹊巢》三章，一、二、三章叠咏。首章：维鹊有巢，维鸠居之。二章：维鹊有巢，维鸠方之。三章：维鹊有巢，维鸠盈之。

居、方、盈，叠咏同义，均为"居住"之义。居，居住。《穀梁传·僖公二十四年》："居者，居其所也。"方，居住。戴震《毛郑诗考证》："方，读为房。房之，犹居之也。"盈，住满。朱熹《诗集传》："盈，满也。"此指住满。

【辨释】

居、方、盈，均为"居住"之义，语义稍有不同。居，常指居住。《邶风·击鼓》："爰居爰处，爰丧其马。"方，义项很多，此指居住。盈，指住满。

从此诗叠咏角度看，"居、方、盈"当为一组修辞同义词，但训诂材料和例证不足，现暂列于此，以抛砖引玉。

2. 御、将、成

御、将、成，在"迎娶"的意义上为一组修辞同义词。

【构组】

《召南·鹊巢》三章，一、二、三章叠咏。首章：之子于归，百两御之。二章：之子于归，百两将之。三章：之子于归，百两成之。

御、将、成，叠咏同义，均为"迎娶"之义。马瑞辰《毛诗传笺通释》："首章往迎，则曰'御之'；二章在途，则曰'将之'；三章既至，则曰'成之'；此诗之次也。"今人认为，这是一首迎娶新娘的诗，写了整个迎娶的过程，即往迎、在途、成婚，"御、将、成"三词构成一组语境临时同义词。

【辨释】

御、将、成，均指"迎娶"，但迎娶的时段不同，御，通"迓"，迎，往迎，即前去接亲。陈奂《诗毛氏传疏》："迎，亲迎也。诸侯亲迎，从者百乘也。"《小雅·甫田》："琴瑟击鼓，以御田祖。"《郑笺》："御，迎。设乐以迎祭先啬。谓郊后始耕也。"将，在途，即走在返回的路上。《毛传》："将，送也。"马瑞辰《毛诗传笺通释》："诗百两皆指迎者而言。将者，护者，奉也。"成，指成婚，即迎接回来举行成婚仪式。朱熹《诗集传》："成之，成其礼也。"

3. 降、说、夷

降、说、夷，在"悦服"的意义上为一组修辞同义词。

【构组】

《召南·草虫》三章，一、二、三章叠咏。首章：亦既觏止，我心则降。二章：亦既觏止，我心则说。三章：亦既觏止，我心则夷。

降、说、夷，叠咏同义，均为"悦服"之义。马瑞辰《毛诗传笺通释》："降者夅之假借。《说文》：'夅，服也。'正与二章'我心则说'《传》训为服同义。"又云："夷、悦以双声为义。《尔雅·释言》：'夷，悦也。'"黄典诚《诗经通译新诠》："降，心平下来。说，同'悦'。夷，平静下来。""平静"与"悦"义近。

【辨释】

降、说、夷，均为"悦服"之义，但语义稍有不同。降，为"夅"之借字，在"悦服"的意义今已不常用。说，同"悦"，悦服。《韩非子·五蠹》："民说之，使王天下，号之曰燧人氏。"夷，悦服，可喜。《毛传》："夷，说（悦）也。"《楚辞·九怀·陶壅》："道莫贵兮归真，羡余术兮可夷。"

4. 忡忡、惙惙

忡忡、惙惙，在"忧愁"的意义上为一组修辞同义词。

【构组】

《召南·草虫》三章，一、二章叠咏。首章：未见君子，忧心忡忡。二章：未见君子，忧心惙惙。

忡忡、惙惙，叠咏同义，均为"忧愁"之义。忡忡，忧愁。《毛传》："忡忡，犹冲冲也。"《说文·心部》："忡，忧也。"《楚辞·九歌·云中君》："思夫君兮叹息，极劳心兮忡忡。"此指忧虑不安。惙惙，忧愁。《毛传》："惙惙，忧也。"汉·赵晔《吴越春秋·勾践入臣外传》："心惙惙兮若割，泪泫泫兮双悬！"

【辨释】

忡忡、惙惙，均为"忧愁"之义，语义区别不大。忡忡、惙惙，描写了内心忧愁的情感。它的运用，增强了诗歌的形象性和语言的音乐性。

5. 伐、败、拜

伐、败、拜，在"砍伐"的意义上为一组修辞同义词。

【构组】

《召南·甘棠》三章，一、二、三章叠咏。首章：蔽芾甘棠，勿剪勿伐。二章：蔽芾甘棠，勿剪勿败。三章：蔽芾甘棠，勿剪勿拜。

伐、败、拜，叠咏同义，均为"砍伐"之义。伐，砍伐。《魏风·伐檀》："坎坎伐檀兮，寘之河之干兮，河水清且涟猗。"马瑞辰《毛诗传笺通释》："《说文》：'伐，一曰败也，亦斫也。'《广雅》：'伐，败也。'是勿败犹勿伐耳。"败，砍伐。宋严粲《诗缉》："败，谓残毁之。"清胡承珙《毛诗后笺》："败者，谓伤其本根。"这里的"残毁"和"伤其本根"均指砍伐。拜，砍伐。《郑笺》："拜，拜之言拔也。"拜，也写作"扒"。《广雅·怪韵》："扒，拔也。《诗》曰：'勿剪勿扒'。"

【辨释】

伐、败、拜，均为"砍伐"之义，语义稍有不同。砍伐，为"伐"的常用义。白居易《卖炭翁》："卖炭翁，伐薪烧炭南山中。"败、拜，作"砍伐"义少见，此当为语境临时同义词。"拜、拔"同源，用同源词释义。

6. 芨、憩、说

芨、憩、说，在"歇息"的意义上为一组修辞同义词。

【构组】

《召南·甘棠》三章，一、二、三章叠咏。首章：勿剪勿伐，召伯所芨。二章：勿剪勿败，召伯所憩。三章：勿剪勿拜，召伯所说。

芨、憩、说，叠咏同义，均为"歇息"之义。芨，住宿。《郑笺》："芨，草舍也。""芨"与"所"结合为"所芨"，在此活用为动词，指"住宿"。住宿，即休息。憩，休息。《毛传》："憩，息也。"陶渊明《归去来兮辞》："策扶老以流憩，时翘首而遐观。"说，通"税"，歇息。《陈风·株林》："驾我乘马，说于株野。乘我乘驹，朝食于株。"《郑笺》："说，舍也。"程俊英、蒋见元《诗经》："说，停息。"《史记·李斯列传》："物极则衰，吾未知所税驾也。"司马贞《索隐》："税驾，犹解驾，言休息也。"

【辨释】

芨、憩、说，均为"歇息"之义，为语境临时同义词。芨、憩，语义基本相同，说，通"税"，歇息，这样三词在此同义。"说"义项较多，是个多义词。同义词的运用是为了获得诗作的错综变化之妙。

7. 狱、讼

狱、讼，在"打官司"的意义上为一组修辞同义词。

【构组】

《召南·行露》三章，二、三章叠咏。二章：虽速我狱，室家不足！三章：虽速我讼，亦不女从！

狱、讼，叠咏同义，均为"打官司"之义。狱，打官司。《说文·犾部》："狱，确也。"确，监狱坚牢。引申为打官司。如《周易·贲》："君子以明庶政，无敢折狱。"《周礼·秋官司寇》："以两剂禁民狱，入钧金，三日乃致于朝，然后听之。"郑玄注："狱，谓相告以罪名者。"讼，打官司。《说文·言部》："讼，争也。"以手曰争，以言曰讼。《论语·颜渊》："子曰：'听讼，吾犹人也，必也使无讼乎！'"

【辨释】

狱、讼，均为"打官司"之义，语义稍有不同。狱，常用作名词，指诉讼案件，如"文字狱"。《国语·周语中》："夫君臣无狱，今元咺虽直，不可听也。"讼，常用作动词，指打官司。方苞《狱中杂记》："又某氏以不孝讼其子，左右邻械系入老监，号呼达旦。"王凤阳《古辞辨》对二词作了辨释，指出："讼，是动词，指原告和被告各执一端，申诉理由，互相辩驳，狱，是名词，指诉讼案件。"

8. 皮、革、䄖

皮、革、䄖，在"皮袍子"的意义上为一组修辞同义词。

【构组】

《召南·羔羊》三章，一、二、三章叠咏。首章：羔羊之皮，素丝五纪。二章：羔羊之革，素丝五绒。三章：羔羊之䄖，素丝五总。

皮、革、䄖，叠咏同义，均为"皮袍子"之义。《毛传》："革，犹皮也。"闻一多《诗经新义》："诗一章曰'羔羊之皮'，二章曰'羔羊之革'，三章曰'羔羊之䄖'。皮、革一义，则䄖亦当与之同。䄖，依字当作鞱。《集韵》引《字林》：'鞱，被鞱也。'……《字林》以被鞱训鞱，被谓之䄖，亦犹皮谓之鞱矣。……皮、革、䄖皆一语之转，故字虽三变，义则一而已矣。"黄典诚《诗经通译新诠》："革，皮。䄖，皮的别称。"

【辨释】

皮、革、䄖，均为"皮袍子"之义，词义稍有不同。"皮、革"同义，易于理解。皮，《说文·皮部》："剥取兽革者谓之皮。"特指从兽类、畜类身上剥取的带毛的皮。《左传·僖公十四年》："皮之不存，毛将焉附。"皮，指带毛的皮袍。革，皮袍子。《说文·革部》："革，兽皮治去其毛，革更之。"即兽皮除去它的毛，改变它的样子。此指不带毛的皮袍。䄖，作为"皮袍"义，不好理解。朱熹《诗集传》："䄖皮，合之以为裘也。"也就是说，"䄖，为缝合成裘。"根据闻一多的论证，皮、革、䄖，为一组语境临时同义词。

需要说明的是，闻一多较早注意到了此诗的叠咏特点，将"皮、革、䄖"作为一组同义词加以论证、辨析，至确。

9. 纪、绒、总

纪、绒、总，在"䄖"的意义上为一组修辞同义词。

【构组】

　　《召南·羔羊》三章，一、二、三章叠咏。首章：羔羊之皮，素丝五
纰。二章：羔羊之革，素丝五緎。三章：羔羊之缝，素丝五总。

　　纰、緎、总，叠咏同义，均为"缝"之义。纰，缝制。严粲《诗缉》：
"纰，缝也。"陈奂《诗毛氏传疏》："纰，本作佌。佌，加也。五佌犹交加，
言缝裘，不言缝裘之丝。"緎，缝制。《毛传》："緎，缝也。"《尔雅·释训》：
"緎，羔裘之缝也。"郭璞注："缝，饰羔皮之名。"总，缝制。《毛传》："总，
数也。"陈奂《传疏》："数之为言蔟蔟也，皆即密缝之意也。"程俊英、蒋见
元注译《诗经》："纰，缝。下文的緎和总，都是缝的意思。"

【辨释】

　　纰、緎、总，均为"缝"之义，词义稍有不同。纰、緎，为缝制义，易
于理解，皆从丝，与缝制有关。总，为缝制义，少见。三词当为语境临
时同义词。诗中同义词的运用，其作用在于反复强调，推进了诗意的发
展变化。

10. 吉、今、谓

　　吉、今、谓，在"吉日"的意义上为一组修辞同义词。

【构组】

　　《召南·摽有梅》三章，一、二、三章叠咏。首章：求我庶士，迨其
吉兮。二章：求我庶士，迨其今兮。三章：求我庶士，迨其谓之。

　　吉、今、谓，叠咏同义，均为"吉日"之义。吉，吉日。朱熹《诗集
传》："吉，吉日也。"今，吉日。朱熹《诗集传》："今，今日也。盖不待吉
矣。"谓，相会，吉日。《毛传》："谓之，不待备礼也。三十之男，二十之女，
礼未备则不待礼，会而行之者，所以蕃育民人也。"程俊英、蒋见元《诗经》：
"谓通会，古代有'仲春会男女'的制度，在这期间，未婚的青年男女可以自
由同居。"可见，《毛传》和程俊英、蒋见元都将"谓"释为"相会"，再引申

之，谓，即吉日。

【辨释】

吉、今、谓，均为"吉日"之义，三词为语境临时同义词。从词汇角度看，三词并不同义。从语境角度看，三词在作品中却构成了一组修辞同义词。诗中同一内容，分三章咏唱，表达了待嫁女子想马上与"庶士"相会的强烈、急切的心情。

11. 汜、渚、沱

汜、渚、沱，在"长江的支流"的意义上为一组修辞同义词。

【构组】

　　《召南·江有汜》三章，一、二、三章叠咏。首章：江有汜，之子归。二章：江有渚，之子归。三章：江有沱，之子归。

　　汜、渚、沱，叠咏同义，均为"长江的支流"之义。汜，指水的支流。《毛传》："决复入为汜。"朱熹《诗集传》："水决复入为汜，今江陵、汉阳、安复之间盖多有之。"闻一多《诗经新义》："《传》曰：'决复入为汜'，水决则歧出，以决释汜，固无不可耳，'复入'二字则断非汜义，特因下文'其后也悔'而傅会之耳。"渚，水的支流。黄焯《毛诗郑笺平议》："据《传》义，水决而复入为汜，枝而为渚，江之别出者为沱，皆大水之枝流，犹姪娣之附于女君也。"沱，水的支流。《毛传》："沱，江之别者。"《说文·水部》："沱，江别流也。"别者、别流，即支流。黄典诚《诗经通译新诠》："汜，江水冲决出堤去的小河。渚，江边的小沟。沱，江水的支流。"

【辨释】

汜、渚、沱，均为"长江的支流"之义，词义稍有不同。汜、沱，常指江河的支流。渚，其常用义为江河中的小洲，即水中的陆地。《尔雅·释水》："小洲曰渚。"《国语·齐语》："使海于有蔽，渠弭于有渚，环山于有牢。"这里的"渚"指小岛。《楚辞·九章·涉江》："乘鄂渚而反顾兮，欸秋冬之绪风。"鄂渚，地名，在今湖北武昌西。

12. 以、与、过

以、与、过，在"和……在一起"的意义上为一组修辞同义词。

【构组】

《召南·江有汜》三章，一、二、三章叠咏。首章：不我以，其后也悔。二章：不我与，其后也处。三章：不我过，其啸也歌。

以、与、过，叠咏同义，均为"和……在一起"之义。以，和……在一起。《郑笺》："以，犹与也。"朱熹《诗集传》："能左右之曰以，谓挟己以行也。"与，和……在一起。《唐风·葛生》："予美亡此，谁与？独处。"《郑笺》："吾谁与居乎，独处家耳。"过，和……在一起。朱熹《诗集传》："过，谓过我而与俱也。"

【辨释】

以、与、过，均为"和……在一起"之义，但具体词义不同。"以"、"与"，二词同义，与"过"并不同义，三词在此为语境临时同义词。同义词的运用，反复咏叹，强调了女子的烦闷。过，其常用义较多，主要有：(1) 经过。《孟子·滕文公上》："禹八年于外，三过其门而不入。"(2) 超过。《史记·项羽本纪》："从此道至吾军，不过二十里耳。"(3) 拜访，探望。《战国策·齐策四》："于是乘其车，揭其剑，过其友。"(4) 犯错误。《孟子·告子下》："人恒过，然后能改；困于心，衡于虑，而后作。"

13. 豝、豵

豝、豵，在"小猪"的意义上为一组修辞同义词。

【构组】

《召南·驺虞》二章，一、二章叠咏。首章：彼茁者葭，壹发五豝。二章：彼茁者蓬，壹发五豵。

豝、豵，叠咏同义，均为"小猪"之义。豝，小猪，也指母猪。《毛传》："牝豕曰豝。"《说文·豕部》："豝，牝豕也。一曰二岁。"豵，即小猪。《毛传》："狱，一岁曰狱。"朱熹《诗集传》："一岁曰狱，亦小豕也。"

【辨释】

豝、狱，同为"小猪"之义，但词义有别。"豝"有两个义项：一指小
猪；二指母猪。《小雅·吉日》："发彼小豝，殪此大兕。"豝，指"小豝"，为
小猪。《召南·驺虞》："彼茁者葭，壹发五豝。"《毛传》："牝豕曰豝。"狱，
指小猪。《豳风·七月》："言私其狱，献豜于公。"

三　《诗经·邶风》叠咏修辞同义词研究

《诗经·邶风》19 篇，叠咏修辞同义词 10 组：暴、霾、曀；适、敦；
益、遗；谪、摧；凉、喈；雰、霏；姝、娈；泚、洒；浟浟、浼浼；景、逝。

1. 暴、霾、曀

暴、霾、曀，在"疾风"的意义上为一组修辞同义词。

【构组】

《邶风·终风》四章，一、二、三章叠咏。首章：终风且暴，顾我则
笑。二章：终风且霾，惠然肯来。三章：终风且曀，不日有曀。

暴、霾、曀，叠咏同义，均为"疾风"之义。暴，又猛又急的风。《毛
传》："暴，疾也。"孔颖达《毛诗正义》引孙炎说："阴云不兴而大风暴
起。"马瑞辰《毛诗传笺通释》："《玉篇》云：'瀑，疾风也。'作暴者，瀑
之省。"风夹杂着尘土曰霾。《毛传》："霾，雨土也。"《说文·雨部》："霾，
风雨土也。"闻一多《风诗类钞》："大风扬尘，从上而下曰霾。"曀，阴天
刮风。《毛传》："阴而风曰曀。"《说文·日部》："曀，阴而风也。《诗》曰：
'终风且曀。'"

【辨释】

暴、霾、曀，均为"疾风"之义，但所刮大风的特点不同。暴，指迅疾
的风，突出风的猛烈。今有成语"暴风骤雨"。霾，疾风而雨土，突出风猛烈
但又夹杂着尘土。类似于今天说的"沙尘暴"，今有词语"阴霾"。曀，阴天
而刮的风。突出刮着风但阴天。有词语"曀曀"，阴暗的样子。

2. 适、敦

适、敦，在"扔给"的意义上为一组修辞同义词。

【构组】

《邶风·北门》三章，二、三章叠咏。二章：王事适我，政事一埤益我。三章：王事敦我，政事一埤遗我。

适、敦，叠咏同义，均为"扔给"之义。适，扔给。马瑞辰《毛诗传笺通释》："适，当为摘（掷）之假借。《说文》《广雅》并曰：'投，摘也……古书投掷字多作摘。'摘我，犹投我也。"敦，投掷，为语境义。朱熹《诗集传》："敦，犹投掷也。"投掷，即扔给。

【辨释】

适、敦，均为"扔给"之义，二词本不同义，当为语境临时同义词。适，常用为动词往、到之义。《说文·辵部》："适，之也。"段玉裁注："此不曰往而曰之，许意盖以之与往稍别。逝、徂、往自发动言之，适自所到言之。"又为女子出嫁。《玉台新咏·古诗为焦仲卿妻作》："贫贱有此女，始适还家门。"敦，常用为形容词，厚道、笃实。《左传·僖公二十七年》："臣亟闻其言矣，说礼、乐而敦《诗》、《书》。"孔颖达疏："说谓爱乐之，敦谓厚重之。"修辞同义词的运用，强化了诗歌意境。

3. 益、遗

益、遗，在"强加"的意义上为一组修辞同义词。

【构组】

《邶风·北门》三章，二、三章叠咏。二章：王事适我，政事一埤益我。三章：王事敦我，政事一埤遗我。

益、遗，叠咏同义，均为"强加"之义。益，增加。《郑笺》："使女每物益多，以是故无不众也。"《吕氏春秋·察今》："先王之法，经乎上世而来者也，人或益之，人或损之，胡可得而法？"遗，强给。《毛传》："遗，加也。"

朱熹《诗集传》:"遗,加。"

【辨释】

益、遗,均为"强加"之义,为语境临时同义词,词义稍有区别。益,义项较多,其本义为"水漫出",为"溢"的本字。《吕氏春秋·察今》:"澭水暴益,荆人弗知,循表而夜涉,溺死者千有余人。"遗,其本义为遗失。《说文·辵部》:"遗,亡也。"即走失。《左传·成公十六年》:"君惟不遗德、刑,以伯诸侯,岂独遗诸敝邑?"句中第一个"遗",杜预注:"遗,失也。"修辞同义词的反复运用,推进了诗意的发展。

4. 谪、摧

谪、摧,在"责备"的意义上为一组修辞同义词。

【构组】

《邶风·北门》三章,二、三章叠咏。二章:我入自外,室人交遍谪我。三章:我入自外,室人交遍摧我。

谪、摧,叠咏同义,均为"责备"之义。谪,责备。《毛传》:"责也。"《说文·言部》:"谪,罚也。"罚,与"责备"义近。闻一多《风诗类钞》:"谪、讁,皆责也,王事责之于外,室人责之于内,言公私交迫也。"《左传·成公十七年》:"庆克久不出,而告夫人曰:'国子谪我。'"摧,责备、讽刺。《毛传》:"摧,沮也。"《郑笺》:"摧者讽刺之言。"王先谦《诗三家义集疏》:"《说文》:'摧,相捣也。《诗》曰:室人交遍摧我。'相捣者,谓相怼怨犹捣击然。"程俊英、蒋见元《诗经》:"摧,讽刺。"讽刺,与"责备"义近。

【辨释】

谪、摧,均为"责备"之义,为语境临时同义词,语义稍有区别。谪,为责备义。在此篇中,摧,临时为"责备"义,构成一组修辞同义词。摧,本义为折断。《大雅·云汉》:"胡不相畏?先祖于摧。"范仲淹《岳阳楼记》:"商旅不行,樯倾楫摧。"这两句中的"摧"为折断义。在本篇中,修辞同义词的反复运用,推进了诗意的发展。

5. 凉、喈

凉、喈，在"寒凉"的意义上为一组修辞同义词。

【构组】

《邶风·北风》三章，一、二章叠咏。一章：北风其凉，雨雪其雱。二章：北风其喈，雨雪其霏。

凉、喈，叠咏同义，均为"寒凉"之义。凉，寒冷。朱熹《诗集传》："凉，寒气也。"喈，寒凉。马瑞辰《毛诗传笺通释》："喈当作湝，又通凄。《说文》湝字注：'一曰：湝，水寒也。'引《诗》'风雨湝湝'，即《郑风》'风雨凄凄'之异文。《邶风》《传》：'凄，寒风也。'盖水寒曰湝，风寒亦为湝，'其喈'犹'其凉'也。"王先谦《诗三家义集疏》："喈即湝之假借。《说文·水部》'湝'下云：'一曰寒也。'"闻一多《风诗类钞》："湝亦凉也。"程俊英、蒋见元《诗经》："喈，寒凉。"

【辨释】

凉、喈，均为"寒凉"之义，但本义不同。凉，本义指寒冷，常指水和风的温度较低。喈，本义指鸟鸣声。《说文·口部》："喈，鸟鸣声。"《郑风·风雨》："风雨凄凄，鸡鸣喈喈。"还指钟鼓声。《小雅·钟鼓》："钟鼓喈喈，淮水湝湝。"还指疾风。本篇"北风其喈，雨雪其霏。"疾风与"寒凉"义近。可见：凉、喈，为一组语境临时同义词。

6. 雱、霏

雱、霏，在"雪花纷纷"的意义上为一组修辞同义词。

【构组】

《邶风·北风》三章，一、二章叠咏。一章：北风其凉，雨雪其雱。二章：北风其喈，雨雪其霏。

雱、霏，叠咏同义，均为"雪花纷纷"之义。雱，雪下得很大。《毛传》："雱，盛貌。"朱熹《诗集传》："雱，雪盛貌。"程俊英、蒋见元《诗经》：“雱，雪花纷纷的样子。”霏，雪很大的样子。《毛传》：“霏，甚貌。”
朱熹《诗集传》：“霏，雨雪分散之状。”程俊英、蒋见元《诗经》：“霏，雪
花密集的样子。”陈振寰解注《诗经》：“雱，雪很大的样子。霏，大雪纷飞
的样子。”

【辨释】

雱、霏，同为“雪花纷纷”之义，但词义稍有区别：雱，指雪下得很大。
霏，即指雨雪下得很大，还有雪花密而疾的意思。《小雅·采薇》：“今我来
思，雨雪霏霏。”以此起兴，写卫国甚为暴虐，百姓纷纷逃亡。

7. 姝、娈

姝、娈，在“漂亮”的意义上为一组修辞同义词。

【构组】

　　《邶风·静女》三章，一、二章叠咏。一章：静女其姝，俟我于城
　　隅。二章：静女其娈，贻我彤管。

姝、娈，叠咏同义，同为“漂亮”之义。姝，指美丽、漂亮。《毛传》：
“姝，色美也。”马瑞辰《毛诗传笺通释》：“此诗‘静女’亦当读靖，谓善女，
犹云淑女、硕女也。故‘其姝’、‘其娈’皆状其美好之貌。”王先谦《诗三家
义集疏》：“《韩》说曰：‘姝姝然，美也。’”娈，美丽。《毛传》：“娈，既有静
德，又有美色。”《广雅·释诂》：“娈，好也。”陈振寰解注《诗经》：“其姝，
极漂亮的样子。娈，年轻美丽的样子。”

【辨释】

姝、娈，均指漂亮，语义相差不大。姝，侧重于长相漂亮。《说文·女
部》：“姝，好也。”王筠《说文句读》：“慧苑引作‘色美也’。”《方言》卷一：
“赵魏燕代之间曰姝。”娈，一般指“漂亮”。

8. 泚、洒

泚、洒，在“鲜明的样子”的意义上为一组修辞同义词。

【构组】

　　《邶风·新台》三章，一、二章叠咏。一章：新台有泚，河水渺渺。二章：新台有洒，河水浼浼。

　　泚、洒，叠咏同义，均为"鲜明的样子"之义。泚，通"玼"，鲜明的样子。《毛传》："泚，鲜明貌。"朱熹《诗集传》："泚，鲜明也。"陆德明《经典释文》引《说文》作"玼"，说："玉色鲜也。"赵汝谈《翠蛟亭和巩丰韵》："术假金洞光，景逾瑶台泚。"洒，鲜明的样子。陆德明《经典释文》："洒，《韩诗》作漼，云'鲜貌'。"马瑞辰《毛诗传笺通释》："洒、洗双声，古通用。《白虎通》：'洗者，鲜也。'"

【辨释】

　　泚、洒，均为"鲜明的样子"之义，当为语境临时同义词，语义微别。泚，即玼之假借，指鲜明的样子。洒，除了与"泚"临时同义外，还有洒水的意思，为常用义。《说文·水部》："洒，汛也。"汛，即扫地洒水。《唐风·山有枢》："子有廷内，弗洒弗扫。"《礼记·内则》："凡内外，鸡初鸣，咸盥漱，衣服，敛枕簟，洒扫室堂及庭，布席，各从其事。"

9. 渺渺、浼浼

渺渺、浼浼，在"水满的样子"的意义上为一组修辞同义词。

【构组】

　　《邶风·新台》三章，一、二章叠咏。一章：新台有泚，河水渺渺。二章：新台有洒，河水浼浼。

　　渺渺、浼浼，叠咏同义，均为"水满的样子"之义。渺渺，水满的样子。《毛传》："渺渺，盛貌。"陆德明《经典释文》："渺，水盛也。《说文》云：'水满也'。"朱熹《诗集传》："渺渺，盛也。"谢灵运《山居赋》："复有水迳，缭绕回圆，弥弥平湖，泓泓澄渊。"句中的"弥弥"，即渺渺。浼浼，水满的样子。陆德明《经典释文》："浼浼，《韩诗》作浘浘，云：盛貌。"

【辨释】

　　浼浼、浣浣，均为"水满的样子"之义，当为语境临时同义词，语义微别。浼浼，指"水满。"浣，本义为"污染"之义。《说文·水部》："浣，污也。从水，免声。"《孟子·公孙丑上》："尔为尔，我为我，虽袒裼裸裎于我侧，尔焉能浣我哉！"《淮南子·人间训》："夫积爱成福，积怨成祸。若痈疽之必溃也，所浣者多矣。"

10. 景、逝

　　景、逝，在"远行的样子"的意义上为一组修辞同义词。

【构组】

　　　《邶风·二子乘舟》二章，一、二章叠咏。一章：二子乘舟，泛泛其景。二章：二子乘舟，泛泛其逝。

　　景、逝，叠咏同义，均为"远行的样子"之义。景，远行的样子。《毛传》："泛泛然迅疾而不碍也。"王引之《经义述闻》卷五："景读如憬，《鲁颂·泮水篇》：'憬彼淮夷。'《毛传》：'憬，远行貌。'下章言'泛泛其逝'，正与此同意也。"逝，远行。《说文·辵部》："逝，往也。"《邶风·谷风》："毋逝我梁，毋发我笱。"陈奂《诗毛氏传疏》："《尔雅》：'之、逝，往也。'三词相近而微有别。逝，往也，往犹去也。逝，之也，之犹至也。"《楚辞·湘夫人》："闻佳人兮召予，将腾驾兮偕逝。"

【辨释】

　　景、逝，均为"远行的样子"之义，当为语境临时同义词，语义微别。景，本义为日光。《说文·日部》："景，日光也。"《荀子·解蔽》："浊明外景，清明内景。"景，还有"大"的意思。《小雅·小明》："神之听之，介尔景福。"逝，还有"发誓"之义。《魏风·硕鼠》："逝将去女，适彼乐土。"

四　《诗经·鄘风》叠咏修辞同义词研究

《诗经·鄘风》10篇，叠咏修辞同义词8组：仪、特；埽、襄、束；道、详、读；唐、麦、葑；旄、旐、旌；郊、都、城；畀、予、告；纰、组、祝。

1. 仪、特

仪、特，在"匹偶"的意义上为一组修辞同义词。

【构组】

　　《鄘风·柏舟》二章，一、二章叠咏。一章：髧彼两髦，实维我仪。二章：髧彼两髦，实维我特。

仪、特，叠咏同义，均为"匹偶"之义。仪，配偶。《毛传》："仪，匹也。"闻一多《风诗类钞》："仪、特，皆配偶也。"《国语·周语上》："昔昭王娶于房，曰房后，实有爽德，协于丹朱，丹朱凭身以仪之，生穆王焉。"韦昭注："仪，匹也。"特，匹偶。《毛传》："特，匹也。"朱熹《诗集传》："特，亦匹也。"马瑞辰《毛诗传笺通释》："特训独，又训匹者，犹介为特，又为副。"程俊英、蒋见元注译《诗经》："仪，匹配。特，匹配。"

【辨释】

仪、特，均为"匹偶"之义，当为语境临时同义词，语义微别。仪，本义为容止、仪表。《大雅·烝民》："令仪令色，小心翼翼。"特，本义指雄性的牛马。《说文·牛部》："特，朴特，牛父也。"《周礼·夏官·校人》："凡马，特居四之一。"修辞同义词的运用，推进了诗意的发展，反映了诗中少女强烈要求婚姻自由的决绝之情。

2. 埽、襄、束

埽、襄、束，在"打扫"的意义上为一组修辞同义词。

【构组】

　　《鄘风·墙有茨》三章，三章叠咏。一章：墙有茨，不可埽也。二章：墙有茨，不可襄也。三章：墙有茨，不可束也。

埽、襄、束，叠咏同义，均为"打扫"之义。埽，打扫。《说文·土部》：

"埽，弃也。"字亦作扫。弃，即弃除尘秽。《周礼·夏官·隶仆》："隶仆掌五寝之埽除粪洒之事。"马瑞辰《毛诗传笺通释》："《左氏传》云：'人之有墙，以蔽恶也。'《诗》以'墙茨'起兴，盖取蔽恶之义。以墙茨之不可埽，所以固其墙，兴内丑之不可外扬，将以隐其恶也。"襄，古同"攘"，扫除。《毛传》："襄，除也。"段玉裁《诗经小学》："古襄、攘通。"《小雅·出车》："赫赫南仲，狁狁于襄。"《毛传》："襄，除也。"王先谦《诗三家义集疏》："《齐》、《鲁》，襄，作攘。"束，打扫。《毛传》："束，束而去之。"王先谦《诗三家义集疏》："束是总聚之义。总聚而去之，言其净尽也。"程俊英、蒋见元注译《诗经》："束，打扫干净。"陈振寰解注《诗经》："扫，清除，除掉。襄，通'攘'，除掉。束，捆绑。这里是集中起来除掉的意思。"这已注出"埽、襄、束"为一组同义词。

【辨释】

埽、襄、束，均为"打扫"之义，当为一组语境临时同义词，语义微别。"埽、襄"义近，埽，即打扫。襄，古同"攘"，扫除。《楚辞·七谏·沈江》："正臣端其操行兮，反离谤而见攘。"二词与"束"构成一组语境临时同义词。"不可埽"、"不可襄"、"不可束"，言墙上蒺藜难以清扫，卫国统治者淫乱无耻之事不可讲，修辞同义词的运用，反复说明这种宫廷秽闻难以消除。

3. 道、详、读

道、详、读，在"说"的意义上为一组修辞同义词。

【构组】

《鄘风·墙有茨》三章，三章叠咏。一章：中冓之言，不可道也。二章：中冓之言，不可详也。三章：中冓之言，不可读也。

道、详、读，叠咏同义，均为"说"之义。道，说。朱熹《诗集传》："道，言。"王先谦《诗三家义集疏》："'道，说也'者，《广雅·释诂》文。不可说，即《媒氏·注》所云'不当宣露'。"详，说明，细说。《毛传》："详，审也。"朱熹《诗集传》："详，详言之也。"陈奂《诗毛氏传疏》："详者，审悉之也。"陶渊明《五柳先生传》："先生不知何许人也，亦不详其姓字。"读，反复地说。朱熹《诗集传》："读，诵言也。"胡承珙《毛诗后笺》："道者，约言之；详者，多言之；读者，反复言之。诗意盖谓约言之尚不可，况多言之乎？况反复言之乎？三章自有次第。"马瑞辰《毛诗传笺通释》："《广雅》：'读，说也。''不可读'正当读为不可说，犹前章'不可道''不可扬'也。据《释文》云'详，《韩诗》作扬'，《广雅》'扬，说也'，义本《韩诗》，则《广雅》训读为说，亦当本《韩诗》。"程俊英、蒋见元注译《诗经》："道，说。详，细说。读，反复地说。"

【辨释】

道、详、读，均为"说"之义，语义微别。道，指说，常用于自述而不用于转述。杜甫《哀王孙》："可怜王孙泣路隅，问之不肯道姓名。"今有成语"说东道西"、"一语道破"等。详，指周到、完备地说，与"略"相对。《谷梁传·襄公二十九年》："详其事，贤伯姬也。"今有词语"详细"、"详略"、"详谈"、"周详"等。读，在此指"反复言之。"《说文·言部》："读，诵书也。"诵，即反复地读。可见，道，一般地说。详，详细地说。读，反复地说。层层递进，推进了诗意的发展。

4. 唐、麦、葑

唐、麦、葑，在"植物"的意义上为一组修辞同义词。

【构组】

> 《鄘风·桑中》三章，三章叠咏。一章：爰采唐矣？沬之乡矣。二章：爰采麦矣？沬之北矣。三章：爰采葑矣？沬之东矣。

唐、麦、葑，叠咏同义，均为"植物"之义。唐，草名，即菟丝草。《毛传》："唐蒙，菜名。"孔颖达《毛诗正义》："《释草》云：'唐蒙，女萝，女萝，菟丝。'舍人曰：'唐蒙名女萝，女萝又名菟丝。'孙炎曰：'别三名。'郭璞曰：'别四名。'则唐与蒙或并或别，故三、四异也。以经直言唐，而传言'唐蒙'也。"程俊英、蒋见元《诗经》："唐，女萝，蔓生植物。"唐，也叫唐蒙，一种蔓生植物。麦，谷名。朱熹《诗集传》："麦，谷名，秋种夏熟者。"《鄘风·载驰》："我行其野，芃芃其麦。"葑，指蔓菁，一种一年或两年生的草本植物。《邶风·谷风》："采葑采菲，无以下体。"《郑笺》："此二菜者，蔓菁与葍之类也。"王先谦《诗三家义集疏》："葑即芜菁，一名蔓菁，非菘亦非芥。"程俊英、蒋见元注译《诗经》："唐，女萝，蔓生植物。葑，萝卜。"

【辨释】

唐、麦、葑，均为"植物"之义，为语境临时同义词，语义不同。唐，本义为说大话。《说文·口部》："唐，大言也。"作为植物，别名较多，属一年生寄生草本植物。葑，一种蔬菜，类似于萝卜。麦，一年生或两年生的草本植物，是我国北方重要的粮食作物。本篇："爰采麦矣？沫之北矣。"

5. 旄、旟、旌

旄、旟、旌，在"旗帜"的意义上为一组修辞同义词。

【构组】

> 《鄘风·干旄》三章，三章叠咏。一章：孑孑干旄，在浚之郊。二章：孑孑干旟，在浚之都。三章：孑孑干旌，在浚之城。

旄、旟、旌，叠咏同义，均为"旗帜"之义。"旄、旟、旌"三词皆从"㫃"，均与旗帜有关。旄，是用旄牛尾做装饰的旗子。岑参《轮台歌奉送封大夫出师西征》："上将拥旄西出征，平明吹笛大军行。"旟，古代画着鸟隼的军旗。《毛传》："鸟隼曰旟。"《鄘风·干旄》："孑孑干旟，在浚之都。"旌，古代用五色羽毛装饰的旗子，也泛指旗子。《国语·吴语》："十行一嬖大夫，建旌提鼓，挟经秉枹。十旌一将军，载常建鼓，挟经秉枹。"

【辨释】

旄、旟、旌，同为旗子，但装饰物不同。旄，用旄牛尾做装饰的旗帜；旟，用鸟隼做装饰的旗帜；旌，用五色羽毛装饰的旗帜。旄、旟，常指具体装饰的旗子，常连用。旌，既可指具体装饰的旗子，也可泛指旗子。《楚辞·九歌·国殇》："旌蔽日兮敌若云，矢交坠兮士争先。"三个修辞同义词在此指各种旗子，以兴招揽各种人才。

6. 郊、都、城

郊、都、城，在"近郊"的意义上为一组修辞同义词。

【构组】

> 《鄘风·干旄》三章，三章叠咏。一章：子子干旄，在浚之郊。二章：子子干旟，在浚之都。三章：子子干旌，在浚之城。

郊、都、城，叠咏同义，同为"近郊"之义。郊，从邑，交声。从"邑"的字，一般表示与城郭、行政区域有关，也泛指城外。《尔雅·释地》："邑外谓之郊，郊外谓之牧，牧外谓之野，野外谓之林。"《魏风·硕鼠》："逝将去女，适彼乐郊。"《郑笺》："郭外曰郊。"都，古代行政区划名。《毛传》："下邑曰都。"陈奂《诗毛氏传疏》："周制，乡、遂之外置都、鄙，都为畿疆之境名。"《管子·度地》："故百家为里，里十为术，术十为州，州十为都，都十为霸国。"城，指城墙，即城外，不指城市。城外，即近郊。

【辨释】

郊、都、城，同为"近郊"之义，三词当为语境临时同义词，语义不同。"郊"的常用义，指郊外。《魏风·硕鼠》："逝将去女，适彼乐郊。""都"的常用义，指都城。《左传·庄公二十八年》："凡邑，有宗庙先君之主曰都，无曰邑，邑曰筑，都曰城。""城"的常用义，指城市。《说文·土部》："城，以盛民也。"《礼记·礼运》："城郭沟池以为固，礼义以为纪。"

7. 纰、组、祝

纰、组、祝，在"捆束"的意义上为一组修辞同义词。

【构组】

> 《鄘风·干旄》三章，三章叠咏。一章：素丝纰之，良马四之。二章：素丝组之，良马五之。三章：素丝祝之，良马六之。

纰、组、祝，叠咏同义，均为"捆束"之义。纰、组、祝，皆捆束。陈奂《诗毛氏传疏》："二章言组，三章言织，故《传》云'纰，所以织组也。'""织组"与"捆束"义近。闻一多《诗经新义》："曰'纰之''组之''祝之'者，纰之言比次也，组亦聚集之意，与纰义近，祝当从《笺》读为属，《说文·尾部》：'属，连也。'《礼记·经解》：'属辞比事'是属纰义亦近。纰、组、祝，皆束丝之法，无奥义。"

【辨释】

纰、组、祝，均为"捆束"之义，但常用义不同。纰，常用义为纰漏，即疏忽，谬误。《礼记·大传》："五者一物纰缪，民莫得其死。"组，常用义为具有文采的宽的丝带。《邶风·简兮》："有力如虎，执辔如组。"祝，常用义为祭祀时主持祝告的人。《说文·示部》："祝，祭主赞词者。"祝，通"织"。祝，上古属章纽觉部；织，上古属章纽职部，二字双声通假。

8. 畀、予、告

畀、予、告，在"给予"的意义上为一组修辞同义词。

【构组】

《鄘风·干旄》三章，三章叠咏。一章：彼姝者子，何以畀之？二章：彼姝者子，何以予之？三章：彼姝者子，何以告之？

畀、予、告，叠咏同义，均为"给予"之义。《毛传》："畀，予也。"陈奂《诗毛氏传疏》："畀、予，《释诂》文训畀为予，与二章同义，又互文以见也。"闻一多《诗经新义》："下文曰'畀之'、'予之'、'告之'，告与畀、予义同。"程俊英、蒋见元《诗经》："畀，给予。"予，给予。《说文·予部》："予，推予也。"意即举物给别人。《荀子·修身》："劳倦而容貌不枯，怒不过夺，喜不过予。"告，给予，为此篇中的语境临时义。

【辨释】

畀、予、告，均为"给予"之义，语义稍有不同。畀、予，在"给予"的意义上同义。"畀、予"与"告"构成一组语境临时同义词。告，没有"给予"义，但在此篇中应释为"给予"义。因为此诗三章，三章叠咏，同一内容分三章反复歌咏，三章内容其他文字相同，更换的几个词语为修辞同义词，在此篇中"畀、予"为同义词，"告"与"畀、予"叠咏同义，所以"告"在此也是"给予"义。

五　《诗经·卫风》叠咏修辞同义词研究

《诗经·卫风》10 篇，叠咏修辞同义词 3 组：猗猗、青青、箦；木瓜、木桃、木李；琼琚、琼瑶、琼玖。

1. 猗猗、青青、箦

猗猗、青青、箦，在"茂盛的样子"的意义上为一组修辞同义词。

【构组】

> 《卫风·淇奥》三章，三章叠咏。一章：瞻彼淇奥，绿竹猗猗。二章：瞻彼淇奥，绿竹青青。三章：瞻彼淇奥，绿竹如箦。

猗猗、青青、箦，叠咏同义，均为"茂盛的样子"之义。猗猗，美盛的样子。《毛传》："猗猗，美盛貌。"朱熹《诗集传》："猗猗，始生柔弱而美盛也。"闻一多《风诗类钞》："猗猗，柔弱下垂貌。"青青，通"菁菁"，茂盛的样子。《毛传》："茂盛貌。"程俊英、蒋见元《诗经》："茂盛的样子。"箦，通"积"，堆积，引申为茂盛的样子。《毛传》："箦，积也。"陈奂《诗毛氏传疏》："积，郁积，谓绿竹郁然其茂积也。"陈乔枞《韩诗遗说考》："《毛》、《韩》诗并训箦为积，是以箦为积之假借。《西京赋》'芳草如积'，正用斯语。"

【辨释】

猗猗、青青、箦，均为"茂盛的样子"之义，语义微别。猗猗、青青，二词同义，与"箦"构成一组修辞同义词。"箦"的本义为床铺板。《说文·竹部》："箦，床栈也。"意即床上的竹编铺板。朱骏声《说文通训定声·解部》："箦，如今北道以藁鞜荐床，古人质素如此，后加以席，其席亦谓之箦，床亦谓之箦。""箦"在此篇中与"猗猗、青青"叠咏同义。

2. 木瓜、木桃、木李

木瓜、木桃、木李，在"水果"的意义上为一组修辞同义词。

【构组】

　　《卫风·木瓜》三章，三章叠咏。一章：投我以木瓜，报之以琼琚。二章：投我以木桃，报之以琼瑶。三章：投我以木李，报之以琼玖。

　　木瓜、木桃、木李，叠咏同义，同为"水果"之义。木瓜，落叶灌木，也叫文冠果。《毛传》："木瓜，楙木也。可食之木。"孔颖达《毛诗正义》："《释木》云：'楙，木瓜。'以下木桃、木李，皆可食之木，则此木瓜亦美木可食，故郭璞云'实如小瓜，酸可食'，是也。"朱熹《诗集传》："木瓜，楙木也。实如小瓜，酢可食。"马瑞辰《毛诗传笺通释》："《传》以木瓜为楙瓜，而下二章'木桃'、'木李'无他释，盖以木桃、木李即木瓜别种耳。"木桃，落叶灌木，也叫白海棠。陆文郁《诗草木今释》："木桃，落叶灌木，高达二公尺。……果实圆形或卵形，成熟后，黄色或黄绿色，具芳香。"木李，落叶灌木，又名木梨。陆文郁《诗草木今释》："木李……又名木梨。落叶灌木或小乔木。……果实圆形或洋梨形，味甘酸，有香气。"姚际恒《诗经通论》："木桃、木李，乃因木瓜而顺呼之，《诗》中此类甚多，不可泥。其实桃、李生于木，亦可谓之木桃、木李也。"

【辨释】

　　木瓜、木桃、木李，同为落叶灌木、水果之义，但实为三种不同水果。木瓜，实如小瓜，酸可食，中国的温带木本植物，其果实可供食用、药用，花色美丽，可供观赏。木桃，果实圆形或卵形，黄色或黄绿色，具芳香，分布于湖北、福建、广东、广西、云南等中国西南一带，果实酸涩，可食，可入药。木李，果实圆形或洋梨形，味甘酸，有香气。又名木梨，中国的温带木本植物。在此篇中，三词叠咏同义，互赠信物以定情。

　　3. 琼琚、琼瑶、琼玖

　　琼琚、琼瑶、琼玖，在"美玉"的意义上为一组修辞同义词。

【构组】

　　《卫风·木瓜》三章，三章叠咏。一章：投我以木瓜，报之以琼琚。

二章：投我以木桃，报之以琼瑶。三章：投我以木李，报之以琼玖。

琼琚、琼瑶、琼玖，叠咏同义，均为"美玉"之义。琼琚，美玉。《毛传》："琼，玉之美者。琚，佩玉名。"马瑞辰《毛诗传笺通释》："琼为玉之美者，因而凡玉石之美者通谓之琼。"郭沫若《屈原》第四幕："这比任何珠玉、琼琚的环佩还要高贵。"琼瑶，美玉。《毛传》："琼瑶，美玉。"《说文·玉部》："玉之美者。《诗》曰：'报之以琼瑶。'"琼玖，美玉。《毛传》："琼、玖，玉名。"余冠英《诗经选译》："'琼琚'和下二章的'琼瑶'、'琼玖'都是泛指佩玉而言。"

【辨释】

琼琚、琼瑶、琼玖，均为"美玉"之义，三词语义区别不大，当为一组词汇同义词。三词后来常用于比喻美好的事物。韩愈《祭柳子厚文》："玉佩琼琚，大放厥词。"这里的"琼琚"比喻美好的诗文。白居易《西楼喜雪命宴》："四郊铺缟素，万室瓷琼瑶。"这里的"琼瑶"比喻地上的雪。三个修辞同义词运用，写互赠信物之精美，具有错综变化之妙。

六 《诗经·王风》叠咏修辞同义词研究

《诗经·王风》10篇，叠咏修辞同义词16组：坲、桀；下来、下括；阳阳、陶陶；由房、由敖；薪、楚、蒲；申、甫、许；干、脩、湿；叹、歔、泣；罗、罦、罿；为、造、庸；罹、忧、凶；浒、涘、漘；葛、萧、艾；槛槛、啍啍；葵、璊；麻、麦、李。

1. 坲、桀
坲、桀，在"鸡停息之处"的意义上为一组修辞同义词。
【构组】

《王风·君子于役》二章，二章叠咏。一章：曷至哉？鸡栖于坲。二章：曷其有佸？鸡栖于桀。

坲、桀，叠咏同义，均为"鸡停息之处"之义。坲，古代称墙壁上挖洞做成的鸡窝。《毛传》："凿墙而栖曰埘。"孔颖达《毛诗正义》："李巡曰：'别鸡所栖之名。寒乡凿墙，为鸡作栖，曰埘。'"程俊英、蒋见元《诗经》："埘，在墙壁上挖洞砌泥筑成的鸡窝。"桀，鸡栖息的木桩。《毛传》："鸡栖于杙为桀。"王先谦《诗三家义集疏》："就地树橛，桀然特立，故谓之橛。但橛非可栖者，盖乡里家贫，编竹木为栖鸡之具，四无根据，系之于橛，以防攘窃，故云栖于橛耳。作桀为是，橛俗字。"程俊英、蒋见元《诗经》："桀，系鸡的木桩。"

【辨释】

埘、桀，同为"鸡停息之处"之义，但有区别。埘，是在墙壁上挖洞做成的鸡窝。桀，是鸡停栖的木桩，如本篇。修辞同义词的运用，写出思妇思念其夫时间之久，其夫在外戍役时间之久。

2. 下来、下括

下来、下括，在"到来"的意义上为一组修辞同义词组。

【构组】

《王风·君子于役》二章，二章叠咏。一章：日之夕矣，羊牛下来。二章：日之夕矣，羊牛下括。

下来、下括，叠咏同义，均为"到来"之义。下来，即回家来。如本篇。下括，即下来。《毛传》："括，至也。"朱熹《诗集传》："括，至。"陈奂《诗毛氏传疏》："下括，犹下来。"程俊英、蒋见元《诗经》："'下括'与上章'下来'同义。"

【辨释】

下来、下括，均为"到来"之义，为一组修辞同义词组，语义稍有区别。来，回来、到来。括，有回来聚拢的意思。

3. 阳阳、陶陶

阳阳、陶陶，在"快乐的样子"的意义上为一组修辞同义词。

【构组】

《王风·君子阳阳》二章，二章叠咏。一章：君子阳阳，左执簧，右招我由房，其乐只且！二章：君子陶陶，左执翿，右招我由敖，其乐只且！

阳阳、陶陶，叠咏同义，同为"快乐的样子"之义。阳阳，通"扬扬"，快乐得意的样子。孔颖达《毛诗正义》："《史记》称晏子御拥大盖，策四马，意气阳阳，甚自得，则阳阳是得志之貌。"马瑞辰《毛诗传笺通释》："阳与养古同声。《广雅·释诂》：'养，乐也。'阳阳亦乐意，故孙阳字伯乐。其字通作扬扬。"陈奂《诗毛氏传疏》："正义引《史记》称《晏子御拥大盖策四》：'马意气阳阳，甚自得。'今《史记》列传作'扬扬'。《晏子·杂上篇》亦作'扬扬'。《荀子·儒效篇》则'扬扬，如也'。杨注云'得意之貌。'并与《传》'无所用其心'义合。阳即扬之假借。"刘晶雯整理《闻一多诗经讲义》："'阳阳'，'陶陶'，和乐貌，'陶'可读作'摇'。《尚书·皋陶诰》：'陶'读为'摇'。'阳'、'摇'双声。又，'阳'也可读为'堂'。如是，又和'陶'叠韵。"陶陶，快乐的样子。《毛传》："陶陶，和乐貌。"王先谦《诗三家义集疏》："《韩》说：'陶，畅也。'"张可久《湘妃怨·德清观梅》曲："飘飘野客乌纱帽，花前相见好，倚春风其乐陶陶。"陶陶，和乐的样子。黄典诚《诗经通译新诠》："阳阳，今谓朗爽。陶陶，和乐貌。"

【辨释】

阳阳、陶陶，同为"快乐的样子"之义，语义基本相同。所不同的是，阳阳，通"扬扬"。有快乐而又得意之义。陈奂《诗毛氏传疏》："阳即扬之假借。"陶陶，即快乐的样子。

4. 由房、由敖

由房、由敖，在"乐曲名"的意义上为一组修辞同义词。

【构组】

《王风·君子阳阳》二章，二章叠咏。一章：君子阳阳，左执簧，右招我由房，其乐只且！二章：君子陶陶，左执翿，右招我由敖，其乐只且！

由房、由敖，叠咏同义，同为"乐曲名"之义。由房，乐曲名。马瑞辰《毛诗传笺通释》："'由敖'犹游遨也。'由房'与'由敖'亦当同义，皆谓相招为游戏耳。《说文》：'敖，出游也。从出放。'又赘字注：'敖者，犹放。'房与放古音亦相近，'由房'当读为游放。"刘晶雯整理《闻一多诗经讲义》："'房'，音乐（舞曲）名，又名'房中乐'。'敖'，亦音乐（舞曲）名，亦称鹜夏。"由敖，乐曲名。程俊英、蒋见元《诗经》："由敖，舞曲名。"

【辨释】

由房、由敖，在"乐曲名"的意义上区别不大。同为舞曲，曲调可能稍有区别，因时间久远，具体差异已不可考。

5. 薪、楚、蒲

薪、楚、蒲，在"柴草"的意义上为一组修辞同义词。

【构组】

《王风·扬之水》三章，三章叠咏。一章：扬之水，不流束薪。二章：扬之水，不流束楚。三章：扬之水，不流束蒲。

薪、楚、蒲，叠咏同义，均为"柴草"之义。薪，柴草。《说文·艸部》："薪，荛也。"《礼记·月令》："乃命四监，收秩薪柴，以共郊庙及百祀之薪燎。"楚，亦草名。闻一多《诗经新义》："《诗》中楚字亦多为草名。《汉广篇》二章曰'言刈其楚'，三章曰'言刈其蒌'，楚与蒌并举。《王扬之水篇》一章曰'不流束薪'，二章曰'不流束楚'，三章曰'不流束蒲'，楚与薪蒲并举。《郑扬之水篇》一章曰'不流束楚'，二章曰'不流束薪'，楚与薪并举。《绸缪篇》一章曰'绸缪束薪'，二章曰'绸缪束刍'，三章曰'绸缪束楚'，楚与薪刍并举，蒌蒲并草类，薪刍亦皆以草为之，然则楚亦草矣。"蒲，蒲柳，即水杨，一种入秋就凋零的树木。《郑笺》："蒲，蒲柳也。"朱熹《诗集传》："蒲，蒲柳。"

【辨释】

薪、楚、蒲，均为"柴草"之义，为一组修辞同义词，词义稍有区别。薪，常指柴草。楚，有二义。一指木类；如"楚"，落叶灌木，枝干坚劲，可以做杖。亦称"牡荆"。《毛传》："楚，木也。"二指草类。蒲，常指水草。多年生草本植物，生池沼中，根茎长在泥里，可食。《说文·艸部》："蒲，水草也。可以作席。"《陈风·泽陂》："彼泽之陂，有蒲与荷。"蒲，指水草。

6. 申、甫、许

申、甫、许，在"古诸侯国名"的意义上为一组修辞同义词。

【构组】

　　《王风·扬之水》三章，三章叠咏。一章：彼其之子，不与我戍申。二章：彼其之子，不与我戍甫。三章：彼其之子，不与我戍许。

申、甫、许，叠咏同义，均为"古诸侯国名"之义。申，古代诸侯国名，在今河南省唐河县南。《毛传》："申，姜姓之国，平王之舅。"陈奂《诗毛氏传疏》："汉南阳郡宛县，为申故都，自宣王徙诸谢邑，申乃在宛县之南，作为侯伯，其国始大。"甫，古代诸侯国名，在今河南省南阳县西。《毛传》："甫，诸姜也。"朱熹《诗集传》："甫，即吕也，亦姜姓。"许，古代诸侯国名，在今河南省许昌市东。《毛传》："许，诸姜也。"黄典诚《诗经通译新诠》："申，姜姓之国。甫，就是吕国，也姓姜。许，地名，也姓姜。"

【辨释】

申、甫、许，均为"古诸侯国名"之义，但所指古代具体国家不同。申，周时国名，姜姓，传为伯夷之后，故城在今河南省唐河县南。甫，周时国名，姜姓，春秋时为楚所灭，故城在今河南省南阳县西。许，周代诸侯国名，姜姓，战国初期为楚所灭，故城在今河南省许昌市东。

7. 干、脩、湿

干、脩、湿，在"干燥"的意义上为一组修辞同义词。

【构组】

《王风·中谷有蓷》三章，三章叠咏。一章：中谷有蓷，暵其干矣。二章：中谷有蓷，暵其脩矣。三章：中谷有蓷，暵其湿矣。

干、脩、湿，叠咏同义，同为"干燥"之义。干，干燥。孔颖达《毛诗正义》："中谷之有蓷草，为水浸之，暵然其干燥矣。"朱熹《诗集传》："暵，燥。"脩，干燥。《毛传》："脩，且干燥也。"陈奂《诗毛氏传疏》："《说文》：'脩，脯也。脯，干肉也。'干肉谓之脯，亦谓之脩，因之凡干燥皆曰脩矣。"程俊英、蒋见元《诗经》："脩，本义为干肉，引申为干枯。"湿，干燥。"湿"从水，为何为"干燥"义？原来"湿"为借字，本字为"㬠"。王引之《经义述闻》卷五："此湿与水湿之湿异义，湿亦且干也。《广雅》有㬠字云：'曝也。'玄应《一切经音义》引《通俗文》曰：'欲燥曰㬠。'《玉篇》：'㬠，丘立切，欲干也。'古字假借，但以湿为之耳。"高亨《诗经今注》："湿，借为㬠，干也。"

【辨释】

干、脩、湿，同为"干燥"之义，为一组修辞同义词，意义稍有差别。干、脩同义，与"湿"构成一组同义词。但"湿"作为"干燥"义不好理解，原来此篇中的"湿"为借字，其本字为"㬠"。这样三词就构成了一组修辞同义词。可见，不了解古注对诗文的解释，有时就会产生以今律古的毛病，以此可见古注的重要。"湿"的本义为"沾了水或是含的水分多，与'干'相对。"《说文·水部》："湿，幽湿也。从水；一，所以覆也，覆而有土，故湿也。"

8. 叹、歗、泣

叹、歗、泣，在"慨叹"的意义上为一组修辞同义词。

【构组】

《王风·中谷有蓷》三章，三章叠咏。一章：有女仳离，嘅其叹矣。二章：有女仳离，条其歗矣。三章：有女仳离，啜其泣矣。

叹、欹、泣，叠咏同义，均为"慨叹"之义。叹，慨叹。程俊英、蒋见元《诗经》翻译"嘅其叹矣"为"抚胸长叹心苦恼"。《小雅·常棣》："每有良朋，况也永叹。"叹，指慨叹。欹，指长叹。陆德明《经典释文》："啸，籀文啸字，本又作欹。"程俊英、蒋见元《诗经》："欹，同啸，这里指长叹。"泣，一般均释为"流眼泪"。我们认为，根据此诗三章叠咏的特点，前两章的"叹"、"欹"为慨叹义，第三章的"泣"也应临时为"慨叹"义，这样才符合叠咏诗的特点，所以"泣"亦为"慨叹"义。

【辨释】

叹、欹、泣，同为"慨叹"之义，为一组语境临时同义词。叹，为慨叹。《说文·口部》："叹，吞叹也。一曰太息也。"欹，本义为大风尖利的啸叫声。啸，古同"欹"。《小雅·白华》："啸歌伤怀，念彼硕人。"泣，哭泣，或流眼泪。在此篇中临时为"慨叹"义，三词构成一组修辞同义词。

9. 罗、罬、罜

罗、罬、罜，在"罗网"的意义上为一组修辞同义词。

【构组】

《王风·兔爰》三章，三章叠咏。一章：有兔爰爰，雉离于罗。二章：有兔爰爰，雉离于罬。三章：有兔爰爰，雉离于罜。

罗、罬、罜，叠咏同义，均为"罗网"之义。三词皆从罒（网），与罗网有关。罗，罗网。《毛传》："鸟网为罗。"朱熹《诗集传》："罗，网。"曹植《野田黄雀行》："不见篱间雀，见鹞自投罗。"罬，一种装设机关的网。《毛传》："罬，覆车也。"孔颖达《毛诗正义》引郭璞说："今之翻车也，有两辕，中施罥以捕鸟。"朱熹《诗集传》："罬，覆车也。可以掩兔。"这里的"覆车"可以掩兔，可见它也是一种网。罜，一种捕鸟的网，鸟入网后，能自动将鸟罩住，与"罬"类似。《毛传》："罜，罬也。"陆德明《经典释文》："罜，昌钟反。《韩诗》云：'施罗于车上曰罜。'"《尔雅·释器》："罬谓之罜。罜，覆车也。"程俊英、蒋见元《诗经》："罜，捕鸟网。"

【辨释】

罗、罦、罿，均为"罗网"之义，语义差别不大，但形制稍有不同。罗，指罗网，繁体为"羅"从网，从维，会意。《说文·网部》："罗，以丝罟鸟也。"这里的"丝"指丝网。罦与罿类似，均指一种装设机关的网，名为"覆车网"，与丝网"罗"有别。

10. 为、造、庸

为、造、庸，在"劳役之事"的意义上为一组修辞同义词。

【构组】

《王风·兔爰》三章，三章叠咏。一章：我生之初，尚无为。二章：我生之初，尚无造。三章：我生之初，尚无庸。

为、造、庸，叠咏同义，均为"劳役之事"之义。为，军役之事。《郑笺》："言我幼稚之时，庶几于无所为，谓军役之事也。"闻一多《风诗类钞》："为、繇古同字，为、造、庸皆谓劳役之事。"造，劳役之事。《毛传》："造，伪（一作为）也。"朱熹《诗集传》："造，亦为也。"陈奂《诗毛氏传疏》："古伪、为通用。"闻一多《风诗类钞》："为、造，皆谓劳役之事。"程俊英、蒋见元《诗经》："造，与上章'为'同义。"庸，劳役。《毛传》："庸，用也。"《郑笺》："庸，劳也。"马瑞辰《毛诗传笺通释》："《说文》：'庸，用也，从用庚。'庚，更事也，用力者劳，更事者亦劳，用与劳义正相成。"程俊英、蒋见元《诗经》："庸，用，指劳役。"

【辨释】

为、造、庸，均为"劳役之事"之义，为名词，但三词常用为动词，词性不同，常用义不同。为，常用义为做、行，动词意义灵活，可根据语境灵活译出。《墨子·节用上》："其为衣裳何？以为冬以圉寒，夏以圉暑。"为，又常用为治理。《世说新语·排调》："诸葛瑾为豫州，遣别驾到台。"造，本义是到某地去。《战国策·宋卫策》："今黄城将下矣，已，将移兵而造大国之城下。"造，又常用为拜访义。《世说新语·言语》："庾公造周伯仁，伯仁曰：'君何所欣说而忽肥？'"庸，常用义为"用"。《说文·用部》："庸，用也。"《齐风·南山》："鲁道有荡，齐子庸止。"庸，又用为平常、平凡义。《战国策·魏策》："唐且曰：'此庸夫之怒也，非士之怒也。'"

11. 罹、忧、凶

罹、忧、凶，在"忧患"的意义上为一组修辞同义词。

【构组】

　　《王风·兔爰》三章，三章叠咏。一章：我生之后，逢此百罹。二章：我生之后，逢此百忧。三章：我生之后，逢此百凶。

罹、忧、凶，叠咏同义，均为"忧患"之义。罹，忧患。《毛传》："罹，忧也。"陈奂《诗毛氏传疏》："罹，忧，《释诂》文。《说文》无罹字，疑古《毛诗》作离。《释文》罹本又作离。……离为忧，则'逢此百离'犹下章'逢此百忧'耳。"程俊英、蒋见元《诗经》："罹，忧。"忧，忧患。《论语·季氏》："今夫颛臾，固而近于费。今不取，后世必为子孙忧。"《淮南子·原道》："夫喜怒者，道之邪也；忧悲者，德之失也；好憎者，心之过也；嗜欲者，性之累也。"凶，不祥。《说文·凶部》："凶，恶也。象地穿交陷其中也。"临时引申为担忧。《小雅·十月之交》："日月告凶，不用其行。"《郑笺》："告凶，告天下以凶亡之征也。"

【辨释】

罹、忧、凶，均为"忧患"之义，但词义稍有区别。罹、忧，同义，为词汇同义词。二词与"凶"构成修辞同义词。根据叠咏诗的特点，三词在语境上应同义。凶，其常用义还有闹饥荒的、歉收的之义。《孟子·梁惠王上》："河内凶，则移其民于河东。"还有凶恶的、可怕的之义。《左传·昭公二年》："子产曰：'人谁不死。凶人不终，命也。作凶事，为凶人。不助天，其助凶人乎？'"在本篇中，根据此诗叠咏特点，"凶"临时为"忧患"义，与"罹"、"忧"构成一组修辞同义词。

12. 浒、溾、溽

浒、溾、溽，在"水边"的意义上为一组修辞同义词。

【构组】

　　《王风·葛藟》三章，三章叠咏。一章：绵绵葛藟，在河之浒。二
章：绵绵葛藟，在河之涘。三章：绵绵葛藟，在河之漘。

浒、涘、漘，叠咏同义，均为"水边"之义。浒，水边。《毛传》："水厓曰
浒。"朱熹《诗集传》："岸上曰浒。"程俊英、蒋见元《诗经》："浒，水边。"
涘，水边，岸边。《毛传》："涘，厓也。"《说文·水部》："涘，水厓也。"程俊
英、蒋见元《诗经》："涘，水边。"《庄子·秋水》："泾流之大，两涘渚崖之间，
不辨牛马。"漘，水边。《毛传》："漘，水隒也。"水隒，即水边。《说文·水
部》："漘，水厓也。"《魏风·伐檀》："坎坎伐檀兮，置之河之漘兮。"

【辨释】

浒、涘、漘，均为"水边"之义，为一组词汇同义词，意义区别不大，
其不同之处在于水与水边的距离远近微别。浒，水边，指离水不远的岸上平
地。李白《丁都护歌》："万人凿盘石，无由达江浒。"涘，指离水较近的岸
边。《庄子·秋水》："泾流之大，两涘渚崖之间，不辨牛马。"漘，指既有水
又有陆地的水边，离水稍远。

13. 葛、萧、艾

葛、萧、艾，在"蒿草"的意义上为一组修辞同义词。

【构组】

　　《王风·采葛》三章，三章叠咏。一章：彼采葛兮，一日不见，如三
月兮。二章：彼采萧兮，一日不见，如三秋兮。三章：彼采艾兮！一日
不见，如三岁兮。

葛、萧、艾，叠咏同义，均为"蒿草"之义。葛，蒿草。多年生草本植
物，纤维可织布，块根称"葛根"，可制淀粉，亦可入药。《毛传》："葛，所
以为絺绤。"《王风·采葛》："绵绵葛藟，在河之浒。"《郑笺》："葛也藟也，
生于河之厓，得其润泽，以长大而不绝。"朱熹《诗集传》："采葛所以为絺

绤，盖淫奔者托以行也。"萧，艾蒿。《毛传》："萧，所以共祭祀。"《毛传》
指出了"萧"这种蒿草的功用。《说文·艸部》："萧，艾蒿也。"程俊英、蒋
见元《诗经》："萧，植物名，蒿类，古人祭祀时所用。"艾，艾蒿。一种菊科
的多年生草本植物，叶制成艾绒，供针灸用。《毛传》："艾，所以疗疾。"朱
熹《诗集传》："艾，蒿属。"程俊英、蒋见元《诗经》："艾，植物名，其叶可
供药用和针灸用。"

【辨释】

葛、萧、艾，均为"蒿草"之义，语义区别不大。萧、艾，为词汇同
义词，与"葛"构成一组修辞同义词。马瑞辰《毛诗传笺通释》："是传、
笺并以采葛、采萧、采艾为惧谗者托所采以自况。"萧、艾，均指艾蒿。
葛，豆科多年生草本植物，茎长二三丈，缠绕他物上，花紫红色，茎可编
篮做绳，纤维可织布，根可供药用。根据此诗叠咏特点，葛，在此篇中临
时为"艾蒿"义。

14. 槛槛、啍啍

槛槛、啍啍，在"车行声"的意义上为一组修辞同义词。

【构组】

　　《王风·大车》三章，二章叠咏。一章：大车槛槛，毳衣如菼。二
　　章：大车啍啍，毳衣如璊。

　　槛槛、啍啍，叠咏同义，均为"车行声"之义。槛槛，车行声。《毛传》：
"槛槛，车行声也。"《郑笺》："槛槛，车行声也。"朱熹《诗集传》："槛槛，
车行声也。"啍啍，车子行走缓慢的声音。《毛传》："啍啍，重迟之貌。"马瑞
辰《毛诗传笺通释》："《说文》：'啍，口气也。'引《诗》'大车啍啍'。啍啍
亦当为车行之声，犹槛槛也。"刘晶雯整理《闻一多诗经讲义》："槛槛、啍
啍，车行之声音。槛，乃复辅音字（klam），啍，亦然（tuen）。槛、啍，皆
沉重之声音。"左思《吴都赋》："出车槛槛，被练锵锵。"黄典诚《诗经通译
新诠》："槛槛，车走的声音。啍啍，也是车走的声音。"

【辨释】

槛槛、啍啍，均为"车行声"之义，意义基本相同，此篇换用避复。应该说，马瑞辰较早地注意到了此篇中的修辞同义词，虽没有提出这一术语，却在自觉地运用这一方法对同义词加以分析，明确指出"啍啍亦当为车行之声，犹槛槛也"，告诉我们，"槛槛"与"啍啍"为一组同义词，分析确有先见之明，至确。

15. 菼、璊

菼、璊，在"颜色发红的植物"的意义上为一组修辞同义词。

【构组】

《王风·大车》三章，二章叠咏。一章：大车槛槛，毳衣如菼。二章：大车啍啍，毳衣如璊。

菼、璊，叠咏同义，均为"颜色发红的植物"之义。菼，初生的芦荻。璊，红颜色的玉，在此当为"红颜色的植物"之义，为"穈"。刘晶雯整理《闻一多诗经讲义》："菼，荻也。璊，红色玉石，但'璊'当作'穈'初生色红，粗毡亦可作红色。'穈'是谷类，色发红。这里是说粗毡车套色红如初生之荻及'穈'之红色。"

【辨释】

菼、璊，均为"颜色发红的植物"之义，但来源不同。菼，指植物，璊，指玉，二词本不同义。但依闻一多的解释，"璊"为一借字，与"菼"同为植物，颜色发红，这样就构成了一组修辞同义词。根据此篇体例及特点和闻一多的考证，"槛槛"与"啍啍"同义，"菼"与"璊"亦应同义。

16. 麻、麦、李

麻、麦、李，在"农作物"的意义上为一组修辞同义词。

【构组】

《王风·丘中有麻》三章，三章叠咏。一章：丘中有麻，彼留子嗟。

二章：丘中有麦，彼留子国。三章：丘中有李，彼留之子。

麻、麦、李，叠咏同义，同为"农作物"之义。麻，麻类植物的总名，我国古代专指大麻。一年生草本植物，雌雄异株。茎部韧皮纤维长而坚韧，可供纺织用。《说文·麻部》："麻，与枲同。"段玉裁注："未治谓之枲，治之谓之麻。以治之称加诸未治，则统谓之麻。"《陈风·东门之池》："东门之池，可以沤麻。"麦，一年生或二年生草本植物，有小麦、大麦、燕麦等多种，其中小麦、大麦最普遍，子实供磨面食用，亦可用来制糖或酿酒。《鄘风·桑中》："爰采麦矣？沬之北矣。"李，李子树。是蔷薇科落叶乔木。我国大部分地区均产，是人们喜爱的传统水果。《小雅·南山有台》："南山有杞，北山有李。"

【辨释】

麻、麦、李，同为"农作物"之义，词义稍有不同。麻、麦，为草本植物，在本篇中语义相近，为词汇同义词。根据本诗叠咏特点，二词与"李"这个蔷薇科落叶乔木构成一组修辞同义词。这是一首写一位女子与情人定情过程的诗歌，"麻、麦、李"修辞同义词的运用，体现出了篇章的反复强调美。

七 《诗经·郑风》叠咏修辞同义词研究

《诗经·郑风》21篇，叠咏修辞同义词17组：宜、好、席；为、造、作；田、狩；马、黄、鸨；旁旁、廧廧、陶陶；英、乔；华、英；扶苏、桥松；子都、子充；吹、漂；丰、昌；送、将；埤、栗；凄凄、潇潇；喈喈、胶胶；楚、薪；薄、瀼瀼。

1. 宜、好、席
宜、好、席，在"适合"的意义上为一组修辞同义词。
【构组】

《郑风·缁衣》三章，三章叠咏。一章：缁衣之宜兮，敝予又改为兮。二章：缁衣之好兮，敝予又改造兮。三章：缁衣之席兮，敝予又改作兮。

宜、好、席，叠咏同义，均为"适合"之义。宜，适合。朱熹《诗集传》："宜，称。"闻一多《风诗类钞》："宜，称也，谓称身。"《吕氏春秋·察今》："世易时移，变法宜矣。"好，此指适合。朱熹《诗集传》："好，犹宜也。"席，适合。黄典诚《诗经通译新诠》："席，疑是'度'的借字。度、席都从庶省声。度，尺寸适合。"

【辨释】

宜、好、席，均为"适合"之义，但本义不同。宜，合适，适宜。《说文·宀部》："宜，所安也。"《小雅·裳裳者华》："左之左之，君子宜之。"好，本义为美好、漂亮。《说文·女部》："好，美也。"《乐府诗集·陌上桑》："秦氏有好女，自名为罗敷。"席，本义为席子，㡿，为"席"的古字，㡿、席为异体字。《说文·巾部》："席，籍也。《礼》：天子、诸侯席，有黼绣纯饰。"《礼记·祭统》注："设之曰筵，坐之曰席。"

2. 为、造、作

为、造、作，在"做"的意义上为一组修辞同义词。

【构组】

《郑风·缁衣》三章，三章叠咏。一章：缁衣之宜兮，敝予又改为兮。二章：缁衣之好兮，敝予又改造兮。三章：缁衣之席兮，敝予又改作兮。

为、造、作，叠咏同义，同为"做"之义。《尔雅·释言》："作、造，为也。"为，做。程俊英、蒋见元《诗经》："为，制作。"《周南·葛覃》："是刈是濩，为绤为绤，服之无斁。"造，做。《郑笺》："造，为也。"沈括《梦溪笔谈·雁荡山》："祥符中，因造玉清宫，伐山取材，方有人见之，此时尚未有名。"作，同"做"。《大雅·下武》："王配于京，世德作求。"《郑笺》："作，为。"《后汉书·张衡传》："遂乃研核阴阳，妙尽璇机之正，作浑天仪。"

【辨释】

为、造、作，同为"做"之义，但词义稍有区别。三词均为多义词，当为一组词汇同义词。关于"造"和"作"这组同义词，王凤阳在《古辞辨》

中作了辨释，指出："'作'和'造'在从无到有的意义上很相近，不同的是'造'多用于器用，而'作'则多用于精神产品。"为，即做。根据甲骨文和金文的字形、，"为"字从手从象，是个明显的会意字，像人牵着象，表示人牵象、役使象劳动的意思。为，即做义，时贤多有论证，早已得到学术界的公认。《庄子·人间世》："夫仰而视其细枝，则拳曲而不可以为栋梁，俯而见其大根，则轴解而不可为棺椁。"

3. 田、狩

田、狩，在"打猎"的意义上为一组修辞同义词。

【构组】

《郑风·叔于田》三章，二章叠咏。一章：叔于田，巷无居人。二章：叔于狩，巷无饮酒。

田、狩，叠咏同义，均为"打猎"之义。田，打猎。《毛传》："田，取禽也。"《左传·宣公二年》："初，宣子田于首山，舍于翳桑，见灵辄饿，问其病。"程俊英、蒋见元《诗经》："田，打猎。"狩，指冬猎，也泛指打猎。《毛传》："冬猎曰狩，宵田曰猎。"朱熹《诗集传》："冬猎曰狩。"马瑞辰《毛诗传笺通释》："狩又为田猎之通称，于狩犹于田也。"《魏风·伐檀》："不狩不猎，胡瞻尔庭有县貆兮？"

【辨释】

田、狩，均为"打猎"之义，为一组词汇同义词，但在打猎的季节、规模上不同。王凤阳《古辞辨》将"田、狩、搜、猎"作为一组同义词加以辨析，指出："古代的'田'指大规模的围猎，是因为大规模的围猎时，参猎者都有很细致的分工，要排出相应的'阵型'的缘故。""'田'是大规模、有组织的狩猎的总名。""春田叫'搜'，夏田叫'苗'，秋田叫'狝'，冬田叫'狩'。"所论甚是。

4. 马、黄、骓

马、黄、骓，在"马"的意义上为一组修辞同义词。

【构组】

　　《郑风·大叔于田》三章，三章叠咏。一章：叔于田，乘乘马。二章：叔于田，乘乘黄。三章：叔于田，乘乘鸨。

　　马、黄、鸨，叠咏同义，均为"马"之义。马，草食性家畜。韩愈《左迁至蓝关示侄孙湘》："云横秦岭家何在？雪拥蓝关马不前。"黄，黄色带赤的马。朱熹《诗集传》："乘黄，四马皆黄也。"《鲁颂·駉》："有骄有皇，有骊有黄。"此句中的"黄"，指黄赤色的马。鸨，通"駂"，黑白杂毛的马。《毛传》："骊白杂毛曰鸨。"陆德明《经典释文》："鸨，依字作駂。"朱熹《诗集传》："骊马杂毛曰鸨，今所谓乌骢也。"陈奂《诗毛氏传疏》："骊白杂毛，谓黑马发白色而间有杂毛者，是曰鸨马。色如鸨，故以鸟名马也。"《尔雅·释畜》郭璞注："駂，今之乌骢也。"

【辨释】

　　马、黄、鸨，均为"马"之义，但本义不同。马，草食性家畜。黄，本指颜色。《说文·黄部》："黄，地之色也。"鸨，鸟类的一属，比雁略大，不善于飞，而善于走，能涉水。在本篇中，鸨，通"駂"，指马。这样，马、黄、鸨，在本篇中构成一组修辞同义词。

　　5. 旁旁、麃麃、陶陶

　　旁旁、麃麃、陶陶，在"威武强壮"的意义上为一组修辞同义词。

【构组】

　　《郑风·清人》三章，三章叠咏。一章：清人在彭，驷介旁旁。二章：清人在消，驷介麃麃。三章：清人在轴，驷介陶陶。

　　旁旁、麃麃、陶陶，叠咏同义，均为"威武强壮"之义。旁旁，威武强壮的样子。朱熹《诗集传》："旁旁，驰驱不息之貌。"高亨《诗经今注》："旁旁，同彭彭，马强壮有力貌。"麃麃，威武的样子。《毛传》："麃麃，武貌。"陶陶，驱驰貌。《毛传》："陶陶，驱驰之貌。""旁旁"与"陶陶"义同，均为

"驱驰的样子",引申为"威武强壮"。二词一起与"麃麃"构成一组修辞同义词。三词均形容"驷介"的样子。

【辨释】

旁旁、麃麃、陶陶,均为"威武强壮"之义,语义基本相同。陶陶,除了"威武强壮"义之外,还有"和乐"义,《王风·君子阳阳》:"君子陶陶,左执翿,右招我由敖。"《毛传》:"陶陶,和乐貌。"

6. 英、乔

英、乔,在"缨络"的意义上为一组修辞同义词。

【构组】

> 《郑风·清人》三章,三章叠咏。一章:二矛重英,河上乎翱翔。二章:二矛重乔,河上乎逍遥。

英、乔,叠咏同义,均为"缨络"之义。英,矛的装饰物。《毛传》:"重英,矛有英饰也。"闻一多《风诗类钞》:"英,矛之英饰,染赤羽为之。英饰非一,故曰重。"程俊英、蒋见元《诗经》:"英,毛制的缨络,装在矛头下以为饰。"乔,缨饰。黄焯《诗疏平议》:"此诗二章意互相足,盖谓二矛皆以乔为英饰也。"程俊英、蒋见元《诗经》:"乔亦作鷮,长尾野鸡。此指以其羽为矛饰。"这样,二词就构成一组修辞同义词。

【辨释】

英、乔,均为"缨络"之义,但本义不同。英,从艸,央声,本义为花。《说文·艸部》:"英,草荣而不实者。"《郑风·有女同车》:"有女同行,颜如舜英。"《毛传》:"英,华也。"乔,本义为高大。《说文·夭部》:"乔,高而曲也。"《尚书·禹贡》:"筱荡既敷,厥草惟夭,厥木惟乔。"《周南·汉广》:"南有乔木,不可休思。"

7. 华、英

华、英,在"花儿"的意义上为一组修辞同义词。

【构组】

　　《郑风·有女同车》二章，二章叠咏。一章：有女同车，颜如舜华。
二章：有女同行，颜如舜英。

　　华、英，叠咏同义，均为"花儿"之义。华，指花儿。华，从艸，从芌，
本义为花儿。《说文·华部》："华，荣也。"《尔雅·释草》："木谓之华，草谓
之荣。"《周南·桃夭》："桃之夭夭，灼灼其华。"英，花儿。《毛传》："英，
犹华也。"《说文·艸部》："英，草荣而不实者。"朱熹《诗集传》："英，犹华
也。"陶渊明《桃花源记》："中无杂树，芳草鲜美，落英缤纷，渔人甚异之。"
华、英，为一组词汇同义词。

【辨释】

　　华、英，均为"花儿"之义，语义基本相同。王凤阳《古辞辨》将"花、
华、荣、英、葩、朵"作为一组同义词加以辨析，指出："花，古字作'华'，
'花'是南北朝时期的后起字。"英，指花。《古辞辨》："英，《说文》'草荣而
不实者'，《尔雅·释草》也说'荣而不实者谓之英。'"

8. 扶苏、桥松

扶苏、乔松，在"大树"的意义上为一组修辞同义词。

【构组】

　　《郑风·山有扶苏》二章，二章叠咏。一章：山有扶苏，隰有荷华。
二章：山有桥松，隰有游龙。

　　扶苏、桥松，叠咏同义，均为"大树"之义。扶苏，大树。《毛传》："扶
苏，扶胥，小木也。"朱熹《诗集传》："扶苏，扶胥，小木也。"这里的"小
木"是指一种树木的名称，并非指小树。马瑞辰《毛诗传笺通释》："《释木》：
'辅，小木。'小木即木之名。钱大昕曰：'扶、辅声义皆相近，长言为扶苏，
急言为辅。'其说是也。《孔疏》谓扶苏小木，《释木》无文，由不知扶苏即辅
耳。胥、疏、苏叠韵字，古通用。"桥松，大树。刘晶雯整理《闻一多诗经讲

义》："扶苏,大树。旧注本有作小树者,误。乔松,亦大树。"桥,通"乔",高大。二词为一组词汇同义词。

【辨释】

扶苏、桥松,均为"大树"之义,名称来源稍有不同。扶苏,即大树,也指桑树。马瑞辰《毛诗传笺通释》:"扶苏又通作蒲苏。《公羊》何休注:'蒲苏,桑也。'"桥松,指常绿乔木,树高可达七十多米,胸径达一米。

9. 子都、子充

子都、子充,在"美男子"的意义上为一组修辞同义词。

【构组】

《郑风·山有扶苏》二章,二章叠咏。一章:不见子都,乃见狂且。二章:不见子充,乃见狡童。

子都、子充,叠咏同义,均为"美男子"之义。子都,春秋时第一美男子,武艺高超,相貌英俊。用今天的话说就是帅哥。《毛传》:"子都,世之美好者也。"朱熹《诗集传》:"子都,男子之美者也。"程俊英、蒋见元《诗经》:"子都,古代著名的美男子。"子充,古代的美男子。《毛传》:"子充,良人也。"朱熹《诗集传》:"子充,犹子都也。"闻一多《风诗类钞》:"子都、子充,皆美男子之名。都,大也,充,长也,高也。古以长大壮佼为美,故呼美男子为子都、子充。"余冠英《诗经选译》:"'子都'和下章的'子充'都是古代美男子名。"刘晶雯整理《闻一多诗经讲义》:"'子都'与'子充'都是古代之美男子,作为一般标准男子之名号。"

【辨释】

子都、子充,均为"美男子"之义,当属词汇同义词。二词语义差别不大。子都,指公孙子都,春秋时郑国人,原名公孙阏,本姓姬,与周王同宗,字子都,是郑国的宗族子弟。为郑国公族大夫,春秋时第一美男子,武艺高超,相貌英俊。《孟子·告子上》:"惟目亦然,至于子都,天下莫不知其姣也;不知子都之姣者,无目者也。"子充,郑国的美男子。马瑞辰《毛诗传笺通释》："《孟子》：'充实之谓美。'《唐韵》：'充，美也。'子充犹言子都，故为良人。"

10. 吹、漂

吹、漂，在"吹拂"的意义上为一组修辞同义词。

【构组】

> 《郑风·萚兮》二章，二章叠咏。一章：萚兮萚兮，风其吹女。二章：萚兮萚兮，风其漂女。

吹、漂，叠咏同义，均为"吹拂"之义。吹，吹拂。《邶风·凯风》："凯风自南，吹彼棘心。"陆游《十一月四日风雨大作》："夜阑卧听风吹雨，铁马冰河入梦来。"漂，通"飘"，使飘荡。《毛传》："漂，犹吹也。"陆德明《经典释文》："漂，本亦作飘。"朱熹《诗集传》："漂，飘同。"程俊英、蒋见元《诗经》："漂通飘。"这样"吹"、"漂"构成一组修辞同义词。

【辨释】

吹、漂，均为"吹拂"之义，二词本义不同。吹，合拢嘴唇用力呼气。《说文·口部》："吹，嘘也。"《庄子·逍遥游》："野马也，尘埃也，生物之以息相吹也。"漂，漂浮。《说文·水部》："漂，浮也。"贾谊《过秦论》："伏尸百万，流血漂橹。"吹、漂，在本篇中属语境临时同义词，漂，通"飘"，相当于"吹"。

李运富先生在《修辞同义关系的"同"与"异"》中作了精辟的分析：

"飘"怎么会与"吹"同义呢？这就是语境临时赋予的。但语境临时赋予也应该有某种理据，不能无缘无故就说"某犹某"。其实"飘"是"吹"的结果，风一吹，树叶就飘起来，所以"飘"包含着"吹"义，所以作者把"飘"用在跟"吹"相同的语位，所以毛传说"飘犹吹也"。这可以解释为因果相关而临时产生的同义。但这种同义与其看作字面的替换，不如看作字面意义的加合，即"飘"字面上对应于"吹"，而实际上并不是为取代"吹"，诗人要表达的意思应该等于第一章"吹"和第二章"飘"词义的加合，也就是说，第一章的"风其吹女"和第二章的"风其漂女"都是指风把树木的枯叶"吹得飘落"。这样来理解"吹"与"飘"的意义关系和修辞作用，则不仅能满足求变化、协音律的需要，而且使表义更为丰富生动，也许更符合诗意。那么"漂"与"吹"的同义就不是词义的相同，也不完全是为了替代，而是换用相关词语以便把相关词语加合起来表达同一个意思。

11. 丰、昌

丰、昌，在"健壮美好"的意义上为一组修辞同义词。

【构组】

　　《郑风·丰》四章，二章叠咏。一章：子之丰兮，俟我乎巷兮，悔予不送兮。二章：子之昌兮，俟我乎堂兮，悔予不将兮。

丰、昌，叠咏同义，均为"健壮美好"之义。丰，丰腴，美好。《毛传》："丰，丰满也。"陆德明《经典释文》："丰，面貌丰满也。《方言》作妦。"朱熹《诗集传》："丰，丰满也。"昌，健壮美好。《毛传》："昌，盛壮貌。"朱熹《诗集传》："昌，盛壮貌。"刘晶雯整理《闻一多诗经讲义》："丰、昌，壮大也，言身材魁梧。"丰、昌，语义相近，构成一组修辞同义词。

【辨释】

丰、昌，均为"健壮美好"之义，但侧重点不同。丰，侧重于丰满。《说文·丰部》："丰，豆之丰满者也。"《红楼梦》第三回："第一个肌肤微丰，合中身材，腮凝新荔，鼻腻鹅脂，温柔沉默，观之可亲。"昌，侧重于壮大、美好。《齐风·猗嗟》："猗嗟昌兮，颀而长兮。"昌，其常用义为兴旺、发达。《史记·太史公自序》："顺之者昌，逆之者不死则亡。"

12. 送、将

送、将，在"相送"的意义上为一组修辞同义词。

【构组】

　　《郑风·丰》四章，二章叠咏。一章：子之丰兮，俟我乎巷兮，悔予不送兮。二章：子之昌兮，俟我乎堂兮，悔予不将兮。

送、将，叠咏同义，均为"相送"之义。送，相送。程俊英、蒋见元《诗经》："送，将女儿交给来亲迎的女婿同往夫家。"《说文·辵部》："送，遣也。"《战国策·燕策三》："太子及宾客知其事者，皆白衣冠以送之。"将，亦是送。朱熹《诗集传》："将，亦送也。"程俊英、蒋见元《诗经》："将，与上章送同义。"《召南·鹊巢》："之子于归，百两将之。"《淮南子·诠言》："来者弗迎，去者弗将。"二词语义相近，构成一组修辞同义词。

【辨释】

送、将，均为"相送"之义，常用义不同。"将"为多义词，其"送"义今不常见。《说文·寸部》："将，从寸，酱省声。"从"寸"的字，大都与手有关，本义为将领，带兵的人。《吕氏春秋·执一》："军必有将，所以一之也；国必有君，所以一之也；天下必有天子，所以一之也。"将，引申为将领、带领。《淮南子·人间训》："居数月，其马将胡骏马而归，人皆贺之。"

13. 埒、栗

埒、栗，在"土堤"的意义上为一组修辞同义词。

【构组】

《郑风·东门之埒》二章，二章叠咏。一章：东门之埒，茹藘在阪。二章：东门之栗，有践家室。

埒、栗，叠咏同义，均为"土堤"之义。孔颖达《毛诗正义》："遍检诸本，字皆作'坛'，《左传》亦作'坛'。其《礼记》、《尚书》言坛、埒者，皆封土者谓之坛，除地者谓之埒。坛、埒字异，而作此'坛'字，读音曰埒，盖古字得通用也。今定本作'埒'。"刘晶雯整理《闻一多诗经讲义》："埒，土堆；栗，栗树，旧说如此。其实不然。埒，固然是土堆，然而却是'堰'，是为蓄水而筑的土堆。栗，乃'溧'。埒，实际上就是土堤，塘、堤、埒，皆一声之转。小塘就是'溧'。"孔颖达、闻一多所释"埒"字稍有不同，一指平整的场地；一指土堤。但从大处着眼，均指一约会的场所。

【辨释】

埒、栗，均为"土堤"之义，为语境临时同义词。自古至今，一般解释为：埻，为平坦的广场。栗，指栗树。这样二词并不同义。根据闻一多的解释，埻，土堆。栗，就是"㮚"，也指土堆，这样二词就构成了一组临时同义词。栗，其本义为一种落叶乔木，果实叫栗子，果仁味甜，可食。《说文》："栗，木也。"《鄘风·定之方中》："树之榛栗，椅桐梓漆，爰伐琴桑。"

14. 凄凄、潇潇

凄凄、潇潇，在"寒冷的样子"的意义上为一组修辞同义词。

【构组】

> 《郑风·风雨》三章，二章叠咏。一章：风雨凄凄，鸡鸣喈喈。二章：风雨潇潇，鸡鸣胶胶。

凄凄、潇潇，叠咏同义，均为"寒冷的样子"之义。凄凄，寒冷的样子。孔颖达《毛诗正义》："凄凄，寒凉之意。"朱熹《诗集传》："凄凄，寒凉之气。"潘岳《寡妇赋》："夜漫漫以悠悠兮，寒凄凄以凛凛。"潇潇，风雨猛急的样子。《毛传》："潇潇，暴疾也。"朱熹《诗集传》："潇潇，风雨之声。"段玉裁《诗经小学》："风雨潇潇是凄清之意。"李清照《蝶恋花·泪湿罗衣脂粉满》："人道山长水又断，潇潇微雨闻孤馆。"

【辨释】

凄凄、潇潇，均为"寒冷的样子"之义，但词义稍有不同。从词汇角度来说，二词并不同义。凄凄，寒冷的样子，侧重于温度低。纳兰性德《菩萨蛮·宿滦河》："玉绳斜转疑清晓，凄凄白月渔阳道。"潇潇，风雨猛急的样子，侧重于风雨猛急，如本篇："风雨潇潇，鸡鸣胶胶。"在本篇中，二词构成一组修辞同义词，其相同点为凄清。

15. 喈喈、胶胶

喈喈、胶胶，在"鸡鸣声"的意义上为一组修辞同义词。

【构组】

> 《郑风·风雨》三章，二章叠咏。一章：风雨凄凄，鸡鸣喈喈。二

章：风雨潇潇，鸡鸣胶胶。

喈喈、胶胶，叠咏同义，均为"鸡鸣声"之义。喈喈，禽鸟鸣声。朱熹《诗集传》："喈喈，鸡鸣之声。"《周南·葛覃》："黄鸟于飞，集于灌木，其鸣喈喈。"《毛传》："喈喈，和声之远闻也。"《小雅·出车》："仓庚喈喈，采蘩祁祁。"朱熹《诗集传》："喈喈，声之和也。"胶胶，鸡鸣声。《毛传》："胶胶，犹喈喈也。"朱熹《诗集传》："胶胶，犹喈喈也。"程俊英、蒋见元《诗经》："喈喈，鸡叫声。"又曰："胶胶，鸡鸣声。"

【辨释】

喈喈、胶胶，均为"鸡鸣声"之义，为词汇同义词，语义差别不大。修辞同义词的运用，以兴夫妻二人久别重逢后的依依不舍之情。喈喈，也用来形容钟声、铃声等和谐悦耳的声音。《小雅·鼓钟》："鼓钟喈喈，淮水湝湝，忧心且悲。"《大雅·烝民》："四牡骙骙，八鸾喈喈。"

16. 楚、薪

楚、薪，在"柴草"的意义上为一组修辞同义词。

【构组】

《郑风·扬之水》二章，二章叠咏。一章：扬之水，不流束楚。二章：扬之水，不流束薪。

楚、薪，叠咏同义，均为"柴草"之义。楚，落叶小灌木，又名荆。《说文·林部》："楚，丛木也。一名荆也。"《仪礼·乡射礼》："楚扑长如笴，刊本尺。"闻一多《诗经新义》："荆为草类，故制字从草，楚即荆，是楚亦草矣。楚为草属，故《管子地员篇》曰：'其木宜蚖蓄与杜松，其草宜楚棘。'《诗》中楚字亦多为草名。"薪，柴草。《说文·艸部》："薪，荛也。"《管子·轻重甲》："莫之续，则是农夫得居装而卖其薪荛，一束十倍。"

【辨释】

楚、薪，均为"柴草"之义，为一组词汇同义词，词义稍有区别。楚，既指草类，也指落叶小灌木。《周南·汉广》："翘翘错薪，言刈其楚。"孔颖达《毛诗正义》："楚亦木名，故《学记·注》以楚为荆。"薪，也有两义：一指木柴，属木本。《齐风·南山》："析薪如之何？匪斧不克。取妻如之何？匪媒不得。"二指牧草，属草本。蒲松龄《聊斋志异·狼》："顾野有麦场，场主积薪其中。"在本篇中，二词构成一组修辞同义词。

17. 漙、瀼瀼

漙、瀼瀼，在"露水多的样子"的意义上为一组修辞同义词。

【构组】

《郑风·野有蔓草》二章，二章叠咏。一章：野有蔓草，零露漙兮。二章：野有蔓草，零露瀼瀼。

漙、瀼瀼，叠咏同义，均为"露水多的样子"之义。漙，露水多的样子。《毛传》："漙漙然，盛多也。"朱熹《诗集传》："漙，露多貌。"陆德明《经典释文》："漙本亦作团。"陈奂《诗毛氏传疏》："《说文》：'团，圜也。'露上草成圜如珠，是曰团，重言之曰团团。"瀼瀼，露水多的样子。《毛传》："瀼瀼，盛貌。"朱熹《诗集传》："瀼瀼，亦露多貌。"程俊英、蒋见元《诗经》："漙，露水盛多的样子。"又曰："瀼瀼，露浓的样子。"

【辨释】

漙、瀼瀼，均为"露水多的样子"之义，为词汇同义词，语义基本相同，但二词使用范围较窄，后代使用不多。瀼瀼，指露水多的样子，在《小雅·蓼萧》中再次出现。《小雅·蓼萧》："蓼彼萧斯，零露瀼瀼。"《毛传》："瀼瀼，露蕃貌。"

八 《诗经·齐风》叠咏修辞同义词研究

《诗经·齐风》11 篇，叠咏修辞同义词 12 组：还、茂、昌；儇、好、臧；著、庭、堂；琼华、琼莹、琼英；室、闼；明、晞；骄骄、桀桀；切切、怛怛；重环、重鋂；汤汤、滔滔；彭彭、儦儦；翱翔、游敖。

1. 还、茂、昌

还、茂、昌，在"美好的样子"的意义上为一组修辞同义词。

【构组】

《齐风·还》三章，三章叠咏。一章：子之还兮，遭我乎猺之间兮。二章：子之茂兮，遭我乎猺之道兮。三章：子之昌兮，遭我乎猺之阳兮。

还、茂、昌，叠咏同义。均为"美好的样子"之义。还，美好的样子。陆德明《经典释文》："还，《韩诗》作嫙，好貌。"王引之《经义述闻》卷五："《韩诗》作嫙，云好貌。家大人曰：'《韩诗》说是也。'二章'子之茂兮'，《毛传》曰：'茂，美也。'三章'子之昌兮'，《毛传》曰：'昌，盛也。'《笺》曰：'佼好貌。'昌、茂皆好，则嫙亦好也。作'还'者，假借字耳。《说文》：'嫙，好也。'义本《韩诗》。……嫙、昌、茂皆好也。"王引之对词义的分析结合全篇文本内容及体例，从《诗经》的章法中分析出了"还、茂、昌"三词同义，应该说这是较早注意到了《诗经》叠咏体诗中的修辞同义词情况，观点至确，论述有力。

【辨释】

还、茂、昌，均为"美好的样子"之义，词义微别。茂、昌，二词同义，当为词汇同义词。还，本字为"嫙"，美好的样子。"还"与"茂、昌"一起构成一组修辞同义词，其修辞作用在于表现猎人之间的反复夸赞。还（還），从辵睘声，表示与行走有关，本义是返回。《说文·辵部》："还，复也。"《左传·僖公三十年》："因人之力而敝之，不仁；失其所与，不知；以乱易整，不武。吾其还也。"

2. 儇、好、臧

儇、好、臧，在"美好"的意义上为一组修辞同义词。

【构组】

《齐风·还》三章，三章叠咏。一章：并驱从两肩兮，揖我谓我儇兮。二章：并驱从两牡兮，揖我谓我好兮。三章：并驱从两狼兮，揖我谓我臧兮。

儇、好、臧，叠咏同义，均为"美好"之义。陆德明《经典释文》："儇，《韩诗》作婘，音权，好貌。"王引之《经义述闻》卷五："《韩诗》作婘，云好貌。家大人曰：'《韩诗》说是也。'二章言好，三章言臧。臧与好同义，则婘亦同也。"《说文·人部》："儇，慧也。"这里的"儇"为"小聪明"之义，与"美好"义相近。好，本义指女子貌美。引申为美好。《说文·女部》："好，美也。"臧，美好的。《说文·臣部》："臧，善也。""善"与"好"义近。《邶风·雄雉》："不忮不求，何用不臧？"

【辨释】

儇、好、臧，均为"美好"之义，词义微别。好、臧，二词同义，当为词汇同义词。儇，为借字，本字为婘，亦为"美好"之义，三词一起构成一组修辞同义词。《乐府诗集·陌上桑》："秦氏有好女，自名为罗敷。"《左传·隐公十一年》："凡诸侯有命，告则书，不然则否。师出臧否，亦如之。"《荀子·非相》："今世俗之乱君，乡曲之儇子，莫不美丽姚冶，奇衣妇饰，血气态度拟于女子。"

3. 著、庭、堂

著、庭、堂，在"院子中"的意义上为一组修辞同义词。

【构组】

《齐风·著》三章，三章叠咏。一章：俟我于著乎而，充耳以素乎而，尚之以琼华乎而。二章：俟我于庭乎而，充耳以青乎而，尚之以琼莹乎而。三章：俟我于堂乎而，充耳以黄乎而，尚之以琼英乎而。

著、庭、堂，叠咏同义，均为"院子中"之义。著，通"宁"，指大门和屏风之间。《毛传》："门屏之间曰著。"《尔雅·释宫》："门屏之间谓之宁。"孔颖达《毛诗正义》："李巡曰：'门屏之间，谓正门内两塾间名宁。'孙炎曰：'门内屏外，人君视朝所宁立处也。'著与宁音义同。"庭，堂阶前的平地，指屏风到正房之间的一块平地。刘晶雯整理《闻一多诗经讲义》："这里说

'堂'，不过是近堂之庭（新郎不入堂内）。'著'是正门之内，往往有一屏风，严格说来，应读'宁'。屏风亦称'著'。不过这里是指放屏风之'著'，是院子的一部分，不过较近门而已。"《魏风·伐檀》："不狩不猎，胡瞻尔庭有县貆兮。"堂，正房。《说文·土部》："堂，殿也。"段玉裁注："古曰堂，汉以后曰殿。古上下皆称堂，汉上下皆称殿。至唐以后，人臣无有称殿者矣。"《孟子·梁惠王上》："王坐于堂上，有牵牛而过堂下者。"堂，在此应指堂前。程俊英、蒋见元《诗经》："著，通'宁'，大门和屏风之间的地方。"又曰："庭，中庭，院中。"又曰："堂，堂前。"这样，"著、庭、堂"三词就构成一组修辞同义词。

【辨释】

著、庭、堂，均为"院子中"之义，为一组修辞同义词，词义微别。"著、庭"同义，根据本诗的叠咏体特点，"堂"与"著、庭"语义应相同，堂，指堂前。程俊英、蒋见元《诗经》即注为"堂，堂前。"三词的区别是，所指院子的具体区域不同。著，指大门和屏风之间。闻一多《风诗类钞》："著、堂，都是庭中。著，在正门内两堂间靠外点，堂是堂阶下的庭地，靠里点。"庭，指屏风到正房之间的一块平地。《楚辞·九叹·思古》："甘棠枯于丰草兮，藜棘树于中庭。"堂，在此应指堂前，与"著、庭"同义。

4. 琼华、琼莹、琼英

琼华、琼莹、琼英，在"玉瑱"的意义上为一组修辞同义词。

【构组】

《齐风·著》三章，三章叠咏。一章：俟我于着乎而，充耳以素乎而，尚之以琼华乎而。二章：俟我于庭乎而，充耳以青乎而，尚之以琼莹乎而。三章：俟我于堂乎而，充耳以黄乎而，尚之以琼英乎而。

琼华、琼莹、琼英，叠咏同义，同为"玉瑱"之义。琼华，指玉瑱。《毛传》："琼华，美石，士之服也。"琼莹，玉瑱。《毛传》："琼莹，石似玉，卿大夫之服也。"韩愈、孟郊《城南联句》："鲜意竦轻畅，连辉照琼莹。"琼英，玉瑛。《毛传》:"琼英,美石似玉者。"陈奂《诗毛氏传疏》:"英者,瑛之假借字。《说文》:'瑛,玉光也。'瑛本为玉光,引申为石之次玉。"刘晶雯整理《闻一多诗经讲义》:"琼华、琼莹、琼英,同为一物(玉瑛)。"程俊英、蒋见元《诗经》:"琼华和下面的琼莹、琼英,都是玉瑛。"

【辨释】

琼华、琼莹、琼英,同为"玉瑛"之义,当为一组词汇同义词,语义基本相同。但古代在佩戴上稍有区分。"琼华,美石,士之服也。"何景明《荣养堂歌》:"被霞襦兮簪琼华,母氏乐兮乐且遐。""琼莹,石似玉,卿大夫之服也。""琼英,美石似玉者。"一般人均可佩戴。

5. 室、闼

室、闼,在"内室"的意义上为一组修辞同义词。

【构组】

《齐风·东方之日》二章,二章叠咏。一章:东方之日兮,彼姝者子,在我室兮。二章:东方之月兮,彼姝者子,在我闼兮。

室、闼,叠咏同义,均为"内室"之义。室,内室。《说文·宀部》:"室,实也。"段玉裁注:"以叠韵为训,古者前堂后室。《释名》曰:'室,实也,人物实满其中也。'"陶渊明《归园田居》:"户庭无尘杂,虚室有余闲。"闼,门内。《毛传》:"闼,门内也。"王先谦《诗三家义集疏》:"切言之,则闼为小门。浑言之,则门以内皆为闼。"

【辨释】

室、闼,均为"内室"之义,为一组修辞同义词,语义微别。室,指内室,一般为住人的地方。古人房屋内部,前叫"堂",堂后以墙隔开,后部中央叫"室",室的东西两侧叫"房"。段玉裁注:"古者前堂后室。《释名》曰:'室,实也,人物实满其中也。'"闼,指门内,一般指内室的门内,此指内室。

6. 明、晞

明、晞,在"天亮"的意义上为一组修辞同义词。

【构组】

《齐风·东方未明》三章，二章叠咏。一章：东方未明，颠倒衣裳。
二章：东方未晞，颠倒裳衣。

明、晞，叠咏同义，均为"天亮"之义。明，明亮，天亮。《说文·明
部》："朙，照也。"《左传·昭公二十八年》："照临四方曰明，勤施无私曰
类。"晞，通"昕"，天刚明，天亮。《毛传》："晞，明之始升。"朱熹《诗集
传》："晞，明之始升也。"马瑞辰《毛诗传笺通释》："晞者，昕之假借。《说
文》：'昕，旦明，日将出也，读若希。'昕与晞一声之转，故通用。"程俊英、
蒋见元《诗经》："晞，昕的假借字，太阳将出。"

【辨释】

明、晞，均为"天亮"之义，为一组修辞同义词，但本义不同。明，为
明亮。晞，本义为干。《说文·日部》："晞，干也。"《秦风·蒹葭》："蒹葭凄
凄，白露未晞。"《小雅·湛露》："湛湛露斯，匪阳不晞。"晞，为"昕"的假
借字，指天亮，与"明"构成一组同义词。《说文·日部》："昕，旦明，日将
出也。"晞，上古为晓纽微部，昕，上古为晓纽文部。晞、昕，微文对转。
《礼记·文王世子》："天子视学，大昕鼓征，所以警众也。"

7. 骄骄、桀桀

骄骄、桀桀，在"高高的样子"的意义上为一组修辞同义词。

【构组】

《齐风·甫田》三章，二章叠咏。一章：无田甫田，维莠骄骄。二
章：无田甫田，维莠桀桀。

骄骄、桀桀，叠咏同义，均为"高高的样子"之义。骄骄、桀桀，均指
高高的样子。《毛传》："桀桀，犹骄骄也。"朱熹《诗集传》："桀桀，犹骄骄
也。"陈奂《诗毛氏传疏》："桀桀，与骄骄同意。"马瑞辰《毛诗传笺通释》：
"上章之骄骄，《法言》作乔乔。《尔雅》：'乔，高也。'胡承珙言骄骄即乔乔

之借字，是也。今按《说文》：'揭，高举也。'此章桀桀即揭揭之假借，义亦为高，故《传》云：'桀桀，犹骄骄也。'"程俊英、蒋见元《诗经》："桀桀，高高的样子。"

【辨释】

骄骄、桀桀，均为"高高的样子"之义，但本义不同。二词在文本中假借同义。骄骄，其本字为"乔乔"，乔乔，高大的样子。《齐风·甫田》："无田甫田，维莠骄骄。"扬雄《法言·修身》作"维莠乔乔"。桀桀，其本字为"揭揭"，揭揭，即高的意思。《卫风·硕人》："施罛濊濊，鳣鲔发发，葭菼揭揭。"《毛传》："揭揭，长也。""长"与"高"义近。这样，"骄骄"、"桀桀"在文本中就构成一组修辞同义词。骄，从马乔声，本义指马健壮。《卫风·硕人》："四牡有骄，朱幩镳镳。"桀，从木从舛，会意。本义为鸡栖的木桩。《王风·君子于役》："鸡栖于桀，日之夕矣，羊牛下括。"

8. 怛怛、恒恒

恒恒、怛怛，在"忧伤不安的样子"的意义上为一组修辞同义词。

【构组】

> 《齐风·甫田》三章，二章叠咏。一章：无思远人，劳心忉忉。二章：无思远人，劳心怛怛。

忉忉、怛怛，叠咏同义，均为"忧伤不安的样子"之义。忉忉，忧伤不安的样子。《毛传》："忉忉，忧劳也。"朱熹《诗集传》："忉忉，忧劳也。"程俊英、蒋见元《诗经》："忉忉，因思念而忧伤的样子。"怛怛，忧伤不安。《毛传》："怛怛，犹忉忉也。"朱熹《诗集传》："怛怛，犹忉忉也。"陈奂《诗毛氏传疏》："怛怛，亦忧劳之意。"本篇："无思远人，劳心怛怛。"

【辨释】

忉忉、怛怛，均为"忧伤不安的样子"之义，当为一组词汇同义词，二词均从心，均表示心理活动，语义差别不大，换用以获得错综变化之妙。白居易《寄献北都留守裴令公》："动人名赫赫，忧国意忉忉。"杜甫《秋日夔府咏怀奉寄郑监李宾客一百韵》：“别离忧怛怛，伏腊涕涟涟。”

9. 重环、重鋂

重环、重鋂，在“大环套上小环”的意义上为一组修辞同义词。

【构组】

> 《齐风·卢令》三章，二章叠咏。二章：卢重环，其人美且鬈。三章：卢重鋂，其人美且偲。

重环、重鋂，叠咏同义，均指“大环套上小环”之义。重环，指大环套上小环。《毛传》：“重环，子母环也。”孔颖达《毛诗正义》：“重环，谓大环贯一小环也。”朱熹《诗集传》：“重环，子母环也。”鋂，也指大环套上小环，但为一个大环套两个小环。《毛传》：“重鋂，一环贯二也。”朱熹《诗集传》：“重鋂，一环贯二也。”程俊英、蒋见元《诗经》：“重环，大环套上一个小环。”又曰：“重鋂，一个大环，套上两个小环。”

【辨释】

重环、重鋂，均指“大环套上小环”之义，但所套小环的个数不同。环，一个大环带一个小项圈。鋂，一个大环带两个小项圈。孔颖达《毛诗正义》：“上言重环，谓‘环相重’，故知谓‘子母环’，谓大环贯一小环也。‘重鋂’与‘重环’别，则与子母之环文当异，故知‘一环贯二’，谓一大环贯二小环也。”重环、重鋂，当为一组修辞同义词组，具有反复强调美之作用。

10. 汤汤、滔滔

汤汤、滔滔，在“水盛大的样子”的意义上为一组修辞同义词。

【构组】

> 《齐风·载驱》四章，二章叠咏。三章：汶水汤汤，行人彭彭。四章：汶水滔滔，行人儦儦。

汤汤、滔滔，叠咏同义，均为“水盛大的样子”之义。汤汤，指水盛大的样子。《卫风·氓》："淇水汤汤,渐车帷裳。"《毛传》:"汤汤,水盛貌。"朱熹《诗集传》:"汤汤,水盛貌。"程俊英、蒋见元《诗经》:"汤汤,水盛大貌。"范仲淹《岳阳楼记》:"衔远山,吞长江,浩浩汤汤,横无际涯。"滔滔,水盛大的样子。《毛传》:"滔滔,流貌。"王粲《赠文叔良》:"瞻彼黑水,滔滔其流。江汉有卷,允来厥休。"

【辨释】

汤汤、滔滔,均为"水盛大的样子"之义,当为一组词汇同义词,语义基本相同。汤汤,侧重于水势盛大。《尚书·尧典》:"汤汤洪水方割,荡荡怀山襄陵,浩浩滔天。"《小雅·沔水》:"沔彼流水,其流汤汤。"《郑笺》:"汤汤,波流盛貌。"滔滔,侧重于水势弥漫汹涌。《小雅·四月》:"滔滔江汉,南国之纪。"《毛传》:"滔滔,大水貌。"二词的运用,使诗歌富于错综变化之妙。

11. 彭彭、儦儦

彭彭、儦儦,在"众多的样子"的意义上为一组修辞同义词。

【构组】

> 《齐风·载驱》四章,二章叠咏。三章:汶水汤汤,行人彭彭。四章:汶水滔滔,行人儦儦。

彭彭、儦儦,叠咏同义,均指"众多的样子"之义。彭彭,众多的样子。《毛传》:"彭彭,多貌。"朱熹《诗集传》:"彭彭,多貌。言行人之多,亦以见其无耻也。"黄典诚《诗经通译新诠》:"彭彭,也是多貌。"又曰:"儦儦,如上章的'彭彭'。"儦儦,众多的样子。《毛传》:"儦儦,众貌。"朱熹《诗集传》:"儦儦,众貌。"

【辨释】

彭彭、儦儦,均指"众多的样子"之义,语义基本相同,二词在后代使用不多。

12. 翱翔、游敖

翱翔、游敖,在"遨游"的意义上为一组修辞同义词。

【构组】

《齐风·载驱》四章,二章叠咏。三章:鲁道有荡,齐子翱翔。四章:鲁道有荡,齐子游敖。

翱翔、游敖,叠咏同义,均为"遨游"之义。翱翔,指遨游。《毛传》:"翱翔,犹彷徉也。"彷徉,即遨游。《汉书·司马相如传上》:"于是楚王乃弭节徘徊,翱翔容与,览乎阴林,观壮士之暴怒。"颜师古注引郭璞曰:"翱翔容与,言自得也。"黄典诚《诗经通译新诠》:"指纵情游乐。"游敖,即遨游。朱熹《诗集传》:"游敖,犹翱翔也。"陈奂《诗毛氏传疏》:"游敖,犹遨游也。《释名》云:'翱,敖也。翔,徉也。'言彷徉,是游遨与翱翔同义。"

【辨释】

翱翔、游敖,均为"遨游"之义,但侧重点稍有区别。翱翔,多侧重于鸟类飞翔。《楚辞·离骚》:"凤凰翼其承旗兮,高翱翔之翼翼。"游敖,适用范围较宽,人、物均可。《淮南子·精神训》:"反复终始,不知其端绪,甘暝太宵之宅,而觉视于昭昭之宇,休息于无委曲之隅,而游敖于无形埒之野。"

九 《诗经·魏风》叠咏修辞同义词研究

《诗经·魏风》7篇,叠咏修辞同义词10组:莫、桑、葜;公路、公行、公族;桃、棘;殽、食;岵、屺、冈;闲闲、泄泄;还、逝;檀、辐、轮;干、侧、漘;餐、食、飧。

1. 莫、桑、葜

莫、桑、葜,在"野菜"的意义上为一组修辞同义词。

【构组】

《魏风·汾沮洳》三章,三章叠咏。一章:彼汾沮洳,言采其莫。二章:彼汾一方,言采其桑。三章:彼汾一曲,言采其葜。

莫、桑、荚，叠咏同义，均为"野菜"之义。莫，野菜。《毛传》："莫，菜也。"孔颖达《毛诗正义》："陆机《疏》云：'莫，茎大如箸，赤节，节一叶，似柳，叶厚而长，有毛刺。今人缲以取茧绪。其味酢而滑，始生可以为羹，又可生食。五方通谓之酸迷，冀州人谓之干绛，河、汾之间谓之莫。'"朱熹《诗集传》："莫，菜也，似柳叶厚而长，有毛刺，可为羹。"马瑞辰《毛诗传笺通释》：莫，"是酸迷一名酸摸，省言之则曰莫。"桑，桑叶。《说文·叒部》："桑，蚕所食叶木。"桑叶是蚕的饲料。荚，即泽蕮，也叫水舄，一种野菜。可做药材，也可以吃。《毛传》："荚，水舄也。"孔颖达《毛诗正义》："陆机《疏》云：'今泽蕮也。其叶如车前草大，其味亦相似，徐州广陵人食之。'"陈奂《诗毛氏传疏》："水舄草生沮洳泽中，可作菜。俗作蕮、作泻。"程俊英、蒋见元《诗经》："荚，即泽泻，药名，亦可作菜。"

【辨释】

莫、桑、荚，均指野菜，但具体所指不同。桑，本指树名，其叶可养蚕，亦可食。这里侧重指桑叶。郭茂倩《乐府诗集·陌上桑》："罗敷喜蚕桑，采桑城南隅。"莫、荚，为草本植物，可食。莫，即酸迷，一种野菜。荚，苣荚菜。为菊科植物，又名败酱草，具有清热解毒、凉血利湿、消肿排脓、祛瘀止痛、补虚止咳的功效。三词的运用，明写野菜之多，喻指才德之美。

2. 公路、公行、公族

公路、公行、公族，在"晋国武官名"的意义上为一组修辞同义词。

【构组】

> 《魏风·汾沮洳》三章，三章叠咏。一章：美无度，殊异乎公路。二章：美如英，殊异乎公行。三章：美如玉，殊异乎公族。

公路、公行、公族，叠咏同义，均为"晋国武官名"之义。公路、公行，指晋国武官名。孔颖达《毛诗正义》："公路与公行一也，以其主君路车谓之公路。主兵车之行列者则谓之公行，正是一官也。"刘晶雯整理《闻一多诗经讲义》："'公路'、'公行'都是晋国武官'公车尉'这一官阶里的名词。'公车尉'有'公路'、'公行'等名称。'公族'则为普通称谓，'公'之族也，即贵族。'公族'是指其血统家世。在血统上是公族，在官阶上是公路、公行。"实际上，公族，也是当时官阶名。程俊英、蒋见元《诗经》："公路，与下面的公行、公族，都是当时官名。公路掌管魏军的路车，公行掌兵车，公族掌管宗族事物。这些官都是世袭贵族。"

【辨释】

公路、公行、公族，均为"晋国武官名"之义，为词汇同义词，语义微别。这就像程俊英先生区分的那样，"公路掌管魏军的路车，公行掌兵车，公族掌管宗族事物。"在今天，"公路、公行、公族"很难理解成晋国武官名称，这是时代所限，由此可见古代训诂资料的重要。

3. 桃、棘

桃、棘，在"果树"的意义上为一组修辞同义词。

【构组】

《魏风·园有桃》二章，二章叠咏。一章：园有桃，其实之殽。二章：园有棘，其实之食。

桃、棘，叠咏同义，均为"果树"之义。桃，落叶小乔木，果实略呈球形，表面有短绒毛。《说文·木部》："桃，桃果也。"《周南·桃夭》："桃之夭夭，灼灼其华。"棘，酸枣树。一种落叶乔木，有刺，果实较枣小，味酸。《说文·朿部》："棘，小枣丛生者。"《淮南子·兵略》："伐棘枣以为矜，周锥凿而为刃。"黄典诚《诗经通译新诠》："棘，枣树。"

【辨释】

桃、棘，同为"果树"之义，但具体树木不同。桃，落叶小乔木，果实略呈球形，味甜，有大核，核仁可入药。《大雅·抑》："投我以桃，报之以李。"棘，酸枣树。一种落叶乔木，有刺，果实较枣小，味酸，种子、果皮、根可入药。陆龟蒙《吴宫怀古》："香径长洲尽棘丛，奢云艳雨只悲风。"

4. 殽、食

殽、食，在"菜肴"的意义上为一组修辞同义词。

【构组】

《魏风·园有桃》二章，二章叠咏。一章：园有桃，其实之殽。二章：园有棘，其实之食。

殽、食，叠咏同义，均为"菜肴"之义。陈奂《诗毛氏传疏》："殽，古作肴。"殽，通"肴"，菜肴。《楚辞·东皇太一》："蕙肴蒸兮兰藉，奠桂酒兮椒浆。"食，也指菜肴。《后汉书·列女传》："妾闻志者不饮盗泉之水，廉者不受嗟来之食，况拾遗求利，以污其行乎！"

【辨释】

殽、食，二词同义，但具体所指不同。殽，通"肴"，常指菜肴、佳肴，与肉食有关。肴，小篆作肴，从肉，爻声。本义为做熟的鱼肉。《楚辞·招魂》："归来反故室，敬而无妨些。肴羞未通，女乐罗些。"食，粮食。《说文·食部》："食，一米也。"即指聚集的米。白居易《卖炭翁》："卖炭得钱何所营？身上衣裳口中食。"

5. 岵、屺、冈

岵、屺、冈，在"没有草木的山"的意义上为一组修辞同义词。

【构组】

《魏风·陟岵》三章，三章叠咏。一章：陟彼岵兮，瞻望父兮。二章：陟彼屺兮，瞻望母兮。三章：陟彼冈兮，瞻望兄兮。

岵、屺、冈，叠咏同义，均为"没有草木的山"之义。岵，没有草木的山。《毛传》："山无草木曰岵。"朱熹《诗集传》："山无草木曰岵。"程俊英、蒋见元《诗经》："岵，无草木的山。"又曰："屺，没有草木的山。"屺，没有草木的山。《说文·山部》："屺，山无草木也。《诗》曰：'陟彼屺兮'。"冈，山脊。也指没有草木的山脊。《毛传》："山脊曰冈。"《说文·山部》："冈，山脊也。"

【辨释】

岵、屺、冈，均为"没有草木的山"之义，三词语义基本相同。一说：

屺，指有草木的山。朱熹《诗集传》："山有草木曰屺。"这与此诗的文本内容不合。此诗是写征人在役思念家乡，家中父母，无人赡养，没有依靠，就像无草木的山岭，没有一点生气。冈，根据此诗叠咏体例，也应指没有草木的山岭。

6. 闲闲、泄泄

闲闲、泄泄，在"往来自得的样子"的意义上为一组修辞同义词。

【构组】

  《魏风·十亩之间》二章，二章叠咏。一章：十亩之间兮，桑者闲闲兮，行与子还兮。二章：十亩之外兮，桑者泄泄兮，行与子逝兮。

  闲闲、泄泄，叠咏同义，均为"往来自得的样子"之义。闲闲、泄泄，往来自得的样子。《毛传》："闲闲然，男女无别，往来之貌。"朱熹《诗集传》："闲闲，往来者自得之貌。"又曰："泄泄，犹闲闲也。"黄典诚《诗经通译新诠》："闲闲，男女往来无别之貌。"又曰："泄泄，与'闲闲'同义。"

【辨释】

  闲闲、泄泄，均为"往来自得的样子"之义，二词语义基本相同，换用避复。另一说，指人多的样子。马瑞辰《毛诗传笺通释》："闲闲、泄泄皆桑树盛多之貌。"这种解释与文本内容不合。"闲闲"与"泄泄"的主语均为"桑者"，即采桑的姑娘，下文则是采桑的姑娘在做什么，所以应释为"往来自得的样子"，据此可知：朱熹所释至确。

7. 还、逝

还、逝，在"回家"的意义上为一组修辞同义词。

【构组】

  《魏风·十亩之间》二章，二章叠咏。一章：十亩之间兮，桑者闲闲兮，行与子还兮。二章：十亩之外兮，桑者泄泄兮，行与子逝兮。

还、逝，叠咏同义，同为"回家"之义。还，返回，回家。《说文·辵部》："还，复也。"《尔雅·释言》："还，复，返也。"《左传·僖公三十年》："因人之力而敝之，不仁；失其所与，不知；以乱易整，不武。吾其还也。"逝，返回，回家。《尔雅·释诂》："如、适、之、嫁、徂、逝，往也。"《说文·辵部》："逝，往也。"《论语·雍也》："何为其然也？君子可逝也，不可陷也；可欺也，不可罔也。"

【辨释】

还、逝，同为"回家"之义，为一组修辞同义词，词义稍有不同。还，指"回家"。但"逝"指往，在此临时与"还"构成修辞同义词。逝，还指死亡。孙文《黄花岗七十二烈士事略序》："予为斯序，既痛逝者，并以为国人之读兹编者勖。"逝，还通"誓"，表示决心。《魏风·硕鼠》："逝将去女，适彼乐土。"

8. 檀、辐、轮

檀、辐、轮，在"车轮的构件"的意义上为一组修辞同义词。

【构组】

《魏风·伐檀》三章，三章叠咏。一章：坎坎伐檀兮，寘之河之干兮。二章：坎坎伐辐兮，寘之河之侧兮。三章：坎坎伐轮兮，寘之河之漘兮。

檀、辐、轮，叠咏同义，均为"车轮的构件"之义。檀，一种落叶乔木，木质坚硬，用于制作家具、乐器、车轮。《毛传》："檀可以为轮。"《说文·木部》："檀，檀木也。"朱熹《诗集传》："檀，木可为车者。"根据上下文意，伐檀的目的是为作车轮、车辐之用。辐，车轮中连接车辋和车毂的直木条。《说文·车部》："辐，轮轑也。"黄焯《诗疏平议》："伐辐、伐轮配伐檀言，合言伐檀以为辐、为轮也。"轮，安在车轴上可以转动使车行进的圆形的东西，亦称"车轱辘"。

【辨释】

檀、辐、轮，同为"车轮的构件"之义，但具体所指不同。檀，落叶乔木，木质坚硬，用于制作家具、乐器、车子构件。辐，指车辐条。《老子》十一章："三十辐共一毂，当其无，有车之用。"轮，指车轮。《说文·车部》："轮，有辐曰轮，无辐曰辁。"《荀子·劝学》："木直中绳，𫐓以为轮，其曲中规，虽有槁暴，不复挺者，𫐓使之然也。"伐下的檀木是用来制作车子的。此诗三章叠咏，由此可见，叠咏体推进了诗意的发展。

9. 干、侧、漘

干、侧、漘，在"河边"的意义上为一组修辞同义词。

【构组】

《魏风·伐檀》三章，三章叠咏。一章：坎坎伐檀兮，寘之河之干兮。二章：坎坎伐辐兮，寘之河之侧兮。三章：坎坎伐轮兮，寘之河之漘兮。

干、侧、漘，叠咏同义，均为"河边"之义。干，水边。朱熹《诗集传》："干，厓也。"司马迁《史记·春申君列传》："昔智氏见伐赵之利而不知榆次之祸，吴见伐齐之便而不知干隧之败。"司马贞《索隐》："干，水边也。"侧，旁边。《说文·人部》："侧，旁也。""旁"与"边"义近。王安石《游褒禅山记》："其下平旷，有泉侧出，而记游者甚众，所谓前洞也。"漘，水边。《说文·水部》："漘，水厓也。"

【辨释】

干、侧、漘，均为"河边"之义，为一组修辞同义词，但本义所指不同。干，义项较多，本义指盾牌。《礼记·檀弓下》："仲尼曰：'能执干戈以卫社稷，虽欲勿殇也，不亦可乎！'"侧，指旁边。二词所指的旁边，语义宽泛，既可指水边，也可指非水边。《晋书·山涛、王戎、郭舒、乐广传》："又尝与群儿戏于道侧，见李树多实，等辈兢趣之，戎独不往。"漘，仅指水边。本篇："置之河之漘兮。"

10. 餐、食、飧

餐、食、飧，在"吃饭"的意义上为一组修辞同义词。

【构组】

《魏风·伐檀》三章，三章叠咏。一章：彼君子兮，不素餐兮！二章：彼君子兮，不素食兮！三章：彼君子兮，不素飧兮！

餐、食、飧，叠咏同义，均为"吃饭"之义。餐，吃饭。《说文·食部》："餐，吞也。"朱熹《诗集传》："餐，食也。"枚乘《七发》："此甘餐毒药，戏猛兽之爪牙也。"食，吃饭。《战国策·齐策四》："长铗归来乎，食无鱼！"飧，吃饭。《孟子·滕文公上》："贤者与民并耕而食，饔飧而治。"

【辨释】

餐、食、飧，同为"吃饭"之义，语义稍有区别。餐，指吃，常指正餐。《郑风·狡童》："维子之故，使我不能餐兮。"食，本义为粮食，后引申为吃饭。《三国志·诸葛亮传》："将军身率益州之众出于秦川，百姓孰敢不箪食壶浆以迎将军者乎？"食，为粮食。《孟子·梁惠王上》："鸡豚狗彘之畜，无失其时，七十者可以食肉矣。"食，为吃的意思。飧，一般指晚上吃饭。柳宗元《种树郭橐驼传》："吾小人辍飧饔以劳吏者，且不得暇。"飧饔，指晚饭和早饭。

十 《诗经·唐风》叠咏修辞同义词研究

《诗经·唐风》12篇，叠咏修辞同义词8组：除、迈、慆；束薪、束刍、束楚；滑滑、菁菁；踽踽、睘睘；袪、袂；居居、究究；羽、翼、行；信、与、从。

1. 除、迈、慆

除、迈、慆，在"逝去"的意义上为一组修辞同义词。

【构组】

《唐风·蟋蟀》三章，三章叠咏。一章：今我不乐，日月其除。二章：今我不乐，日月其迈。三章：今我不乐，日月其慆。

除、迈、慆，叠咏同义，均为"逝去"之义。除，逝去。《毛传》："除，

去也。"《郑笺》:"今不自乐,日月且过去,不复暇为之。"朱熹《诗集传》:
"除,去也。"程俊英、蒋见元《诗经》:"除,去。"又曰:"迈,逝去。"迈,
逝去。朱熹《诗集传》:"逝、迈,皆去也。"慆,逝去。《毛传》:"慆,过
也。"陈奂《诗毛氏传疏》:"慆与滔,声义皆相近。过,犹去也。"程俊英、
蒋见元《诗经》:"慆,逝去。"黄典诚《诗经通译新诠》:"除,过去。迈,走
过去。慆,过去。"

【辨释】

除、迈、慆,均为"逝去"之义,语义基本相同。"迈、慆"构组材料稍
显欠缺,从此诗的叠咏体特点上看,"除、迈、慆"确为一组修辞同义词。程
俊英《诗经》"慆"字未采纳先贤的注疏,将"慆"注为"逝去",应该说已
考虑到此诗的叠咏体特点,至确。此诗中还有两组修辞同义词,但同义词构
组材料不足,故未被列入分析。

2. 束薪、束刍、束楚

束薪、束刍、束楚,在"象征结婚"的意义上为一组修辞同义词。

【构组】

　　　《唐风·绸缪》三章,三章叠咏。一章:绸缪束薪,三星在天。二
　章:绸缪束刍,三星在隅。三章:绸缪束楚,三星在户。

束薪、束刍、束楚,叠咏同义,均为"象征结婚"之义。马瑞辰《毛诗
传笺通释》:"此诗'束薪'、'束刍'、'束楚',《传》谓以喻男女待礼而成,
是也。"程俊英、蒋见元《诗经》:"束薪、束刍、束楚都象征结婚。"黄典诚
《诗经通译新诠》:"束薪,成束的干柴。民间尚有柴新郎之称。束刍,成捆的
草。束楚,成捆的荆木。"估计这可能是当时青年男女,以束薪为定情信物,
所以"束薪、束刍、束楚","象征结婚"。

【辨释】

束薪、束刍、束楚,均为"象征结婚"之义,语义区别不大。三词均为
定情信物。薪、刍、楚,均指柴草,束为捆绑。束薪,还有捆柴之义。皮日
休《樵子》:"束薪白云湿,负担春日暮。"束刍,捆柴之义。《新唐书·列传

第一百一十七忠义中·张巡》："明日贼攻城,设百楼,巡栅城上,束刍灌膏以焚焉,贼不敢向,巡伺击之。"束楚,捆柴之义。白居易《想东游五十韵》："悬旌心宛转,束楚意绸缪。"

3. 湑湑、菁菁

湑湑、菁菁,在"茂盛的样子"的意义上为一组修辞同义词。

【构组】

　　《唐风·杕杜》二章,二章叠咏。一章:有杕之杜,其叶湑湑。二章:有杕之杜,其叶菁菁。

湑湑、菁菁,叠咏同义,均为"茂盛的样子"之义。湑湑,茂盛的样子。孔颖达《毛诗正义》："言有杕然特生之杜,其叶湑湑然而盛,但柯条稀疏,不相比次。"朱熹《诗集传》："湑湑,盛貌。"程俊英、蒋见元《诗经》："湑湑,树叶茂盛的样子。"又曰"菁菁,树叶茂盛的样子。"菁菁,茂盛的样子。《毛传》："菁菁,叶盛貌。"陆德明《经典释文》："菁,本又作青,同。"朱熹《诗集传》："菁菁,亦盛貌。"马瑞辰《毛诗传笺通释》："此诗'其叶湑湑'、'其叶菁菁',皆言叶之盛。"

【辨释】

湑湑、菁菁,均为"茂盛的样子"之义,但本义不同。湑,从水,从胥,胥亦声,指水清澈的样子,为本义。《大雅·凫鹥》："尔酒既湑,尔肴伊脯。"湑,即水清的意思。菁,本义指韭菜花。《说文·艸部》："菁,韭华(花)也。"菁菁,指草木繁茂的样子。《小雅·菁菁者莪》："菁菁者莪,在彼中阿。"

4. 踽踽、睘睘

踽踽、睘睘,在"孤独无依的样子"的意义上为一组修辞同义词。

【构组】

　　《唐风·杕杜》二章,二章叠咏。一章:独行踽踽。岂无他人?二章:独行睘睘。岂无他人?

踽踽、睘睘，叠咏同义，均为"孤独无依的样子"之义。踽踽，孤独无依的样子。《毛传》："踽踽，无所亲也。"《说文·足部》："踽，疏行貌。《诗》曰：'独行踽踽。'"朱熹《诗集传》："踽踽，无所亲之貌。"王先谦《诗三家义集疏》："疏行，犹'独行'也。"程俊英、蒋见元《诗经》："踽踽，无亲独行的样子。"成语有"踽踽独行"。睘睘，孤独无依的样子。《毛传》："睘睘，无所依也。"陆德明《经典释文》："睘，本亦作茕，又作嬛。"朱熹《诗集传》："睘睘，无所依貌。"桂馥《说文解字义证》："《传》云：'睘睘，无所依也。'陈启源曰：'无依之人多彷徨惊顾。'"程俊英、蒋见元《诗经》："睘睘，同'茕茕'，孤独无所依靠的样子。"

【辨释】

踽踽、睘睘，均为"孤独无依的样子"之义，语义差别不大。二词后世使用不多，诗中词语换用，是为了避复，以获得错综变化之妙。

5. 祛、褎

祛、褎，在"袖子"的意义上为一组修辞同义词。

【构组】

《唐风·羔裘》二章，二章叠咏。一章：羔裘豹祛，自我人居居。二章：羔裘豹褎，自我人究究。

祛、褎，叠咏同义，均为"袖子"之义，二词皆从"衣"。祛，衣袖。《说文·衣部》："祛，衣袂也。"孔颖达《毛诗正义》："此以祛、袂为一者，袂是袖之大名，祛是袖头之小称，其通皆为袂。"褎，同"袖"，袖子。《毛传》："褎，犹祛也。"《说文·衣部》："褎，袂也。"陈奂《诗毛氏传疏》："《说文》：'褎，袂也。'俗作袖。是褎亦袂矣，袂末谓之祛，亦谓之褎，故云褎犹祛也。"刘晶雯整理《闻一多诗经讲义》："'祛'等于'褎'，'祛'解作'口'，'褎'即'袖'。"

【辨释】

祛、褎，均为"袖子"之义，为语境词汇同义词，但语义稍有不同。"袂是袖之大名，祛是袖头之小称"，"褎亦袂矣"，俗作袖。《郑风·遵大路》：

"遵大路兮，掺执子之祛兮。"《韩非子·五蠹》："长袖善舞，多钱善贾。"二词的运用，以表现贵族态度之傲慢。

6. 居居、究究

居居、究究，在"傲慢无礼"的意义上为一组修辞同义词。

【构组】

《唐风·羔裘》二章，二章叠咏。一章：羔裘豹祛，自我人居居。二章：羔裘豹褎，自我人究究。

居居、究究，叠咏同义，均为"傲慢无礼"之义。居居，傲慢无礼的样子。《毛传》："居居，怀恶不相亲比之貌。"胡承珙《毛诗后笺》："曹宪《广雅音》云：'今居字乃箕居字，故居又与倨通。'《说文》：'倨，不逊也。'倨傲无礼，故为恶也。"黄遵宪《以莲菊桃杂供一瓶作歌》："一花傲睨如居居，了更妖媚非粗疏。"究究，傲慢无礼的样子。《毛传》："究究犹居居也。"刘晶雯整理《闻一多诗经讲义》："'居居'、'究究'都是骄傲的样子，神气。"程俊英、蒋见元《诗经》："居居，借为倨倨，态度傲慢。"又曰："究究，心怀恶意不可亲近的样子，也是傲慢的意思。"

【辨释】

居居、究究，均为"傲慢无礼"之义，词义稍有区别。居居，有盛服之貌的意思。唐马异《答卢仝结交诗》："卧居居兮起于于，漱潺潺兮聆嘻嘻。"究究，亦有心怀恶意不相亲近之义。《尔雅·释训》："居居、究究，恶也。"郭璞注："皆相憎恶。"究究，还有不止貌的意思。《楚辞·九叹·远逝》："长吟永欷，涕究究兮。"王逸注："究究，不止貌也。"

7. 羽、翼、行

羽、翼、行，在"展翅飞翔"的意义上为一组修辞同义词。

【构组】

《唐风·鸨羽》三章，三章叠咏。一章：肃肃鸨羽，集于苞栩。二章：肃肃鸨翼，集于苞棘。三章：肃肃鸨行，集于苞桑。

羽、翼、行，叠咏同义，均为"展翅飞翔"之义。羽、翼，名词，为鸟的翅膀。在此为名词活用为动词，指展翅飞翔。第一章"肃肃鸨羽"，第二章"肃肃鸨翼"，肃肃，是指鸟拍打翅膀声，第三章又为"肃肃鸨行"，"行"在此为动词，指飞翔。根据此诗的叠咏体例和语境可知，前二章的"羽、翼"在此活用为动词。这样，羽、翼、行，三词叠咏同义。

【辨释】

羽、翼、行，均为"展翅飞翔"之义，词义稍有不同。羽、翼，本为名词，指鸟的翅膀或羽毛。《说文·羽部》："羽，鸟长毛也。"《说文·飞部》："翼，翅也。"后"羽翼"构成合成词，为辅佐，维护之义。《吕氏春秋·举难》："以私胜公，衰国之政也。然而名号显荣者，三士羽翼之也。"又比喻辅佐的人或力量。《三国志·魏书·任城陈萧王传》："植既以才见异，而丁仪、丁廙、杨修等为之羽翼。太祖狐疑，几为太子者数矣。"行，本义为道路，名词。《豳风·七月》："女执懿筐，遵彼微行，爰求柔桑。"后引申为动词。《庄子·逍遥游》："此虽免乎行，犹有所待者也。"

8. 信、与、从

信、与、从，在"相信、听从"的意义上为一组修辞同义词。

【构组】

《唐风·采苓》三章，三章叠咏。一章：人之为言，苟亦无信。二章：人之为言，苟亦无与。三章：人之为言，苟亦无从。

信、与、从，叠咏同义，均为"相信、听从"之义。信，相信。《郑笺》："且无信受之。"《战国策·齐策一》："忌不自信，而复问其妾曰：'吾孰与徐公美？'"与，相信、听从。朱熹《诗集传》："与，许也。"程俊英、蒋见元《诗经》："无与，犹'毋以'，不用赞同。"从，听从。朱熹《诗集传》："从，听也。"概括来说，信、与、从，三词同义，构成一组修辞同义词。具体来说，信、与、从，三词语义微别，它推进了诗意的发展。信，相信。与，听从。从，跟随。

【辨释】

信、与、从，均为"相信、听从"之义，为多义词，但义项多少不同。"信"在古代义项较多，主要有两个：（1）形容词，真心诚意。《说文·言部》："信，诚也。"《国语·晋语二》："除暗以应外谓之忠，定身以行事谓之信。"（2）动词，守信用。贾谊《过秦论》："此四君者，皆明智而忠信。"与，也有多个义项，主要为介词和连词。与，介词，相当于"跟、和、及"。《史记·项羽本纪》："沛公曰：'孰与君少长？'良曰：'长于臣。'"与，为连词，相当于"和、同"。《曹风·候人》："彼候人兮，何戈与祋。"从，有介词的义项，相当于"自"。贺知章《回乡偶书》："儿童相见不相识，笑问客从何处来。"

十一 《诗经·秦风》叠咏修辞同义词研究

《诗经·秦风》10 篇，叠咏修辞同义词 7 组：漆、桑、栗、杨；苍苍、凄凄、采采；央、坻、沚；条、梅、纪、堂；棘、桑、楚；栎、驳、棣、檖；袍、泽、裳。

1. 漆、桑、栗、杨

漆、桑、栗、杨，在"树木"的意义上为一组修辞同义词。

【构组】

《秦风·车邻》三章，二章叠咏。一章：阪有漆，隰有栗。既见君子，并坐鼓瑟。二章：阪有桑，隰有杨。既见君子，并坐鼓簧。

漆、桑、栗、杨，叠咏同义，均为"树木"之义。漆，漆树。一种落叶乔木，树皮富含树脂，可制涂料。《唐风·山有枢》："山有漆，隰有栗。"《说文·桼部》段玉裁注："木汁名桼，因名其木曰桼。今字作漆而桼废矣。"桑，桑树。落叶灌木，叶子可以养蚕，果穗味甜可食，木材可制作家具或农具。《说文·叒部》："桑，蚕所食叶木。"栗，栗树。一种落叶乔木，果实为坚果，称"栗子"，味甜，可食。《说文·木部》："栗，栗木也。"《公羊传·文公二年》："主者曷用？虞主用桑，练主用栗。用栗者，藏主也。"杨，杨树。一种落叶乔木，种类很多，有白杨，大叶杨，小叶杨等多种，木材可做器物。《说文·木部》："杨，木也。"

【辨释】

漆、桑、栗、杨，均为"树木"之义，语义基本相同，但具体所指树木不同、本义不同。"桑、栗、杨"三词为三种不同树木。漆，本义为漆水，渭水支流，今名漆水河，发源于陕西麟游县西。后因"木汁名桼，因名其木曰桼。今字作漆而桼废矣。"漆，后指漆树。如本篇："阪有漆，隰有栗。"

2. 苍苍、凄凄、采采

苍苍、凄凄、采采，在"茂盛的样子"的意义上为一组修辞同义词。

【构组】

> 《秦风·蒹葭》三章，三章叠咏。一章：蒹葭苍苍，白露为霜。二章：蒹葭凄凄，白露未晞。三章：蒹葭采采，白露未已。

苍苍、凄凄、采采，叠咏同义，均为"茂盛的样子"之义。苍苍，茂盛的样子。《毛传》："苍苍，盛也。"曹植《赠白马王彪》诗之二："太谷何寥廓，山树郁苍苍。"凄凄，同"萋萋"，茂盛的样子。朱熹《诗集传》："凄凄，犹苍苍也。"王安石《送吴叔开南征》："春草凄凄绿，江枫湛湛清。"采采，茂盛的样子。《毛传》："采采，犹萋萋也。"朱熹《诗集传》："采采，言其盛而可采也。"陈奂《诗毛氏传疏》："《浮游》《传》：'采采，众多也。'是采采亦为盛。故云犹凄凄也。苍苍、凄凄、采采，一语之转。"陶潜《荣木》："采采荣木，结根于兹。晨耀其华，夕已丧之。"

【辨释】

苍苍、凄凄、采采，均为"茂盛的样子"之义，语义稍有区别。苍苍、采采，语义基本相同。凄凄，本义为"悲伤貌；凄凉貌。"谢灵运《道路忆山中》："凄凄《明月》吹，恻恻《广陵散》。""凄凄"与"恻恻"对文，指凄凉的样子。后凄凄，同"萋萋"，指茂盛的样子。罗隐《谒文宣王庙》："晚来乘兴谒先师，松柏凄凄人不知。"在此篇中"凄凄"与"苍苍"、"采采"构成一组修辞同义词。

3. 央、坻、沚

央、坻、沚，在"水中的小块陆地"的意义上为一组修辞同义词。

【构组】

《秦风·蒹葭》三章，三章叠咏。一章：溯游从之，宛在水中央。二章：溯游从之，宛在水中坻。三章：溯游从之，宛在水中沚。

央、坻、沚，叠咏同义，均为"水中的小块陆地"之义。央，水中的小块陆地。《说文·门部》："央，中央也。"朱熹《诗集传》："在水之中央，言近而不可至也。"《辞海》："央，当中。《秦风·蒹葭》：'宛在水中央。'"这里的"当中"，是指水当中，即水中陆地，并举《蒹葭》诗例句印证。坻，水中的陆地。《毛传》："坻，小渚也。"《尔雅·释水》："水中可居者曰洲，小洲曰渚，小渚曰沚，小沚曰坻。"朱熹《诗集传》："小渚曰坻。"《说文·土部》："坻，小渚也。《诗》曰：'宛在水中坻。'"《史记·屈原贾生列传》："乘流则逝兮，得坻则止；纵躯委命兮，不私与己。"刘宋·裴骃《集解》："张晏曰：'坻，水中小洲也。'"沚，水中的小块陆地。《召南·采蘩》："于以采蘩？于沼于沚。"《毛传》："沚，渚也。"《说文·水部》："小渚曰沚。"

【辨释】

央、坻、沚，均为"水中的小块陆地"之义，语义基本相同。"坻"、"沚"为一组词汇同义词。《尔雅·释水》："小渚曰沚，小沚曰坻。"最小的沙洲曰坻，比"坻"稍大的沙洲叫沚。"坻、沚"与"央"构成一组修辞同义词，指水中的陆地，"央"所指水中陆地范围也不会太大，大约与"坻、沚"相当。

4. 条、梅、纪、堂

条、梅、纪、堂，在"树木"的意义上为一组修辞同义词。

【构组】

《秦风·终南》二章，二章叠咏。一章：终南何有？有条有梅。二章：终南何有？有纪有堂。

条、梅、纪、堂，叠咏同义，均指"树木"。条，山楸树。《毛传》："条，椆。"朱熹《诗集传》："条，山楸也。皮叶白，色亦白，材理好，宜为车板。"梅，梅树，蔷薇科，落叶乔木。程俊英、蒋见元《诗经》将"有条有梅"翻译为"又有山楸又有梅。"纪、堂，指杞树和棠树。王引之《经义述闻》卷五："纪读为杞，堂读为棠，条梅纪堂，皆木名也。"程俊英、蒋见元《诗经》："纪假借为杞，堂假借为棠。"并将"有纪有堂"翻译为"丛丛杞树棠梨开。"

【辨释】

条、梅、纪、堂，均指"树木"，词义区别不大。条、梅，为树木名，较好理解。纪、堂，为树木名，理解起来有些难度，因为"纪、堂"在此篇中均为借字，本字为"杞、棠"。朱熹《诗集传》将"纪、堂"解释为"纪，山之廉角也。堂，山之宽平处也。"可见，朱熹没有注意到《诗经》的叠咏体例及特点，所释词语不确。《辞海》："纪，通'基'，基础。"并举此诗为例，亦不确。应该说王引之较早注意到了《诗经》的叠咏体例，并根据其体例特点解释诗中的词语，认为"条、梅、纪、堂"均为树木名，至确，确有先见之明。

5. 棘、桑、楚

棘、桑、楚，在"树木"的意义上为一组修辞同义词。

【构组】

《秦风·黄鸟》三章，三章叠咏。一章：交交黄鸟，止于棘。二章：交交黄鸟，止于桑。三章：交交黄鸟，止于楚。

棘、桑、楚，叠咏同义，均为"树木"之义。棘，酸枣树。一种落叶乔木，有刺，果实较枣小，味酸。《说文·束部》："棘，小枣丛生者。"桑，一种桑属的落叶乔木，叶子是蚕的饲料。《说文·叒部》："桑，蚕所食叶木。"楚，落叶灌木，开青色或紫色的穗状小花，鲜叶可入药，或小乔木，枝干坚韧，可做杖。《说文·林部》："楚，丛木也。一名荆。"《秦风·黄鸟》三章，每章的第二句分别是"止于棘"、"止于桑"、"止于楚"。"棘"、"桑"、"楚"三词本指三种树木，但在此它并不是说黄鸟飞落在这三种树上，而是指"棘"、"桑"、"楚"有双关意义。

马瑞辰《毛诗传笺通释》："诗盖以黄鸟之止棘、止桑、止楚，为不得其所，兴三良之从死为不得其死也。棘、楚皆小木，桑亦非黄鸟所宜止。《小雅·黄鸟》诗'无集于桑'，是其证也。又按：诗刺三良从死，而以止棘、止桑、止楚为喻者，棘之言急也，桑之言丧也，楚之言痛楚也。古人用物多取名于音近，如松之言容，柏之言迫，栗言战栗，桐之言痛，竹之言蹙，蓍之言耆，皆此类也。"程俊英、蒋见元《诗经》："《毛诗》'《黄鸟》，哀三良也。国人刺穆公，以人从死，而作是诗也。'"此诗记叙了一段历史，《左传·文公六年》载："秦伯任好卒，以子车氏之三子——奄息、仲行、虎为殉，皆秦之良也。国人哀之，为之赋《黄鸟》。"也就是说，人们为了痛悼秦国的贤者奄息、仲行、虎三兄弟，唱了这首挽歌。"棘"、"桑"、"楚"三词与诗旨密切相关。"棘，酸枣树。棘与急音近，含有双关义。""桑，与丧音近，双关义。""楚，荆条，与'痛楚'音近，双关义。"这是同义词的谐音双关。

【辨释】

棘、桑、楚，均指"树木"，叠咏同义。但三词具有双关义。如果不参见马瑞辰《毛诗传笺通释》中的《秦风·黄鸟》篇，不参见程俊英、蒋见元《诗经》中的《秦风·黄鸟》篇，则很难看出"棘、桑、楚"的双关义，据此可看出叠咏修辞同义词的修辞作用。

6. 栎、驳、棣、檖

栎、驳、棣、檖，在"树木"的意义上为一组修辞同义词。

【构组】

《秦风·晨风》三章，二章叠咏。二章：山有苞栎，隰有六驳。三章：山有苞棣，隰有树檖。

栎、驳、棣、檖，叠咏同义，均为"树木"之义。栎、棣、檖，三词左边均从木，与树木有关。栎，即"麻栎"，通称"柞树"。《说文·木部》："栎，木也。"棣，落叶灌木，花黄色，果实黑色，可供观赏。《说文·木部》："棣，白棣也。"《尔雅·释木》："常棣，棣。"檖，一种果树，也叫山梨，果实像梨而较小，味酸，可食。

驳，有两义，一是兽名，二是木名。此为木名。孔颖达《毛诗正义》："陆机《疏》云：'驳马，梓榆也。其树皮青白驳荦，遥视似驳马，故谓之驳马。'"朱熹《诗集传》："驳，梓榆也，其皮青白驳。"马瑞辰《毛诗传笺通释》："《释文》引《草木疏》曰：'驳马，木名，梓榆也。'《正义》引陆机《疏》曰：'驳马，梓榆也。其树皮青白驳荦，遥视似驳马，故谓之驳马。'下章云'山有苞棣'、'隰有树檖'，皆山、隰之木相配，不宜云兽"。其说是也。

【辨释】

栎、驳、棣、檖，均为"树木"之义，除具体所释树木不同外，语义区别不大。栎、棣、檖，易于理解。而"驳"作为树木，不好理解。一般常释为兽。《毛传》就释为"兽"，即"驳，如马，倨牙，食虎豹"。这是没有考虑到《诗经》叠咏体特点而偶疏。根据此诗叠咏体特点，"隰有六驳"之"驳"，应释为树木，"六驳"之"六"，是个借字，本字为"蓼"，为长长的样子的意思。马瑞辰已经注意到了此诗叠咏体特色，解释有理有据，至确。

7. 袍、泽、裳

袍、泽、裳，在"衣服"的意义上为一组修辞同义词。

【构组】

《秦风·无衣》三章，三章叠咏。一章：岂曰无衣？与子同袍。二章：岂曰无衣？与子同泽。三章：岂曰无衣？与子同裳。

袍、泽、裳，叠咏同义，均为"衣服"之义。袍，有夹层、中着棉絮的长衣。《毛传》："袍，襺也。"孔颖达《毛诗正义》："纯著新绵名为襺，杂用旧絮名为袍。虽著有异名，其制度是一，故云：'袍，襺也。'"余冠英《诗经选译》："袍，长衣。行军者日以当衣，夜以当被。就是今之披风，或名斗篷。"泽，汗衣，贴身内衣，后写作"襗"。《释名·释衣服》："汗衣，近身受汗垢之衣也。《诗》谓之泽，受汗泽也。"陆德明《经典释文》："泽，如字。《说文》作襗。"朱熹《诗集传》："泽，里衣也。以其亲肤近于垢泽，故谓之泽。"裳，古人穿的遮蔽下体的衣裙，男女都穿，是裙子的一种。《释名·释衣服》："下曰裳。裳，障也，所以自障蔽也。"《楚辞·离骚》："制芰荷以为衣兮，集芙蓉以为裳。"

【辨释】

袍、泽、裳，均为"衣服"之义，语义区别不大。袍、裳，均从衣，为衣裳义，当属词汇同义词。二者的区别是：袍，是直腰身、过膝的一般有衬里的中式外衣。古时行军日以当衣，夜以当被。裳，即是裙。裙字从衣从君。君者，夫君、君长之谓也。所以裙是古代男子日常穿着的下衣。泽，主要有二义：一是指聚水的洼地。二是指贴身的内衣。泽，从水。睪声。本义为光泽，润泽。《说文·水部》："泽，光润也。"《楚辞·离骚》："芳与泽其杂糅兮，孰申旦而别之?"泽，还指贴身的内衣，后写作"襗"。这与"袍、裳"构成一组修辞同义词。

十二 《诗经·陈风》叠咏修辞同义词研究

《诗经·陈风》10篇，叠咏修辞同义词13组：鲂、鲤；姜、子；麻、纻、菅；歌、语、言；牂牂、肺肺；煌煌、皙皙；苕、鹝；忉忉、惕惕；皎、皓、照；僚、忉、燎；窈纠、忧受、夭绍；悄、慅、惨；荷、萏、菡萏。

1. 鲂、鲤

鲂、鲤，在"鱼"的意义上为一组修辞同义词。

【构组】

《陈风·衡门》三章，二章叠咏。二章：岂其食鱼，必河之鲂? 三章：岂其食鱼，必河之鲤?

鲂、鲤，叠咏同义，均为"鱼"之义。鲂，即鳊鱼，头小，细鳞，银灰色，腹部隆起，生活在淡水中，味很鲜美。《说文·鱼部》："鲂，赤尾鱼。"段玉裁注："鲂，即鳊鱼也。"《小雅·采绿》："其钓维何，维鲂及鱮。"程俊英、蒋见元《诗经》："鲂，鱼名。它和鲤鱼被当时人认作最好的鱼。"鲤，鲤鱼。《说文·鱼部》："鲤，鳣也。从鱼，里声。"段玉裁注："凡鲤曰鲤，大鲤曰鳣。"

【辨释】

鲂、鲤，均为"鱼"之义，二词的上位义相同，语义微别。《小雅·采绿》："其钓维何，维鲂及鱮。"鲂，即鳊鱼，味很鲜美，即今之"武昌鱼"。"必河之鲤"之"鲤"，指大鳣。大鳣者即大鱼，似鳟而短，即今之黄鱼，非鲤也。《卫风·硕人》："施罛濊濊，鳣鲔发发。"

2. 姜、子

姜、子，在"贵族女子"的意义上为一组修辞同义词。

【构组】

《陈风·衡门》三章，二章叠咏。二章：岂其取妻，必齐之姜？三章：岂其取妻，必宋之子？

姜、子，叠咏同义，均为"贵族女子"之义。姜、子，均指贵族女子。《郑笺》："姜，齐姓。"朱熹《诗集传》："子，宋姓。""姜"、"子"本不同义，但在此诗"岂其取妻，必齐之姜"、"岂其取妻，必宋之子"的具体语境中，为语境临时同义词。"姜"、"子"均指女子，语义相同，分别指姜姓、子姓的女子。"姜"、"子"是春秋时齐国、宋国的贵族姓氏。此指"姜姓"、"子姓"的贵族女子。程俊英、蒋见元注译《诗经》："姜，齐国贵族的姓。齐姜，齐国姓姜的贵族女子。子，宋国贵族的姓。宋子，宋国姓子的贵族女子。"

【辨释】

姜、子，均为"贵族女子"之义，为语境临时同义词，稍有区别。二词的义项较多。此诗中的"岂其取妻，必齐之姜"与"岂其取妻，必宋之子"中的"姜、子"是临时换用避免用词的重复单调以获得错综变化之妙。

3. 麻、纻、菅

麻、纻、菅，在"麻类植物"的意义上为一组修辞同义词。

【构组】

《陈风·东门之池》三章，三章叠咏。一章：东门之池，可以沤麻。二章：东门之池，可以沤纻。三章：东门之池，可以沤菅。

麻、纻、菅，叠咏同义，均为"麻类植物"之义。麻，草本植物，种类很多，有"大麻"、"苎麻"、"苘麻"、"亚麻"等。茎皮纤维通常亦称"麻"，可制绳索、织布等。朱熹《诗集传》："治麻者，必先以水渍之。"《说文·麻部》："麻，与枲同。"段玉裁注："未治谓之枲，治之谓之麻。以治之称加诸未治，则统谓之麻。"纻，多年生草本植物，也叫青麻。《说文·麻部》："纻，细者为绤，粗者为纻。"孔颖达《毛诗正义》："陆机《疏》云：'纻亦麻也，科生，数十茎，宿根在地中，至春自生，不岁种也。'"朱熹《诗集传》："纻，麻属。"菅，一种多年生草本植物，也叫巴茅。叶子细长而尖，花白色，结颖果，褐色，茎沤之使柔，可以织席编筐。孔颖达《毛诗正义》引陆机《毛诗草木鸟兽虫鱼疏》云："菅似茅而滑泽无毛，根下五寸中有白粉者。"《小雅·白华》："白华菅兮，白茅束兮。"何楷《诗经世本古义》："陆佃曰：'菅，茅属也。而其华白，故一曰白华。……茅亦洁白，故曰白茅，此诗取茅与菅对言，正以菅、茅同类。但菅韧茅脆，菅比茅有用。'"

【辨释】

麻、纻、菅，均为"麻类植物"之义，但稍有区别。王凤阳《古辞辨》："各种可以剥取'麻'的植物也都可以称'麻'，所以'麻'也又称为麻类植物的通名。"麻，是麻类植物的通名。陶潜《归园田居》其二："桑麻日已长，我土日已广。"纻，即苎，即指苎麻。王凤阳《古辞辨》："苎麻因为纤维可以分得很细，而且有光亮，所以可以织出高级的下服衣料。"《史记·司马相如列传》："于是郑女曼姬，被阿锡，揄纻缟，襍纤罗，垂雾縠。"菅，类似于麻的一种植物。《左传·成公九年》："《诗》曰：'虽有丝、麻，无弃菅、蒯；虽有姬、姜，无弃蕉萃。'"

4. 歌、语、言

歌、语、言，在"说话"的意义上为一组修辞同义词。

【构组】

《陈风·东门之池》三章，三章叠咏。一章：彼美淑姬，可与晤歌。二章：彼美淑姬，可与晤语。三章：彼美淑姬，可与晤言。

歌、语、言，叠咏同义，均为"说话"之义。歌、语、言，均指说话。语、言，指说话，易于理解。《说文·言部》："语，论也。"《史记·陈涉世家》："旦日，卒中往往语，皆指目陈胜。"《说文·言部》："直言曰言，论难曰语。"《国语·周语上》："国人莫敢言，道路以目。"

歌，本指歌唱，在此篇中临时为说话义。《说文·欠部》："歌，咏也。"咏，即咏唱。此诗三章，三章叠咏，全诗绝大部分词语相同，只是每章的二、四句句尾换用词语，而换用的词语语义又基本相同、相近。即二、三章四句句尾为"语、言"，指谈话，一章句尾为"歌"，此"歌"与"语、言"临时同义。三词均指"说话、谈话"。

【辨释】

歌、语、言，均为"说话"之义，语义微别。语、言，为一组词汇同义词。王凤阳《古辞辨》："'言'是自己陈述、自抒己见；'语'是与人谈论、告诉别人。"可见二词同为"说话"，但侧重点不同。"歌"，本指歌唱，在此篇中临时与"语、言"构成一组修辞同义词，也指"谈话"。今有"歌诀"一词，其中的"歌"指说话，不指歌唱。"歌诀"，就是为了便于记诵，按事物的内容要点编成的韵文或无韵但整齐的句子。

李运富先生在《修辞同义关系的"同"与"异"》中作了精辟的分析：

说"语"、"言"同义，大家能接受，而说"歌"与"语"、"言"同义，则缺乏训诂依据。实际上也需要将"歌"与"语"、"言"合起来理解，才可能符合诗意。"可与晤歌"、"可与晤言"、"可与晤语"并没有分别解释的必要，而是总体表达或者都是表达"可以跟他一起唱唱歌、说说话"的意思。当然，"歌"与"语"、"言"之所以能够合起来理解，也是因为它们同类相关。这种分言合解式的修辞同义现象在《诗经》中并不少见，其原理有点像"互文"，甲句包含着乙句的意思，乙句包含着甲句的意思，甲乙句合起来理解才能得到完整的意思。

5. 牂牂、肺肺

牂牂、肺肺，在"茂盛的样子"的意义上为一组修辞同义词。

【构组】

《陈风·东门之杨》二章，二章叠咏。一章：东门之杨，其叶牂牂。二章：东门之杨，其叶肺肺。

牂牂、肺肺，叠咏同义，均为"茂盛的样子"之义。《毛传》："牂牂然，盛貌。肺肺，犹牂牂也。"朱熹《诗集传》："牂牂，盛貌。"又曰："肺肺，犹牂牂也。"程俊英、蒋见元《诗经》："牂牂，茂盛的样子。"又曰："肺肺，同芾芾，茂盛的样子。"司马光《瞻彼南山》："瞻彼南山，有栲有棠，维叶牂牂。"闻一多《风诗类钞》释"牂牂、肺肺"为"风摇树叶的声音"。所释虽不是"茂盛的样子"，但把"牂牂、肺肺"作为一组同义词来看待。程俊英、蒋见元注译《诗经》："牂牂，茂盛的样子。肺肺，茂盛的样子。"

【辨释】

牂牂、肺肺，均为"茂盛的样子"之义，语义区别不大，换用避复。由此可以看出，《诗经》时代，汉语词汇的丰富性。

6. 煌煌、晢晢

煌煌、晢晢，在"明亮的样子"的意义上为一组修辞同义词。

【构组】

《陈风·东门之杨》二章，二章叠咏。一章：昏以为期，明星煌煌。二章：昏以为期，明星晢晢。

煌煌、晢晢，叠咏同义，均指"明亮的样子"之义。朱熹《诗集传》："煌煌，大明貌。"《大雅·大明》："檀车煌煌，驷騵彭彭。"《毛传》："煌煌，明也。"贯休《善哉行》："识曲别音兮，令姿煌煌。"晢晢，明亮的样子。《毛传》："晢晢，犹煌煌也。"《说文·日部》："晢，昭晰，明也。"朱熹《诗集传》："晢晢，犹煌煌也。"《文选·宋玉·高唐赋》："其少进也，晢兮若姣姬，扬袂鄣日，而望所思。"陈奂《诗毛氏传疏》："晢、晰一字。"程俊英、蒋见元注译《诗经》："煌煌，明亮的样子。晢晢，明亮。"

【辨释】

煌煌、晢晢，均指"明亮的样子"之义，语义基本相同。从字形角度分析，二词为形声字，形符分别"从火"、"从日"，表示"光亮"这一语义类别，其词义即"明亮的样子"。王若虚《上周监察夫人生朝》："煌煌绮罗，洋洋丝竹。"《小雅·庭燎》："夜如何其？夜未艾，庭燎晢晢。"这两首诗中的"煌煌、晢晢"，均为"明亮"的意思。

7. 苕、鹝

苕、鹝，在"草名"的意义上为一组修辞同义词。

【构组】

　　《陈风·防有鹊巢》二章，二章叠咏。一章：防有鹊巢，邛有旨苕。
二章：中唐有甓，邛有旨鹝。

苕、鹝，叠咏同义，均指"草名"之义。苕，一种草本植物，茎细长，羽状复叶，花紫色，亦称"野豌豆"。马瑞辰《毛诗传笺通释》："此章'防'与'邛'对言，犹下章'中唐'与'邛'对言。邛为丘名，则防宜读如堤防之防，不得以为邑名。……《尔雅》：'苕，陵苕。'《诗·苕之华》《正义》引陆机《疏》云：'苕，一名鼠尾，生下湿水中，七八月中华紫，似今紫草。'"《说文·艸部》："苕，草也。"《尔雅·释艸》："苕，陵苕。"鹝，通"虉"，草名，即绶草，茎直立，夏间开紫红色小花。《毛传》："鹝，绶草也。"王先谦《诗三家义集疏》："'《韩》鹝作虉，《鲁》《齐》作虉'，《玉篇·艸部》：'虉，小草，有杂色，似绶。'"袁愈荌译诗、唐莫尧注释《诗经全译》："苕，《说文》'苕草也'。鹝，《尔雅》作'虉'，绶草。"

【辨释】

苕、鹝，均指"草名"之义，语义微别。鹝，从鸟鬲声，本义为鸟。古书上指"鹝"为"吐绶鸡"，俗称"火鸡"。陆佃《埤雅·释鸟》："绶鸟，一名鹝，抑或谓之吐绶。咽下有囊如小绶，五色彪炳。"在此篇中，鹝，通

"蔄"，指绶草，与"茗"构成一组修辞同义词。朱熹《诗集传》："鹝，小草，杂色如绶。"程俊英、蒋见元《诗经》："鹝，杂色小草，又名绶草。"

8. 忉忉、惕惕

忉忉、惕惕，在"忧愁的样子"的意义上为一组修辞同义词。

【构组】

《陈风·防有鹊巢》二章，二章叠咏。一章：谁侜予美？心焉忉忉。二章：谁侜予美？心焉惕惕。

忉忉、惕惕，叠咏同义，均为"忧愁的样子"之义。忉忉，指忧愁。朱熹《诗集传》："忉忉，忧貌。"《齐风·甫田》："无思远人，劳心忉忉。"《毛传》："忉忉，忧劳也。"惕惕，忧愁的样子。《毛传》："惕惕，犹忉忉也。"陈奂《诗毛氏传疏》："惕惕，亦忧劳之意，故云犹忉忉也。"王禹偁《籍田赋》："修农事以惕惕，袭春服之重重。"程俊英、蒋见元《诗经》："忉忉，忧愁的样子。"又曰："惕惕，担心害怕的样子。""担心害怕"与"忧愁"义近。

【辨释】

忉忉、惕惕，均为"忧愁的样子"之义，语义基本相同。二词均"从心"，表示与心理活动有关，均指忧愁。白居易《寄献北都留守裴令公》："动人名赫赫，忧国意忉忉。"忉忉，忧愁的样子。《国语·楚语上》："不然，是三城也，岂不使诸侯之心惕惕焉。"惕惕，忧愁恐惧的样子。

9. 皎、皓、照

皎、皓、照，在"月光洁白明亮"的意义上为一组修辞同义词。

【构组】

《陈风·月出》三章，三章叠咏。一章：月出皎兮，佼人僚兮。二章：月出皓兮，佼人懰兮。三章：月出照兮，佼人燎兮。

皎、皓、照，叠咏同义，均指"月光洁白明亮"之义。皎，从白，交声。

本义为洁白明亮。《毛传》:"皎,月光也。"《说文·白部》:"皎,月之白也。《诗》曰:'月出皎兮。'"《古诗十九首》:"迢迢牵牛星,皎皎河汉女。"皓,洁白明亮。《小尔雅·广诂》:"缟、皓、素,白也。"陈奂《诗毛氏传疏》:"皓,当依唐石经作皓。"王先谦《诗三家义集疏》:"《说文》:'皓,日出貌。'《释诂》:'皓,光也。'此言'皓兮',借日以形月之光盛。"范仲淹《岳阳楼记》:"长烟一空,皓月千里,浮光耀金,静影沉璧。"照,从火,昭声,字亦作照。本义为明亮。《说文·火部》:"照,明也。"《庄子·齐物论》:"昔者十日并出,万物皆照,而况德之进乎日者乎!"程俊英、蒋见元《诗经》:"照,光明的样子。"这样,三词在此篇中就构成一组修辞同义词。

【辨释】

皎、皓、照,均指"月光洁白明亮"之义,但使用范围有别。王凤阳《古辞辨》:"'皎'经常用于形容洁白的月光。"又曰"'皓'也和'皎'同源,常用于月星之光。""不过'皓'的适用范围要大得多,它常用于洁白之物,如《诗·唐风·扬之水》:'扬之水,白石皓皓。'"在此篇中,"照"与"皎、皓"叠咏同义,也指"月光洁白明亮"。但"照"的义项较多,适用范围较大。照,指照射,照耀。《乐府诗集·陌上桑》:"日出东南隅,照我秦氏楼。"又指映照。温庭筠《菩萨蛮》:"照花前后镜,花面交相映。"

10. 僚、恼、燎

僚、恼、燎,在"美好"的意义上为一组修辞同义词。

【构组】

《陈风·月出》三章,三章叠咏。一章:月出皎兮,佼人僚兮。二章:月出皓兮,佼人恼兮。三章:月出照兮,佼人燎兮。

僚、恼、燎,叠咏同义,均为"美好"之义。僚、恼、燎,三词均为借字。僚,通"嫽",美好。《毛传》:"僚,好貌。"《说文·人部》:"僚,好皃。"段玉裁注:"《诗·陈风》:'佼人僚兮。'《传》曰:'好貌。'此僚之本义也。自借为同寮字而本义废矣。"恼,通"嫽",美好。陆德明《经典释文》作"刘",指出:"本又作恼,力久反,好貌。《埤苍》作'嫽',嫽,妖也。"

马瑞辰《毛诗传笺通释》："㑞与刘，皆娜之假借。"燎，通"嫽"，娇美。陈奂《诗毛氏传疏》："燎，当为嫽。《说文》：'嫽，女字也。'《方言》《广雅》云：'嫽，好也。'嫽与僚同。"程俊英、蒋见元《诗经》："僚，同'嫽'，俏丽。"又曰："㑞，妩媚。"又曰："燎，形容女子面貌漂亮。"陈振寰解注《诗经》："僚，美好的样子。㑞，美好而娇艳的样子。燎，光彩照人的样子。"三词语义相近，为一组修辞同义词。

【辨释】

僚、㑞、燎，均为"美好"之义，但本义不同。三词同为借字，其借字本义分别指官职、忧伤、燃烧。僚，指官。左思《咏史》："世胄蹑高位，英俊沉下僚。"㑞，指忧伤。《楚辞·九怀·昭世》："志怀逝兮心㑞栗，纡余辔兮踌躇。"燎，指燃烧。《说文·火部》："燎，放火也。"《小雅·正月》："燎之方扬，宁或灭之？"在此篇中，三词的本字分别为"嫽"、"婳"、"嫽"，构成一组修辞同义词，作为一组同义词，语义区别不大。

11. 窈纠、忧受、夭绍

窈纠、忧受、夭绍，在"形容女子体态苗条"的意义上为一组修辞同义词。

【构组】

《陈风·月出》三章，三章叠咏。一章：舒窈纠兮，劳心悄兮。二章：舒忧受兮，劳心慅兮。三章：舒夭绍兮，劳心惨兮。

窈纠、忧受、夭绍，叠咏同义，均为"形容女子体态苗条"之义。窈纠，女子体态苗条。《毛传》："窈纠，舒之姿也。"孔颖达《毛诗正义》："舒者，迟缓之言，妇人行步，贵在舒缓。言舒时窈纠兮，故知窈纠是舒迟之姿容。"马瑞辰《毛诗传笺通释》："窈纠，犹窈窕，皆叠韵，与下忧受、夭绍同为形容美好之词，非舒迟之义。"忧受，形容女子步态优美。程俊英、蒋见元《诗经》："忧受，形容女子行步舒徐婀娜。"夭绍，形容女子体态轻盈、柔美多姿的样子。马瑞辰《毛诗传笺通释》："《文选·西京赋》'要绍修态'，注：'要绍，谓婵娟作姿容也。'又《南都赋》：'要绍便娟。'胡承珙曰：'诸言要绍者，皆与夭绍同。'"陈振寰解注《诗经》："窈纠，体态轻盈柔美的样子。忧受，体态轻盈柔美的样子。夭绍，体态柔美多姿的样子。"这样，三词叠咏同义。

【辨释】

窈纠、忧受、夭绍，均为"形容女子体态苗条"之义，但侧重点不同。窈纠，侧重于女子体态苗条。忧受，侧重于女子步态优美，如本篇。夭绍，侧重于女子体态轻盈、柔美多姿。张衡《七辩》："蝉绵宜愧，夭绍纤折。此女色之丽也，子盍归而从之。"

12. 悄、慅、惨

悄、慅、惨，在"忧愁、烦躁"的意义上为一组修辞同义词。

【构组】

　　《陈风·月出》三章，三章叠咏。一章：舒窈纠兮，劳心悄兮。二章：舒忧受兮，劳心慅兮。三章：舒夭绍兮，劳心惨兮。

悄、慅、惨，叠咏同义，均为"忧愁、烦躁"之义。《毛传》："悄，忧也。"《说文·心部》："悄，忧也。《诗》曰'忧心悄悄。'"朱熹《诗集传》："悄，忧也。"慅，烦恼或忧虑。陆德明《经典释文》："慅，七老反，忧也。"李贺《春归昌谷》："天网信崇大，矫士常慅慅。"惨，忧愁、烦躁。朱熹《诗集传》："惨，忧也。"《汉书·元帝纪》："岁比灾害，民有菜色，惨怛于心。"颜师古曰："惨，痛也。"痛，此指悲痛，与"忧"义近。白居易《琵琶行》（并序）："醉不成欢惨将别，别时茫茫江浸月。"惨，忧也。程俊英、蒋见元注译《诗经》："悄，忧思深重的样子。慅，忧愁不安的样子。惨，因忧愁而烦躁不安的样子。"

【辨释】

悄、慅、惨，均为"忧愁、烦躁"之义，但侧重点稍有不同。此三词皆从心，当与心理活动有关。悄、慅，侧重于表示人的心理忧愁。惨，狠毒。《说文·心部》："惨，毒也。"其实，"惨"与"憯"为异体字，《说文·心部》："憯，痛也。"在此篇中，"惨"当为"憯"，表示忧愁、烦躁。宋玉《风赋》："故其风中人，状直憯凄憯栗。"在《陈风·月出》这篇诗中，有四组修辞同义词。复沓形式强化了诗歌的意境，修辞同义词的运用使此诗具有错综变化之美。

13. 荷、莔、菡萏

荷、莔、菡萏，在"荷花"的意义上为一组修辞同义词。

【构组】

《陈风·泽陂》三章，三章叠咏。一章：彼泽之陂，有蒲与荷。二章：彼泽之陂，有蒲与莔。三章：彼泽之陂，有蒲菡萏。

荷、莔、菡萏，叠咏同义，均为"荷花"之义。荷，植物名，即莲，指荷花。《毛传》："荷，芙蕖也。"芙蕖，即荷花。《郑风·山有扶苏》："山有扶苏，隰有荷华。"荷华，即荷花。莔，荷花，指莲子。《郑笺》："莔，当作莲，莲，芙蕖实也。"马瑞辰《毛诗传笺通释》："古连、阑同声，故莔可借作兰，亦可作莲耳。"菡萏，荷花骨朵儿，泛指荷花。《毛传》："菡萏，荷华也。"欧阳修《西湖戏作示同游者》："菡萏香清画舸浮，使君宁复忆扬州。"

【辨释】

荷、莔、菡萏，均指荷花，但所指荷花的具体部分有别。闻一多《风诗类钞》："荷，叶；莲，实；菡萏，花；然亦可通称。"荷，侧指荷花叶子。《说文·艸部》："荷，芙蕖叶。"莔，侧指荷花子，即莲子。菡萏，侧指荷花骨朵儿。洪昇《长生殿·窥浴》："悄偷窥，亭亭玉体，宛似浮波菡萏，含露弄娇辉。"

十三　《诗经·桧风》叠咏修辞同义词研究

《诗经·桧风》4篇，叠咏修辞同义词3组：枝、华、实；知、家、室；怛、吊。

1. 枝、华、实

枝、华、实，在"羊桃"的意义上为一组修辞同义词。

【构组】

《桧风·隰有苌楚》三章，三章叠咏。一章：隰有苌楚，猗傩其枝。二章：隰有苌楚，猗傩其华。三章：隰有苌楚，猗傩其实。

枝、华、实，叠咏同义，均指"羊桃"，即猕猴桃。枝、华、实，指猕猴桃的树枝、花朵和果实。枝，羊桃枝。《说文·木部》："枝，木别生条也。"华，即花。《说文·华部》："华，荣也。"实，即果实。《礼记·祭统》："昆虫之异，草木之实，阴阳之物备矣。"

【辨释】

枝、华、实，均指"羊桃"，为一组修辞同义词，但具体所指部位不同。因叠唱的需要，本诗将同一个意思分成三章来反复歌咏，于是就用"枝、华、实"，分别指羊桃的枝、花和果，代指羊桃树。这样，推进了诗意的发展，强化了诗歌的意境。

2. 知、家、室

知、家、室，在"家室"的意义上为一组修辞同义词。

【构组】

《桧风·隰有苌楚》三章，三章叠咏。一章：夭之沃沃，乐子之无知。二章：夭之沃沃，乐子之无家，三章：夭之沃沃，乐子之无室。

知、家、室，叠咏同义，均指"家室"之义。"家"与"室"指"家室"，易于理解，但"知"指"家室"不好理解。不少学者，也有一些大家将其释为"知识"，似欠允当。在此篇中，"知"，也指"家室"。《郑笺》："知，匹也。"马瑞辰《毛诗传笺通释》："《笺》训知为匹，与下章'无室'、'无家'同义，此古训之最善者。"马瑞辰虽然没有提出修辞同义词的概念，但从《桧风·隰有苌楚》的全篇考虑来训释篇中的疑难词语，其方法切合《诗经》文本内容，释义至确。陈戍国《诗经校注》："无知、无家、无室，义正一致而相类。"

【辨释】

知、家、室，均指"家室"之义，语义不同。"家、室"为"家室"义，容易理解，只是"知"的"匹"义是个难点。《尔雅·释诂》："知，匹也。"我们还可以从"知己"、"知交"这些词语中，略微寻出一点蛛丝马迹，即这里的"知"为"相契、相亲"之义，再引申之"家室"义，据此可以知道"知"有"家室"义。

3. 怛、吊

怛、吊，在"忧伤"的意义上为一组修辞同义词。

【构组】

《桧风·匪风》三章，二章叠咏。一章：顾瞻周道，中心怛兮。二章：顾瞻周道，中心吊兮。

怛、吊，叠咏同义，均为"忧伤"之义。怛，指忧伤。《毛传》："怛，伤也。"孔颖达《毛诗正义》："怛者，惊痛之言，故为伤也。"吊，忧伤。《毛传》："吊，伤也。"朱熹《诗集传》："怛，伤也。"又曰："吊，亦伤也。"陈奂《诗毛氏传疏》："吊，犹怛也。故《传》并释之为伤。今吴郡人有吊心之语，吊心即伤心也。"刘晶雯整理《闻一多诗经讲义》："怛、吊，悲伤。"程俊英、蒋见元《诗经》："怛，忧伤。"又曰："吊，悲伤。"忧伤、悲伤义近。这样，二词构成一组修辞同义词。

【辨释】

怛、吊，均为"忧伤"之义，语义区别不大。怛，忧伤。《齐风·甫田》："无思远人，劳心怛怛。"《毛传》："怛怛，犹切切也。"切切，忧愁伤心的样子。吊，是个多义词，其本义为悼念死者。《说文·人部》："吊，问终也。古之葬者，厚衣之以薪。从人持弓，会驱禽。"贾谊《吊屈原赋》："造讬湘流兮，敬吊先生；遭世罔极兮，乃殒厥身。"后引申为慰问。《淮南子·人间训》："近塞上之人有善术者，马无故亡而入胡，人皆吊之。"

十四 《诗经·曹风》叠咏修辞同义词研究

《诗经·曹风》4篇，叠咏修辞同义词4组：羽、翼；楚楚、采采；处、息、说；稂、萧、蓍。

1. 羽、翼

羽、翼，在"翅膀"的意义上为一组修辞同义词。

【构组】

　　《曹风·蜉蝣》三章，二章叠咏。一章：蜉蝣之羽，衣裳楚楚。二
　　章：蜉蝣之翼，采采衣服。

羽、翼，叠咏同义，均指"翅膀"之义。羽，本义为鸟毛，引申为鸟、虫的翅膀。闻一多《风诗类钞》："蜉蝣的羽极薄而有光泽，几乎是透明的，古人形容麻织品做成的衣服，往往比作蜉蝣的羽，因称这种衣服为羽衣。"鲍照《咏双燕》之一："双燕戏云崖，羽翰始差池。"翼，翅膀。《说文·飞部》："翼，翅也。"《韩非子·喻老》："三年不翅，将以长羽翼；不飞不鸣，将以观民则。"

【辨释】

羽、翼，均指"翅膀"之义，语义稍有不同。羽，本义为羽毛。《说文·羽部》："羽，鸟长毛也。象形。"《左传·隐公五年》："九月，考仲子之宫，初献六羽。"翼，本义为翅膀。后来"羽"引申为翅膀，与"翼"构成同义词。"羽"、"翼"联合构成"羽翼"一词，指翅膀，也比喻辅佐的人或力量。冯梦龙《东周列国志》第七十三回："夫鸿鹄所以不可制者，以羽翼在也。欲制鸿鹄，必先去其羽翼。"这里的"羽翼"指翅膀。《管子·霸形》："寡人之有仲父也，犹飞鸿之有羽翼也，若济大水有舟楫也。"这里的"羽翼"指辅佐的人。

2. 楚楚、采采

楚楚、采采，在"鲜明、华丽"的意义上为一组修辞同义词。

【构组】

　　《曹风·蜉蝣》三章，二章叠咏。一章：蜉蝣之羽，衣裳楚楚。二

章：蜉蝣之翼，采采衣服。

楚楚、采采，叠咏同义，均为"鲜明、华丽"之义。"采采衣服"即"衣服采采"的倒文。其目的是押韵。此诗二章"翼"、"服"、"息"为职部字。楚楚，指鲜明、华丽的样子。《毛传》："楚楚，鲜明貌。"程俊英、蒋见元《诗经》："楚楚，整洁鲜明的样子。"元好问《杂言》："诸郎楚楚皆玉立，王谢定自超人群。"采采，华丽的样子。《毛传》："采采，众多也。"陈奂《诗毛氏传疏》："谓文采之众多也。"朱熹《诗集传》："采采，华饰也。"程俊英、蒋见元《诗经》："采采，犹粲粲，华丽。"唐寅《题菊花》诗之一："御袍采采杨妃醉，夜半扶归挹露华。"黄典诚《诗经通译新诠》："楚楚，鲜明貌。采采，也是鲜明貌。"

朱熹、陈奂所释"采采"切合诗意，《毛传》未考虑到本诗叠咏特点，解释"采采"为众多，似欠妥帖。

【辨释】

楚楚、采采，均为"鲜明、华丽"之义，语义基本相同。需要说明的是："采采衣服"就是"衣服采采"，与一章"衣裳楚楚"同义。"采采衣服"而不是"衣服采采"，这是押韵的需要。"翼"与"服"在今天已不押韵，但在《诗经》时代二词却押韵。二章首句"蜉蝣之翼"之"翼"字，为韵脚，为职部字，下句韵脚也押职部字，"服"即为职部字，正好与上句"翼"相押，这样，韵脚和谐。

3. 处、息、说

处、息、说，在"归宿"的意义上为一组修辞同义词。

【构组】

《曹风·蜉蝣》三章，二章叠咏。一章：心之忧矣，于我归处。二章：心之忧矣，于我归息。三章：心之忧矣，于我归说。

处、息、说，叠咏同义，同为"归宿"之义。刘晶雯整理《闻一多诗经讲义》："归处，回去住之义；处，住处。息，睡觉。说，同税，税驾，车停也。

故'处、息、税'意皆'停下来与我一起回家住住罢!'"程俊英、蒋见元《诗经》:"归处,即死亡。下两章的'归息'、'归说'都是归宿、死亡的意思。"

【辨释】

处、息、说,同为"归宿"之义,但至今构组材料较少,一般不做同义词处理。闻一多与程俊英对此组词虽均作了解释,但解释稍有不同。虽然如此,两位大家都将三词构成一组,为一组同义词。可以断定,二人已意识到"处、息、说"为一组修辞同义词,并加以解释。其实,从词汇角度看,"处、息、说"并无相同义项,不是同义词,只是在此篇中,三词临时同义,为一组修辞同义词。

4. 稂、萧、蓍

稂、萧、蓍,在"草名"的意义上为一组修辞同义词。

【构组】

　　《曹风·下泉》四章,三章叠咏。一章:冽彼下泉,浸彼苞稂。二章:冽彼下泉,浸彼苞萧。三章:冽彼下泉,浸彼苞蓍。

稂、萧、蓍,叠咏同义,均为"草名"之义。稂,一种形状像禾苗的杂草。《郑笺》:"稂当作凉。凉草,萧、蓍之属。"程俊英、蒋见元《诗经》:"稂,莠一类的草。"萧,一种蒿子。有香气,古人采以供祭祀之用。《毛传》:"萧,蒿也。"朱熹《诗集传》:"萧,蒿也。"《说文·艸部》:"萧,艾蒿也。"《王风·采葛》:"彼采萧兮,一日不见,如三秋兮。"蓍,蓍草,古代常以其茎用作占卜。《毛传》:"蓍,草也。"《说文·艸部》:"蓍,蒿属。生十岁,百茎。《易》以为数。天子蓍九尺,诸侯七尺,大夫五尺,士三尺。"陈奂《诗毛氏传疏》:"《淮南子·说山训》:'上有丛蓍,下有伏龟。'是蓍为丛生之草矣。"黄典诚《诗经通译新诠》:"苞稂,丛生的野草。苞萧,丛生的杂草。苞蓍,丛生的筮草。"

【辨释】

稂、萧、蓍,均为"草名"之义,属蒿类,语义区别不大。萧、蓍,均为艸部字,同为艾蒿,采之以供祭祀之用。《周礼·甸师》:"祭祀,共萧茅,共野果蓏之荐。"蓍，艾蒿。《周易·系辞上》："是故蓍之德圆而神，卦之德方以知，六爻之义易以贡。"稂，一种形似禾苗的杂草。白居易《读汉书》："禾黍与稂莠，雨来同日滋。"

十五 《诗经·豳风》叠咏修辞同义词研究

《诗经·豳风》7篇，叠咏修辞同义词2组：斨、锜、銶；将、嘉、休。

1. 斨、锜、銶

斨、锜、銶，在"武器"的意义上为一组修辞同义词。

【构组】

《豳风·破斧》三章，三章叠咏。一章：既破我斧，又缺我斨。二章：既破我斧，又缺我锜。三章：既破我斧，又缺我銶。

斨、锜、銶，叠咏同义，均指"武器"之义。斨，方孔的斧子，此指武器。《说文·斤部》："斨，方銎斧也。"段玉裁注："銎者，斤斧空也。"斤斧空，指安把的孔。锜、銶，古代的凿木工具，此指武器。《毛传》："凿属曰锜。"朱熹《诗集传》："锜，凿属。"陈奂《诗毛氏传疏》："锜，鉏锄也，穿木之器。"程俊英、蒋见元《诗经》："锜，似三齿锄的武器。"又曰："銶，像锹一样的武器。"

【辨释】

斨、锜、銶，同为武器之义，形制有别。斨，斧状武器。《豳风·七月》："取彼斧斨，以伐远扬。"锜，属凿状或三齿锄状的武器。銶，属凿状或锹状的武器。

2. 将、嘉、休

将、嘉、休，在"美"的意义上为一组修辞同义词。

【构组】

《豳风·破斧》三章，三章叠咏。一章：哀我人斯，亦孔之将。二章：哀我人斯，亦孔之嘉。三章：哀我人斯，亦孔之休。

将、嘉、休，叠咏同义，均为"美"之义。将，美。《毛传》："将，大也。"王引之《经义述闻》卷五引王念孙说："大与美义相近。《广雅》曰：'将，美也。'首章言将，二章言嘉，三章言休，将、嘉、休皆美也。将、臧声相近，'亦孔之将'犹言亦孔之臧耳。"嘉，美。《说文·壴部》："嘉，美也。"朱熹《诗集传》："嘉，善也。"美、善同义。《豳风·东山》："其新孔嘉，其旧如之何？"《尚书·周书·无逸》："不敢荒宁，嘉靖殷邦。至于小大，无时或怨。"休，美好，美善。《毛传》："休，美也。"《左传·襄公二十八年》："镇抚其民人，以礼承天之休，此君之宪令，而小国之望也。"杜预注："休，福禄也。"美与福禄义近。陈戍国《诗经校注》："将、嘉、休都是褒义形容词，其意相近。"

【辨释】

将、嘉、休，均为"美"之义，词义稍有不同。嘉、休，均有"美"义，为其常用义，易于理解。但"将"，其"美"义少见。《毛传》："将，大也。"王念孙指出"大"与"美"义近，"将"与"臧"声音相近，"臧"即"美"也。《小雅·小旻》："谋臧不从，不臧覆用。"《郑笺》："臧，善也。"善，即美也。

将、嘉、休，为一组修辞同义词，这是王念孙、王引之父子在《经义述闻》卷五中早就提出并加以分析的，所论至确。高邮王氏父子虽没有使用修辞同义词这一术语，但可以看出高邮王氏父子在释词中，心里有"解释词语，顾及全篇"这一原则的。

第二节 《诗经·雅》叠咏修辞同义词研究

一 《诗经·小雅》叠咏修辞同义词研究

《诗经·小雅》74篇，叠咏修辞同义词26组：苹、蒿、芩；驹、骐、骆、駟；诹、谋、度、询；作、柔、刚；牧、郊；鳢、鲨、鲂、鳢、鳏、鲤；嘉、偕、时；罩罩、汕汕；湑、瀼瀼、泥泥、浓浓；藏、载、橐；觊、喜、好；飨、右、酬；阿、沚、陵；央、艾、晨；将将、哕哕；爪牙、爪士；止居、厎止；谷、桑、栩；粟、粱、黍；将将、喈喈、钦钦；汤汤、湝湝；宜、艾、绥；嘉、时、阜；樊、棘、榛；难、沃、幽；尝、献、酢、酬。

1. 苹、蒿、芩

苹、蒿、芩，在"蒿草"的意义上为一组修辞同义词。

【构组】

> 《小雅·鹿鸣》三章，三章叠咏。一章：呦呦鹿鸣，食野之苹。二章：呦呦鹿鸣，食野之蒿。三章：呦呦鹿鸣，食野之芩。

苹、蒿、芩，叠咏同义，均为"蒿草"之义。苹，蒿的一种。苹，孔颖达《毛诗正义》："陆机《疏》云：'叶青白色，茎似箸而轻脆，始生香，可生食，又可烝食。'是也。"朱熹《诗集传》："赖萧也，青色，白茎如箸。"赖萧，即青蒿。蒿，即青蒿，二年生草本植物，叶如丝状，有特殊的气味，开黄绿色小花，可入药。《说文·艸部》："蒿，菣也。"菣，即青蒿，又叫香蒿。《尔雅·释艸》郭璞注："今人呼青蒿香中炙啖者为菣。"陆机《毛诗草木鸟兽虫鱼疏》："蒿，青蒿也。"朱熹《诗集传》："蒿，菣也，即青蒿也。"芩，蒿草。《毛传》："芩，草也。"马瑞辰《毛诗传笺通释》："今本《说文》亦作'芩，草也'，当从《释文》所引训蒿为是。首章'食野之苹'为赖萧，即赖蒿，三章'食野之芩'亦蒿属，正与二章'食野之蒿'相类。足证古人因物起兴，每多以类相从。"程俊英、蒋见元《诗经》："苹，赖蒿。"又曰："蒿，亦名青蒿。"又曰："芩，蒿类。"苹、蒿、芩，构成一组修辞同义词。

【辨释】

苹、蒿、芩，均为"蒿草"之义，但义项多少有别。蒿，为青蒿，易于理解。但"苹、芩"为蒿草不好理解，而且还有多个义项。苹，还指浮萍。《说文·艸部》："苹，蓱也。无根浮水而生者。"蓱，即浮萍。芩，还指黄芩，多年生草本植物，叶对生，花淡紫色，或带青白色，根长大，色深黄，可入药。

马瑞辰从"古人因物起兴，每多以类相从"的角度，分析"苹、蒿、芩"为一组同义词，抓住了《诗经》的叠咏特点和体例，所释词语至确。

2. 驹、骐、骆、骝

驹、骐、骆、骝，在"马"的意义上为一组修辞同义词。

【构组】

　　《小雅·皇皇者华》五章，四章叠咏。二章：我马维驹，六辔如濡。三章：我马维骐，六辔如丝。四章：我马维骆，六辔沃若。五章：我马维骝，六辔既均。

　　驹、骐、骆、骝，叠咏同义，均指"马"之义。驹，六尺高的马。《周南·汉广》："言秣其驹。"《毛传》："五尺以上曰驹。"骐，有青黑色纹理的马。《说文·马部》："骐，马青骊，文如博棋也。"《楚辞·离骚》："乘骐骥以驰骋兮，来吾道夫先路。"骆，黑色鬣毛的白马。《说文·马部》："骆，马白色黑鬣尾也。"《小雅·四牡》："驾彼四骆，载骤骎骎。"骝，浅黑与白色相杂的马。《毛传》："阴白杂毛曰骝。"《说文·马部》："骝，马阴白杂毛。"《尔雅·释畜》："阴白杂毛，骝。"邢昺疏："阴，浅黑色也。毛浅黑而白兼杂毛者曰骝，今谓之泥骢。"

【辨释】

　　驹、骐、骆、骝，均为"马"之义，但词义稍有不同。"骐、骆、骝"三词指马，无歧义。驹，有二义，一是指小马；二是指大马，如今的"宝马良驹"之"驹"，即为马，并不是指小马。驹，此为大马，非指小马。驹，与"骐、骆、骝"居于同篇之中，相类而同义。《小雅·皇皇者华》："我马维驹，六辔如濡。"《说文·马部》："马高六尺为骄。《诗》曰：'我马维骄。'一曰野马。"今本《诗经·小雅·皇皇者华》作"我马维驹"，《说文》引《诗》作"我马维骄"，"驹"、"骄"可通用。马瑞辰《毛诗传笺通释》："《说文》：'马高六尺为骄。'引《诗》'我马维骄'。是《毛诗》古本作骄之证。"骄与驹双声，古盖读骄如驹，以与濡、驱、诹合韵。

3. 诹、谋、度、询

诹、谋、度、询，在"访问、商量"的意义上为一组修辞同义词。

【构组】

《小雅·皇皇者华》五章，四章叠咏。二章：载驰载驱，周爰咨诹。三章：载驰载驱，周爰咨谋。四章：载驰载驱，周爰咨度。五章：载驰载驱，周爰咨询。

诹、谋、度、询，叠咏同义，均为"访问、商量"之义。诹，访问、商量。《毛传》："访问于善为咨，咨事为诹。"《说文·言部》："诹，聚谋也。"聚谋，即聚集起来征求意见。朱熹《诗集传》："咨诹，访问也。"又曰："谋，犹诹也。"又曰："度，犹谋也。"又曰："询，犹度也。"姚际恒《诗经通论》："大抵诹为聚议之意，谋为计画之意，度为酌量之意，询为究问之意。"朱熹、姚际恒均将"诹、谋、度、询"四词列为同义词，并做了辨释。谋，谋划、商量。《毛传》："咨事之难易曰谋。"《说文·言部》："虑难曰谋。"虑难，即考虑事情的难易程度。度，估计、商量。《左传·隐公十一年》："度德而处之，量力而行之，相时而动，无累后人，可谓知礼矣。"询，访问、商量。《国语·鲁语下》："咨才为诹，咨事为谋，咨义为度，咨亲为询，忠信为周。"

【辨释】

诹、谋、度、询，同为"访问、商量"之义，但侧重点不同。《左传·襄公四年》："臣闻之，访问于善为咨，咨亲为询，咨礼为度，咨事为诹，咨难为谋。"《左传》已对"诹、谋、度、询"四词作了明确的辨析。"诹"侧重于政事，"谋"侧重于难易，"度"侧重于礼仪，"询"侧重于亲戚。即访问善人称为咨，咨询亲戚称为询，咨询礼仪称为度，咨询政事称为诹，咨询难易称为谋。

王引之《经义述闻》卷六已将《小雅·皇皇者华》中的"诹、谋、度、询"四词列为一组同义词构组并做了辨析，有理有据，甚是。

4. 作、柔、刚

作、柔、刚，在"发芽、柔嫩、刚硬的生长过程"的意义上为一组修辞同义词。

【构组】

《小雅·采薇》六章，三章叠咏。一章：采薇采薇，薇亦作止。二章：采薇采薇，薇亦柔止。三章：采薇采薇，薇亦刚止。

作、柔、刚，叠咏同义，均为"发芽、柔嫩、刚硬的生长过程"之义。作，发芽、生长。《毛传》："作，生也。"朱熹《诗集传》："作，生出地也。"黄典诚《诗经通译新诠》译"薇亦作止"为"薇芽已经冒出来"，可见是将"作"释为"冒出来"，指发芽。柔，柔嫩。《毛传》："柔，始生也。"朱熹《诗集传》："柔，始生而弱也。"柔，当指幼苗。刚，刚硬。《毛传》："刚，少而刚也。"严粲《诗缉》："薇刚，则老硬不可食矣。"程俊英、蒋见元注译《诗经》："作，生长。柔，柔嫩。刚，指薇菜的茎叶变得老而硬了。"

【辨释】

作、柔、刚，均为"发芽、柔嫩、刚硬的生长过程"之义，但三词生长阶段不同。作，指发芽。柔，指幼苗。刚，指老硬。"作、柔、刚"三词的选用，推进了诗意的发展，强化了诗歌意境。作、柔、刚，三词本义不同。作，本义指人起身。《说文·人部》："作，起也。"起，即起立。《论语·先进》："鼓瑟希，铿尔，舍瑟而作。"柔，树木可曲可直。《说文·木部》："柔，木曲直也。"段玉裁注："凡木曲者可直，直者可曲，曰柔。"后"引申为凡奭（软）弱之称。"《小雅·巧言》："荏染柔木，君子树之。"刚，坚硬。《大雅·烝民》："柔则茹之，刚则吐之。"

5. 牧、郊

牧、郊，在"郊外"的意义上为一组修辞同义词。

【构组】

《小雅·出车》六章，二章叠咏。一章：我出我车，于彼牧矣。二章：我出我车，于彼郊矣。

牧、郊，叠咏同义，均为"郊外"之义。牧，郊外。《尔雅·释地》：

"邑外谓之郊。郊外谓之牧。牧外谓之野。野外谓之林。林外谓之坰。"《毛
传》："牧，出车就马于牧地。"朱熹《诗集传》："牧，郊外也。"《邶风·静
女》："自牧归荑，洵美且异。"朱熹《诗集传》："牧，外野也。"闻一多《风
诗类钞》："牧，牧场也，在郊外。"郊，郊外。从邑，交声。从"邑"的字，
大多与城郭、行政区域有关。郊，本义为上古时代国都外百里以内的地区。
《说文·邑部》："郊，距国百里为郊。"意即距离都城百里叫作郊。《魏风·硕
鼠》："逝将去女，适彼乐郊。"《郑笺》："郭外曰郊。"

【辨释】

牧、郊，均指"郊外"之义，但距离城市的远近不同。《尔雅·释地》：
"邑外谓之郊。郊外谓之牧。牧外谓之野。"也就是说，"郊"距离城市较近，
"牧"距离城市较远，"郊"之外为"牧"，"牧"是"郊"以外的地方。

牧、郊，二词本义不同。牧，从牛，从攴，表示手拿鞭子放牧牛羊，本
义为放牧牲畜。《汉书·李广苏建传》："杖汉节牧羊，卧起操持，节旄尽落。"
郊，本义指郊外。《说文·邑部》："郊，距国百里为郊。"杜甫《茅屋为秋风
所破歌》："茅飞度江洒江郊，高者挂罥长林梢，下者飘转沉塘坳。"

6. 鲿、鲨、鲂、鳢、鰋、鲤

鲿、鲨、鲂、鳢、鰋、鲤，在"鱼"的意义上为一组修辞同义词。

【构组】

《小雅·鱼丽》六章，三章叠咏。一章：鱼丽于罶，鲿鲨。二章：鱼
丽于罶，鲂鳢。三章：鱼丽于罶，鰋鲤。

鲿、鲨、鲂、鳢、鰋、鲤，叠咏同义，均为"鱼"之义。鲿，黄颊鱼。
其体细长，亚圆筒形，头似燕，大口，平腹，黄色，无须，眼小，细鳞。陆
机《毛诗草木鸟兽虫鱼疏》："鲿，今江东呼黄鲿鱼，亦名黄颊鱼。尾微黄，
大者长尺七八寸许。"鲨，鲨鮀。亦称鮀，是一种生活在溪涧的小鱼，体圆而
有黑点文。《毛传》："鲨，鮀也。"《尔雅·释鱼》："鲨，鮀。"鲂，即鳊鱼。
头小，身阔而薄，细鳞，色青白，味很鲜美，流水或静水水体中均有。陆机
《毛诗草木鸟兽虫鱼疏》："鲂，今伊洛济颍鲂鱼也。广而薄，肥恬而少力，细

鳞，鱼之美者。"鳢，即乌鳢，也叫黑鱼。一种淡水鱼，体长，口大，亚圆筒
形，牙尖，青褐色，有斑点，性凶猛，捕食其他鱼类，肉味鲜美。《毛传》：
"鳢，鲖也。"鲖，也是鳢，一鱼二名。鰋，即鲇鱼。《毛传》："鰋，鲇也。"
鲤，鲤鱼。体侧扁，嘴边有长短触须各一对，肉可食。

【辨释】

鲿、鲨、鲂、鳢、鰋、鲤，均为"鱼"之义，但品种不同。《尔雅·释
鱼》对"鲨、鲂、鳢、鰋、鲤"五种鱼作了收录、解释。《尔雅·释鱼》：
"鲤。"即鲤鱼。又曰："鰋，鳀。"鳀，即鲇鱼。又曰："鳢。"即黑鱼。性凶
猛，捕食其他鱼类。又曰："鲨，鮀。"郭璞注："今吹沙小鱼。体圆而有点
文。"鮀，是一种生活在溪涧的小鱼。又曰："鲂，鳏。"郭璞注："江东呼鲂
为鳊，一名鳏。"鲿，黄颊鱼，陆机《毛诗草木鸟兽虫鱼疏》作了解释。

注意：鲨，不是今天的鲨鱼。

7. 嘉、偕、时

嘉、偕、时，在"善、好"的意义上为一组修辞同义词。

【构组】

  《小雅·鱼丽》六章，三章叠咏。四章：物其多矣，维其嘉矣。五
章：物其旨矣，维其偕矣。六章：物其有矣，维其时矣。

  嘉、偕、时，叠咏同义，均为"善、好"之义。嘉，善、好。《说文·壴
部》："嘉，美也。"《尔雅·释诂》："嘉，善也。"《豳风·东山》："其新孔嘉，
其旧如之何?"《郑笺》："嘉，善也。"程俊英、蒋见元《诗经》："嘉，善。"
又曰："偕，与'嘉'同义。"偕，善、好。王引之《经义述闻》卷六："家大
人曰：'《广雅》曰：皆，嘉也。皆与偕古字通。《小雅·鱼丽》曰：维其嘉
矣。又曰：维其偕矣。《宾之初筵》曰：饮酒孔嘉。又曰：饮酒孔偕。偕，亦
嘉也，语之转耳。'"黄典诚《诗经通译新诠》："偕，嘉的同义词。"时，善、
好。陈奂《诗毛氏传疏》："时，亦与偕、嘉同义。《頍弁》：'尔酒既旨，尔肴
既嘉。''尔酒既旨，尔肴既时。'《传》云：'时，善也。'此'时'与'嘉'
同义之证也。"

【辨释】

嘉、偕、时，均为"善、好"之义，应作为一组同义词看待，但目前学界还有不同意见。我们欣喜地看到，清代陈奂在其《诗毛氏传疏》中就将"嘉、偕、时"三词进行同义构组并加以辨析，有理有据，确有先见之明。应该说陈奂是较早注意到《小雅·鱼丽》篇中的修辞同义词的学者。

嘉、偕、时，本义不同。嘉，善、好，无须论证。偕，本义为共同在一起。《说文·人部》："偕，强也。一曰：俱也。"意即"偕"有两个义项：一是强壮。二是共同。《魏风·陟岵》："嗟予弟，行役夙夜必偕。"偕，指共同、一起服役。时，本义为季度、季节。《说文·日部》："时，四时也。"段玉裁注："本春夏秋冬之称。引申之为凡岁月日刻之用。"《孟子·梁惠王上》："斧斤以时入山林，材木不可胜用也。"时，指季节。

8. 罩罩、汕汕

罩罩、汕汕，在"鱼游水的样子"的意义上为一组修辞同义词。

【构组】

《小雅·南有嘉鱼》四章，二章叠咏。一章：南有嘉鱼，烝然罩罩。二章：南有嘉鱼，烝然汕汕。

罩罩、汕汕，叠咏同义，均为"鱼游水的样子"之义。罩罩，鱼游水的样子。马瑞辰《毛诗传笺通释》："罩罩、汕汕，皆叠字，形容之词，不得训为捕鱼器。《说文》引《诗》'烝然鱼卓鱼卓'，不言其义。据《说文》'汕，鱼游水儿'，引《诗》'烝然汕汕'，则罩罩亦当同义。《释文》引王肃云：'烝，众也。'罩罩、汕汕盖皆众鱼游水之貌。"程俊英、蒋见元《诗经》："罩罩，鱼群游的样子。"又曰："汕汕，鱼游水的样子。"汕汕，鱼游水的样子。《说文·水部》："汕，鱼游水儿。"罩罩、汕汕，语义相近，当为一组修辞同义词。

【辨释】

罩罩、汕汕，均为"鱼游水的样子"之义，语义区别不大。同义词语换用，在于避免诗中用词的重复单调以获得错综变化之妙。

9. 湑、瀼瀼、泥泥、浓浓

湑、瀼瀼、泥泥、浓浓，在"露水浓盛"的意义上为一组修辞同义词。

【构组】

《小雅·蓼萧》四章，四章叠咏。一章：蓼彼萧斯，零露湑兮。二章：蓼彼萧斯，零露瀼瀼。三章：蓼彼萧斯，零露泥泥。四章：蓼彼萧斯，零露浓浓。

湑、瀼瀼、泥泥、浓浓，叠咏同义，均为"露水浓盛"之义。湑，露水浓盛。朱熹《诗集传》："湑，湑然萧上露貌。"又曰："瀼瀼，露蕃貌。"又曰："泥泥，露濡貌。"又曰："浓浓，厚貌。"程俊英、蒋见元《诗经》："湑，露水盛美的样子。"又曰："瀼瀼，露盛的样子。"又曰："泥泥，露湿的样子。"瀼瀼，露水浓盛的样子。《毛传》："瀼瀼，露蕃貌。"《郑风·野有蔓草》："野有蔓草，零露瀼瀼。"《毛传》："瀼瀼，盛貌。"泥泥，露水浓盛。《毛传》："泥泥，沾濡也。"《广韵·荠韵》："苨苨，露浓也。亦作泥。"浓浓，露水多的样子。《毛传》："浓浓，厚貌。"《说文·水部》："浓，露多也。《诗》曰：'零露浓浓。'"朱熹《诗集传》："浓浓，厚貌。"

【辨释】

湑、瀼瀼、泥泥、浓浓，同为"露水浓盛"之义，但词义稍有不同。"瀼瀼、泥泥、浓浓"三词基本同义，均指露水多、露水湿之义，当为词汇同义词。露水多与露水湿义近。湑，本义为三。《说文·水部》："湑，茜酒也。一曰浚也。一曰露貌。《诗》曰：'有酒湑我。'又曰'零露湑兮。'"也就是说"湑"有三个义项，都可能为本义。一是滤酒。二是舀取。三是露珠。

10. 藏、载、櫜

藏、载、櫜，在"藏"的意义上为一组修辞同义词。

【构组】

《小雅·彤弓》三章，三章叠咏。一章：彤弓弨兮，受言藏之。二章：彤弓弨兮，受言载之。三章：彤弓弨兮，受言櫜之。

藏、载、櫜，叠咏同义，均为"藏"之义。藏，收藏。《墨子·三辩》："农夫春耕夏耘，秋敛冬藏，息于聆缶之乐。"载，收藏。马瑞辰《毛诗传笺通释》："载亦藏也。《广雅》：'载，竢　也。'竢，读如庋藏指庋。"櫜，收藏。马瑞辰《毛诗传笺通释》："'载之'与首章'藏之'、三章'櫜之'词异而义同，不必载于车始为载耳。"黄典诚《诗经通译新诠》："载，也是珍藏。"又曰："櫜，藏弓入袋。"

【辨释】

藏、载、櫜，均为"藏"之义，为一组修辞同义词。但"藏、载、櫜"三词，本不同义，其本义分别为：收藏，装载，弓袋。《说文新附》："藏，匿也。"《说文·车部》："载，乘也。"《说文》："櫜，车上大櫜。"段玉裁注："谓可藏任器载之于车也。"意即车上盛物的大袋子。在本篇中，三词临时同义。从引申角度看，"载、櫜"也可引申出"收藏"义，只不过引申脉络较为曲折罢了。这样，便与"藏"构成了一组同义词。

应当指出的是，先哲时贤很少将"藏、载、櫜"作为同义词来看待，只有马瑞辰较早在《毛诗传笺通释》中将本篇的"藏、载、櫜"、"贶、喜、好"及"飨、右、酬"作为三组同义词进行构组并加以辨析，分析到位，有理有据，甚是。

11. 贶、喜、好
贶、喜、好，在"善、好"的意义上为一组修辞同义词。
【构组】

> 《小雅·彤弓》三章，三章叠咏。一章：我有嘉宾，中心贶之。二章：我有嘉宾，中心喜之。三章：我有嘉宾，中心好之。

贶、喜、好，叠咏同义，均为"善、好"之义。马瑞辰《毛诗传笺通释》："《说文》：'况，寒水也。'无贶字。贶古通作况，《尔雅·释诂》：'况，赐也'，《鲁语》'况使臣以大礼'，况即贶也。《广韵》：'况，善也。''中心贶之'正谓中心善之，犹《觐礼》云'予一人嘉之'，嘉亦善也。'贶之'与下章'好之'、'善之'同义。"

【辨释】

觊、喜、好，均为"善"之义，这是马瑞辰较早发现并构组、辨析的。马瑞辰从本篇叠咏体特点出发，确定"觊、喜、好"为一组同义词，而后又引证辞书、文献论证三词同为"善"义，可以看出马瑞辰紧紧围绕文本内容来解释词义，引证文献来印证词义，结论至确。

需要说明的是：马瑞辰在"'觊之'与下章'好之'、'善之'同义"一句中，偶将"喜之"误为"善之"，"喜"、"善"字形大体相近，虽偶有疏忽，但瑕不掩瑜。

今《诗经》注、译本几乎很少有将"觊、喜、好"作为一组同义词进行处理的，解释和翻译大多没有顾及本篇行文、语例特点，注译似显支离，似欠妥帖。

12. 飨、右、酬

飨、右、酬，在"互相敬酒"的意义上为一组修辞同义词。

【构组】

> 《小雅·彤弓》三章，三章叠咏。一章：钟鼓既设，一朝飨之。二章：钟鼓既设，一朝右之。三章：钟鼓既设，一朝酬之。

飨、右、酬，叠咏同义，均为"互相敬酒"之义。飨，敬酒。《说文·食部》："飨，乡人饮酒也。"指乡人一起喝酒，一起喝酒就会相互敬酒，引申为互相敬酒。右、酬，互相敬酒。朱熹《诗集传》："右，劝也，尊也。"又曰："酬，犹厚也，劝也。"这里的"劝"即劝酒。马瑞辰《毛诗传笺通释》："《说文》：'婄，耦也。'耦取相助，故义又训助。侑为婄之或体，右则侑之假借。此诗《传》'右，劝也'与《楚茨》《传》'侑，劝也'正同义。古者食礼有侑，飨礼有酬，而《左传》曰'王飨礼，命之侑'，是酬礼通曰侑也。《尔雅》酬、侑并训为报，是知二章'右之'犹三章'酬之'，变文以协韵耳。"黄典诚《诗经通译新诠》："飨，请喝酒。右，侑，使客饮酒助兴。酬，酬报，敬酒。"

【辨释】

飨、右、酬，均为"互相敬酒"之义，语义基本相同。作为一组同义词，这是马瑞辰在《毛诗传笺通释》中较早发现的。马瑞辰着重论证了"右、酬"

二词的"敬酒"义，认为二词为同义词，并指出其修辞作用为"变文以协韵"。马瑞辰没有论证"媵"与"右、酬"同义，是因为"媵"的引申义即为"互相敬酒"义，如《公羊传·庄公四年》："夫人姜氏媵齐侯于祝丘。"此尽人皆知，无须论证。

13. 阿、沚、陵

阿、沚、陵，在"大土山"的意义上为一组修辞同义词。

【构组】

　　《小雅·菁菁者莪》四章，三章叠咏。一章：菁菁者莪，在彼中阿。二章：菁菁者莪，在彼中沚。三章：菁菁者莪，在彼中陵。

　　阿、沚、陵，叠咏同义，均为"大土山"之义。阿，大土山。《毛传》："中阿，阿中也。大陵曰阿。"《说文·自部》："阿，大陵也。""阿"，从阜从可。"阜"意为"土堆"，本义为大土山。《大雅·皇矣》："无矢我陵，我陵我阿。"沚，水中陆地。《说文·水部》："小渚曰沚。"《释名·释水》："沚，止也。小可以止息其上也。"水中的陆地肯定比水面要高，可引申出大土山之义。陵，大土山。《说文·自部》："陵，大阜也。"大阜，即大土山。

【辨释】

　　阿、沚、陵，均为"大土山"之义，词义微别。"阿"、"陵"同义，为大土山，无须详述。但"沚"为大土山，却书中无据。根据本诗叠咏特点，"沚"在此临时为大土山之义，与首章"在彼中阿"之"阿"和三章"在彼中陵"之"陵"同义。同一个意思分三章表述，换用不同的同义词，避免了用词的重复单调，强化了诗歌的意境。

14. 央、艾、晨

央、艾、晨，在"已、尽"的意义上为一组修辞同义词。

【构组】

　　《小雅·庭燎》三章，三章叠咏。一章：夜未央，庭燎之光。二章：

夜未艾，庭燎晰晰。三章：夜乡晨，庭燎有辉。

央、艾、晨，叠咏同义，均为"已、尽"之义。央，尽、已。王引之《经义述闻》卷六："夜未央者，夜未已也。《楚辞·离骚》：'时亦犹其未央。'王注云：'央，尽也。'《九歌》：'烂昭昭兮未央。'注云：'央，已也。'"艾，已、尽。朱熹《诗集传》："艾，尽也。"王引之《经义述闻》卷六："夜未艾，犹言夜未央耳。《襄九年·左传》：'大劳未艾。'杜注云：'艾，息也。'《哀二年传》：'忧未艾也。'《宣十二年传》：'忧未歇也。'歇、息、艾，皆已也。"晨，已、尽。朱熹《诗集传》："向晨，近晓也。"意即接近拂晓，但天还未亮。王引之《经义述闻》卷六："'夜乡晨'犹言'夜未央'、'夜未艾'耳。"程俊英、蒋见元《诗经》："央，尽。"又曰："艾，止、尽，和'央'同义。"根据本篇叠咏特点及王引之的考证：晨，也应是"已、尽"的意思。

【辨释】

央、艾、晨，均为"已、尽"之义，但本义不同。《说文·门部》："央，中央也。"《秦风·蒹葭》："溯游从之，宛在水中央。"艾，艾蒿。《说文·艸部》："艾，冰台也。"《尔雅·释艸》郭璞注："今艾蒿。"《王风·采葛》："彼采艾兮，一日不见，如三岁兮。"晨，早晨。《尔雅·释诂》："朝、旦、夙、晨、晙，早也。"《韩非子·解老》："而以昏晨犯山川，则风露之爪角害之。"

需要说明的是："央、艾、晨"为一组同义词，是王引之较早发现并构组、辨析的。王引之在其《经义述闻》卷六中进行了详尽论述，引例充分而确凿，分析到位，论述有力，结论甚是。杨合鸣《〈诗经〉疑难词语辨析》也论证了"央、艾"同义，但似欠全面。

15. 将将、哕哕

将将、哕哕，在"铃声"的意义上为一组修辞同义词。

【构组】

　　《小雅·庭燎》三章，二章叠咏。一章：君子至止，鸾声将将。二章：君子至止，鸾声哕哕。

将将、哕哕，叠咏同义，均为"铃声"之义，多状金玉之声。将将，铃声。陈启源《毛诗稽古篇》卷二十七："将将、锵锵、玱玱、鎗鎗、鸧鸧皆见《诗》，字异而义同，杂指佩玉、八鸾、鼓钟、磬管之声也。"《郑风·有女同车》："将翱将翔，佩玉将将。"《毛传》："将将，鸣玉而后行。"陆德明《经典释文》："将将，玉佩声。"《小雅·鼓钟》："鼓钟将将，淮水汤汤，忧心且伤。"陈奂《诗毛氏传疏》："《说文》：'鎗，钟声也。'钟声为鎗，重言曰鎗鎗、将将，古文假借。"程俊英、蒋见元《诗经》："将将，即锵锵。"又曰："哕哕，有节奏的铃声。"哕哕，亦指有节奏的铃声。《毛传》："哕哕，徐行有节也。"

【辨释】

将将、哕哕，均为"铃声"之义，语义差别不大。从使用频率上看，"将将、锵锵"使用频率较高，"哕哕"使用频率稍低。

16. 爪牙、爪士

爪牙、爪士，在"武臣、卫士"的意义上为一组修辞同义词。

【构组】

《小雅·祈父》三章，二章叠咏。一章：祈父，予王之爪牙。二章：祈父，予王之爪士。

爪牙、爪士，叠咏同义，均为"武臣、卫士"之义，为褒义词，与今之感情色彩不同。爪牙，本指指甲和牙齿。《吕氏春秋·恃君》："凡人之性，爪牙不足以自守卫，肌肤不足以捍寒暑。"又指尖爪和利牙。《荀子·劝学》："蚓无爪牙之利，筋骨之强，上食埃土，下饮黄泉，用心一也。"又比喻武臣、卫士。《汉书·傅常郑甘陈段传》："战克之将，国之爪牙，不可不重也。"爪士，指爪牙之士。比喻武臣、卫士。朱熹《诗集传》："爪士，爪牙之士也。"程俊英、蒋见元《诗经》："爪牙，武将。"又曰："爪士，虎士（王都卫士）。"二词义近。

【辨释】

爪牙、爪士，均为"武臣、卫士"之义，但二词的古今感情色彩不同。在古代，二词多为褒义词，指得力的、勇武有力的武士；在现代，二词常为贬义词，多比喻为坏人效力的人，指其党羽与帮凶。爪牙、爪士，二词语义区别不大。从使用频率上看，爪牙，使用频率较高；爪士，使用频率较低。

17. 止居、厎止

止居、厎止，在"居住"的意义上为一组修辞同义词。

【构组】

　　《小雅·祈父》三章，二章叠咏。一章：胡转予于恤，靡所止居？二章：胡转予于恤，靡所厎止？

止居、厎止，叠咏同义，均为"居住"之义。但将"止居、厎止"作为一组同义词来看待的，先哲时贤不多。只有程俊英、蒋见元的《诗经》明确地将二词作为一组同义词来辨析，指出："止居，居住。厎止，和'止居'同义。"根据此诗叠咏体例，所释甚是。

【辨释】

止居、厎止，均为"居住"之义，但构组材料不多，后世使用也较少。

18. 谷、桑、栩

谷、桑、栩，在"树木"的意义上为一组修辞同义词。

【构组】

　　《小雅·黄鸟》三章，三章叠咏。一章：黄鸟黄鸟，无集于榖，无啄我粟。二章：黄鸟黄鸟，无集于桑，无啄我粱。三章：黄鸟黄鸟，无集于栩，无啄我黍。

谷、桑、栩，叠咏同义，均为"树木"之义。谷，又称"楮树"，一种落叶乔木。朱熹《诗集传》："谷，木也。"王念孙《广雅疏证》卷十上："谷、构古同声，故谷一名构。陶弘景《别录》注云：'谷，即今构树也。'"《小雅·鹤鸣》："爰能树檀，其下维谷。"桑，指桑树。落叶灌木，叶子可以养蚕，木材可制家具或农具，皮可造纸，叶、果均可入药。《说文·叒部》："桑，蚕所食叶木。"《郑风·将仲子》："无逾我墙，无折我树桑。"栩，也叫柞树、栎树。为落叶或常绿乔木，少数为灌木。《唐风·鸨羽》："肃肃鸨羽，集于苞栩。"

【辨释】

榖、桑、栩，均为"树木"之义，但所指具体树木不同。榖，为楮树。《小雅·黄鸟》："无集于榖，无啄我粟。"桑，指桑树。孟浩然《过故人庄》："开轩面场圃，把酒话桑麻。"栩，指柞树，也叫栎树。《唐风·鸨羽》："肃肃鸨羽，集于苞栩。"三词的修辞作用是推进了诗意的发展，强化了诗歌的意境。

19. 粟、粱、黍

粟、粱、黍，在"粮食"的意义上为一组修辞同义词。

【构组】

《小雅·黄鸟》三章，三章叠咏。一章：黄鸟黄鸟，无集于榖，无啄我粟。二章：黄鸟黄鸟，无集于桑，无啄我粱。三章：黄鸟黄鸟，无集于栩，无啄我黍。

粟、粱、黍，叠咏同义，均为"粮食"之义。粟，一年生草本植物，子实为圆形小粒，北方通称"谷子"，去皮后称"小米"。《说文》："粟，嘉谷实也。"《旧唐书·食货志下》："其粟麦粳稻之属，各依土地，贮之州县。"粱，古代指粟的优良品种。《说文·米部》："粱，米名也。"《唐风·鸨羽》："王事靡盬，不能艺稻粱。"黍，一年生草本植物，叶线形，子实淡黄色，去皮后称黄米，比小米稍大，煮熟后有黏性。《王风·黍离》："彼黍离离，彼稷之苗。"

【辨释】

粟、粱、黍，均为"粮食"之义，但具体所指不同。粟，北方通称"谷子"，去皮后称"小米"。《小雅·黄鸟》："无集于榖，无啄我粟。"粱，古代与粟同类，指粟的优良品种。《小雅·黄鸟》："黄鸟黄鸟，无集于桑，无啄我粱。"黍，有黏性的比小米稍大的一年生草本植物。《论语·微子》："止子路宿，杀鸡为黍而食之。"

20. 将将、喈喈、钦钦

将将、喈喈、钦钦，在"钟鼓声"的意义上为一组修辞同义词。

【构组】

　　《小雅·鼓钟》四章，一、二、四章叠咏。一章：鼓钟将将，淮水汤汤，忧心且伤。二章：鼓钟喈喈，淮水湝湝，忧心且悲。四章：鼓钟钦钦，鼓瑟鼓琴，笙磬同音。

　　将将、喈喈、钦钦，叠咏同义，均为"钟鼓声"之义。将将，指钟鼓声。陈启源《毛诗稽古编》卷二十七："将将、锵锵、玱玱、镪镪、鸧鸧皆见《诗》，字异而义同，杂指佩玉、八鸾、钟鼓、磬管之声也。"陈奂《诗毛氏传疏》："《说文》：'锵，钟声也。'钟声为锵，重言曰锵锵。将将，古文假借。"喈喈，指钟鼓声。《毛传》："喈喈犹将将。"钦钦，也指钟鼓声。孔颖达《毛诗正义》："此钦钦亦钟声也。"朱熹《诗集传》："钦钦，亦声也。"孔颖达与朱熹所指的"此钦钦亦钟声"、"钦钦，亦声"，根据语境可知是指"钟鼓声"。程俊英、蒋见元《诗经》："将将，同'锵锵'，象声词。"又曰："喈喈，声音和谐悦耳。"又曰："钦钦，钟声。"所释三词义近。据此可知：将将、喈喈、钦钦，为一组修辞同义词。

【辨释】

　　将将、喈喈、钦钦，均为"钟鼓声"之义，语义区别不大。其主要作用在于避免用词的重复单调以获得错综变化之妙。从使用频率上看，将将，今常作锵锵，使用频率较高。《大雅·烝民》："四牡彭彭，八鸾锵锵。"《郑笺》："锵锵，鸣声。"

21. 汤汤、湝湝

汤汤、湝湝，在"水流盛大的样子"的意义上为一组修辞同义词。

【构组】

　　《小雅·鼓钟》四章，一、二章叠咏。一章：鼓钟将将，淮水汤汤，忧心且伤。二章：鼓钟喈喈，淮水湝湝，忧心且悲。

汤汤、潣潣，叠咏同义，均为"水流盛大的样子"之义。汤汤，水流盛大的样子。《卫风·氓》："淇水汤汤，渐车帷裳。"《毛传》："汤汤，水盛貌。""淇水"与"淮水"均为河流名，"汤汤"形容水势浩大。潣潣，亦为水流盛大的样子。《毛传》："潣潣，犹汤汤。"陈奂《诗毛氏传疏》："汤汤，为水流之大，潣潣犹然也。《说文》云：'水流潣潣也。'"程俊英、蒋见元《诗经》："汤汤，水大而奔腾的样子。"又曰："潣潣，水流貌。"应该说，程俊英所释其准确性稍微欠缺一点，二词的主语均为"淮水"，"汤汤、潣潣"是形容淮水水流的，可想而知，淮水在短时间内不可能发生大的变化，所以"汤汤、潣潣"语义相同，应为一组修辞同义词。

【辨释】

汤汤、潣潣，均为"水流盛大的样子"之义，二词语义区别不大，换用避复以获得错综变化之妙。从使用频率上看，"汤汤"使用频率较高。范仲淹《岳阳楼记》："衔远山，吞长江，浩浩汤汤，横无际涯。"清孙枝蔚《过安丰盐场作》："蒲青露白水潣潣，斜日春风动客怀。"潣潣，水流盛大的样子。

22. 宜、艾、绥

宜、艾、绥，在"安享"的意义上为一组修辞同义词。

【构组】

《小雅·鸳鸯》四章，一、三、四章叠咏。一章：君子万年，福禄宜之。三章：君子万年，福禄艾之。四章：君子万年，福禄绥之。

宜、艾、绥，叠咏同义，均为"安享"之义。马瑞辰《毛诗传笺通释》："《说文》：'宜，所安也。''福禄宜之'，犹言'福禄绥之'，宜、绥皆安也。"从此诗主旨上看，这是一首祝贺贵族新婚的诗。祝贺新婚，必多美言之词，所以《诗》中有"福禄宜之"、"福禄艾之"、"福禄绥之"以颂祝。这三句结构相同，只换一词，"宜"、"艾"、"绥"三词同义，当为"安享"。相对来说，宜、艾、绥，为一组修辞同义词，其构组材料，欠缺一点。

【辨释】

宜、艾、绥，均为"安享"之义，但本义不同。宜，本义为合适，适宜。

《说文·宀部》："宜，所安也。"意即令人心安的地方。艾，本义为草名，艾蒿。《王风·采葛》："彼采艾兮，一日不见，如三岁兮。"绥，本义为借以登车的绳索。《说文·系部》："绥，车中把也。"意即车中用手把持以登车的绳索。《论语·乡党》："升车，必正立执绥。"

23. 嘉、时、阜

嘉、时、阜，在"善好"的意义上为一组修辞同义词。

【构组】

　　《小雅·頍弁》三章，一、二、三章叠咏。一章：尔酒既旨，尔殽既嘉。二章：尔酒既旨，尔殽既时。三章：尔酒既旨，尔殽既阜。

　　嘉、时、阜，叠咏同义，均为"善好"之义。嘉，善好。《说文·壴部》："嘉，美也。"《尔雅·释诂》："嘉，善也。"《豳风·东山》："其新孔嘉，其旧如之何？"《郑笺》："嘉，善也。""尔殽既嘉"之"嘉"，即善好义。朱熹《诗集传》："嘉、旨，皆美也。"时，通"是"，善好。《毛传》："时，善也。"朱熹《诗集传》："时，善。"阜，盛也，善好。马瑞辰《毛诗传笺通释》："《郑风》《毛传》：'阜，盛也。'盛与美同义。'既阜'与前二章'既嘉'、'既时'同义，谓盛也，美也。"

【辨释】

　　嘉、时、阜，均为"善好"之义，本义不同。嘉，本义为善美。《礼记·曲礼》："稷曰明粢，稻曰嘉蔬。"时，本义为季度、季节。《说文·日部》："时，四时也。"四时，段玉裁注："本春、夏、秋、冬之称。引申之为凡岁、月、日、刻之用。"《孟子·梁惠王上》："斧斤以时入山林，材木不可胜用也。"阜，本义为土山。《说文·皀部》："阜，大陆。山无石者，象形。"《小雅·天保》："如山如阜，如冈如陵。"

24. 樊、棘、榛

樊、棘、榛，在"篱笆"的意义上为一组修辞同义词。

【构组】

《小雅·青蝇》三章，一、二、三章叠咏。一章：营营青蝇，止于樊。二章：营营青蝇，止于棘。三章：营营青蝇，止于榛。

樊、棘、榛，叠咏同义，均为"篱笆"之义。樊，篱笆。《毛传》："樊，藩也。"《说文·爻部》引《诗》作"棥"，《汉书·武五子传》引作"藩。"陈奂《诗毛氏传疏》："棥，从爻林，取交积材之义。叔重所据《诗》作棥，今《诗》作樊者，假借字也。"棘，酸枣树。一种落叶乔木，有刺。引申为篱笆。《说文·朿部》："棘，小枣丛生者。"朱熹《诗集传》："棘，所以为藩也。"意即用"棘"做成的藩篱。榛，一种落叶灌木或小乔木。引申为篱笆。《说文·木部》："榛，木也。"《毛传》："榛，所以为藩也。"意即用"榛"做成的藩篱。

【辨释】

樊、棘、榛，均为"篱笆"之义，但初看稍有区别。樊，指篱笆。棘、榛，是指两种灌木。根据朱熹《诗集传》与《毛传》的解释，"棘，所以为藩也。""榛，所以为藩也。"由此可知，这是由"棘"、"榛"两种灌木制作成的篱笆，所以"棘"、"榛"与"樊"同义，构成一组修辞同义词。

不少注本将"樊"注为藩篱，而将"棘"、"榛"注为树木，似欠妥帖，其原因是没有考虑到《诗集传》和《毛传》的注释，也未考虑到此诗的叠咏特点。

25. 难、沃、幽

难、沃、幽，在"茂盛的样子"的意义上为一组修辞同义词。

【构组】

《小雅·隰桑》四章，一、二、三章叠咏。一章：隰桑有阿，其叶有难。二章：隰桑有阿，其叶有沃。三章：隰桑有阿，其叶有幽。

难、沃、幽，叠咏同义，均为"茂盛的样子"之义。难，茂盛的样子。

《毛传》:"难然,盛貌。"《郑笺》:"隰中之桑,枝条阿阿长美,其叶又茂盛,可以庇荫人。"陈奂《诗毛氏传疏》:"古难、傩通。难之为言那也。……《桑扈》、《那》传:'那,多也'盛与多同义。"沃,茂盛的样子。《毛传》:"沃,柔也。"陈奂《诗毛氏传疏》:"柔者亦是美盛之意。"马瑞辰《毛诗传笺通释》:"《广雅·释诂》:'沃,美也。'美亦盛也。"幽,茂盛的样子。马瑞辰《毛诗传笺通释》:"幽、葽一声之转,幽诗'四月秀葽',《夏小正》作'莠幽'。《汉·郊祀志·房中歌》曰:'丰草葽',孟康注:'葽,盛貌也。'此诗'有幽'与上章'有难'、'有沃'同义,正当读葽,训为盛貌。"程俊英、蒋见元《诗经》:"难,通傩,有难,傩傩,茂盛的样子。"又曰:"沃,肥厚柔润。"又曰:"幽,通'黝',黑色。""肥厚柔润"和"黑色"都指树叶茂盛的特点而言,即质感和颜色,三词义近。

【辨释】

难、沃、幽,同为"茂盛的样子"之义,但侧重点不同。难,通"傩",侧重于总体茂盛。沃,侧重于枝叶茂盛。"《广雅·释诂》:'沃,美也。'美亦盛也。"幽,侧重于叶子茂盛。何楷《诗经世本古义》:"此状叶盛之貌。叶盛而密,只见其窈然作深黑色。"马瑞辰《毛诗传笺通释》:"叶之盛者色青而近黑,则黑色亦为盛貌。"

难、沃、幽,作为一组修辞同义词,是马瑞辰较早提出来的,论述有理有据,至确。

26. 尝、献、酢、酬

尝、献、酢、酬,在"劝酒、敬酒"的意义上为一组修辞同义词。

【构组】

《小雅·瓠叶》四章,一、二、三、四章叠咏。一章:君子有酒,酌言尝之。二章:君子有酒,酌言献之。三章:君子有酒,酌言酢之。四章:君子有酒,酌言酬之。

尝、献、酢、酬,叠咏同义,均为"劝酒、敬酒"之义。尝,辨别滋味。朱熹《诗集传》:"然君子有酒,则亦以是酌而尝之。"根据《诗集传》所注,尝,在此为尝酒。《小雅·甫田》:"攘其左右,尝其旨否。"献,劝酒、敬酒。《小雅·楚茨》:"献酬交错,礼仪卒度。"朱熹《诗集传》:"主人酌宾曰献,宾饮主人曰酢,主人又自饮而复饮宾曰酬。"意即主人向客人敬酒曰献。客人斟酒回敬主人曰酢。主人再次向宾客敬酒曰酬。酢,客人用酒回敬主人。《毛传》:"酢,报也。"《郑笺》:"报者,宾既卒爵,洗而酌主人也。"马瑞辰《毛诗传笺通释》:"古者合献、酢、酬为一献之礼。"酬,主人再次向宾客敬酒。《说文·酉部》:"酬,主人进客也。"段玉裁注:"谓主人必自饮,如今俗之劝酒也。"

根据《诗集传》所注,"献"、"酢"、"酬"为一组修辞同义词,再根据此诗的叠咏特点,"尝"与"献"、"酢"、"酬"同义,四词构成一组修辞同义词。

【辨释】

尝、献、酢、酬,同为"劝酒、敬酒"之义,但词义稍有不同。王凤阳《古辞辨》将"献"、"酢"、"酬"作为一组同义词加以辨析,指出:"这组词是古代献酒的专名。……向客人、尊者进酒也称'献'。……'酢'多用于表客向主人敬酒。……初献之后,客向主人敬酒,主人再还敬称'酬'。"根据此诗的叠咏特点,"尝"也是敬酒之义,但侧重于品尝。

《小雅·瓠叶》为古代宴饮之诗,它总结了春秋时期"劝酒、敬酒"的四个程序:尝、献、酢、酬。即"酌言尝之"、"酌言献之"、"酌言酢之"、"酌言酬之"。据此可见《诗经》时代"劝酒、敬酒"的礼仪特点。

二 《诗经·大雅》叠咏修辞同义词研究

《诗经·大雅》31篇,叠咏修辞同义词3组:宁、宜、处、宗、熏熏;成、为、下、崇;康、休、息、愒、安。

1. 宁、宜、处、宗、熏熏

宁、宜、处、宗、熏熏,在"安适、和悦"的意义上为一组修辞同义词。

【构组】

《大雅·凫鹥》五章,一、二、三、四、五章叠咏。一章:凫鹥在泾,公尸来燕来宁。二章:凫鹥在沙,公尸来燕来宜。三章:凫鹥在渚,

公尸来燕来处。四章：凫鹥在渚，公尸来燕来宗。五章：凫鹥在亹，公
尸来止熏熏。

宁、宜、处、宗、熏熏，叠咏同义，均为"安适、和悦"之义。杨合鸣
《〈诗经〉疑难词语辨析》："首章云：'公尸来燕来宁'、次章云：'公尸来燕来
宜'、三章云：'公尸来燕来处'、四章云'公尸来燕来宗'、末章云：'公尸来
止（《鲁诗》作燕）熏熏'。以上句中之'宁'、'宜'、'处'、'宗'、'熏熏'
当为一组同义形容词。"根据此诗叠咏特点，将五词作为一组同义词，所论甚
是。当然这并不是词汇同义词，应是一组修辞同义词。

宁，安适、和悦。《说文·宀部》："寍，安也。"寍，即今之宁字。《周
颂·良耜》："百室盈止，父子宁止。"朱熹《诗集传》："宁，安也。"此句中
的"安"即安适。宜，安适、和悦。《说文·宀部》："宜，所安也。"《小雅·
鸳鸯》："君子万年，福禄宜之。"马瑞辰《毛诗传笺通释》："宜、绥皆安也。"
处，安适、和悦。《大雅·常武》："不留不处，三事就绪。"陈奂《诗毛氏传
疏》："处，犹安止也。两不字皆发声也。"宗，即安适、和悦之义。宗，通
"悰"，安适、快乐。《说文·心部》："悰，乐也。"熏熏，安适、和悦。《毛
传》："熏熏，和说也。"据此可知：宁、宜、处、宗、熏熏，当为一组修辞同
义词。

【辨释】

宁、宜、处、宗、熏熏，均为"安适、和悦"之义，但常用义不同。宁，
常用义为安适、和悦。宁，本作"寍"。后世假"宁"为"寍"，"宁"行而
"寍"废。今用"宁"字作"寍"简化字。《尚书·洪范》："五福：一曰寿，
二曰富，三曰康宁，四曰攸好德，五曰考终命。"宜，常用义为适合，适当。
《吕氏春秋·察今》："世易时移，变法宜矣。"处，常用义为处所，地方。《史
记·萧相国世家》："夫猎，追杀兽兔者狗也，而发踪指示兽处者人也。"宗，
常用义为尊崇祖庙。后引申为家族的上辈，民族的祖先。《说文·宀部》：
"宗，尊、祖庙也。"段玉裁注："尊也，祖庙也。"《左传·昭公二十二年》：
"寡君闻君有不令之臣为君忧，无宁以为宗羞，寡君请受而戮之。"熏熏，常
用义为安适、和悦。

2. 成、为、下、崇

成、为、下、崇，在"帮助"的意义上为一组修辞同义词。

【构组】

> 《大雅·凫鹥》五章，一、二、三、四章叠咏。一章：公尸燕饮，福禄来成。二章：公尸燕饮，福禄来为。三章：公尸燕饮，福禄来下。四章：公尸燕饮，福禄来崇。

成、为、下、崇，叠咏同义，均为"帮助"之义。成，帮助。朱熹《诗集传》："酒清殽馨，则公尸燕饮，而福禄来成矣。"此注虽未翻译"成"字，但可理解为帮助。程俊英、蒋见元《诗经》："成，帮助。"又曰："为，助。"为，帮助。《郑笺》："为，犹助也，助成王也。"黄典诚《诗经通译新诠》："来为，来协助你。"又曰："来下，来降。"下，降下、帮助。《尔雅·释诂》："下，落也。"崇，帮助、增多。《广雅·释诂》："崇，聚也。"程俊英、蒋见元《诗经》虽没有对此四词进行逐一解释，但在译文中将四词作为一组同义词来看待。"福禄来成"、"福禄来为"、"福禄来下"、"福禄来崇"，其译文分别是"福禄降临您家门"、"大福大禄又添增"、"天降福禄保平安"、"福禄绵绵赐您家"。成、为、下、崇，其构组材料虽稍显欠缺，但从今人《诗经》译注中不难发现此四词为一组修辞同义词。四句诗结构相同，所用词语前三词均相同，只有第四个词不同，但四词语义相近，根据此诗叠咏特点和历代训诂情况，可以断定，这是一组修辞同义词。

【辨释】

成、为、下、崇，均为"帮助"之义，但常用义不同。成，常用义为完成、成就。《说文·戊部》："成，就也。"《尚书·皋陶谟》："箫韶九成，凤凰来仪。"此"成"为演奏之义。为，常用义为动词"做"和介词。《论语·为政》："温故而知新，可以为师矣。"下，常用义为位置在低处的，与"上"相对。《说文·上部》："下，底也。"底，即低也。《豳风·七月》："七月在野，八月在宇，九月在户，十月蟋蟀入我床下。"崇，常用义为高。《说文·山部》："崇，嵬高也。"《尔雅·释诂》："崇，高也。"《国语·周语上》："昔夏之兴也，融降于崇山。"崇山，指高山，这里指嵩山。

3. 康、休、息、愒、安

康、休、息、愒、安，在"休息"的意义上为一组修辞同义词。

【构组】

《大雅·民劳》五章，一、二、三、四、五章叠咏。一章：民亦劳止，汔可小康。二章：民亦劳止，汔可小休。三章：民亦劳止，汔可小息。四章：民亦劳止，汔可小愒。五章：民亦劳止，汔可小安。

康、休、息、愒、安，叠咏同义，均为"休息"之义。马瑞辰《毛诗传笺通释》："此诗以康、休、息、愒、安对上'民亦劳止'言之，而历言'小康'、'小休'、'小息'、'小愒'、'小安'者，非谓民劳之甚，宜小小安息之也。"此句中的"安息"即休息。

从此诗叠咏特点上看，《民劳》五章，五章叠咏。一章："民亦劳止，汔可小康。"二章："民亦劳止，汔可小休。"三章："民亦劳止，汔可小息。"四章："民亦劳止，汔可小愒。"五章："民亦劳止，汔可小安。"其中二、三、四章中的"休、息、愒"同义，当属词汇同义词，只有第一、五章中的"康、安"训为"休息"义无据。根据叠咏特点，"康、安"在此篇中临时为休息义，与"休、息、愒"构成一组修辞同义词。

康，休息。《慧琳音义》卷五十九引《玄应音义》："身康"。"康"的休息义不多见，但常用作"安乐"义。《大雅·生民》："上帝不宁，不康禋祀。"《郑笺》："康、宁，皆安也。"陈奂《诗毛氏传疏》："康，乐也。"再根据本篇诗的叠咏特点，我们可以确定："康"由"安乐"义临时引申出"休息"义，本篇中的"康"应为"休息"义，这样通篇来看较为恰切。休，休息。《说文·木部》："休，息止也。"《尔雅·释诂》："休，息也。"意即休息。《毛传》："休，定也。"《郑笺》："休，止息也。"《周南·汉广》："南有乔木，不可休思。"息，休息。《郑风·狡童》："维子之故，使我不能息兮。"《毛传》："忧不能息也。"朱熹《诗集传》："息，安也。"《玉台新咏·古诗为焦仲卿妻作》："鸡鸣入机织，夜夜不得息。"愒，休息。《毛传》："愒，息也。"《说文·心部》："愒，息也。"段玉裁注："此休息之息。……凡训休息者，引申之义。释诂及甘棠传皆曰憩息也。憩者，愒之俗体。"安，休息。"安"与

"康"义近，常用作"安宁"义。《尔雅·释诂》："康，安也。"《小雅·鸿雁》："虽则劬劳，其究安宅。"《郑笺》："今虽劳苦，终有安居。"在本篇中临时引申为"休息"义。

【辨释】

康、休、息、愒、安，均为"休息"之义，但常用义不同。康，常用义为安乐、安定。《楚辞·离骚》："日康娱以自忘兮，厥首用夫颠陨。"休，常用义为停止、休息。《战国策·齐策四》："孟尝君不说，曰：'诺，先生休矣。'"《晏子春秋·内篇谏下》："景公猎，休，坐地而食。"息，常用义为呼吸、喘息。《说文·心部》："息，喘也。"段玉裁注："人之气急曰喘，舒曰息。"《汉书·李广苏建传》："武气绝，半日复息。"愒，常用义为休息。《小雅·菀柳》："有菀者柳，不尚愒焉。"安，常用义为安定。《尔雅·释诂》："安，定也。"杜甫《茅屋为秋风所破歌》："安得广厦千万间，大庇天下寒士俱欢颜，风雨不动安如山。"此句中的后一"安"字为安定义。

马瑞辰较早注意到了此诗的叠咏特点和修辞同义词情况，将"康、休、息、愒、安"五词进行同义构组，所论甚是，确有先见之明。

第三节 《诗经·颂》叠咏修辞同义词研究

一 《诗经·鲁颂》叠咏修辞同义词

《诗经·鲁颂》4篇，叠咏修辞同义词4组：骄、皇、骊、黄、雒、驈、驿、骐、骍、骆、骊、雏、驷、骎、骧、鱼；彭彭、伾伾、绎绎、祛祛；黄、牡、骄；芹、藻、茆。

1. 骄、皇、骊、黄、雒、驈、驿、骐、骧、骆、骊、雏、驷、骎、骧、鱼

骄、皇、骊、黄、雒、驈、驿、骐、骧、骆、骊、雏、驷、骎、骧、鱼，在"马"的意义上为一组修辞同义词。

【构组】

《鲁颂·驷》四章，一、二、三、四章叠咏。一章：有骄有皇，有骊有黄。二章：有雒有驈，有驿有骐。三章：有骧有骆，有骊有雏。四章：

有骃有騢，有驔有鱼。

骊、皇、骊、黄、骓、驳、驿、骐、驒、骆、骝、雒、骃、騢、驔、鱼，叠咏同义，均为"马"之义。骊，股间白色的黑马。皇，毛色黄白的马。《毛传》："骊马白跨曰骊，黄白曰皇。"王先谦《诗三家义集疏》："《鲁》，皇作騜。"骊，深黑色的马。《说文·马部》："骊，马深黑色。从马，丽声。"黄，黄色带赤的马。《毛传》："纯黑曰骊，黄骍曰黄。"骓，毛色苍白相杂的马。《说文·马部》："骓，马苍黑杂毛也。从马，隹声。"驳，毛色黄白相杂的马，亦称"桃花马"。《毛传》："苍白杂毛曰骓，黄白杂毛曰驳。"驿，赤黄色的马。骐，有青黑色纹理的马。《说文·马部》："骐，马青骊文如博棋也。"《毛传》："赤黄曰驿，苍骐曰骐。"驒，毛色呈鳞状斑纹的青马。骆，鬣毛黑色的白马。《说文·马部》："骆，马白色黑鬣尾也。"《毛传》："青骊磷曰驒，白马黑鬣曰骆。""骝"，同骝，黑鬣黑尾巴的红马。雒，白鬣的黑马。《毛传》："赤身黑鬣曰骝，黑身白鬣曰雒。"骃，浅黑杂白的马。《说文·马部》："骃，马阴白杂毛也。"《尔雅·释畜》："阴白杂毛，骃。"騢，赤白色相间的杂毛马。《毛传》："阴白杂毛曰骃，彤白杂毛曰騢。"驔，黄色脊毛的黑马。鱼，两眼白色的马。《毛传》："豪骭曰驔，二目白曰鱼。"朱熹《诗集传》："骊马白跨曰骊，黄白曰皇，纯黑曰骊，黄骍曰黄。……仓白杂毛曰骓，黄白杂毛曰驳，赤黄曰驿，青黑曰骐。……青骊磷曰驒，色有深浅，斑驳如鱼鳞，今之连钱骢也。白马黑鬣曰骆，赤身黑鬣曰骝，黑身白鬣曰雒。……阴白杂毛曰骃。阴，浅黑也，今泥骢也。彤白杂毛曰騢，豪骭曰驔，毫在骭而白也，二目白曰鱼，似鱼目也。"由此可见，所用名称不同，有十六种之多，但均指马，据此可以推测到古人已有事物类聚的观念。

【辨释】

骊、皇、骊、黄、骓、驳、驿、骐、驒、骆、骝、雒、骃、騢、驔、鱼，均为"马"之义，但马的毛色及毛色部位不同，分为不同的马匹。《鲁颂·骊》对"马"区分得如此细致，今天看来已无必要，但它充分说明了春秋中叶之前古人对马的重视，也充分说明了当时马很重要。马曾是农业生产、交通运输和军事等活动的主要动力。这说明了当时畜牧业相当发达和先民们对事物区分认识能力的不断深化。当然，古人对"马"的分类标准仅仅是根据其毛色及毛色部位不同分出不同的类，今天看来不够科学，但我们不能强求古人。应该说，在春秋中叶之前有这样的认识能力，已属不凡。

2. 彭彭、伾伾、绎绎、祛祛

彭彭、伾伾、绎绎、祛祛，在"马强壮有力的样子"的意义上为一组修辞同义词。

【构组】

《鲁颂·駉》四章，一、二、三、四章叠咏。一章：有骊有皇，有骊有黄，以车彭彭。二章：有骓有驳，有骍有骐，以车伾伾。三章：有驒有骆，有骝有雒，以车绎绎。四章：有骃有騢，有驔有鱼，以车祛祛。

彭彭、伾伾、绎绎、祛祛，叠咏同义，均为"马强壮有力的样子"之义。彭彭，马强壮有力的样子。《毛传》："彭彭，有力有容也。"朱熹《诗集传》："彭彭，盛貌。"马瑞辰《毛诗传笺通释》："此诗四章文义相仿，并无分言四马之义。彭、骙，古同声通用，《说文》：'骙，马盛也。'引《诗》'四牡骙骙'。"程俊英、蒋见元《诗经》："彭彭，马强壮有力的样子。"伾伾，马强壮有力的样子。《毛传》："伾伾，有力也。"孔颖达《毛诗正义》："此章言戎马，戎马贵多力，故云伾伾有力。"陈奂《诗毛氏传疏》："《说文》：'伾，有力也。'重言之则曰伾伾。"绎绎，马强壮有力的样子。关于"绎绎"的训释，自古及今先哲时贤大多解释为"马跑得快"之义，这种解释应该说最早始于《毛传》。《毛传》："绎绎，善走也。"仅看此句单独训释，词义尚可。但着眼全篇，结合行文特点，这种解释未免死板拘泥。全诗四章，四章叠咏。第一、二、四章的"彭彭"、"伾伾"和"祛祛"一般均释为"强壮有力的样子"之义，而把第三章的"绎绎"释为"马跑得快"，这样就与第一、二和四章叠咏的词语语义不合，与叠咏体诗的叠咏词语相悖，违背了叠咏特点，所以，"绎绎"应与其他同类的叠咏词语"彭彭"、"伾伾"和"祛祛"一样，释为"马强壮有力"为确。杨合鸣《〈诗经〉疑难词语辨析》："'彭彭'、'伾伾'、'绎绎'、'祛祛'皆为盛壮之义。"这就是说，四词为一组同义词。祛祛，马强壮有力的样子。《毛传》："祛祛，强健也。"朱熹《诗集传》："祛祛，强健也。"

程俊英、蒋见元《诗经》:"祛祛,强健。"

【辨释】

彭彭、伾伾、绎绎、祛祛,均为"马强壮有力的样子"之义,但强壮的侧重点稍有不同。彭彭,侧重于强壮而有力。"有力有容也。"伾伾,侧重于有力,力量大。"伾伾,有力也。"绎绎,侧重于有力而跑得快。"绎绎,善走也。"祛祛,侧重于强健有力。反复咏叹,强化了诗歌意境,歌颂了鲁僖公养马众多而且马强壮有力,显示了国家军事力量的强盛。

3. 黄、牡、骃

黄、牡、骃,在"马"的意义上为一组修辞同义词。

【构组】

《鲁颂·有駜》三章,一、二、三章叠咏。一章:有駜有駜,駜彼乘黄。二章:有駜有駜,駜彼乘牡。三章:有駜有駜,駜彼乘骃。

黄、牡、骃,叠咏同义,均为"马"之义。黄,黄色带赤的马。《毛传》:"黄骍曰黄。"程俊英、蒋见元《诗经》:"乘黄,四匹黄马。"牡,公马。牡,从牛,土声,会意,本义为雄性的鸟兽。《说文·牛部》:"牡,畜父也。"此指公马。骃,青黑色的马,亦称"铁青马"。《毛传》:"青骊曰骃。"《尔雅·释畜》:"青骊,骃。"郭璞注:"今之铁骢。"《说文·马部》:"骃,青骊马。《诗》曰:'駜彼乘骃。'"朱熹《诗集传》:"青骊曰骃,今铁骢也。"程俊英、蒋见元《诗经》:"骃,铁青色的马。"

【辨释】

黄、牡、骃,均为"马"之义,但毛色性别不同。"黄"、"骃"分别指黄色带赤的马和铁青色的马。同为马,但马的毛色不同。"牡"与"黄"、"骃"相比,特指公马。"黄"、"骃"可能为公马,也可能为母马。此诗颂祝鲁僖公宴会饮酒,以马起兴,以显国力强盛。

4. 芹、藻、茆

芹、藻、茆,在"蔬菜"的意义上为一组修辞同义词。

【构组】

《鲁颂·泮水》八章，一、二、三章叠咏。一章：思乐泮水，薄采其芹。二章：思乐泮水，薄采其藻。三章：思乐泮水，薄采其茆。

芹、藻、茆，叠咏同义，均为"蔬菜"之义。芹，草本植物，茎可食，亦称"水芹"，也叫"楚葵"。《说文·艸部》："芹，楚葵也。"《尔雅·释草》郭璞注："今水中芹菜。"《郑笺》："芹，水菜也。"严粲《诗缉》："我往观之，而采其水中之芹也。"藻，藻类植物，古代专指水藻，可食。《说文·艸部》："藻，水草也。"陆德明《经典释文》："藻，音早，水草也。"茆，多年生水草，嫩叶可食。《毛传》："茆，凫葵也。"孔颖达《毛诗正义》引陆机《毛诗草木鸟兽虫鱼疏》云："茆与荇菜相似，叶大如手，赤圆，有肥者，著手中滑不得停，茎大如匕柄，叶可以生食，又可鬻，滑美。江南人谓之莼菜，或谓之水葵，诸陂泽水中皆有。"朱熹《诗集传》："茆，凫葵也。叶大如手，赤圆而滑，江南人谓之莼菜者也。"严粲《诗缉》："茆，莼也。"芹、藻、茆，三词均为蔬菜。

【辨释】

芹、藻、茆，均为"蔬菜"之义，长在水中，但蔬菜的具体品类不同。芹，为一年生或二年生草本植物，茎可食，别名有"水芹"、"楚葵"。藻，藻类植物，古代专指水藻，可食。茆，多年生水草，嫩叶可食。

第九章 《诗经》对出修辞同义词研究

第一节 《诗经·风》对出修辞同义词研究

一 《诗经·周南》对出修辞同义词研究

《诗经·周南》11篇，对出修辞同义词4组：绤、绤；污、浣；私、衣；瘵、痛。

1. 绤、绤

绤、绤，在"葛布"的意义上为一组修辞同义词。

【构组】

《周南·葛覃》三章。二章：是刈是濩，为绤为绤。

绤、绤，同句对出同义，同为"葛布"之义。绤，精葛布。《毛传》："葛所以为绤绤，精曰绤，粗曰绤。"朱熹《诗集传》："精曰绤，粗曰绤。"《仪礼·大射仪》："幂用锡若绤，缀诸箭。"绤，粗葛布。《仪礼·燕礼》："明日卒奠，幂用绤，即位而彻之，加勺。"陈振寰解注《诗经》："绤，细葛麻布。绤，粗葛麻布。"

【辨释】

绤、绤，同为"葛布"之义，但二词侧重点不同。绤，指精纺的夏布。绤，指粗纺的夏布。《说文·系部》："绤，细葛也。"又曰："绤，粗葛也。"《小尔雅·广服》："葛之精者曰绤。"《尚书·禹贡》："厥田惟上下，厥赋中

上。厥贡盐绨，海物惟错。"绤，指粗纺的夏布。《邶风·绿衣》："绨兮绤兮，
凄其以风。"这里的"绤"，指粗葛布。

2. 污、浣；私、衣

污、浣，在"揉洗"的意义上为一组修辞同义词。

私、衣，在"衣裳"的意义上为一组修辞同义词。

【构组】

《周南·葛覃》三章。三章：薄污我私，薄浣我衣。

污、浣，对句对出同义，均为"揉洗"之义。私、衣，对句对出同义，
均为"衣裳"之义。陈奂《诗毛氏传疏》："上句言污，下句言浣；上句言私，
下句言衣，皆互词耳。"闻一多《诗经新义》："私与衣为互文，污与浣亦不分
二义，污浣声近对转，污亦浣也。"程俊英、蒋见元《诗经》："污，搓揉着
洗。私，内衣。"这里的"浣"，也是洗的意思。

【辨释】

污、浣，同为"揉洗"，但侧重点不同。《辞海》："污，洗去污垢。"《辞
海》："浣，洗濯。"由此可见，"污"，侧重于洗去污垢，所以说"污我私（内
衣）"。李贺《送秦光禄北征》："风吹云露火，雪污玉关泥。""浣"，指一般的
洗涤，既指洗去污垢，也指洗去灰尘。王维《山居秋暝》："竹喧归浣女，莲
动下渔舟。"

私、衣，同为"衣裳"，但具体所指有所不同。《毛传》："私，燕服也。"
陈奂《诗毛氏传疏》："私，燕服，谓燕居之服也。"私，即内衣。衣，常指上
装。朱熹《诗集传》："衣，礼服也。"《齐风·东方未明》："东方未明，颠倒
衣裳。""衣"、"裳"相对，此"衣"，指上衣。衣，又是服装的通称，合上衣
下裳而言。《秦风·无衣》："岂曰无衣，与子同袍。"

3. 瘏、痡

瘏、痡，在"病而不能行"的意义上为一组修辞同义词。

【构组】

　　《周南·卷耳》四章。四章：陟彼砠矣，我马瘏矣。我仆痡矣，云何吁矣。

　　瘏、痡，同篇对出同义，均为"病而不能行"之义，"瘏"、"痡"同篇对出。孔颖达《毛诗正义》引《尔雅》孙炎注："痡，人疲不能行之病；瘏，马疲不能行之病。"朱熹《诗集传》："瘏，马病不能进也；痡，人病不能行也。"陈振寰解注《诗经》："瘏，累得走不动路，因劳累而致病。痡，意思同'瘏'。诗人为避重复而换字。"

【辨释】

　　瘏、痡，均指病而不能行，但适用对象不同。《说文·疒部》："瘏，病也。《诗》曰：'我马瘏矣。'"又《说文·疒部》："痡，病也。《诗》曰：'我仆痡矣。'"从《说文》引《诗》情况看，瘏，常指马病不能行，适用于兽类。痡，常指人病不能行，适用于人。

二　《诗经·召南》对出修辞同义词研究

《诗经·召南》14篇，对出修辞同义词8组：沼、沚；僮僮、祁祁；见、觏；筐、筥；锜、釜；参、昴；袗、襡；丝、缗。

1. 沼、沚

沼、沚，在"水塘"的意义上为一组修辞同义词。

【构组】

　　《召南·采蘩》三章。一章：于以采蘩？于沼于沚。

　　沼、沚，同句对出同义，均指"水塘"之义。《毛传》："沼，池。"《小雅·正月》："鱼在于沼，亦匪克乐。"《毛传》："沚，渚也。"闻一多《诗经新义》注《邶风·谷风》"泾以渭浊，湜湜其沚"中指出："沚，亦水之枝流也。"程俊英、蒋见元注译《诗经》注为："沼，池。沚，水塘。"并将"于以采蘩？于沼于沚"翻译为"要采白蒿到哪方？在那池里在那塘"，可见，也是将"沚"译为"水塘"。

【辨释】

沼、沚，均指水塘，但形状大小有别。王凤阳《古辞辨》："'沼'多指自然形成的水道，常和涧、溪、沚……连系在一起。"沼，形状较大。《左传·隐公三年》："涧溪沼沚之毛，苹蘩蕰藻之菜。"《小雅·正月》："鱼在于沼，亦匪克乐。"沼，为大的水塘。"沚"除指水塘外，还指水中小块陆地。《尔雅·释水》："水中可居者曰洲，小洲曰陼，小陼曰沚。"可见，"沚"作为小块陆地，形状也很小。

2. 僮僮、祁祁

僮僮、祁祁，在"繁盛"的意义上为一组修辞同义词。

【构组】

《召南·采蘩》三章。三章：被之僮僮，夙夜在公。被之祁祁，薄言还归。

僮僮、祁祁，对句对出同义，均为"繁盛"义。马瑞辰《毛诗传笺通释》："《广雅·释训》：'童童，盛也。'《大雅》：'祁祁如云。'祁祁，盛貌。僮僮祁祁，皆状首饰之盛，传说非也。"王引之《经义述闻》卷五："僮僮、祁祁，皆是形容首饰之盛。……僮与童通。《广雅》曰：'童童，盛也。'《释名》曰：'僮，童也。其貌童童然也，皆谓盛貌也。'"祁祁，亦盛貌。程俊英、蒋见元注译《诗经》："僮僮，形容妇女假髻高耸的样子。祁祁，这里用来形容蚕妇回去，簇拥如云的样子。"

【辨释】

僮僮、祁祁，作为一组修辞同义词，二词语义差别不大。《豳风·七月》："春日迟迟，采蘩祁祁。"《毛传》："祁祁，众多也。"叠字的运用，增强了诗歌的音乐性。清王闿运《莫姬哀词》："生荣死贵，秩秩僮僮。"僮僮，盛貌。

3. 见、觏

见、觏，在"遇见"的意义上为一组修辞同义词。

【构组】

《召南·草虫》三章。一章：亦既见止，亦既觏止。

见、觏，对句对出同义，均为"遇见"之义。见，看见。《说文·见部》："见，视也。"《礼记·大学》："心不在焉，视而不见，听而不闻，食而不知其味。"觏，遇见。《毛传》："觏，见也。"《说文·见部》："觏，遇见也。"《豳风·伐柯》："我觏之子，笾豆有践。"陈振寰解注《诗经》："'见'与'觏'义近而程度不同，看到为'见'，会面才叫'觏'。"

【辨释】

见、觏，作为一组修辞同义词，语义侧重点稍有不同。见，指一般地看见，可能相遇也可能未相遇。《韩非子·主道》："见而不见，闻而不闻，知而不知。"觏，指遇见，即近距离地接触。《邶风·柏舟》："忧心悄悄，愠于群小。觏闵既多，受侮不少。"程俊英、蒋见元注译《诗经》将"觏闵既多，受侮不少"译为"横遭陷害已多次，身受侮辱更不少"，可见，"觏"为遭遇的意思。

4. 筐、筥；锜、釜

筐、筥，在"筐"的意义上为一组修辞同义词。

锜、釜，在"锅"的意义上为一组修辞同义词。

【构组】

《召南·采蘋》三章。二章：于以盛之？维筐及筥。于以湘之？维锜及釜。

筐、筥，同句对出同义，均为"筐"之义。筐，指竹子或柳条等编成的盛东西的器具。《毛传》："方曰筐，圆曰筥。"马瑞辰《毛诗传笺通释》："筐、筥对文则异，散文则通。"《国语·楚语下》："于是乎每朝设脯一束，糗一筐，以羞子文。"筥，盛物的圆形竹筐。《淮南子·时则训》："鸣鸠奋其羽，戴降于桑，具扑曲筥筐。"程俊英、蒋见元注译《诗经》："筐、筥都是竹器，方的叫筐，圆的叫筥。"

锜、釜，同句对出同义，均为"锅"之义。锜，古代一种三足的锅。《毛传》："有足曰锜，无足曰釜。"陆德明《经典释文》："锜，三足釜也。"马瑞辰《毛诗传笺通释》："《说文》：'江淮之间谓釜曰锜。'是釜与锜亦对文异，散文通耳。"

【辨释】

"筐、筥"，同为筐，质地、功用无别，但形状不同，方形的为筐，圆形的称筥。《荀子·荣辱》："余刀布，有囷窌，然而衣不敢有丝帛；约者有筐箧之藏，然而行不敢有舆马。"筥，指圆形的竹筐。《说文·竹部》："筥，筲也。从竹，吕声。"

"锜、釜"，同为锅，其区别在于是否有足。锜，三足。釜，无足。曹植《七步诗》："萁在釜下燃，豆在釜中泣。"根据马瑞辰的考证，"锜、釜"当为方言同义词。

5. 参、昴

参、昴，在"星宿名"的意义上为一组修辞同义词。

【构组】

《召南·小星》二章。二章：嘒彼小星，维参与昴。

参、昴，同句对出同义，均为"星宿名"之义。参，是二十八宿中的西方白虎七宿中的一宿。昴，也是二十八宿中的西方白虎七宿中的一宿。西方白虎七宿包括：奎，娄，胃，昴，毕，觜，参。程俊英、蒋见元《诗经》："参、昴，都是星名，即指上章'三五在东'的星。"

【辨释】

参、昴，同为二十八宿中西方白虎七宿中的一宿。参宿是夜空中最醒目的一个星座。昴宿由一团小星组成，目力好的人能分辨出七颗来。古人用昴宿来定四时，《尚书·尧典》："日短星昴，以正仲冬。"是指如果日落时看到昴宿出现在中天，就可知道冬至到了。参、昴，指夜晚。也说明古人具有一定的天文学知识。

6. 衾、裯

衾、裯，在"被子"的意义上为一组修辞同义词。

【构组】

《召南·小星》二章。二章：肃肃宵征，抱衾与裯。

衾、裯，同句对出同义，均为"被子"之义。《说文·衣部》："衾，大被。"《毛传》："衾，被也；裯，禅被也。"禅被，即单被。陈奂《诗毛氏传疏》："浑言衾、裯皆被名，析言则裯为禅被，而衾为不禅之被。凡人入寝，必衣寝衣而加衾也。《诗》之裯，即《论语》之寝衣也。"程俊英、蒋见元《诗经》："衾，被。裯，床帐。"参见《毛传》："裯，禅被也。"再根据《诗经》对出特点，裯，也应释为"被子"为好。

【辨释】

衾、裯，同为被子，但厚度不同。衾，为厚被子。裯，为单被子。杜甫《茅屋为秋风所破歌》："布衾多年冷似铁，娇儿恶卧踏里裂。"《楚辞·九辩》："被荷裯晏晏兮，然潢洋而不可带。""荷裯"，指荷叶一样的被子。刘向《说苑·正谏》："（楚）庄王立鼓钟之间，左伏杨姬，右拥越姬，左裯衽，右朝服，曰：'吾鼓钟之不暇，何谏之听！'"裯衽，指被褥。

7. 丝、缗

丝、缗，在"钓鱼的绳子"的意义上为一组修辞同义词。

【构组】

《召南·何彼襛矣》三章。三章：其钓维何？维丝伊缗。

丝、缗，同句对出同义，均为"钓鱼的绳子"之义。丝，钓鱼的绳子。《郑笺》："钓者以此有求于彼，何以为之乎？以丝为之纶，则是善钓也。"缗，钓鱼的绳子。《毛传》："缗，纶也。"纶，即钓鱼绳。清牟庭《诗切》："单细曰丝，纠合曰缗，丝以钓小鱼，缗以钓大鱼也。"

【辨释】

丝、缗，同句对出同义，同为"钓鱼的绳子"之义，但二者粗细有别：丝，为细的钓鱼的绳子；缗，为粗的钓鱼的绳子。丝，本义为蚕丝。《说文·丝部》："丝，蚕所吐也。"唐聂夷中《咏田家》："二月卖新丝，五月粜新谷。"

三 《诗经·邶风》对出修辞同义词研究

《诗经·邶风》19 篇，对出修辞同义词 8 组：敖、游；居、诸；颉、颃；厉、揭；方、舟；泳、游；执、秉；窭、贫。

1. 敖、游

敖、游，在"遨游"的意义上为一组修辞同义词。

【构组】

> 《邶风·柏舟》五章。首章：微我无酒，以敖以游。

敖、游，同句对出同义，均为"遨游"之义。敖，遨游。《说文·放部》："敖，出游也。"《商君书·垦令》："民不敖，则业不败。"陆德明《经典释文》："敖，本亦作遨。"游，遨游。《庄子·秋水》："庄子与惠子游于濠梁之上。庄子曰：'儵鱼出游从容，是鱼之乐也。'"

【辨释】

敖、游，均为"遨游"之义，语义区别不大。二词对举同义，今已结合成为一个同义并列复合词"遨游"，敖，也写作"遨"。《后汉书·张衡传》："虽遨游以偷乐兮，岂愁慕之可怀。"陈子昂《上元夜效小庾体》："三五月华新，遨游逐上春。"

2. 居、诸

居、诸，在"语气助词"的意义上为一组修辞同义词。

【构组】

《邶风·柏舟》五章。五章：日居月诸，胡迭而微？

居、诸，同句对出同义，均为"语气助词"之义。孔颖达《毛诗正义》："居、诸者，语助也。"朱熹《诗集传》："居、诸，语辞。"程俊英、蒋见元《诗经》："居、诸，都是语助词。"

【辨释】

"居、诸"同义，为语气助词，相当于"乎"，可译为"啊"。《左传·襄公二十三年》："臧孙闻之，曰：'国有人焉，谁居？其孟椒乎！'"《礼记·祭义》："齐齐乎其敬也，愉愉乎其忠也，勿勿诸其欲其飨之也。""谁居"，即"是谁啊"，"居"，相当于"啊"。"勿勿诸"之中的"诸"与前两句"齐齐乎"、"愉愉乎"中的"乎"为对文，语义相同。

3. 颉、颃

颉、颃，在"飞翔"的意义上为一组修辞同义词。

【构组】

《邶风·燕燕》四章。一章：燕燕于飞，颉之颃之。

颉、颃，同句对出同义，均为"飞翔"之义。《毛传》："鸟飞而上曰颉，飞而下曰颃。"马瑞辰《毛诗传笺通释》："颉、颃二字双声。段玉裁曰'《传》上下互讹，当作飞而下曰颉，飞而上曰颃。'颉之言抑；抑，降也，下也，故为下飞。颃之言亢；亢，高也，举也，故为上飞。"程俊英、蒋见元《诗经》："颉，往下飞；颃，往上飞。"

【辨释】

颉、颃，依据段玉裁、马瑞辰的解释，"颉、颃"同为"飞翔"，但"飞翔"的方向有所不同，鸟飞而上曰颃，飞而下曰颉。颉颃，常并列连用，指倔强、傲慢。《淮南子·修务训》："则虽王公大人，有严志颉颃之行者，无不惮恔痒心而悦其色矣。"颃，本义为人的颈项。《说文·亢部》："亢，人颈也。

亢或从页。"

4. 厉、揭

厉、揭，在"渡水"的意义上为一组修辞同义词。

【构组】

　　《邶风·匏有苦叶》四章。二章：深则厉，浅则揭。

厉、揭，对句对出同义，同为"渡水"之义。厉，渡水。《毛传》："以衣涉水为厉，谓由带以上也。"马瑞辰《毛诗传笺通释》："'深则厉，浅则揭'二句皆承上句涉字言之。"程俊英、蒋见元《诗经》："厉，连衣徒步渡水。揭，提起下衣渡水。"揭，渡水。《毛传》："揭，褰衣也。"陆德明《经典释文》："揭，褰衣渡水也。"闻一多《诗经通义》："揭即揭荷之揭。'深则厉，浅则揭'，言水深则带匏于身以防溺，水浅则荷于背上可也。"陈振寰解注《诗经》："厉，指和衣渡水。揭，指撩起衣襟渡水。"

【辨释】

"厉、揭"同为渡水，但方式不同。厉，指深处渡水，连衣徒步。揭，指浅处渡水，提起下衣。司马相如《上林赋》："径峻赴险，越壑厉水。"本篇："深则厉，浅则揭。"《匏有苦叶》其主旨，今人认为是写一个青年女子在济水岸边等待未婚夫时所唱的歌，表明女子急切渡河的着急心情。

5. 方、舟

方、舟，在"划船"的意义上为一组修辞同义词。

【构组】

　　《邶风·谷风》六章。四章：就其深矣，方之舟之。

方、舟，同句对出同义，均为"划船"之义。方，指竹木编成的筏子，名词。后引申为以筏子渡水，动词。《说文·方部》："方，併船也。"马瑞辰《毛诗传笺通释》："方本併船之名，因而併竹木亦谓之方，凡船以及用船以渡

通谓之方。"舟,指船,名词。后引申为以船渡水,动词。"方之舟之"中的
"方"、"舟"均为动词。程俊英、蒋见元注译《诗经》将"就其深矣,方之舟
之"译为"好比河水深悠悠,那就撑筏划小舟"。

【辨释】

"方、舟"作为名词,同为船,但形状有别。方,指竹木筏子,属简易的
船。舟,指小船。"方、舟"作为动词,在"划船"的意义上区别不大。《庄
子·山木》:"方舟而济于河,有虚船来触舟,虽有偏心之人不怒。"陈鼓应
《庄子今注今译》:"方,今通作舫。"此"舟",指小船。《说文·舟部》:"舟,
船也。古者,共鼓、货狄,刳木为舟,剡木为楫,以济不通。象形。"从《说
文》的"共鼓、货狄,刳木为舟"看,"舟"为小船。李白《早发白帝城》:
"两岸猿声啼不住,轻舟已过万重山。"

"方、舟"组合为合成词"方舟"。方舟又称"诺亚方舟",记载在基督教
圣经的《创世记》和亚伯拉罕诸教中。"诺亚方舟"中的"方",指方形,与
"就其深矣,方之舟之"的"方"不同。

6. 泳、游

泳、游,在"游泳"的意义上为一组修辞同义词。

【构组】

　　《邶风·谷风》六章。四章:就其浅矣,泳之游之。

泳、游,同句对出同义,均为"游泳"之义。泳,游泳。《毛传》:"潜
行为泳。"《说文·水部》:"泳,潜行水中也。"《尔雅·释水》:"潜行为
泳。"泳,郭璞注:"水底行也。"朱熹《诗集传》:"潜行曰泳,浮水曰游。"
《尔雅·释言》:"泳,游也。"游,游泳。范仲淹《岳阳楼记》:"沙鸥翔集,
锦鳞游泳,岸芷汀兰,郁郁青青。"

【辨释】

"泳、游",均为"游泳"之义,但方式有所不同,泳,指潜水,即水底
行走。游,指在水面上行走。

"泳、游"组合为合成词"游泳",《晏子春秋·问下十五》:"臣闻君子如

美渊泽，容之，众人归之，如鱼有依，极其游泳之乐。"

7. 执、秉

执、秉，在"拿着"的意义上为一组修辞同义词。

【构组】

《邶风·简兮》四章。三章：左手执籥，右手秉翟。

执、秉，对句对出同义，均为"拿着"之义。执，拿着。《韩非子·五蠹》："乃修教三年，执干戚舞，有苗乃服。"秉，拿着。《尔雅·释诂》："秉、拱，执也。"执、秉，同义。《商颂·长发》："武王载旆，有虔秉钺。"

【辨释】

执、秉，均为"拿着"之义，二词语义基本相同，但来源不同。执（埶），本义为拘捕。甲骨文为 ，是一个跪坐的人双手戴手铐之状，表示拘捕之义。《说文·幸部》："执，捕罪人也。"《左传·僖公五年》："遂袭虞，灭之，执虞公。"执，还可用于抽象事物。如"执言"、"执政"、"执法"等。秉，其字形像以手持禾，甲骨文为 。《小雅·大田》："彼有遗秉，此有滞穗。"后来引申为拿着。

8. 窭、贫

窭、贫，在"穷困"的意义上为一组修辞同义词。

【构组】

《邶风·北门》三章，首章：终窭且贫，莫知我艰。

窭、贫，同句对出同义，均为"穷困"之义。窭，从穴，从娄，娄亦声。本义指以穴中挖穴的办法扩大居住空间。引申为因贫穷而无力起建地面建筑，指贫穷。《毛传》："窭者，无礼也；贫者，困于财。"马瑞辰《毛诗传笺通释》："《仓颉篇》：'无财曰贫，无财备礼曰窭。'盖窭与贫，对文则异，散文则通。"窭，贫穷而无法讲求礼节。王先谦《诗三家义集疏》："此言既窭无以为礼，且至贫无以自给也。"贫，指穷困。《说文·贝部》："贫，财分少也。"
段玉裁《说文解字注》："谓财分而少也。合则见多，分则见少。"陈振寰解注
《诗经》："窭与贫都是穷困。"

【辨释】

窭、贫，均为"穷困"之义，语义稍有区别：窭，贫穷而无法讲求礼节，
首先是贫穷，因贫穷而无法讲礼。《尔雅·释言》："窭，贫也。"郭璞注：
"窭，谓贫陋。"贫，即贫困。《庄子·让王》："宪闻之，无财谓之贫，学而不
能行谓之病。"

四 　《诗经·鄘风》对出修辞同义词研究

《诗经·鄘风》10篇，对出修辞同义词2组：奔奔、彊彊；驰、驱。

1. 奔奔、彊彊
奔奔、彊彊，在"飞貌"的意义上为一组修辞同义词。

【构组】

《鄘风·鹑之奔奔》二章，一章：鹑之奔奔，鹊之彊彊。

奔奔、彊彊，对句对出同义，均为"飞貌"之义。《郑笺》："奔奔、彊彊，
言其居有常匹，飞则相随之貌。"朱熹《诗集传》："奔奔、彊彊，居有常匹，飞
则相随之貌。"程俊英、蒋见元《诗经》："奔奔，飞貌。彊彊，义同奔奔。"

【辨释】

奔奔、彊彊，均指飞行的样子，二词语义差别不大。《文选·枚乘〈七
发〉》："颙颙卬卬，椐椐彊彊，莘莘将将。"李善注："椐椐、彊彊，相随之貌。"

2. 驰、驱
驰、驱，在"快走"的意义上为一组修辞同义词。

【构组】

《鄘风·载驰》五章，一章：载驰载驱，归唁卫侯。

驰、驱，同句对出同义，均为"快走"之义。驰，车马疾行。《说文·马部》："驰，大驱也。"《唐风·山有枢》："子有车马，弗驰弗驱。"孔颖达《毛诗正义》注曰："走马谓之驰，策马谓之驱。"《史记·项羽本纪》："项伯乃夜驰之沛公军，私见张良，具告以事。"驱，奔驰、疾行。《说文·马部》："驱，马驰也。"陈振寰解注《诗经》："驰、驱，驾车奔驰。"

【辨释】

驰、驱，均为"快走"之义，为词汇同义词，后二词结合为同义并列合成词"驰驱"，既指纵马奔驰，又指任意放纵。段玉裁注："驰亦驱也。较大而疾耳。"《大雅·板》："敬天之渝，无敢驰驱。"《毛传》："驰驱，自恣也。"

五 《诗经·卫风》对出修辞同义词研究

《诗经·卫风》10篇，对出修辞同义词6组：切、磋、琢、磨；金、锡、圭、璧；顾、敖敖；卜、筮；岸、泮；容、遂。

1. 切、磋、琢、磨

切、磋、琢、磨，在"打磨"的意义上为一组修辞同义词。

【构组】

　　　《卫风·淇奥》三章，一章：如切如磋，如琢如磨。

切、磋、琢、磨，对句对出同义，均为"打磨"之义。《毛传》："治骨曰切，象曰磋，玉曰琢，石曰磨。"《尔雅·释器》："骨谓之切，象谓之磋，玉谓之琢，石谓之磨。"朱熹《诗集传》："治骨角者，既切以刀斧而复磋以镰锡。治玉石者，既琢以槌凿而复磨以沙石。"闻一多《风诗类钞》："切、磋、琢，都是磨光的意思。"程俊英、蒋见元注译《诗经》："切、磋、琢、磨，都是古代治玉石、骨器的工艺。"

【辨释】

切、磋、琢、磨，四词同为"打磨"之义，但区别明显，器物不同，打磨工艺不同。打磨骨品叫切，打磨象牙叫磋，打磨玉器叫琢，打磨石品叫磨。王充《论衡·量知》：“骨曰切，象曰瑳，玉曰琢，石曰磨，切瑳琢磨，乃成宝器。”后来用“切磋琢磨”比喻学习和研究问题时互相讨论，取长补短。

2. 金、锡、圭、璧

金、锡、圭、璧，在“珍贵的东西”的意义上为一组修辞同义词。

【构组】

《卫风·淇奥》三章，三章：如金如锡，如圭如璧。

金、锡、圭、璧，对句对出同义，均为“珍贵的东西”之义。《毛传》：“金锡练而精，圭璧性有质。”孔颖达《毛诗正义》：“言金锡有其质，练之故益精，圭璧有其实，琢磨乃成器。”闻一多《风诗类钞》：“古人铸器的青铜，便是铜与锡的合金，所以二者极被他们重视，而且每每连称。”程俊英、蒋见元注译《诗经》：“金、锡、圭、璧，都是形容武公的美德。”

【辨释】

金、锡、圭、璧，同为“珍贵的东西”之义，在形容武公的美德时为一组修辞同义词。但本义不同，金，指黄金。《大雅·棫朴》：“追琢其章，金玉其相。”又指铜。《周南·卷耳》：“我姑酌彼金罍，维以不永怀。”锡，指一种白色金属。圭，古代帝王或诸侯在举行典礼时用的一种玉器，上尖下方。璧，平圆而正中有孔的玉，古代在典礼时用作礼器，亦可做饰物。

3. 颀、敖敖

颀、敖敖，在“身材修长”的意义上为一组修辞同义词。

【构组】

《卫风·硕人》四章，一章：硕人其颀，衣锦褧衣。三章：硕人敖敖，说于农郊。

颀、敖敖，同篇对出同义，均为“身材修长”之义。颀，身材修长。《毛传》："颀，长貌。"朱熹《诗集传》："颀，长貌。"马瑞辰《毛诗传笺通释》："臧玉琳据《笺》'言庄姜仪表长丽佼好颀颀然'，又二章《笺》'敖敖犹颀颀也'，谓古本当作颀颀。"敖敖，身材高大的样子。《毛传》："敖敖，长貌。"《郑笺》："敖敖，犹颀颀也。"朱熹《诗集传》："敖敖，长貌。"陈振寰解注《诗经》："颀，修长。敖敖，身材修长的样子。"

【辨释】

　　颀、敖敖，均为"身材修长"之义，但稍有区别：颀，指身材修长、细长，高而不胖。《齐风·猗嗟》："猗嗟昌兮，颀而长兮。"敖敖，指身材高大的样子，身材不一定细长。如本篇"硕人敖敖"。

4. 卜、筮

卜、筮，在"占卜"的意义上为一组修辞同义词。

【构组】

　　《卫风·氓》四章，二章：尔卜尔筮，体无咎言。

　　卜、筮，同句对出同义，均为"占卜"之义。卜，古人用火灼龟甲，观察其灼开的裂纹以预测行事的吉凶。《毛传》："龟曰卜，蓍曰筮。"《左传·僖公四年》："初，晋献公欲以骊姬为夫人，卜之，不吉；筮之，吉。公曰：'从筮。'"筮，古代用蓍草占卜，卜问吉凶的一种活动。《说文·竹部》："筮，《易》卦用蓍也。"《仪礼·士冠礼》："士冠礼。筮于庙门。"陈振寰解注《诗经》："卜、筮，问卦。用龟卜卦称卜，用草卜卦称筮。"

【辨释】

　　卜、筮，同为"占卜"之义，但占卜的材料、方式不同。卜，用火灼龟甲，观察其灼开的裂纹以预测吉凶。《史记·陈涉世家》："吴广以为然，乃行卜。卜者知其指意。"筮，古代用蓍草卜问吉凶的一种活动。《礼记·曲礼》："龟为卜，荚为筮，先圣王之所以使民信时日，敬鬼神，畏法令也。"

5. 岸、泮

岸、泮，在"岸边"的意义上为一组修辞同义词。

【构组】

　　《卫风·氓》六章，六章：淇则有岸，隰则有泮。

　　岸、泮，对句对出同义，同为"岸边"之义。岸，水边高起之地。《荀子·宥坐》："三尺之岸而虚车不能登也，百仞之山任负车登焉，何则？"泮，通"畔"，指岸。《毛传》："泮，陂也。"《郑笺》："泮，读为畔。畔，涯也。"程俊英、蒋见元《诗经》："泮，涯岸。"

【辨释】

　　岸、泮，同为"岸边"之义，但来源不同。岸，指河流的高起之地，岸边。李白《早发白帝城》："两岸猿声啼不住，轻舟已过万重山。"泮，指古代天子、诸侯举行宴会或作为学宫的宫殿，也称泮宫。《说文·水部》："泮，诸侯飨射之宫。西南为水，东北为墙。"《礼记·明堂位》："瞽宗，殷学也。泮宫，周学也。"

　　6. 容、遂

　　容、遂，在"从容自得的样子"的意义上为一组修辞同义词。

【构组】

　　《卫风·芄兰》二章，一章：容兮遂兮，垂带悸兮。

　　容、遂，同句对出同义，均为"从容自得的样子"之义。朱熹《诗集传》："容、遂，舒缓放肆之貌。"马瑞辰《毛诗传笺通释》："容兮、遂兮与悸兮，皆形容之词。"闻一多《风诗类钞》："容、遂，雍容安闲之貌。"程俊英、蒋见元《诗经》："容，容仪可观，形容成年贵族走路摇摆的架势。遂，同遂遂，形容走路摇摆使佩玉摇动的样子。"以上所释"容、遂"词义虽稍有不同，但都包含"从容自得的样子"之义。

【辨释】

　　容、遂，均为"从容自得的样子"之义，但来源不同。容，本义为容纳，包容之义。《说文·宀部》："容，盛也。"《周易·师》："《象》曰：地中有水，师。君子以容民畜众。"遂，本义为道路。《史记·苏秦列传》："臣闻越王勾践战敝卒三千人，禽夫差于干遂。"司马贞《索隐》："干遂，地名，不知所在。遂者，道也。"

六 《诗经·王风》对出修辞同义词研究

《诗经·王风》10篇，对出修辞同义词2组：嘅、叹；啜、泣。

1. 嘅、叹

嘅、叹，在"慨叹"的意义上为一组修辞同义词。

【构组】

　　《王风·中谷有蓷》三章，一章：有女仳离，嘅其叹矣。

嘅、叹，同句对出同义，均为"慨叹"之义。嘅，同"慨"，慨叹。《郑笺》："与其君子别离，嘅然而叹。伤己见弃，其恩薄。"《说文·心部》："慨，忼慨，壮士不得志也。"王筠《说文句读》："不得志者，事境也；于心者，心境也；愤恚者，忼慨之未发者也。"朱熹《诗集传》："慨，叹声。"程俊英、蒋见元《诗经》："嘅，同'慨'。"高宪《长城》："短衣匹马独归时，千古兴亡成一慨。"叹，叹息。《庄子·秋水》："于是焉河伯始旋其面目，望洋向若而叹曰。"

【辨释】

嘅、叹，均为"慨叹"之义，语义区别不大。嘅，同"慨"，慨叹。叹，即慨叹。后二词结合为合成词"慨叹"，形容人对事物的感慨而又叹息的心态，慨叹而惋惜。王昌龄《代扶风主人答》："主人就我饮，对我还慨叹。"

2. 啜、泣

啜、泣，在"哭泣"的意义上为一组修辞同义词。

【构组】

　　《王风·中谷有蓷》三章，三章：有女仳离，啜其泣矣。

啜、泣，同句对出同义，均为"哭泣"之义。啜，哭泣抽噎的样子。《毛传》："啜，泣貌。"朱熹《诗集传》："啜，泣貌。"黄典诚《诗经通译新诠》："啜，哭泣声。"《荀子·非相》："今夫狌狌形状亦二足而无毛也，然而君子啜其羹，食其胾。"泣，无声或低声地哭。《战国策·赵策四》："媪之送燕后也，持其踵为之泣，念悲其远也，亦哀之矣。"陈振寰解注《诗经》："啜，抽泣。"

【辨释】

啜、泣，均为"哭泣"之义，语义区别不大。后来二词结合为合成词"啜泣"，指哭泣，抽噎地哭。唐韩偓《感事三十四韵》："独夫长啜泣，多士已忘筌。"

七　《诗经·郑风》对出修辞同义词研究

《诗经·郑风》21篇，对出修辞同义词2组：来、顺、好；挑、达。

1. 来、顺、好

来、顺、好，在"和顺"的意义上为一组修辞同义词。

【构组】

　　《郑风·女曰鸡鸣》三章，三章：知子之来之，杂佩以赠之。知子之顺之，杂佩以问之。知子之好之，杂佩以报之。

来、顺、好，对句对出同义，均为"和顺"之义。来，归顺。《论语·季氏》："远人不服，则修文德以来之。"引申为和顺。《郑笺》："顺，谓与己和顺。"余冠英《诗经选译》："'来'读为'敕'，和顺。和下文'顺'、'好'意义相同。"顺，和顺。本篇："知子之顺之，杂佩以问之。"好，善、美。杜甫《江南逢李龟年》："又是江南好风景，落花时节又逢君。"引申为和顺。

【辨释】

来、顺、好，均为"和顺"之义，三词在此为语境临时同义词，余冠英较早指出此三词的这一特点。应该说，这样解释，符合本诗诗意，至确。

来、顺、好，三词来源不同。来，甲骨文作🌾，像麦子形，本义为麦子。《周颂·思文》："贻我来牟，帝命率育。"《尔雅·释诂》："舒、业、顺，叙也。"《释名·释言语》："顺，循也。"《鲁颂·泮水》："顺彼长道，屈此群丑。"好，指女子貌美。《说文·女部》："好，美也。"《乐府诗集·陌上桑》："秦氏有好女，自名为罗敷。"

2. 挑、达

挑、达，在"独自来回走"的意义上为一组修辞同义词。

【构组】

《郑风·子衿》三章，三章：挑兮达兮，在城阙兮。

挑、达，同句对出同义，均为"独自来回走"之义。挑、达，独自来回走的样子。《毛传》："挑达，往来相见貌。"马瑞辰《毛诗传笺通释》："挑达，犹条达。""条达，行疾貌。《说文》：'达，行不相遇也。'"程俊英、蒋见元《诗经》："挑、达，独自来回走着的样子。"我们认为"挑达"，类似于今天说的"溜达"。

【辨释】

挑、达，均为"独自来回走"之义，语义区别不大。挑、达，今天已成为一个联绵词"挑达"，亦作"挑闼"、"挑挞"。其意有二：（1）往来相见貌，如本篇。"挑达"还指轻薄放恣貌。干宝《搜神记》卷五："蒋子文者，广陵人也，嗜酒好色，挑挞无度。"（2）又引申为自由自在，放纵不羁。如王维《赠吴官》："不如侬家任挑达，草屩捞虾富春渚。"

八 《诗经·齐风》对出修辞同义词研究

《诗经·齐风》11篇，对出修辞同义词2组：婉、娈；顾、长。

1. 婉、娈

婉、娈，在"美好"的意义上为一组修辞同义词。

【构组】

《齐风·甫田》三章，三章：婉兮娈兮，总角丱兮。

婉、娈，同句对出同义，均为"美好"之义。婉，美好的意思。《郑风·野有蔓草》："有美一人，清扬婉兮。"《毛传》："婉然，美也。"马瑞辰《毛诗传笺通释》："《说文》：'婉，顺也。'顺与美同义。"娈，美好。《邶风·泉水》："娈彼诸姬，聊与之谋。"《毛传》："娈，好貌。"刘晶雯整理《闻一多诗经讲义》："'婉兮娈兮'，应作'睕'、'孌'，从目，两只大眼睛。'睕'、'孌'，眼睛之美也。后意义扩大，变成抽象的美，便把从'目'变成从'女'了。"陈振寰解注《诗经》："婉、娈，年轻貌美的样子。"

【辨释】

婉、娈，均为"美好"之义，语义区别不大。后来二词结合为同义并列复合词"婉娈"，指年少而美好的样子。《毛传》："婉娈，少好貌。"《郑笺》："婉娈，少好貌。"陈子昂《唐故袁州参军李府君妻张氏墓志铭》："夫其窈窕之秀，婉娈之姿，贞节峻于寒松，韶仪丽于温玉。"

2. 颀、长

颀、长，在"身材修长"的意义上为一组修辞同义词。

【构组】

《齐风·猗嗟》三章，一章：猗嗟昌兮，颀而长兮。

颀、长，同句对出同义，均指"身材修长"之义。《毛传》："颀，长貌。"孔颖达《毛诗正义》："猗嗟此庄公之貌甚昌盛兮，其形状颀然而长好兮。"朱熹《诗集传》："颀，长貌。"长，身材修长。苏轼《江瑶柱传》："稍长，去襁褓，颀长而白皙，圆直如柱，无丝发附丽态。"

【辨释】

颀、长，当为词汇同义词，均指身材修长，二词语义区别不大。颀，有身材修长而貌美之义。徐锴《说文解字系传》："颀，头佳貌。"《卫风·硕人》：“硕人其颀，衣锦绡衣。”王凤阳《古辞辨》：“‘长’与今之常用义相同，指两点或两端的距离大。”又“‘颀’经常重叠使用，显示其描写特色。”需要说明的是，在具体语言环境中，“颀”、“长”出现在同一篇作品中，语义相近，“长”指身材修长，如本篇“颀而长兮”。

九　《诗经·魏风》对出修辞同义词研究

《诗经·魏风》7篇，对出修辞同义词3组：歌、谣；稼、穑；狩、猎。

1. 歌、谣

歌、谣，在“唱”的意义上为一组修辞同义词。

【构组】

《魏风·园有桃》二章，一章：心之忧矣，我歌且谣。

歌、谣，同句对出同义，均为“唱”之义。歌，即唱，指有音乐伴奏的歌唱。《毛传》：“曲合乐曰歌，徒歌曰谣。”《韩非子·外储说左上》：“昔者，舜鼓五弦，歌《南风》之诗而天下治。”谣，徒歌，不用乐器伴奏的歌唱。王先谦《诗三家义集疏》：“《韩》说曰：‘有章曲曰歌，无章曲曰谣。’”《国语·晋语六》：“吾闻古之王者，政德既成，又听于民，于是乎使工诵谏于朝，在列者献诗使勿兜，风听胪言于市，辨妖祥于谣，考百事于朝。”

【辨释】

歌、谣，同为“唱”，但“唱”的方式有别。歌，指有音乐伴奏的歌唱。《战国策·齐策四》：“后有顷，复弹其剑铗，歌曰：‘长铗归来乎！无以为家。’”谣，徒歌，古代指不用乐器伴奏的歌唱，如本篇。

王凤阳《古辞辨》将“歌、谣、谚”作为一组同义词加以区分：“‘歌’是歌唱和各种歌曲的通名，无伴奏同样可以用‘歌’。”《论语·微子》：“楚狂接舆歌而过孔子曰：‘凤兮凤兮！何德之衰？往者不可谏，来者犹可追。’《孟子·离娄上》：‘有孺子歌曰：沧浪之水清兮，可以濯我缨；沧浪之水浊兮，可以濯我足。’前者是佯狂的接舆所唱，后者是小孩子所唱，是谈不上伴奏的。”王凤阳对“歌”的分析有理有据，至确。也就是说，在古代大多时候，

"歌"是"有音乐伴奏的歌唱",有时候也指"无音乐伴奏的歌唱"。如《周易·离》:"不鼓缶而歌,则大耋之嗟,凶。"谣,还有谣言的意思。《楚辞·离骚》:"众女嫉余之娥眉兮,谣诼谓余以善淫。"

2. 稼、穑

稼、穑,在"农业劳动"的意义上为一组修辞同义词。

【构组】

《魏风·伐檀》三章,一章:不稼不穑,胡取禾三百廛兮?

稼、穑,同句对出同义,均为"农业劳动"之义。稼,耕种。穑,收获。《毛传》:"种之曰稼,敛之曰穑。"朱熹《诗集传》:"种之曰稼,敛之曰穑。"《山海经·大荒南经》:"巫臷民肦姓,食谷,不绩不经,服也;不稼不穑,食也。"程俊英、蒋见元《诗经》:"稼,耕种。穑,收割。"

【辨释】

稼、穑,在"农业劳动"的意义上为一组词汇同义词,语义微别。稼,侧重于种植。穑,侧重于收获。二者为农事劳动中的两个相续的过程。王凤阳《古辞辨》:"《论语·子路》:'樊迟请学稼',集解:'树五谷曰稼'。"《荀子·解蔽》:"好稼者众矣,而后稷独传者,壹也。"穑,侧重于收获。《说文·禾部》:"穑,谷可收曰穑。"《尚书·洪范》:"水曰润下,火曰炎上,木曰曲直,金曰从革,土爰稼穑。"王肃注:"种之曰稼,敛之曰穑。"

3. 狩、猎

狩、猎,在"捕捉野兽"的意义上为一组修辞同义词。

【构组】

《魏风·伐檀》三章,一章:不狩不猎,胡瞻尔庭有县貆兮?

狩、猎,同句对出同义,均为"捕捉野兽"之义。狩,冬季打猎。《毛传》:"冬猎曰狩,宵田曰猎。"《说文·犬部》:"狩,犬田也。"犬田,即用狗田猎。朱熹《诗集传》："狩亦猎也。"《公羊传·桓公四年》："狩者何？田狩也。春曰苗，秋曰搜，冬曰狩。"猎，捕捉禽兽。《郑笺》："冬猎曰狩，宵田曰猎。"《说文·犬部》："猎，放猎逐禽也。"《汉书·李广苏建传》："后月余，单于出猎，独阏氏子弟在。"

【辨释】

狩、猎，在"捕捉野兽"的意义上为一组修辞同义词，但打猎的方式和时间不同。狩，指冬季打猎。《公羊传·庄公四年》："冬，公及齐人狩于郜。公曷为与微者狩？"猎，指狩猎的通称。《左传·文公十年》："宋公为右盂，郑伯为左盂。于，田猎陈名。"顺便说一下"田"、"搜"、"苗"、"狝"。田，是大规模、有组织地狩猎的总名。搜，指春天打猎。苗，为夏天打猎。狝，为秋天打猎。《左传·隐公五年》："春搜，夏苗，秋狝，冬狩。"打猎的时间不同，名称各异。

十 《诗经·唐风》对出修辞同义词研究

《诗经·唐风》12篇，对出修辞同义词4组：曳、娄；驰、驱；洒、埽；鼓、考。

1. 曳、娄

曳、娄，在"拉、牵"的意义上为一组修辞同义词。

【构组】

　　《唐风·山有枢》三章，一章：子有衣裳，弗曳弗娄。

曳、娄，同句对出同义，均为"拉、牵"之义。曳、娄，均指拉、牵，具体指穿衣的动作。《毛传》："娄，亦曳也。"孔颖达《毛诗正义》："曳者，衣裳在身，行必曳之。娄与曳连，则同为一事。……娄、曳俱是着衣之事。"朱熹《诗集传》："娄，亦曳也。"程俊英、蒋见元《诗经》："曳，拖。娄，牵。拖、牵都是穿衣的动作。"宋濂《送东阳马生序》："当余之从师也，负箧曳屣，行深山巨谷中，穷冬烈风，大雪深数尺，足肤皲裂而不知。"陈振寰解注《诗经》："曳、娄，在这里都指穿着衣服。"

【辨释】

曳、娄，均为"拉、牵"之义，但使用频率不一样。曳，指拉、牵，在古代使用频率较高。《楚辞·远逝》："曳彗星之皓旰兮，抚朱爵与骏鸱。"娄，作为拉、牵的词义，在古代使用频率较低。

2. 驰、驱

驰、驱，在"车马疾走"的意义上为一组修辞同义词。

【构组】

　　《唐风·山有枢》三章，一章：子有车马，弗驰弗驱。

驰、驱，同句对出同义，均为"车马疾走"之义。驰、驱，均指车马疾走。《说文·马部》："驰，大驱也。"《说文·马部》："驱，马驰也。"孔颖达《毛诗正义》："走马谓之驰，策马谓之驱。"程俊英、蒋见元《诗经》："驰、驱，车马疾走。"《史记·项羽本纪》："项伯乃夜驰之沛公军，私见张良，具告以事。"《战国策·齐策四》："驱而之薛，使吏召诸民当偿者，悉来合券。"陈振寰解注《诗经》："驰、驱，指驾车出游。"

【辨释】

驰、驱，均为"车马疾走"之义，但侧重点不同。王凤阳《古辞辨》收"驱、驰"等六个词汇同义词，即"御、驱、驰、骤、骋、骛"，并分析"驰、驱"指出：驰，"是人打马使马快跑。"《孟子·滕文公上》："吾他日未尝学问，好驰马试剑。"驱，"是打马让马快跑或让马拉着车快跑的意思"。《鄘风·载驰》："驱马悠悠，言至于漕。"

3. 洒、埽

洒、埽，在"扫除"的意义上为一组修辞同义词。

【构组】

　　《唐风·山有枢》三章，二章：子有廷内，弗洒弗埽。

洒、埽，同句对出同义，均为"扫除"之义。洒，把水均匀地散布在地上。《毛传》："洒，洒也。"《说文·水部》："洒，汛也。"段玉裁注："凡埽者先洒。"桂馥《说文解字义证》："《通俗文》：'以水掩尘曰洒。'谓以水洒散之也。"《礼记·内则》："洒扫室堂及庭，布席，各从其事。"埽，扫除。《说文·土部》："埽，弃也。"《周礼·隶仆》："隶仆掌五寝之埽除粪洒之事。"程俊英、蒋见元《诗经》："埽，通扫。"

【辨释】

洒、埽，均为"扫除"之义，但具体语义不同。洒，是把水均匀地散布在地上，为扫除做前期准备，目的是在打扫的时候避免尘土飞扬，所以"洒、埽"二字在古籍中经常连用。埽，即打扫。《韩诗外传》卷六："夙兴夜寐，洒扫庭内。"《论语·子张》："子夏之门人小子，当洒扫应对进退，则可矣，抑末也。"《史记·魏其武安侯列传》："魏其与其夫人益市牛酒，夜洒埽，早帐具至旦。"苏轼《雨中过舒教授》："客来淡无有，洒扫凉冠屦。"

4. 鼓、考

鼓、考，在"敲击"的意义上为一组修辞同义词。

【构组】

《唐风·山有枢》三章，二章：子有钟鼓，弗鼓弗考。

鼓、考，同句对出同义，均为"敲击"之义。鼓，击鼓。《说文·支部》："鼓，击鼓也。"胡承珙《毛诗后笺》："卢氏召弓曰：《文选》（二十六）李善注引《诗》'弗击弗考'。承珙案：《御览》（五百八十二）引《山有枢》曰：'子有钟鼓，不击不考。'此皆同或作本。"《左传·庄公十年》："夫战，勇气也。一鼓作气，再而衰，三而竭。"考，敲击。《毛传》："考，击也。"朱熹："考，击也。"程俊英、蒋见元《诗经》："考，敲击。"《庄子·天地》："金石不得无以鸣。故金石有声，不考不鸣。"

【辨释】

鼓、考，同为"敲击"之义，但侧重点不同。鼓，侧重于击鼓。《孟子·梁惠王上》："填然鼓之，兵刃既接，弃甲曳兵而走。"考，指一般的敲击。苏轼《石钟山记》:"而陋者乃以斧斤考击而求之,自以为得其实。"考,其本义为年纪大。《说文·老部》:"考,老也。"《大雅·棫朴》:"周王寿考,遐不作人。"《郑笺》:"周王,文王也。文王是时九十余矣,故云寿考。"黄典诚《诗经通译新诠》:"鼓、考,打、击。"

十一 《诗经·秦风》对出修辞同义词研究

《诗经·秦风》10篇,对出修辞同义词2组:驷骥、四马;骐骝、骊骊。

1. 驷骥、四马

驷骥、四马,在"四匹马"的意义上为一组修辞同义词。

【构组】

　　《秦风·驷骥》三章,一章:驷骥孔阜,六辔在手。三章:游于北园,四马既闲。

驷骥、四马,同篇对出同义,均为"四匹马"之义。驷骥,指四匹马。驷,指驾一辆车的四匹马,这里指四。骥,指赤黑色的马。《说文·马部》:"驷,一乘也。"段玉裁注:"驷,一乘也。故言马四,则但谓之四;言施乎四马者,乃谓之驷。""骥"与"马"同义。四马,即四匹马。

【辨释】

驷骥、四马,均为"四匹马"之义,两个短语语义基本相同,区别不大。骥,即马。驷,通"四"。《礼记·乐记》:"夹振之而驷伐,盛威于中国也。"《郑玄注》:"驷,当为四。"换用避复。

2. 骐、骝、骝、骊

骐、骝、骝、骊,在"马"的意义上为一组修辞同义词。

【构组】

　　《秦风·小戎》三章,二章:骐骝是中,骝骊是骖。

骐、骝、骢、骊，对句对出同义，均为"马"之义。骐，有青黑色纹理的马。《说文·马部》："骐，马青骊，文如博棋也。"《楚辞·离骚》："乘骐骥以驰骋兮，来吾道夫先路！"骝，黑鬃黑尾巴的红马。朱熹《诗集传》："赤马黑鬣曰骝。"骢，黑嘴的黄马。《说文·马部》："骢，黄马，黑喙。从马，呙声。"骊，深黑色的马。《说文·马部》："骊，马深黑色。从马，丽声。"程俊英、蒋见元《诗经》："骝，红黑色的马。骢，黑嘴的马。骊，黑色的马。"

【辨释】

骐、骝、骢、骊，四词均指马，但马的颜色、特点不同。骐，指青黑色的马，有青黑色的纹理，如本篇："文茵畅毂，驾我骐异。"《毛传》："骐，骐文也。"骝，指红马，但此类马是黑鬃黑尾巴的。骝，亦作骝。骢，黑嘴的黄马。骊，深黑色的马。如本篇："骝骊是骖。"

十二 《诗经·陈风》对出修辞同义词研究

《诗经·陈风》10篇，对出修辞同义词1组：差、逝。

差、逝

差、逝，在"挑选"的意义上为一组修辞同义词。

【构组】

《陈风·东门之枌》三章，二章：榖旦于差，南方之原。三章：榖旦于逝，越以鬷迈。

差、逝，同篇对出同义，均为"挑选"之义。差，挑选。《郑笺》："差，择也。"朱熹《诗集传》："差，择也。"宋玉《高唐赋》："王将欲往见，必先斋戒，差时择日。"逝，挑选。刘晶雯整理《闻一多诗经讲义》："'差'，选择也，与第三章之'逝'同义，'逝'亦'选择'也。二字训'择'，是因声音相近。"于省吾将此诗中的"差、逝"训为"往"，二词同义。于省吾《泽螺居诗经新证》："差应读为徂。……谷旦于徂，与三章'谷旦于逝'语例同。"

【辨释】

"差、逝"二词，无论是"挑选"义还是"前往"义，均为修辞同义词。

闻一多与于省吾两位先生虽然没有直接提出修辞同义词这一术语，但均注意到了《陈风·东门之枌》中的对出语例特点，"差"、"逝"对出同义，解释至确。"差、逝"，无论是"挑选"义还是"前往"义，只要在文本中语意通畅，与相关背景材料相符，就是正确的解释。

十三　《诗经·桧风》对出修辞同义词研究

《诗经·桧风》4篇，对出修辞同义词1组：逍遥、翱翔。

逍遥、翱翔

逍遥、翱翔，在"悠闲地行走"的意义上为一组修辞同义词。

【构组】

　　《桧风·羔裘》三章，一章：羔裘逍遥，狐裘以朝。二章：羔裘翱翔，狐裘在堂。

　　逍遥、翱翔，对句对出同义，均为"悠闲地行走"之义。逍遥，指悠闲地行走。《庄子·逍遥游》："彷徨乎无为其侧，逍遥乎寝卧其下。"成玄英疏："逍遥，自得之称。"翱翔，自由自在地行走。《汉书·司马相如传上》："于是楚王乃弭节徘徊，翱翔容与，览乎阴林，观壮士之暴怒，与猛兽之恐惧。"颜师古注引郭璞曰："翱翔容与，言自得也。"《郑笺》："翱翔，犹逍遥也。"朱熹《诗集传》："翱翔，犹逍遥也。"刘晶雯整理《闻一多诗经讲义》："'翱翔'亦'逍遥'"，"居家何以用'逍遥'、'翱翔'字样：古人走路有一定样子，见了长者、在上者，则要低头而走。见了在下者，则可大摇大摆地走。在家里则自然可以逍遥、翱翔，而不必低头快步拘谨地走了。"

【辨释】

　　逍遥、翱翔，均为"悠闲地行走"之义，但情态稍有不同。逍遥，亦作"逍摇"，"消摇"。指安闲自在、自由自在地走。《楚辞·九章·哀郢》："去终古之所居兮，今逍遥而来东。"姜亮夫校注："逍遥即游之义。"翱翔，本指鸟回旋飞翔。《庄子·逍遥游》："翱翔蓬蒿之间，此亦飞之至也，而彼且奚适也？"后比喻自由自在地遨游。《齐风·载驱》："鲁道有荡，齐子翱翔。"《毛传》："翱翔，犹彷徉也。"

十四 《诗经·曹风》对出修辞同义词研究

《诗经·曹风》4篇，对出修辞同义词2组：戈、祋；荟、蔚。

1. 戈、祋

戈、祋，在"古代兵器"的意义上为一组修辞同义词。

【构组】

　　《曹风·候人》四章，一章：彼候人兮，何戈与祋。

戈、祋，同句对出同义。均为"古代兵器"之义。戈，我国青铜器时代的主要兵器，横刃长柄，可以横击或钩杀。《说文·戈部》："戈，平头戟也。从弋、一横之。象形。"《楚辞·国殇》："操吴戈兮被犀甲，车错毂兮短兵接。"祋，古代的一种兵器，即殳。竹制，长一丈二尺，头上无金属刃，八棱而尖。《毛传》："祋，殳也。"《卫风·伯兮》："伯也执殳，为王前驱。"殳，即祋。程俊英、蒋见元《诗经》："祋，古代武器名。"

【辨释】

戈、祋，同为古代兵器，但形制、用途不同。戈，青铜制造，在古代属常用兵器。《礼记·檀弓下》："仲尼曰：'能执干戈以卫社稷，虽欲勿殇也，不亦可乎！'"祋，竹制兵器，在古代典籍中出现次数不多，估计当属非常用性武器！因其竹制，在坚韧、锋利上恐难与青铜武器相比。

2. 荟、蔚

荟、蔚，在"盛多、聚集"的意义上为一组修辞同义词。

【构组】

　　《曹风·候人》四章，四章：荟兮蔚兮，南山朝隮。

荟、蔚，同句对出同义，均指"盛多、聚集"之义。荟，茂盛。蔚，茂盛。《说文·艸部》："荟，草多貌。"朱熹《诗集传》："荟蔚，草木盛多之貌。"陈奂《诗毛氏传疏》："荟蔚，双声。《说文》：'荟，草多皃。'《文选·西都赋》注引《仓颉》篇：'蔚，木盛皃。'是荟蔚本为草木盛多，因之为凡盛多之称。"余冠英《诗经选译》："'荟'、'蔚'，都是聚集的意思，这里指云彩浓密。"《文心雕龙·诠赋第八》："爰锡名号，与诗画境，六义附庸，蔚成大国。"

【辨释】

荟、蔚，均指草木盛多，二词语义区别不大。荟，常与表示草木茂盛的词"萃"、"郁"、"蔚"连用，后引申为聚集。赵孟頫《祷雨龙洞山》："萧森人迹少，荟蔚兽攸伏。"

十五 《诗经·豳风》对出修辞同义词研究

《诗经·豳风》7篇，对出修辞同义词4组：衣、褐；狐、貉；郁、薁；葵、菽。

1. 衣、褐

衣、褐，在"衣服"的意义上为一组修辞同义词。

【构组】

《豳风·七月》八章，一章：无衣无褐，何以卒岁？

衣、褐，同句对出同义，均指"衣服"之义。衣，服装的通称，合上衣、下裳而言。此篇指上装。《说文·衣部》："衣，依也。上曰衣，下曰裳。"王筠《说文句读·衣部》："衣，析言之则分衣、裳，浑言之则曰衣。"《齐风·东方未明》："东方未明，颠倒衣裳。"褐，粗布或粗布衣服。《郑笺》："褐，毛布也。"孔颖达《毛诗正义》："此二日者，大寒之时，人之贵者无衣，贱者无褐，何以终其岁乎？"陈奂《诗毛氏传疏》："褐……一曰粗布衣也。"

【辨释】

衣、褐，同指上衣，语义微别。衣，义项较多。可泛指衣服，合上衣、下裳而言。对举时则指上衣。在此篇中，"衣"、"褐"对出同义，专指上衣。褐，仅指粗布上衣或粗布。《秦风·无衣》："岂曰无衣，与子同袍。"这里的"衣"是服装的通称。《邶风·绿衣》："绿兮衣兮，绿衣黄裳。"这里的"衣"指上衣。

2. 豵、豜

豵、豜，在"猪"的意义上为一组修辞同义词。

【构组】

《豳风·七月》八章，四章：言私其豵，献豜于公。

豵、豜，对句对出同义，均指"猪"之义。豵，古代泛指小猪。豜，古代指三岁的猪；亦泛指大猪。《毛传》："豕，一岁曰豵，三岁曰豜。大兽公之，小兽私之。"朱熹《诗集传》："豵，一岁豕，豜，三岁豕。"程俊英、蒋见元《诗经》："豵，小野猪。豜，打野猪。"

【辨释】

豵、豜，同为"猪"，大小有别。在古代，小猪称豵，大猪称豜。具体说来，一年的猪叫豵，三年的猪叫豜。《召南·驺虞》："彼茁者蓬，壹发五豵，于嗟乎驺虞！"在这首农事诗里，也显现出春秋时代的一点习俗，即大的猎物要充公，小的猎物可私留。

3. 郁、薁

郁、薁，在"野果"的意义上为一组修辞同义词。

【构组】

《豳风·七月》八章，六章：六月食郁及薁，七月亨葵及菽。

郁、薁，同句对出同义，均指"野果"之义。郁，果名，李的一种。《毛传》："郁，棣属。"孔颖达《毛诗正义》："郁、薁生可食，故以食言之。……刘祯《毛诗义问》云：'其树高五六尺，其实大如李，正赤，食之甜。'《本草》云：'郁一名雀李，一名车下李，一名棣，生高山川谷或平田中，五月时实。'" 薁，即"郁李"，野葡萄，一种落叶小灌木，似李而形小，果味酸，肉少核大，可酿酒，仁可入药。《毛传》："薁，蘡薁也。"蘡薁，即野葡萄。王念孙《广雅疏证》卷十上："蘡薁，自是蒲萄之属，蔓生结子者耳。《齐民要术》引陆机诗义疏云：'蘡薁，实大如龙眼，黑色，今车鞅藤实是。'"

【辨释】

郁、薁，同为野果，但具体品种不同。郁，繁体为"鬱"，李子的一种。薁，指野葡萄。孔颖达《毛诗正义》："蘡薁者，亦是郁类而小别耳。《晋宫阁铭》云：'华林园有车下李三百一十四株，薁李一株。'车下李即鬱，薁李即薁，二者相类而同时熟，故言郁、薁也。"潘岳《闲居赋》："梅杏郁棣之属，繁荣藻丽之饰，华实照烂，言所不能极也。"

4. 葵、菽

葵、菽，在"蔬菜"的意义上为一组修辞同义词。

【构组】

《豳风·七月》八章，六章：六月食郁及薁，七月亨葵及菽。

葵、菽，同句对出同义，均指"蔬菜"之义。葵，蔬菜名，也叫"冬葵"，我国古代重要的蔬菜之一。可腌制，就是今天的冬苋菜。《说文·艸部》："葵，菜也。"朱熹《诗集传》："葵，菜名。"《仪礼·士虞礼记》疏云："铏芼用苦，若薇有滑，夏用葵，冬用荁，有柶。"菽，豆类的总称。《说文·尗部》："尗，豆也。象尗豆生之形也。"可见，"尗"即"菽"也。《小雅·小宛》："中原有菽，庶民采之。"

【辨释】

葵、菽，同为蔬菜，但品类有所不同。葵，叶类蔬菜。菽，豆类蔬菜。葵、菽，均不可生食，须烹、煮后食用。《周礼·醢人》："馈食之豆，其实葵菹、蠃醢、脾析、蠯醢，蜃、蚳醢，豚拍、鱼醢。"

第二节 《诗经·雅》对出修辞同义词研究

一 《诗经·小雅》对出修辞同义词研究

《诗经·小雅》74篇，对出修辞同义词65组：则、效；安、宁；究、图；丁丁、许许；和、平；山、阜、冈、陵；业业、骙骙、翼翼；设、建；悄悄、忡忡；襄、夷；乐、衎、绥、又；喜、休；霆、雷；飞、扬；蓑、笠；毕、既；躬、亲；夷、已；吊、佣、惠、平；京京、愈愈、茕茕、惨惨、殷殷；薪、蒸；罪、辜；夙夜、朝夕；迈、征；岸、狱；桑、梓；长、暴、惔；埙、篪；鬼、蜮；萋、斐；哆、侈；恐、惧；安、乐；怙、恃；烈烈、律律；发发、弗弗；嘉、鲜；鼓、伐；与与、翼翼；仓、庾；燔、炙；疆、理；优、渥、霑、足；烝、享；社、方；坻、京；方、皁；稂、莠；螟、螣、蟊、贼；毕、罗；摧、秣；弈弈、怲怲；反反、抑抑；幡幡、怭怭；号、呶；筐、莒；玄衮、黼；瀌瀌、浮浮；消、流；晛、瘵；极、迈；带、厉；师、旅；教、诲；炮、燔。

1. 则、效

则、效，在“效法”的意义上为一组修辞同义词。

【构组】

> 《小雅·鹿鸣》三章，二章：视民不恌，君子是则是效。

则、效，同句对出同义，均为“效法”之义。则，效法。《毛传》：“是则是效，言可法效也。”《郑笺》：“是乃君子所法效，言其贤也。”孔颖达《毛诗正义》：“是乃君子于是法则之，于是仿效之。”黄典诚《诗经通译新诠》：“则，以之为准则。”将其释为动词，意即效法。效，字又作“傚”，效法。程俊英、蒋见元《诗经》：“效，仿效。”《左传·定公五年》：“子西曰：‘子常唯思旧怨以败，君何效焉。’”

【辨释】

则、效，同句对出同义，均为效法，但词性不同。则，本义为名词，法则。《尔雅·释诂》：“典、彝、法、则、刑、范、矩、庸、恒、律、戛、职、秩，常也。"常，即常规，法则。则，常用作连词，表示条件、假设、让步等关系，相当于"即、便"，"若、如果"，"虽然"等。效，常用作动词，义项较多。其本义为"献出，尽力"之义。《左传·文公八年》："司城荡意诸来奔，效节于府人而出。"引申为仿效。班固《白虎通·三教》："教者，效也，上为之，下效之。"

2. 安、宁

安、宁，在"安定、安宁"的意义上为一组修辞同义词。

【构组】

　　《小雅·常棣》八章，五章：丧乱既平，既安且宁。

　　安、宁，同句对出同义，均为"安定、安宁"之义。安，安定、安宁。《尔雅·释诂》："貉、嗼、安，定也。"《左传·襄公十一年》："《书》曰：'居安思危'。思则有备，有备无患。敢以此规。"魏徵《谏太宗十思疏》："欲流之远者，必浚其泉源；思国之安者，必积其德义。"宁，安宁。《说文·宀部》："寍，安也。"经传皆以"宁"为之。《大雅·生民》："上帝不宁，不康禋祀。"宁，为安宁。程俊英、蒋见元注译《诗经》将"既安且宁"翻译为"一家生活也安宁。"

【辨释】

　　安、宁，均为"安定、安宁"之义，语义区别不大。但"安宁"的"宁"，原作"寍"。寍，从宀，从心，从皿。表示住在屋里有饭吃就安心了。段玉裁注："寍，此安宁正字。今则宁行而寍废矣。伪古文'万邦咸寍'。音义曰：'寍，安也。'《说文》'安宁'字如此，宁，愿词也，语甚分明。"今用"宁"字做"寧"的简化字。"宁"本读（zhù），是"贮"的本字。今"安宁"已成为一个同义并列复合词，指安定、宁静。《汉书·文帝纪》："社稷之福，方内安宁，靡有兵革。"

3. 究、图

究、图，在"深思、考虑"的意义上为一组修辞同义词。

【构组】

《小雅·常棣》八章，八章：是究是图，亶其然乎？

究、图，同句对出同义，均为"深思、考虑"之义。究，深思、考虑。《尔雅·释诂》："究，谋也。"《大雅·皇矣》："维彼四国，爰究爰度。"《毛传》："究，谋。"程俊英、蒋见元《诗经》注"是究是图"为"究，深思"。图，深思、考虑。《毛传》："图，谋。"孔颖达《毛诗正义》："汝于是深思之，于是善谋之，信其然者否乎？"《左传·僖公三十年》："阙秦以利晋，唯君图之。"

【辨释】

究、图，均为"深思、考虑"之义，但义项多少不同。究，义项很多，其本义为穷尽。《说文·穴部》："究，穷也。"《大雅·荡》："侯作侯祝，靡届靡究。"《毛传》："究，穷也。"《汉书·司马迁传》："六艺经传以千万数，累世不能通其学，当年不能究其礼。"颜师古注："究，尽也。"图，本义即谋划、考虑。韩愈《原毁》："举其一不计其十，究其旧不图其新，恐恐然惟惧其人之有闻也。"究，图，其义均为考虑。

4. 丁丁、许许

丁丁、许许，在"伐木声"的意义上为一组修辞同义词。

【构组】

《小雅·伐木》三章，一章：伐木丁丁，鸟鸣嘤嘤。二章：伐木许许，酾酒有藇。

丁丁、许许，同篇对出同义，均为"伐木声"之义。丁丁，伐木声。《毛传》："丁丁，伐木声也。"朱熹《诗集传》："丁丁，伐木声。"方玉润《诗经原始》："丁丁，伐木相应声。"程俊英、蒋见元《诗经》："丁丁，刀斧砍树的声音。"许许，伐木声。马瑞辰《毛诗传笺通释》："《说文》引《诗》'伐木所所'，云：'所所，伐木声也。'《玉篇》亦云：'所，伐木声也。'盖本《三家诗》。前章丁丁为伐木声，则此章许许亦伐木声。段玉裁谓丁丁刀斧声，所所为锯声，其说近之。"黄典诚《诗经通译新诠》："丁丁，砍伐树木的声音。许许，砍伐树木的声音。"

【辨释】

丁丁、许许，对出同义，均为"伐木声"之义，语义区别不大。朱熹《诗集传》："许许，众人共力之声。"程俊英、蒋见元《诗经》："许许，伐木时共同用力的呼声。"将"许许"释为人们共同用力的呼声，似欠稳妥。"伐木"不是"抬木"，所需人员也不多，无须为众人共力而发出劳动号子。"伐木许许，酾酒有藇"，"许许"紧跟在"伐木"之后，应为伐木声为妥。马瑞辰对"许许"的分析，有理有据，至确。

5. 和、平

和、平，在"和谐、和平"的意义上为一组修辞同义词。

【构组】

《小雅·伐木》三章，一章：神之听之，终和且平。

和、平，同句对出同义，均为"和谐、和平"之义。和，和谐、和平。《广雅·释诂》："和，谐也。"《老子》二章："长短相形，高下相倾，音声相和，前后相随。"《礼记·乐记》："故乐行而伦清，耳目聪明，血气和平，移风易俗，天下皆宁。"平，平和、和平。《郑笺》："齐等也。"《商颂·烈祖》："亦有和羹，既戒既平。"朱熹《诗集传》："平，犹和也。"《汉书·王商史丹傅喜传》："今政治和平，世无兵革，上下相安，何因当有大水一日暴至？"和平，指政局安定，没有战乱。程俊英、蒋见元《诗经》将"终和且平"翻译为"也会把那和平降"。

【辨释】

和、平，对出同义，均为和平，但来源不同。和，和谐；协调。《说文·口部》："和，相应也。"《郑风·萚兮》："叔兮伯兮，倡予和女。"平，本义为语气平和舒顺。《说文·亏部》："平，语平舒也。"意即语气平直舒展。韩愈《送孟东野序》："大凡物不得其平则鸣。草木之无声，风挠之鸣；水之无声，风荡之鸣。"后"和"与"平"结合为同义并列复合词"和平"，指政治清明，没有战争。《周易·咸》："天地感而万物化生，圣人感人心而天下和平。"

6. 山、阜、冈、陵

山、阜、冈、陵，在"山"的意义上为一组修辞同义词。

【构组】

《小雅·天保》六章，三章：如山如阜，如冈如陵。

山、阜、冈、陵，对句对出同义，均为"山"之义。山，一般指由土石构成，为高度较大，坡度较陡的高地。《小雅·渐渐之石》："山川悠远，维其劳矣。"阜，土山。《说文·𨸏部》："𨸏，大陆。山无石者，象形。"𨸏，楷化为"阜"《尔雅·释地》："高平曰陆。"意即大面积的又高又平的没有石头的土山。《小雅·吉日》："升彼大阜，从其群丑。"冈，山脊。《说文·山部》："冈，山脊也。"《释名·释山》："山脊曰冈。冈，亢也，在上之言也。"山脊是山的一部分，也指山。《大雅·公刘》："乃陟南冈，乃觏于京。"陵，大土山。《说文·𨸏部》："陵，大阜也。"意即大土山。《鲁颂·閟宫》："三寿作朋，如冈如陵。"

【辨释】

山、阜、冈、陵，对出同义，均指山，但山之大小高低有别。《毛传》："高平曰陆，大陆曰阜，大阜曰陵。"《毛传》在此区分了"陆、阜、陵"三词。严粲《诗缉》："如山之高矣，又复如山脊之冈，则愈高矣。如阜之大矣，又复如大阜之陵，则愈大矣。"严粲《诗缉》在此区分了"山、阜、冈、陵"四词并指出其各自的特点。"山、冈"突出其高，"山"高，"冈"比山更高。"阜、陵"突出其大，"阜"大，"陵"更大。

7. 业业、骙骙、翼翼

业业、骙骙、翼翼，在"健壮、强壮"的意义上为一组修辞同义词。

【构组】

《小雅·采薇》六章，四章：戎车既驾，四牡业业。五章：驾彼四牡，四牡骙骙。四牡翼翼，象弭鱼服。

业业、骙骙、翼翼，同篇对出同义，均为"健壮、强壮"之义。业业，健壮。《毛传》："业业然，壮也。"朱熹《诗集传》："业业，壮也。"黄典诚《诗经通译新诠》："业业，壮健貌。"骙骙，强壮、威武。《毛传》："骙骙，强也。"《说文·马部》："骙，马行威仪也。《诗》：'四牡骙骙。'"朱熹《诗集传》："骙骙，强也。"黄典诚《新诠》："骙骙，强壮貌。"翼翼，健壮。《小雅·采芑》："四骐翼翼，路车有奭。"《郑笺》："翼翼，壮健貌。"《采芑》中的"四骐翼翼"与《采薇》中的"四牡翼翼"两句结构、语义相同。可证"四牡翼翼"之"翼翼"，亦为"壮健貌。"

【辨释】

业业、骙骙、翼翼，均为健壮、强壮之义，但三词义项多少有别。翼翼，义项较多。（1）恭敬谨慎的样子。《大雅·大明》："惟此文王，小心翼翼。"《郑笺》："小心翼翼，恭慎貌。"（2）庄严雄伟的样子。《大雅·绵》："缩板以载，作庙翼翼。"孔颖达《毛诗正义》："作此宗庙，翼翼然而严正，言能依就准绳，墙屋方正也。"（3）整齐的样子。《小雅·信南山》："疆埸翼翼，黍稷彧彧。"朱熹《诗集传》："翼翼，整饬貌。"

业业、骙骙，均指马健壮貌，古今注家基本相同，词义无别。翼翼，古今注家却很少有人注为"马健壮貌"的。根据全篇语境和此篇对出特点，"四牡业业"、"四牡骙骙"、"四牡翼翼"，应对出同义。古今注家大多将"翼翼"注为"整齐"，似欠妥帖，"四牡"，是指四匹拉车的马，拉车的马无所谓整齐不整齐，侧重点应在马的大与小、胖与瘦、强与弱上，所以，"翼翼"当与"业业、骙骙"一样，指马的强壮。

8. 设、建

设、建，在"树立、陈列"的意义上为一组修辞同义词。

【构组】

《小雅·出车》六章，二章：设此旐矣，建彼旄矣。

设、建，对句对出同义，均为"树立、陈列"之义。设，树立、陈列。《说文·言部》："设，施陈也。"杜甫《剑门》："惟天有设险，剑门天下壮。"建，树立。朱熹《诗集传》："建，立也。"严粲《诗缉》："或设旐于干，或建旄于车。车上载干，干上设旐，干首有旄，旄旐互言之耳。言此旐彼旄，见一时并设耳。"《仪礼·大射仪》："建鼓在阼阶西，南鼓，应鼙在其东。"这两例中的"建"，均为树立义。

【辨释】

设、建，均为"树立、陈列"之义，但二词侧重点稍有不同。设，侧重于陈列。建，侧重于树立。《小雅·车攻》："建旐设旄，搏兽于敖。"后二词结合为同义并列合成词"建设"。《史记·秦始皇本纪》："夙兴夜寐，建设长利，专隆教诲。"

9. 悄悄、忡忡

悄悄、忡忡，在"忧愁的样子"的意义上为一组修辞同义词。

【构组】

《小雅·出车》六章，二章：忧心悄悄，仆夫况瘁。五章：未见君子，忧心忡忡。

悄悄、忡忡，同篇对出同义，均为"忧愁的样子"之义。悄悄，忧愁的样子。《说文·心部》："悄，忧也。《诗》曰：'忧心悄悄。'"朱熹《诗集传》："悄悄，忧貌。"《邶风·柏舟》："忧心悄悄，愠于群小。"《毛传》："悄悄，忧貌。"忡忡，忧愁不安的样子。《说文·心部》："忡，忧也。《诗》曰：'忧心忡忡。'"《召南·草虫》："未见君子，忧心忡忡。"《毛传》："忡忡，犹冲冲也。"《楚辞·九歌·云中君》："思夫君兮太息，极劳心兮忡忡。"黄典诚《诗经通译新诠》："悄悄，忧心貌。忡忡，忧心貌。"

【辨释】

悄悄、忡忡，均为"忧愁的样子"之义，从语义轻重上看，稍有不同。悄悄，语义稍轻。语义稍重一点的是"忡忡"，指忧愁、忧虑，再加有不安的样子。今天"忧心忡忡"已成为一个成语，其出处为《召南·草虫》："未见君子，忧心忡忡。"形容人心事重重，非常忧愁。

10. 襄、夷

襄、夷，在"扫除、平定"的意义上为一组修辞同义词。

【构组】

《小雅·出车》六章，三章：赫赫南仲，猃狁于襄。六章：赫赫南仲，猃狁于夷。

襄、夷，同篇对出同义，均为"扫除、平定"之义。襄，扫除、除去。《毛传》："襄，除也。"陆德明《经典释文》："襄，本或作攘。"《鄘风·墙有茨》："墙有茨，不可襄也。"此"襄"指扫除。程俊英、蒋见元《诗经》："襄，通攘，扫除。"又曰："夷，平定。"夷，扫除、平定。《毛传》："夷，平也。"《大雅·桑柔》："乱生不夷，靡国不泯。"《毛传》："夷，平。"程俊英、蒋见元注译《诗经》："襄，通'攘'，扫除。夷，平定。"

【辨释】

襄、夷，均为"扫除、平定"之义，但来源不同。襄，本义为解衣耕地。《说文·衣部》："襄，汉令：解衣耕谓之襄。"夷，本义为东方之人。即我国古代对东部各民族的统称。《说文·大部》："夷，平也。从大，从弓，东方之人也。"根据《说文》，"夷"有两个本义，一指平。二指东方各族之人。夷，从大。桂馥《说文解字义证》："大，人也。"《后汉书·东夷列传》："《王制》云：'东方曰夷。'"

11. 乐、衎、绥、又

乐、衎、绥、又，在"快乐、安乐"的意义上为一组修辞同义词。

【构组】

《小雅·南有嘉鱼》四章，一章：君子有酒，嘉宾式燕以乐。二章：君子有酒，嘉宾式燕以衎。三章：君子有酒，嘉宾式燕绥之。四章：君子有酒，嘉宾式燕又思。

乐、衎、绥、又，同篇对出同义，均为"快乐、安乐"之义。乐，快乐、高兴。《论语·学而》："有朋自远方来，不亦乐乎。"衎，快乐、安乐。《毛传》："衎，乐也。"《商颂·那》："奏鼓简简，衎我烈祖。"《毛传》："衎，乐也。"此"衎"当为使动用法，"使……高兴"之义。绥，安乐、安享。《广雅·释诂》："绥，舒也。""舒"与"安乐"义近。《周南·樛木》："乐只君子，福履绥之。"《毛传》："绥，安也。"又，当作"宥"。宽仁，宽待，安乐。《故训汇纂》："又，当作宥。宥，宽也。"《礼记·王制》："三公以狱之成告于王，王三又，然后制刑。"程俊英、蒋见元《诗经》："衎，乐。绥，安乐。"

【辨释】

乐、衎、绥、又，对出同义，四词均为"快乐、安乐"之义。将"乐、衎、绥"三词释为"快乐、安乐"义，一般没有异议。而将"又"释为"快乐、安乐"义，则少见。我们认为，此篇中的"又"应释为"快乐、安乐"义。其理由如下：

（1）《小雅·南有嘉鱼》四章，内容为描写贵族宴会宾客，写主人有好酒，参宴宾客乐融融的。前三章中的"乐、衎、绥"三词，即写宾客快乐的词语，第四章也是承接前三章写宾客乐融融的，所用词语为"又"，"又"在此篇中临时为快乐义，即为修辞同义词。

（2）又，当作"宥"。又、宥，上古均为匣母之部，当为同音通假，但未找到文献用例。"宥"，有"宽仁，宽待"之义。"宽仁，宽待"与"安乐"义近，所以在此篇中"又"当为快乐、安乐义。

（3）解释词语应考虑全篇作品内容。应词不离句，句不离篇。这样，所释词语才切合文本，妥帖达意，在此语境下，这个词语就产生了临时义。

12. 喜、休

喜、休，在"欢喜"的意义上为一组修辞同义词。

【构组】

《小雅·菁菁者莪》四章，二章：既见君子，我心则喜。四章：既见君子，我心则休。

喜、休，同篇对出同义，均为"欢喜"之义。喜，欢喜。《说文·喜部》："喜，乐也。从壴从口。凡喜之属皆从喜。"《郑风·风雨》："既见君子，云胡不喜。"休，欢喜。《郑笺》："休者，休休然。"王引之《经义述闻》卷六："'我心则喜''我心则休'，休，亦喜也。语之转耳。《笺》曰：'休者，休休然。'休休，犹欣欣，亦语之转也。《周语》'为晋休戚'。韦昭注曰：'休，喜也。'"程俊英、蒋见元《诗经》："休，喜。"

【辨释】

喜、休，对出同义，均为"欢喜"之义，但二词来源不同。《说文·喜部》："喜，乐也。"喜，本义为高兴，欢喜。休，本义为休息。《说文·木部》："休，息止也。"息止，为同义复合词，即休息。《尔雅·释诂》："休，息也。"《周南·汉广》："南有乔木，不可休思。"

需要说明的是：王引之较早指出二词为同篇对出同义词，虽然王氏没有使用这一术语，但从同义词的判定、构组及辨析上，较早地运用了同篇对出同义词的判定原则和辨析方法，观点至确，论述有力。

13. 霆、雷

霆、雷，在"雷霆"的意义上为一组修辞同义词。

【构组】

《小雅·采芑》四章，四章：戎车啴啴，啴啴焞焞，如霆如雷。

霆、雷，同句对出同义，均为"雷霆"之义。霆，疾雷。《尔雅·释天》："疾雷为霆霓。"郝懿行《尔雅义疏》："霓是衍文。"《大雅·常武》："如霆如雷，徐方震惊。"雷，打雷。本义为云层放电时发出的巨响。《说文·雨部》："雷，阴阳薄动雷雨，生物者也。"段玉裁注："薄音博，迫也。阴阳薄动，即谓雷也。"《周易·说卦》："雷以动之，风以散之，雨以润之。"

【辨释】

霆、雷，对出同义，均为"雷霆"之义，但雷声大小稍有不同：雷，为一般的雷，霆，为疾雷，声音比雷要大。后二词结合为同义并列复合词"雷霆"，指震雷，霹雳。《周易·系辞上》："鼓之以雷霆，润之以风雨。"又泛指暴怒、盛怒。如"大发雷霆"。

14. 飞、扬

飞、扬，在"飞"的意义上为一组修辞同义词。

【构组】

《小雅·沔水》三章，二章：鴥彼飞隼，载飞载扬。

飞、扬，同句对出同义，均为"飞"之义。飞，飞翔。《说文·飞部》："飞，鸟翥也。象形。"《说文·羽部》："翥，飞举也。"张志和《渔歌子》："西塞山前白鹭飞，桃花流水鳜鱼肥。"扬，高飞的样子。《说文·手部》："扬，飞举也。"本篇："载飞载扬。"

【辨释】

飞、扬，均为"飞"之义，但来源不同。飞，本义为舞动翅膀在空中活动。《邶风·雄雉》："雄雉于飞，泄泄其羽。"扬，本义为高举。《小尔雅·广言》："扬、翥，举也。"《史记·屈原贾生列传》："举世混浊，何不随其流而扬其波？"

后来二词结合为同义并列复合词"飞扬"，指飘扬。江淹《别赋》："知离梦之踯躅，意别魂之飞扬。"还指放纵。《淮南子·精神训》："五味乱口，使口爽伤；趣舍滑心，使行飞扬。"高诱注："飞扬，不从轨度也。"今有成语"飞扬跋扈"。

15. 蓑、笠

蓑、笠，在"雨具"的意义上为一组修辞同义词。

【构组】

《小雅·无羊》四章，二章：尔牧来思，何蓑何笠，或负其糇。

蓑、笠，同句对出同义，均为"雨具"之义。蓑，用草或棕毛做成的防雨器。《说文·衣部》："衰，草雨衣。秦谓之萆。"字后亦作"蓑"。《仪礼·

既夕礼》："道车，载朝服。稿车，载蓑笠。"笠，用竹篾或草编制而成的用以
遮阳或挡雨的帽子。《周颂·良耜》："其笠伊纠，其镈斯赵，以薅荼蓼。"《毛
传》："笠，所以御暑雨也。"程俊英、蒋见元《诗经》将"何蓑何笠"翻译为
"戴着斗笠披着蓑。"

【辨释】

蓑、笠，均为"雨具"之义，但构成材料与功用稍有不同。蓑，多为
用草编成的防雨器，穿在身上以防雨。笠，用竹篾或草编制而成的帽子，
戴在头上以遮阳或挡雨。张志和《渔歌子》："青箬笠，绿蓑衣；斜风细雨
不须归。"

16. 毕、既

毕、既，在"尽、完全"的意义上为一组修辞同义词。

【构组】

　　　　《小雅·无羊》四章，三章：麾之以肱，毕来既升。

毕、既，同句对出同义，均为"尽、完全"之义。毕，尽、完全。《战国
策·齐策四》："责毕收，以何市而反？"既，尽、完全。《小雅·巧言》："乱
之初生，僭始既涵。"《郑笺》："既，尽。"余冠英《诗经选译》："'毕'、'既'
都是'尽'的意思。"程俊英、蒋见元《诗经》："毕、既，二字同义，都是
'尽、完全'的意思。"

【辨释】

毕、既，均为"尽、完全"之义，但本义不同。毕，本义为打猎用的有
长柄的网。《说文》："毕，田罔也。"段玉裁注："《月令》注：'罔小而柄长谓
之毕。'"《小雅·鸳鸯》："鸳鸯于飞，毕之罗之。"毕，指捕鸟的网。既，本
义为吃罢、吃过。《说文·皂部》："既，小食也。"《仪礼·乡饮酒礼》："坐
祭，立饮，不拜既爵；授主人爵，降复位。"

17. 躬、亲

躬、亲，在"亲身管理"的意义上为一组修辞同义词。

【构组】

《小雅·节南山》十章，四章：弗躬弗亲，庶民弗信。

躬、亲，同句对出同义，均为"亲身管理"之义。躬，亲身管理。《说文·吕部》："躳，身也。从身从吕，躬或从弓。"躬，是躳的或体。躬为名词，在此活用为动词，指亲身管理。《尔雅·释言》："躬，亲也。"严粲《诗缉》："师尹于政事不躬为之，不亲临之，而信任非人，庶民不信之也。"亲，亲身管理。程俊英、蒋见元《诗经》："躬、亲，都是指亲身管理国家大事。"今有双音节词"躬亲"，指亲自去做。"躬"、"亲"为同义语素。

【辨释】

躬、亲，均为"亲身管理"之义，二词语义区别不大。后来融合为一个双音词"躬亲"，指亲自去做。晋葛洪《抱朴子·用刑》："逮于轩辕，圣德尤高，而躬亲征伐，至于百战。"

18. 夷、已

夷、已，在"平除"的意义上为一组修辞同义词。

【构组】

《小雅·节南山》十章，四章：式夷式已，无小人殆。

夷、已，同句对出同义，均为"平除"之义。夷，平除。《左传·襄公十四年》：荀偃令曰："鸡鸣而驾，塞井夷灶，唯余马首是瞻！"《大雅·桑柔》："乱生不夷，靡国不泯。"《毛传》："夷，平。"已，平除。马瑞辰《毛诗传笺通释》："夷与已对言。夷谓平其心，即下章'君子如夷'也；已谓知所止，即下章'君子如届'也。"程俊英、蒋见元注译《诗经》："夷，平、平除。已，止、废止。"二词义近。

【辨释】

夷、已，均为"平除"之义，二词语义区别不大。程俊英、蒋见元《诗经》将"式夷式已"译为"赶快铲除害人虫"，"夷"、"已"同义，为"铲除"。"式"为句首语气词，无实义。"夷、已"对出运用，起强调作用。

19. 吊、佣、惠、平

吊、佣、惠、平，在"公平"的意义上为一组修辞同义词。

【构组】

　　《小雅·节南山》十章，三章：不吊昊天，不宜空我师。五章：昊天
不佣，降此鞠讻。昊天不惠，降此大戾。九章：昊天不平，我王不宁。

　　吊、佣、惠、平，同篇对出同义，均为"公平"之义。吊，公平。黄焯
《毛诗郑笺平议》："其云'不吊昊天'，犹言昊天不吊，与下文'昊天不佣'、
'昊天不惠'、'昊天不平'同义，但文法倒装耳。"这也指出了"吊、佣、惠、
平"为一组修辞同义词。佣，公平。《说文·人部》："佣，均直也。"意即平
均工钱。《毛传》："佣，均。"陈奂《诗毛氏传疏》："'昊天不佣'，犹云昊天
不平耳。"程俊英、蒋见元《诗经》："佣：均，公平。"惠，仁爱。《说文·夀
部》："惠，仁也。"引申为公平。平，公平。

【辨释】

　　吊、佣、惠、平，均为"公平"之义，但本义不同。吊，本义为悼念死
者。《说文·人部》："吊，问终也。古之葬者，厚衣之以薪。"佣，本义为受
雇佣。《史记·陈涉世家》："陈涉少时，尝与人佣耕。"惠，本义为仁爱。《孟
子·滕文公上》："分人以财谓之惠，教人以善谓之忠，为天下得人者谓之
仁。"平，本义为语气平和舒顺。《说文·亏部》："平，语平舒也。"《素问·
调经论》："出血勿之深斥，神气乃平。"

　　需要说明的是：黄焯先生较早指出此篇中的同篇对出同义词。

20. 京京、愈愈、茕茕、惨惨、殷殷

京京、愈愈、茕茕、惨惨、殷殷，在"忧愁"的意义上为一组修辞同义词。

【构组】

　　《小雅·正月》十三章，一章：念我独兮，忧心京京。二章：忧心愈

愈，是以有侮。三章：忧心茕茕，念我无禄。十一章：忧心惨惨，念国之为虐！十二章：念我独兮，忧心殷殷。

京京、愈愈、茕茕、惨惨、殷殷，同篇对出同义，均为"忧愁"之义。京京，非常忧愁。《毛传》："京京，忧不去也。"朱熹《诗集传》："京京，亦大也。"程俊英、蒋见元《诗经》："忧愁无法解除的样子。"《后汉书·孝安帝纪》："夙夜克己，忧心京京。"愈愈，忧惧的样子。《毛传》："愈愈，忧惧也。"程俊英、蒋见元《诗经》："愈愈，忧惧的样子。"茕茕，忧虑的样子。《毛传》："茕茕，忧意也。"程俊英、蒋见元《诗经》："忧愁而无人了解的样子。"惨惨，忧愁不安的样子。《毛传》："惨惨，犹戚戚也。"《郑笺》："惨惨，犹戚戚也。"程俊英、蒋见元《诗经》："惨惨，忧虑不安的样子。"殷殷，忧伤的样子。朱熹《诗集传》："殷殷，忧也。"黄典诚《诗经通译新诠》将"京京、愈愈、茕茕、惨惨、殷殷"五个词语均注为"忧心貌"。

【辨释】

京京、愈愈、茕茕、惨惨、殷殷，均为"忧愁"之义，但程度特点稍有不同。京京，非常忧愁，程度很深。愈愈，忧惧的样子，指忧愁但又害怕。茕茕，指一般的忧愁。惨惨，指忧愁而不安。殷殷，指一般的忧愁。

21. 薪、蒸

薪、蒸，在"柴草"的意义上为一组修辞同义词。

【构组】

《小雅·正月》十三章，四章：瞻彼中林，侯薪侯蒸。

薪、蒸，同句对出同义，均为"柴草"之义。薪，指粗的柴草。《说文·艸部》："薪，荛也。"《郑笺》："粗曰薪，细曰蒸。"蒸，指细的柴草。程俊英、蒋见元《诗经》："这句以林中有柴枝无大材比喻朝中小人充斥、贤臣被逐。"

【辨释】

薪、蒸，均为"柴草"之义，但柴草粗细不同。薪，指粗大的木柴，蒸，指细小的木柴。《周礼·委人》："以式法共祭祀之薪蒸木材。"郑注曰："式法，故事之多少也。薪蒸，给炊及潦。粗者曰薪，细者曰蒸。"

22. 罪、辜

罪、辜，在"犯法"的意义上为一组修辞同义词。

【构组】

《小雅·十月之交》八章，七章：无罪无辜，谗口嚣嚣。

罪、辜，同句对出同义，均为"犯法"之义。罪，犯法。《说文·辛部》："辠，犯法也。……秦以辠似皇字，改为罪。"《荀子·王制》："无德不贵，无能不官，无功不赏，无罪不罚。"辜，犯法。《说文·辛部》："辜，辠也。"《尔雅·释诂》："辜、辟、戾，辠也。"经传皆以"罪"为之。《韩非子·说疑》："赏无功之人，罚不辜之民，非所谓明也。"黄典诚《诗经通译新诠》："辜，罪。"

【辨释】

罪、辜，均为"犯法"之义，二词本义不同。罪，本义为捕鱼竹网。《说文·网部》："捕鱼竹网。"秦始皇改"辠"字为"罪"。辜，本义为犯法。

23. 夙夜、朝夕

夙夜、朝夕，在"日夜从事"的意义上为一组修辞同义词。

【构组】

《小雅·雨无正》七章，二章：三事大夫，莫肯夙夜。邦君诸侯，莫肯朝夕。

夙夜、朝夕，对句对出同义，均为"日夜从事"之义。马瑞辰《毛诗传笺通释》："'朝夕'与'夙夜'对言。《周语》：'夙夜，敬也。'朝夕义亦为敬。古者天子大采朝日，少采夕月。致敬于日月为朝夕，致敬于天子亦为朝夕，其义一也。"

【辨释】

夙夜、朝夕，均为"日夜从事"之义，语义区别不大。夙夜、朝夕，本义为"日夜",在此引申为"日夜从事"。明刘理顺《送袁环中督宁远饷》:"霜雪不言冷,夙夜权在公。"今有成语"夙夜在公",指从早到晚,勤于公务。

这组修辞同义词,构组材料不多。

24. 迈、征

迈、征,在"远行"的意义上为一组修辞同义词。

【构组】

　　《小雅·小宛》六章,四章:我日斯迈,而月斯征。

迈、征,对句对出同义,均为"远行"之义。迈,远行。《王风·黍离》:"行迈靡靡,中心摇摇。"《毛传》:"迈,行也。"征,远行。《说文·辵部》:"征,正行也,从辵,正声。或从彳。"《尔雅·释言》:"征、迈,行也。"《郑笺》:"迈、征,皆行也。"古乐府《木兰词》:"愿为市鞍马,从此替爷征。"

【辨释】

迈、征,均为"远行"之义,语义区别不大。迈,还有"老"的意思。今有双音词"年迈"、"老迈"。杜甫《上白帝城二首》:"英雄余事业,衰迈久风尘。"征,有"征伐"义。《鲁颂·泮水》:"桓桓于征,狄彼东南。"

25. 岸、狱

岸、狱,在"监狱"的意义上为一组修辞同义词。

【构组】

　　《小雅·小宛》六章,五章:哀我填寡,宜岸宜狱。

岸、狱,同句对出同义,均为"监狱"之义。岸,通"犴",乡间牢狱。《毛传》:"岸,讼也。"陆德明《经典释文》:"岸,《韩诗》作犴,音同。乡亭之系曰犴,朝廷曰狱。"朱熹《诗集传》:"岸,亦狱也。"程俊英、蒋见元

《诗经》："岸，通犴，监狱。"黄典诚《诗经通译新诠》："岸狱：地方的班房叫犴，朝廷的监牢叫狱。岸，犴的借字。"狱，监狱。《说文·犬部》："狱，确也。从狱，从言。二犬，所以守也。"确，即监牢。

【辨释】

岸、狱，均为"监狱"之义，但来源不同。岸，本义为河岸。《荀子·宥坐》："三尺之岸而虚车不能登也，百仞之山任负车登焉，何则？"后来岸，通"犴"，指乡间牢狱。狱，本义为监狱。《史记·绛侯周勃世家》："勃以千金与狱吏，狱吏乃书牍背示之，曰：'以公主为证。'"

26. 桑、梓

桑、梓，在"树木"的意义上为一组修辞同义词。

【构组】

《小雅·小弁》八章，三章：维桑与梓，必恭敬止。

桑、梓，同句对出同义，均为"树木"之义。桑，桑树。一种桑属的落叶乔木，叶可养蚕，叶和果均可入药。《说文·叒部》："桑，蚕所食叶木。"梓，一种落叶乔木，木材可供建筑及制造器物之用。《说文·木部》："梓，楸也。"朱熹《诗集传》："桑、梓，二木，古者五亩之宅，树之墙下，以遗子孙、给蚕食、具器用者也。……桑梓父母所植，尚且必加恭敬，况父母至尊至亲，宜莫不瞻依也。"马瑞辰《毛诗传笺通释》："桑梓怀父母，睹其树，因思其人也。故上言'必恭敬止'，下即继以'靡瞻匪父，靡依匪母'，《记》所云'见似目瞿'也。至后世以桑梓为故里之称。"程俊英、蒋见元《诗经》："桑、梓，是古人宅旁常种的树，桑以养蚕，梓作器具，可传子孙。诗中以桑梓是父母所植，所以对它也应恭敬。"

【辨释】

桑、梓，同为"树木"之义，但具体品种不同。后来"桑梓"结合为双音词，人们用植物代指处所，比喻家乡、故乡。这一用法至迟在东汉时期就已形成，因为东汉张衡在其《南都赋》一文中即有句曰："永世友孝，怀桑梓焉；真人南巡，睹归里焉。"柳宗元《闻黄鹂》："乡禽何事亦来此，令我生心忆桑梓。"今用"桑梓"借指故乡,其出处源自《诗·小雅·小弁》。

27. 长、暴、饯

长、暴、饯,在"更加凶暴"的意义上为一组修辞同义词。

【构组】

　　《小雅·巧言》六章,三章:君子屡盟,乱是用长。君子信盗,乱是用暴。盗言孔甘,乱是用饯。

长、暴、饯,对句对出同义,均为"更加凶暴"之义。长,指更加凶暴。严粲《诗缉》:"长,加益也。"指更加凶暴。暴,指更加凶暴。严粲《诗缉》:"暴,骤进也。"饯,指更加凶暴。《毛传》:"饯,进也。"朱熹《诗集传》:"谗言之美,如食之甘,使人嗜之而不厌,则乱是用进矣。"

【辨释】

长、暴、饯,为一组修辞同义词,均为"更加凶暴"之义,但本义不同。长,本义为"两点距离大",与"短"相对。《秦风·蒹葭》:"溯洄从之,道阻且长。"暴,其本义为"强大而突然来的,又猛又急的",如"暴风骤雨"。饯,本义为"进食"。《尔雅·释诂》:"饯,进也。"程俊英、蒋见元《诗经》:"饯,本义为进食,引申为增多或加甚。"

28. 埙、篪

埙、篪,在"乐器"的意义上为一组修辞同义词。

【构组】

　　《小雅·何人斯》八章,七章:伯氏吹埙,仲氏吹篪。

埙、篪,对句对出同义,均为"乐器"之义。埙,古代用陶土烧制的一种吹奏乐器,圆形或椭圆形,有六孔。亦称"陶埙"。篪,古代一种用竹管制成像笛子一样的乐器,有八孔。《说文·土部》:"埙,乐器也。以土为之,六孔。"字亦作壎。《说文·龠部》:"篪,管乐也。或从竹。"意即其或体从竹。

《毛传》："土曰埙，竹曰篪。"孔颖达《毛诗正义》："有伯氏之兄吹埙，又仲氏之弟吹篪以和之，其情相亲，其声相应和矣。"朱熹《诗集传》："乐器：土曰埙，大如鹅子，锐上平底，似称锤，六孔。竹曰篪，长尺四寸，围三寸，七孔，一孔上出，径三分，凡八孔，横吹之。"《荀子·乐论》："声乐之象：鼓大丽，钟统实，磬廉制，竽笙、箫和、筦钥发猛，埙篪翁博，瑟易良，琴妇好，歌清尽，舞意天道兼。"

【辨释】

埙、篪，均为"乐器"之义，但质地和形状不同。埙，用陶土烧制，圆形或椭圆形，有六孔。篪，用竹管制成像笛子一样的乐器，有八孔。今有成语"埙篪相和"，比喻兄弟和睦。其出处即《小雅·何人斯》："伯氏吹埙，仲氏吹篪。"

从此篇可知，春秋时代乐器较多，说明当时的音乐活动已经发展到相当高的水平。

29. 鬼、蜮

鬼、蜮，在"鬼"的意义上为一组修辞同义词。

【构组】

《小雅·何人斯》八章，八章：为鬼为蜮，则不可得。

鬼、蜮，同句对出同义，均为"鬼"之义。《说文·鬼部》："鬼，人所归为鬼。"《礼记·祭义》："众生必死，死必归土，此之谓鬼。"蜮，通"魊"，鬼。马瑞辰《毛诗传笺通释》："昔颛顼三子，一居若水为魍魉魊鬼。是蜮为鬼别名，故不可得见。《诗》于一物而异名者，每多并举，不嫌其词之复也。"俞樾《群经平议》："《汉书·东方朔传》：'人主之大蜮。'师古注曰：'蜮，魊也。'《文选·东京赋》：'八灵为之震慑，况魊蜮与毕方。'李善注引《汉书》曰：'魊，鬼也。'魊与蜮古字通。然则此经蜮字，亦当为魊。鬼也，魊也，一物也。"

【辨释】

鬼、蜮，均为"鬼"之义，但使用频率不同。鬼，使用频率高，构词能力强。《现代汉语词典》以"鬼"为语素的词语达30多个。蜮，使用频率低，构词能力弱。后来"鬼、蜮"结合为双音词"鬼蜮",常指鬼怪。苏轼《孔北海赞》序:"而曹操阴贼险狠,特鬼蜮之雄者耳。"毛泽东《七律·和郭沫若同志》:"僧是愚氓犹可训,妖为鬼蜮必成灾。"蜮,另一义为古代传说中的一种含沙射人的害人动物。

马瑞辰指出的"《诗》于一物而异名"的归纳总结,指出了《诗经》修辞同义词的运用情况。

30. 萋、斐

萋、斐,在"花纹错杂的样子"的意义上为一组修辞同义词。

【构组】

《小雅·巷伯》七章,一章:萋兮斐兮,成是贝锦。

萋、斐,同句对出同义,均为"花纹错杂的样子"之义。《毛传》:"萋、斐,文章相错也。"《郑笺》:"喻谗人集作已过以成于罪,犹女工之集采色以成锦文。"陈奂《诗毛氏传疏》:"文章为斐,文章相错为萋。萋、错双声为训。《说文》:'缕,帛文儿。'引《诗》:'缕兮斐兮',缕本字,萋假借字。"何楷《诗经世本古义》:"萋兮斐兮者,言盛矣文章之分别也。若依《说文》,则萋通作缕,言白质而加之以杂文也。"余冠英《诗经选译》:"萋,缕的假借字。'缕'、'斐'都是文采相错的样子。"程俊英、蒋见元《诗经》:"萋、斐,花纹错杂的样子。"

【辨释】

萋、斐,均为"花纹错杂的样子"之义,但本义不同。萋,本义为草茂盛的样子。《说文·艸部》:"萋,草盛。"《周南·葛覃》:"葛之覃兮,施于中谷,维叶萋萋。"本篇"萋"为"缕"之借字,本字为"缕"。斐,本义为五色相错的样子。《说文·文部》:"斐,分别文也。"意即用以分别的文采。《论语·公冶长》:"吾党之小子狂简,斐然成章,不知所以裁之。"

31. 哆、侈

哆、侈,在"口张大的样子"的意义上为一组修辞同义词。

【构组】

《小雅·巷伯》七章，二章：哆兮侈兮，成是南箕。

哆、侈，同句对出同义，均为"口张大的样子"之义。哆，口张大的样子。《毛传》："哆，大貌。"陆德明《经典释文》引《说文》云："哆，张口也。"王引之《经义述闻》卷二十七："哆、侈皆张大之貌。"陈奂《诗毛氏传疏》："侈哆连文，犹斐叟连文，皆合二字成义。"侈，口张大的样子。余冠英《诗经选译》将"哆兮侈兮"翻译为"张开嘴啊，咧开唇啊"，可见"侈"为口张大的样子。黄典诚《诗经通译新诠》："哆，张口。侈，张大。"并将"哆兮侈兮"翻译为"张开口啊开大口。"

【辨释】

哆、侈，均为"口张大的样子"之义，但本义不同。哆，口张大的样子。《说文·口部》："哆，张口也。"后来演变为"哆嗦"的"哆"。《说文·人部》："侈，掩胁也。一曰奢也。"其义有二：一是蒙蔽在上位的，胁迫控制其他人。二是奢侈。《荀子·王霸》："官人失要则死，公侯失礼则幽，四方之国有侈离之德则必灭。"

32. 恐、惧

恐、惧，在"害怕"的意义上为一组修辞同义词。

【构组】

《小雅·谷风》三章，一章：将恐将惧，维予与女。

恐、惧，同句对出同义，均为"害怕"之义。恐，害怕。《说文·心部》："恐，惧也。"《郑笺》："恐惧，喻遭厄难勤苦之事也。"《荀子·天论》："星队木鸣，国人皆恐。"惧，害怕。《说文·心部》："惧，恐也。"《墨子·尚同中》："是以举天下之人皆恐惧振动惕栗，不敢为淫暴，曰天子之视听也神。"

【辨释】

恐、惧，均为"害怕"之义，语义区别不大，稍有不同的是，二词使用频率有别。恐，使用频率较高，构词能力较强。惧，使用频率低些，构词能力稍弱。"恐"、"惧"后来结合为双音词"恐惧"，指惧怕。《战国策·齐策四》："齐王闻之，君臣恐惧，遣太傅赍黄金千斤，文车二驷，服剑一，封书谢孟尝君。"杜甫《留花门》："田家最恐惧，麦倒桑枝折。"

王凤阳《古辞辨》："恐，是外向的，是对某件事情感到担心；惧，是内向的，侧重的是内心的感受，是因担心而提心吊胆、惶恐不安的意思。所以'恐'一般都带宾语，而'惧'则一般不带宾语。"

33. 安、乐
安、乐，在"安宁、快乐"的意义上为一组修辞同义词。
【构组】

《小雅·谷风》三章，一章：将安将乐，女转弃予。

安、乐，同句对出同义，均为"安宁、快乐"之义。安，安宁、快乐。《古汉语常用字字典》："安，安逸，安乐。陈亮《上孝宗皇帝第一书》：'一日之苟安，数百年之大患也。'"乐，安宁、快乐。《韩非子·十过》："君游海而乐之，奈臣有图国者何？"
【辨释】
安、乐，均为"安宁、快乐"之义，但侧重点稍有不同。《说文·宀部》："安，静也。"《尔雅·释诂》："安，定也。"安，侧重于安定、安宁。乐，侧重于快乐的情绪。《左传·隐公元年》："大隧之中，其乐也融融。"后来"安"、"乐"结合为汉语双音词"安乐"，指一种安宁和快乐的心理状态，也指安逸快乐的生活方式。《孟子·告子下》："入则无法家拂士，出则无敌国外患者，国恒亡。然后知生于忧患而死于安乐也。"

34. 怙、恃
怙、恃，在"依靠"的意义上为一组修辞同义词。

【构组】

《小雅·蓼莪》六章，三章：无父何怙？无母何恃？

怙、恃，对句对出同义，均为"依靠"之义。怙，依靠。《说文·心部》：
"怙，恃也。"《唐风·鸨羽》："王事靡盬，不能蓺稷黍，父母何怙？"《毛传》：
"怙，恃也。"《郑笺》："孝子之心，怙恃父母，依依然以为不可斯须无也。"
陆德明《经典释文》："怙，音户。《韩诗》云：'怙，赖也。'"孔颖达《毛诗
正义》："所以然者，以无父何所依怙？无母何所倚恃？"恃，依赖，依靠。
《说文·心部》："恃，赖也。"陆德明《经典释文》："恃，恃负也。"屈原《离
骚》："余以兰为可恃兮，羌无实而容长。"程俊英、蒋见元《诗经》："怙，依
靠。恃，依赖。"

【辨释】

怙、恃，均为"依靠"之义，语义区别不大，换用避复。后来"怙"、
"恃"结合为汉语双音词"怙恃"，指依靠，凭借。《左传·襄公十八年》："齐
环怙恃其险，负其众庶，弃好背盟，陵虐神主。"

35. 烈烈、律律
烈烈、律律，在"高峻险阻的样子"的意义上为一组修辞同义词。
【构组】

《小雅·蓼莪》六章，五章：南山烈烈，飘风发发。六章：南山律
律，飘风弗弗。

烈烈、律律，同篇对出同义，均为"高峻险阻的样子"之义。烈烈，
高峻险阻的样子。《毛传》："烈烈然，至难也。"胡承珙《毛诗后笺》："以
烈烈为山之高峻险阻之状，故《传》以为至难。"郭晋稀《诗经蠡测》："律
律、烈烈，即栗烈之重文。"律律，高峻险阻的样子。《毛传》："律律，犹
烈烈也。"朱熹《诗集传》："律律，犹烈烈也。"黄典诚《诗经通译新诠》：
"律律，烈烈。"

【辨释】

烈烈、律律，均为"高峻险阻的样子"之义，语义区别不大。突出写在外游子因山高路险不能回乡孝敬父母的自责之情。

36. 发发、弗弗

发发、弗弗，在"大风呼啸"的意义上为一组修辞同义词。

【构组】

《小雅·蓼莪》六章，五章：南山烈烈，飘风发发。六章：南山律律，飘风弗弗。

发发、弗弗，同篇对出同义，均为"大风呼啸"之义。发发，大风呼啸。《毛传》："发发，疾貌。"陈奂《诗毛氏传疏》："飘风为疾，则发发为疾貌。"《小雅·四月》："冬日烈烈，飘风发发。"《郑笺》："发发，疾貌。"何景明《述归赋》："尘暖暖蔽空兮，风发发而扬衢。"弗弗，大风呼啸。《毛传》："弗弗，犹发发也。"朱熹《诗集传》："弗弗，犹发发也。"郭晋稀《诗经蠡测》："弗弗、发发，即觱发之重文也。"黄典诚《诗经通译新诠》："弗弗，发发。"

【辨释】

发发、弗弗，均为"大风呼啸"之义，语义区别不大。突出写在外游子因气候恶劣而不能回乡孝敬父母的自责之情。

37. 嘉、鲜

嘉、鲜，在"称赞"的意义上为一组修辞同义词。

【构组】

《小雅·北山》六章，三章：嘉我未老，鲜我方将。

嘉、鲜，对句对出同义，均为"称赞"之义。嘉，称赞。《郑笺》："鲜、嘉，皆善也。"《郑笺》中的"善"为动词，指称赞。程俊英、蒋见元《诗经》："嘉，称赞。"《国语·晋语八》："起也将亡，赖子存之，非起也敢专承

之，其自桓叔以下嘉吾子之赐。"鲜，称赞。程俊英、蒋见元《诗经》："鲜，
称善。"称善与称赞义近，为同义词。从《郑笺》的解释看，"嘉"、"鲜"当
为一组同义词。

【辨释】

嘉、鲜，均为"称赞"之义，但本义不同。嘉，本义为美好、美善。《说
文·壴部》："嘉，美也。"《说文》中的"美"为形容词，指美善。《豳风·东
山》："其新孔嘉，其旧如之何?"鲜，本义为鱼名。出貉国。《说文·鱼部》：
"鲜，鱼名。出貉国。"《老子》第六十章："治大国若烹小鲜。"河上公注：
"鲜，鱼。"

38. 鼓、伐

鼓、伐，在"敲打"的意义上为一组修辞同义词。

【构组】

《小雅·鼓钟》四章，三章：鼓钟伐鼛，淮有三洲，忧心且妯。

鼓、伐，同句对出同义，均为"敲打"之义。鼓，敲打。《小雅·鼓钟》：
"鼓瑟鼓琴。"李白《梦游天姥吟留别》："虎鼓瑟兮鸾回车，仙之人兮列如
麻。"鼓，为敲打义。伐，敲打。《小雅·采芑》："钲人伐鼓，陈师鞠旅。"
伐，为敲打义。

【辨释】

鼓、伐，均为"敲打"之义，但构组材料不足。从词义上看，"鼓"、
"伐"二词均有"敲打"这一义项，所以在此篇中当为一组修辞同义词。从语
境上看，"鼓钟伐鼛"中的"钟"、"鼛"均为打击乐器。钟，打击乐器名。
鼛，指大鼓。鼓、伐，为"敲打"之义，为一组修辞同义词。程俊英、蒋见
元《诗经》将"鼓钟伐鼛"译为"敲钟打鼓声未休"，可见也是将"鼓"、
"伐"作为一组同义词来处理的。

39. 与与、翼翼

与与、翼翼，在"繁盛的样子"的意义上为一组修辞同义词。

【构组】

《小雅·楚茨》六章，一章：我黍与与，我稷翼翼。

与与、翼翼，对句对出同义，均为"繁盛的样子"之义。《郑笺》："黍与与，稷翼翼，蕃庑貌。"朱熹《诗集传》："与与、翼翼，皆蕃盛貌。"张衡《南都赋》："其原野则有桑漆麻苎，菽麦稷黍。百谷蕃庑，翼翼与与。"黄典诚《诗经通译新诠》将"与与、翼翼"均释为"众多貌"。

【辨释】

与与、翼翼，均为"繁盛的样子"之义，语义区别不大。突出写周王祭祀祖先求祖先赐福。

40. 仓、庾
仓、庾，在"粮仓"的意义上为一组修辞同义词。

【构组】

《小雅·楚茨》六章，一章：我仓既盈，我庾维亿。

仓、庾，对句对出同义，均为"粮仓"之义。仓，粮仓。《说文·仓部》："仓，谷藏也，仓黄取而藏之，故谓之仓。"贾谊《论积贮疏》："仓廪实而知礼节。"庾，粮仓。《毛传》："露积曰庾，万万曰亿。"马瑞辰《毛诗传笺通释》："《广雅》：'庾，仓也。'庾，盖即今俗所谓囤者，其形圆，以席为之，但露其上，故《传》以露积释之。《三苍》《说文》并以为仓无屋者，即谓其无上覆也。"黄典诚《诗经通译新诠》："仓、庾，有屋盖的谷仓叫'仓'，没有屋盖的叫'庾'。"

【辨释】

仓、庾，均为"粮仓"之义，为储粮的设备，但设备的繁简不同。王凤阳《古辞辨》："仓，《说文》：'谷藏也，仓黄取而藏之，故谓之仓。'《释名·释宫室》：'仓，藏也，藏谷物也。''仓'源于'藏'，收藏谷物的处所叫'仓'。……'仓'就是上有苫盖、高处留有出入口的储粮设施。"仓，是完备的储粮设备。王凤阳《古辞辨》："庾，《说文》：'仓无屋者。'《释名·释室》："庾，裕也，言盈裕也，露积之言也。盈裕不可胜受，所以露积可也。'"庾'是露天堆积谷物的简易设施。"庾，是简易的储粮设备。

41. 燔、炙
燔、炙，在"烤肉"的意义上为一组修辞同义词。
【构组】

《小雅·楚茨》六章，三章：执爨踖踖，为俎孔硕，或燔或炙。

燔、炙，同句对出同义，均为"烤肉"之义。《说文·火部》："燔，爇也。从火，番声。"《郑笺》："燔，燔肉也。"孔颖达《毛诗正义》："燔者，火烧之名。"朱熹《诗集传》："燔，烧肉也。"程俊英、蒋见元《诗经》："燔，烧肉。"炙，烤肉。《说文·炙部》："炙，炮肉也。从肉在火上。"炮肉，即把肉串放在火上烧烤。《毛传》："炕火曰炙。"孔颖达《毛诗正义》："炕，举也。谓以物贯之而举于火上以炙之。"《小雅·瓠叶》："有兔斯首，燔之炙之。"

【辨释】
燔、炙，均为"烤肉"之义，但在"烧烤"的方式与对象上有区别。孔颖达《毛诗正义》："炙既用肝，明燔用肉矣。……然燔者，火烧之名；炙者，远火之称。以难熟者近火，易熟者远之，故肝炙而肉燔也。"可见：燔，适用对象是肉，适用方式是近火。炙，适用对象是肝，适用方式是远火。

42. 疆、理
疆、理，在"定其地界"的意义上为一组修辞同义词。
【构组】

《小雅·信南山》六章，一章：我疆我理，南东其亩。

疆、理，同句对出同义，均为"定其地界"之义。疆，定其地界。《毛传》："疆，画经界也。理，分地理也。"马瑞辰《毛诗传笺通释》："理对疆言，疆谓定其大界，理则细分其地脉也。"《左传·成公二年》："先王疆理天下，物土之宜，而布其利。"理，定其地界。朱熹《诗集传》："理者，定其沟涂也。"黄典诚《诗经通译新诠》："疆、理，都是动词，划定疆界，验明土质。"

【辨释】

疆、理，均为"定其地界"之义，但划定的范围大小不同。疆，定其大界。理，细分地脉。也就是说，疆，是定其大界，划定大的界限。理，细分地脉，划定小的界限。《左传·宣公八年》："楚子疆之。"杜预注："正其界也。"是指划定大的界限。《大雅·绵》："乃疆乃理，乃宣乃亩。"理，划定小的界限。

43. 优、渥、霑、足

优、渥、霑、足，在"润湿"的意义上为一组修辞同义词。

【构组】

《小雅·信南山》六章，二章：既优既渥，既霑既足。

优、渥、霑、足，对句同句对出同义，均为"润湿"之义。朱熹《诗集传》："优、渥、霑、足，皆饶洽之意也。"马瑞辰《毛诗传笺通释》："优者，沈之假借。《说文》：'沈，泽多也。'引《诗》：'既沈既渥'。又曰：'渥，霑也。'"《毛诗传笺通释》又曰："《说文》：'霑，雨染也。''染，濡也。'足者，浞之省借。《说文》：'浞，小濡皃也。'《诗》言沈、渥、霑、足，四者义皆相近，均以言雨泽之霑濡耳。"

【辨释】

优、渥、霑、足，均为"润湿"之义，但浸湿的水量大小不同。优者，沈之假借，指雨水充沛，水量大。渥，润湿。《说文·水部》："渥，霑也。"即霑湿。霑，浸湿。足，浞之省借。《说文》："浞，小濡皃也。"当为《说文》："浞，濡也。"即浸湿之义。可见：优，沾湿的水量大。渥、沾、足，语义相近，均指沾湿、浸湿之义。

44. 烝、享

烝、享，在"进献"的意义上为一组修辞同义词。

【构组】

《小雅·信南山》六章，六章：是烝是享，苾苾芬芬。

烝、享，同句对出同义，均为"进献"之义。烝，进献。《毛传》："烝，进也。"《郑笺》："既有牲物而进献之。"朱熹《诗集传》："烝，进也。"享，进献。《说文·亯部》："亯，献也。"亯，吴大澄《说文古籀补》："象宗庙之形。"宗庙为祭祀之所，故用为祭享字。后由"亯"分化为"亨"、"享"和"烹"三字。在此，"亯"即"享"。《商颂·殷武》："莫敢不来享，莫敢不来王，曰商是常。"《郑笺》："享，献也。"程俊英、蒋见元《诗经》："烝，进。享，献。享，即进献。"

【辨释】

烝、享，均为"进献"之义，表示古代的祭祀仪式，但祭祀方式稍有不同。烝，古代指冬祭。《尔雅·释天》："冬祭曰烝。"享，指祭祀上供。"受享束帛加璧，受夫人之聘璋，享玄纁束帛加琮，皆如初。"郑玄注："享，献也。既聘又献，所以厚恩惠也。"王凤阳《古辞辨》："'享'，最初指把祭品献给祖先、神明。……'享'是'祼'的后续仪式：'祼'是请神灵；'享'是招待神灵。"

45. 社、方

社、方，在"祭祀神明"的意义上为一组修辞同义词。

【构组】

《小雅·甫田》四章，二章：以我齐明，与我牺羊，以社以方。

社、方，同句对出同义，均为"祭祀神明"之义。社，祭祀土神。《毛传》："社，后土也。"《郑笺》："秋祭社与四方，为五谷成熟，报其功也。"王先谦《诗三家义集疏》："盖'以社'者，蔡邕所谓春藉田祈社稷也；'以方'

者，亦邕所谓春夏祈谷于上帝也。"《史记·陈丞相世家》："里中社，平为宰，分肉食甚均。"方，祭祀神明。《毛传》："方，迎四方气于郊也。"朱熹《诗集传》："方，秋祭四方，报成万物。"程俊英、蒋见元《诗经》："社，祭土地神。方，祭四方之神。"

【辨释】

社、方，均为"祭祀神明"之义，但祭祀的对象不同。社，祭祀土地神。方，祭祀四方之神。土地神即古代的"社神"，是管理一块地面的神。《公羊传·庄公二十五年》何休注："社者，土地之主也。"应劭《风俗通义·祀典》引《孝经》曰："社者，土地之主，土地广博，不可遍敬，封五土以为社。"方，即方神，指四方之神。《文选·班固》："山灵护野，属御方神。"李善注："方神，四方之神也。"

46. 坻、京

坻、京，在"山丘"的意义上为一组修辞同义词。

【构组】

《小雅·甫田》四章，四章：曾孙之庾，如坻如京。

坻、京，同句对出同义，均为"山丘"之义。坻，水中的小块高地。《说文·土部》："坻，小渚也。"《尔雅·释水》："水中可居者曰洲，小洲曰陼，小陼曰沚，小沚曰坻。"即水中的小块陆地称为坻。《郑笺》："坻，水中之高地也。"严粲《诗缉》："露积之禾曰庾。其庾在野，随意堆积，有平而高者，如水中高地之坻。有卓绝而高者，如高丘之京。"京，山丘。《说文·京部》："京，人所为绝高丘也。"意即人工筑起的最高的丘。《尔雅·释丘》："绝高为之京，非人为之丘。"意思是人工筑起的高大的土山称为京；不是人工筑起的而是自然形成的土山称为丘。《鄘风·定之方中》："望楚与堂，景山与京。"《毛传》："京，高丘。"程俊英、蒋见元《诗经》："坻，小丘。京，大丘。"

【辨释】

坻、京，均为"山丘"之义，形状差别不大，但其构成方式不同。坻，是自然形成的水中小块陆地。京，是人工筑起的高大的土山。柳宗元《小石潭记》："全石以为底，近岸，卷石底以出，为坻，为屿，为嵁，为岩。"《三国志·魏书·二公孙陶四张传》："为围堑十重，于堑里筑京，皆高五六丈，为楼其上。"京，指土山。

47. 方、皁

方、皁，在"长谷壳"的意义上为一组修辞同义词。

【构组】

《小雅·大田》四章，二章：既方既皁，既坚既好，不稂不莠。

方，皁，同句对出同义，均为"长谷壳"之义。方，长谷壳。《郑笺》："方，房也。谓孚甲始生而未合时也。尽生房矣，尽成实矣，尽坚熟矣，尽齐好矣，而无稂莠，择种之善，民力之专，时气之和所致之。"孔颖达《毛诗正义》："谓米外之房者，言其孚甲，米生于中，若人之房舍然也。孚者，米外之粟皮。故秠者一孚二米，言一皮之内有两米也。甲者，以在米外，若铠甲之在人表。"方，即房，指稻谷长了谷壳，谷壳就像房子一样。皁，长谷壳谷粒未实。《毛传》："皁，实未坚者曰皁。"胡承珙《毛诗后笺》："盖栎梂之实，名曰草斗，谓其壳也。俗书作皁。引申之，凡植物有孚甲者皆可称皁。"皁，指谷物形成了谷壳后，刚长谷粒。北方人称此时的庄稼长势为"灌浆"。

【辨释】

方，皁，均为"长谷壳"之义，但庄稼长谷粒这一生长阶段不同。方，指庄稼长出谷壳但还未"灌浆"。皁，指庄稼长出谷壳已开始"灌浆"但谷粒未实。程俊英、蒋见元《诗经》："方，通房，指谷粒已生嫩壳，还未合满。皁，谷壳已结成，尚未坚实。"可见在《诗经》时代先民观察之仔细，并用"方"、"皁"命名之。

48. 稂、莠

稂、莠，在"杂草"的意义上为一组修辞同义词。

【构组】

《小雅·大田》四章，二章：既方既阜，既坚既好，不稂不莠。

稂、莠，同句对出同义，均为"杂草"之义。稂，一种长穗而不结实的杂草。《毛传》："稂，童粱也。"陆机《毛诗草木鸟兽虫鱼疏》："禾秀为穗而不成，崱嶷然，谓之童粱。"陈子展《雅颂选译》："稂为童粱，似莠非莠，湖南农民谓之公禾，秀而不实，谓是谷种中有米而生者。"莠，很像谷子的一种杂草。《说文·艸部》："莠，禾粟下阳生者曰莠。"意即禾粟之间长的似禾非禾的杂草叫莠。《齐风·甫田》："无田甫田，维莠骄骄。"莠，指田间杂草。

【辨释】

稂、莠，均为"杂草"之义，都是形状像禾苗、妨害禾苗生长的杂草，但二者形状有别。稂，一种长穗而不结实的杂草，称狼尾草。马瑞辰《毛诗传笺通释》："稂为莠类，狼尾草，如茅，可以盖屋。"莠，很像谷子的一种杂草，称狗尾草。马瑞辰《毛诗传笺通释》："《郑志》：'莠，今何草'云'今之狗尾也。'"

49. 螟、螣、蟊、贼

螟、螣、蟊、贼，在"害虫"的意义上为一组修辞同义词。

【构组】

《小雅·大田》四章，二章：去其螟螣，及其蟊贼，无害我田稚。

螟、螣、蟊、贼，对句对出同义，均为"害虫"之义。螟，吃谷心的一种害虫。《说文·虫部》："螟虫，食谷叶者。"《毛传》："食心曰螟，食叶曰螣，食根曰蟊，食节曰贼。"《说文》与《毛传》的解释稍有不同，当以《毛传》为准。《尔雅·释虫》："食苗心，螟。食叶，蚅。食节，贼。食根，蟊。"螣，吃禾叶的一种害虫。蟊，吃禾根的一种害虫。贼，吃禾节的一种害虫。

【辨释】

螟、螣、蟊、贼，均为"害虫"之义，但其习性有别。《毛传》："食心曰螟，食叶曰螣，食根曰蟊，食节曰贼。"可见，在《诗经》时代，先民们对农作物的害虫及其习性已了解得十分清楚，并用"螟、螣、蟊、贼"这组同义词对农作物害虫的习性加以区别。这组修辞同义词的运用，强调了害虫之多，品类之全，农夫稼穑之不易。

李运富先生在《修辞同义关系的"同"与"异"》中作了精辟的辨析：

"螟、螣、蟊、贼"四词的上位义相同，都属于害虫，所以在害虫的意义上可以看作一组同义词。但在句中使用的不是它们的共有义"害虫"，而是互有区别的专名义。《毛传》："食心曰螟，食叶曰螣，食根曰蟊，食节曰贼。"可见"螟、螣、蟊、贼"分别指吃植物心、叶、根、节的不同害虫。这里之所以共现，是因为这些害虫共同侵害田间的幼苗，一一列出同一对象的不同侵害者，可以显示害虫之多和稼穑之苦，强调其"异"才能体会作者使用这组同义词的修辞目的。

50. 毕、罗

毕、罗，在"用罗网捕鸟"的意义上为一组修辞同义词。

【构组】

《小雅·鸳鸯》四章，一章：鸳鸯于飞，毕之罗之。

毕、罗，同句对出同义，均为"用罗网捕鸟"之义。毕、罗，本义为名词，指罗网，在此为动词，用罗网捕鸟。毕，用罗网捕鸟。《毛传》："于其飞，乃毕掩而罗之。"朱熹《诗集传》："毕，小网长柄者也。……鸳鸯于飞，则毕之罗之矣。"马瑞辰《毛诗传笺通释》："古者罗毕之掩鸟，盖亦于其飞，不于其止，故诗以'鸳鸯于飞，毕之罗之'见古明王之交于万物有道，非谓能飞乃毕罗之也。"罗，用罗网捕鸟。程俊英《诗经注析》："毕、罗，此处皆作动词捕字用。"

【辨释】

毕、罗，作为名词，同为罗网，但罗网的大小形状不同。程俊英、蒋见元《诗经》："毕，有长柄的捕鸟小网。罗，张在地上无柄的捕鸟大网。"毕、罗，作为动词，均为"用罗网捕鸟"之义，此指用各种网捕鸟。

51. 摧、秣

摧、秣，在"用草料喂马"的意义上为一组修辞同义词。

【构组】

《小雅·鸳鸯》四章，三章：乘马在厩，摧之秣之。四章：乘马在厩，秣之摧之。

摧、秣，同句对出同义，均为"用草料喂马"之义。摧，铡碎的草，用草料喂马。《毛传》："摧，莝也。"《郑笺》："摧，今莝字也。古者明王所乘之马系于厩，无事则委之以莝，有事则予之谷，言爱国用也。"摧，当是"莝"的借字，"莝"，指铡碎的草。马瑞辰《毛诗传笺通释》："《诗》莝、秣并言，犹前章毕、罗并举，谓或以莝或以秣耳。"秣，用草料喂马。今有成语"厉兵秣马"。《周南·汉广》："之子于归，言秣其马。"黄典诚《诗经通译新诠》："这里摧、秣都用为动词，义为豢养。"

【辨释】

摧、秣，均为"用草料喂马"之义，但本义不同。摧，本义为折断，动词。范仲淹《岳阳楼记》："商旅不行，樯倾楫摧。"秣，本义为喂马的饲料，名词。杜甫《敬简王明府》："骥病思偏秣，鹰秋怕苦笼。"

52. 弈弈、忦忦

弈弈、忦忦，在"心神不定的样子"的意义上为一组修辞同义词。

【构组】

《小雅·頍弁》三章，一章：未见君子，忧心弈弈。二章：未见君子，忧心忦忦。

弈弈、忦忦，同篇对出同义，均为"心神不定的样子"之义。弈弈，心神不定的样子。《毛传》："弈弈然无所薄也。"朱熹《诗集传》："弈弈，忧心无所薄也。"陈奂《诗毛氏传疏》："《尔雅·释训》：'弈弈，忧也。'此依《诗》忧心为训。《传》云：'弈弈然无所薄也'者，'弈'是形容忧心之状。

《楚策》楚威王曰：'寡人心摇摇如悬旌，而无所终薄。'弈弈、摇摇，语转而义同。"陈奂所言"弈弈"为"奕奕"，窃以为当为"弈弈"为是，故妄改之。恢恢，心神不定的样子。《毛传》："恢恢，忧盛满也。"《说文·心部》："恢，忧也。"并引《诗》："忧心恢恢。"吴师道《目疾谢柳道传张子长惠药》："惟兹二三友，为我忧恢恢。"程俊英、蒋见元注译《诗经》："弈弈，心神不定的样子。恢恢，很忧愁的样子。"二词义近。

【辨释】

弈弈、恢恢，均为"心神不定的样子"之义，但语义深浅程度稍有不同。弈弈，指心神不定的样子。语义属中等程度。恢恢，非常忧愁。语义程度深。在此诗中，首章"忧心奕奕"，属中等程度的忧愁。二章"忧心恢恢"，忧愁程度进一步加深，修辞同义词的运用，推进了诗意的发展。

53. 反反、抑抑

反反、抑抑，在"谨慎而严肃的样子"的意义上为一组修辞同义词。

【构组】

> 《小雅·宾之初筵》五章，三章：其未醉止，威仪反反。其未醉止，威仪抑抑。

反反、抑抑，同篇对出同义，均为"谨慎而严肃的样子"之义。反反，谨慎而严肃的样子。《毛传》："反反，言重慎也。"孔颖达《毛诗正义》："此言自重而谨慎，与下'抑抑'慎密一也。"陆德明《经典释文》："反如字。《韩诗》作昄昄。昄，音蒲板反，善貌。"朱熹《诗集传》："反反，顾礼也。"马瑞辰《毛诗传笺通释》："《毛诗》反反即昄昄之省借，重慎亦善貌也。"抑抑，谨慎而严肃的样子。《毛传》："抑抑，慎密也。"孔颖达《毛诗正义》："慎礼而密静，即为美之义。"朱熹《诗集传》："抑抑，慎密也。"

【辨释】

反反、抑抑，均为"谨慎而严肃的样子"之义，二词语义区别不大。这是一首讽刺贵族统治者饮酒无度、失礼败德的诗篇，"反反"、"抑抑"，写贵族初入宴会，人还未醉时的"谨慎而严肃的样子"的表面现象，写其虚伪。

54. 幡幡、伎伎

幡幡、伎伎，在"轻佻不庄重的样子"的意义上为一组修辞同义词。

【构组】

　　《小雅·宾之初筵》五章，三章：曰既醉止，威仪幡幡。曰既醉止，
威仪伎伎。

　　幡幡、伎伎，同篇对出同义，均为"轻佻不庄重的样子"之义。幡幡，
轻佻不庄重的样子。《毛传》："幡幡，失威仪也。"朱熹《诗集传》："幡幡，
轻数也。"伎伎，轻佻不庄重的样子。《毛传》："伎伎，媟嫚也。"媟嫚，意即
举止轻狂，不庄重。陈振寰解注《诗经》："幡幡，失态，不庄重谨慎的样子。
伎伎，轻浮无理的样子。"

【辨释】

　　幡幡、伎伎，均为"轻佻不庄重的样子"之义，二词语义区别不大。上
承"反反"、"抑抑"，写其贵族酒醉后的轻薄与粗鄙，写其本质。

　　郭晋稀《诗经蠡测》："'反反'、'抑抑'状未醉之威仪，'幡幡'、'伎伎'
状既醉之失态。"

55. 号、呶

号、呶，在"吵闹"的意义上为一组修辞同义词。

【构组】

　　《小雅·宾之初筵》五章，四章：宾既醉止，载号载呶。

　　号、呶，同句对出同义，均为"吵闹"之义。号，大叫，吵闹。《尔雅·
释言》："号，謼也。"謼，即"呼"。《毛传》："号呶，号呼讙呶也。"《毛传》
将"号"、"呶"放在一起加以解释，可见二词语义相近。呶，吵闹，喧哗。朱
熹《诗集传》："号，呼；呶，言讙也。"讙，通"喧"，喧哗，吵闹。《说文·口

部》："呶，言讙声也。"引《诗》："载号载呶。"孔颖达《毛诗传笺通释》："宾既醉于酒止，于是则号呼，则言讙呶而唱叫也。"

【辨释】

号、呶，均为"吵闹"之义，语义稍有区别。号，《说文·号部》："号，呼也。"号，是拖长声音大喊，往往是传达什么。柳宗元《童区寄传》："因大号，一墟皆惊。"呶，指话语不止，喋喋不休。

56. 筐、筥

筐、筥，在"用筐装"的意义上为一组修辞同义词。

【构组】

《小雅·采菽》五章，一章：采菽采菽，筐之筥之。

筐、筥，同句对出同义，均为"用筐装"之义。筐、筥，本为名词，指竹子或柳条等编成的盛东西的器具，在此诗中二词临时活用为动词，指用筐装。黄典诚《诗经通译新诠》："筐、筥，本是名词，这里用为动词。"

【辨释】

在《召南·采蘋》中曾对名词的"筐"、"筥"讨论过，此不赘述。

57. 玄衮、黼

玄衮、黼，在"礼服"的意义上为一组修辞同义词。

【构组】

《小雅·采菽》五章，一章：又何予之？玄衮及黼。

玄衮、黼，同句对出同义，均为"礼服"之义。朱熹《诗集传》："玄衮，玄衣而画以卷龙也。黼，如斧形，刺之于裳也。周制：诸公衮冕九章，已见《九罭》篇；侯伯鷩冕七章，则自华虫以下；子男毳冕五章，衣自宗彝以下，而裳黼黻；孤卿绨冕三章，则衣粉衣，而裳黼黻；大夫玄冕，则玄衣黻裳而已。"朱熹在此按照周代等级礼仪制度，对不同等级人员所穿礼服所绣的花纹的不同情况作了区分。程俊英、蒋见元《诗经》："玄衮，画着卷龙的黑色礼服。黼，画着黑白相间的斧形花纹的礼服。"

【辨释】

玄衮、黼，均为"礼服"之义，但表示的等级和所画的花纹不同。玄衮，画着卷龙的黑色礼服。黼，画着黑白相间的斧形花纹的礼服。

58. 瀌瀌、浮浮

瀌瀌、浮浮，在"雪大的样子"的意义上为一组修辞同义词。

【构组】

《小雅·角弓》八章，七章：雨雪瀌瀌，见晛曰消。八章：雨雪浮浮，见晛曰流。

瀌瀌、浮浮，同篇对出同义，均为"雪大的样子"之义。瀌瀌，雪大的样子。《郑笺》："雨雪之盛瀌瀌然。"朱熹《诗集传》："瀌瀌，盛貌。"程俊英、蒋见元《诗经》："瀌瀌，雪大的样子。"又曰："浮浮，与'瀌瀌'同义。"刘勰《文心雕龙·物色》："'杲杲'为出日之容，'瀌瀌'拟雨雪之状，'嘒嘒'逐黄鸟之声，'喓喓'学草虫之韵。"浮浮，雪大的样子。《毛传》："浮浮，犹瀌瀌也。"陈奂《诗毛氏传疏》："浮浮、瀌瀌，一声之转。《江汉》：'浮浮，广大也。'广大亦众盛意。故云：'浮浮，犹瀌瀌也。'"谢朓《雪赋》："蔼蔼浮浮，瀌瀌奕奕，联翩飞洒，徘徊委积。"黄典诚《诗经通译新诠》："瀌瀌，雪盛多貌。浮浮，义同'瀌瀌'。"

【辨释】

瀌瀌、浮浮，均为"雪大的样子"之义，语义区别不大。浮浮，词义较多，还有"水流盛长的样子"、"热气上升的样子"之义。《大雅·江汉》："江汉浮浮，武夫滔滔。"《大雅·生民》："释之叟叟，烝之浮浮。"

59. 消、流

消、流，在"溶化"的意义上为一组修辞同义词。

【构组】

　　《小雅·角弓》八章，七章：雨雪瀌瀌，见晛曰消。八章：雨雪浮浮，见晛曰流。

　　消、流，同篇对出同义，均为"溶化"之义。消，溶化。《说文·水部》："消，尽也。"段玉裁注："未尽而将尽也。"马瑞辰《毛诗传笺通释》："古者以雪喻小人，以雪之遇日气而消，喻小人之遇王政之清明而将败也。"流，溶化。朱熹《诗集传》："流，流而去之也。"马瑞辰《毛诗传笺通释》："流与消同义。《广雅》：'流，匕也。'匕即化字，谓消化也。《庄子·逍遥游》：'大旱金石流'，谓金石消化也。"

【辨释】

　　消、流，均为"溶化"之义，但词义稍有区别。消，指溶解，消散。如成语"烟消云散"。流，指溶解之后水流走。《淮南子·诠言训》："大热铄石流金，火弗为益其烈。"

　　60. 昵、瘵

　　昵、瘵，在"病"的意义上为一组修辞同义词。

【构组】

　　《小雅·菀柳》三章，一章：上帝甚蹈，无自昵焉。二章：上帝甚蹈，无自瘵焉。

　　昵、瘵，同篇对出同义，均为"病"之义。王引之《经义述闻》卷六："《广雅》：'昵，病也。'言幽王暴虐，慎无往朝以自取病也。下章曰：'无自瘵焉'，瘵，亦病也。《广雅》训昵为病，当本于三家。"马瑞辰《毛诗传笺通释》："《广雅·释诂》：'昵，病也。'训昵为病，与下章'无自瘵焉'《传》训病同义，较《毛传》训近为善。"程俊英、蒋见元《诗经》："昵，病。瘵，病。"

【辨释】

　　昵、瘵，均为"病"之义，但本义不同。昵，字又作"暱"，本义为亲近。《说文·日部》："昵，日近也。"《尔雅·释诂》："昵，近也。"《世说新语·仇隙》："王胡之与无忌，长甚相昵，胡之尝共游，无忌人告母，请为馔。"瘵，本义为病，多指痨病。《说文·广部》："瘵，病也。"王安石《乞退表》："念其服劳之久，悯其撄瘵之深。"修辞同义词的运用，强调了周王的喜怒无常。

61. 极、迈

极、迈，在"放逐"的意义上为一组修辞同义词。

【构组】

《小雅·菀柳》三章，一章：俾予靖之，后予极焉。二章：俾予靖之，后予迈焉。

极、迈，同篇对出同义，均为"放逐"之义。极，通"殛"。惩罚，放逐。《韩非子·用人》："故至治之国，有赏罚而无喜怒。故圣人极有刑法，而死无螫毒，故奸人服。"程俊英、蒋见元《诗经》："极，殛的假借字，放逐。"迈，放逐。《郑笺》："迈，行也，行亦放也。"孔颖达《毛诗正义》："以罪而使之行于外，故言行亦放也。"程俊英、蒋见元《诗经》："极，放逐。迈，指放逐。"

【辨释】

极、迈，均为"放逐"之义，但本义不同。极，本义为房屋的正梁。《后汉书·伏侯宋蔡冯赵牟韦列传》："茂初在广汉，梦坐大殿，极上有三穗禾，茂跳取之，得其中穗，辄复失之。"迈，本义为行走，远行。《王风·黍离》："行迈靡靡，中心摇摇。"

62. 带、厉

带、厉，在"下垂的丝带"的意义上为一组修辞同义词。

【构组】

《小雅·都人士》五章，四章：彼都人士，垂带而厉。

带、厉，同句对出同义，均为"下垂的丝带"之义。带，束衣的丝带。《说文·巾部》："带，绅也。男子鞶革，妇人带丝。象系佩之形。佩必有巾，从巾。"《卫风·有狐》："心之忧矣，之子无带。"厉，下垂的丝带。《毛传》："厉，带之垂者。"《郑笺》："厉，字当作裂。"马瑞辰《毛诗传笺通释》："《小尔雅》：'带之垂者谓之厉。'桓二年《左传》'鞶厉'，杜注：'厉，大带之垂者。'并与《毛传》合。《方言》则曰：'厉谓之带。'《广雅》亦曰：'厉，带也。'盖对文则厉为垂带之名，散言则厉亦带也。"《左传·桓公二年》："鞶、厉、游、缨，昭其数也。"黄典诚《诗经通译新诠》："厉，垂带貌。"

【辨释】

带、厉，均为"下垂的丝带"之义，但本义不同。带，本义为大带，束衣的腰带。《墨子·公输》："子墨子解带为城，以牒为械，公输盘九设攻城之机变，子墨子九距之。"厉，为"砺"的本字，本义为磨刀石。《大雅·公刘》："涉渭为乱，取厉取锻。"带、厉，同为"下垂的丝带"之义，但具体所指不同。带，侧重于衣带，常指衣带。《世说新语·文学》："王遂披襟解带，流连不能已。"厉，侧重于衣带下垂的部分。《小尔雅·广服》："带之垂者谓之厉。"意即衣带之垂余部分。

63. 师、旅

师、旅，在"带领军队"的意义上为一组修辞同义词。

【构组】

　　《小雅·黍苗》五章，三章：我徒我御，我师我旅。

师、旅，同句对出同义，均为"带领军队"之义。师、旅，本为名词，指军队编制单位，此篇中"师"、"旅"活用为动词，指带领军队。师，军队编制单位。《说文·帀部》："师，二千五百人为师。"《小雅·采芑》："方叔率止，钲人伐鼓，陈师鞠旅。"旅，军队编制单位。《说文·㫃部》："旅，军之五百人为旅。"《孙子兵法·谋攻》："全旅为上，破旅次之。""师"、"旅"在此篇中活用为动词，指带领军队。程俊英、蒋见元《诗经》："师、旅，带领一师和一旅的军队。"并将"我徒我御，我师我旅"这两句诗译为"你走路来我驾马，编好队伍就出发"。程俊英、蒋见元注译《诗经》是将"师、旅"二词，作为动词来处理的，翻译至确。

【辨释】

师、旅，同为"带领军队"之义，但带领军队的编制大小有别。《说文》："二千五百人为师。"又曰："军之五百人为旅。"可见，"师"的编制大，"旅"的编制小，作为动词亦是如此。

杨合鸣《〈诗经〉疑难词语辨析》认为本篇中的"师"、"旅"为官职名，可作一说。我们认为当为"带领军队"之义。在"我徒我御，我师我旅"中，徒、御，为动词，"我师我旅"与"我徒我御"结构相同，同为两个并列的主谓结构，所以，师、旅，在此也当为动词。

64. 教、诲

教、诲，在"教导、指导"的意义上为一组修辞同义词。

【构组】

《小雅·绵蛮》三章，三章：饮之食之，教之诲之。

教、诲，同句对出同义，均为"教导、指导"之义。教，教导、指导。《说文·教部》："教，上所施下所效也。"《国语·周语下》："教，文之施也；孝，文之本也；惠，文之慈也；让，文之材也。"诲，教导、指导。《说文·言部》："诲，晓教也。"段玉裁注："晓教者，明晓而教之也。"《大雅·桑柔》："告尔忧恤，诲尔序爵。"

【辨释】

教、诲，同为"教导、指导"之义，语义微别。王凤阳《古辞辨》："'教'的对象可以是人，也可以是禽兽。《荀子·劝学》：'干越夷貉之子，生而同声，长而异俗，教使之然也。'这是教导人。《荀子·礼论》：'大路（君主坐的车）之马，必信至教顺然后乘之。'这是训练牲畜。"又曰："'诲'也是教，但所教的对象往往是门徒、子弟，施教者往往是师长、父兄。'诲'是进行启蒙，使处于晦冥之中的人开窍，见到光明。如：《左传·昭公八年》：

'彼孺子也，吾诲之。'《荀子·成相》：'下以诲子弟，上以事祖考。'对群众、士兵等只能用'教'不能用'诲'。"

　　王凤阳《古辞辨》归纳引用很多例证说明"教"、"诲"的区别，很有说服力。

　　65. 炮、燔

　　炮、燔，在"煨烤"的意义上为一组修辞同义词。

　　【构组】

　　　　《小雅·瓠叶》四章，二章：有兔斯首，炮之燔之。

　　炮、燔，同句对出同义，均为"煨烤"之义。炮，用烂泥涂裹食物置火中煨烤。《毛传》："毛曰炮，加火曰燔。"《郑笺》："炮之燔之者，将以为饮酒之羞也。"孔颖达《毛诗正义》："并毛而炮之，加火而燔之，以为饮酒之羞。"吴闿生《诗义会通》："炮者，裹烧之；燔者，加之于火上也。"《礼记·礼运》："以炮以燔，以亨以炙，以为醴酪。"《郑笺》："炮，裹烧之也。"燔，煨烤。《小雅·楚茨》："执爨踖踖，为俎孔硕，或燔或炙。"《说文·火部》："燔，爇也。从火，番声。"《郑笺》："燔，燔肉也。"孔颖达《毛诗正义》："燔者，火烧之名。"朱熹《诗集传》："燔，烧肉也。"程俊英、蒋见元《诗经》："燔，烧肉。"烧肉即烤肉。

　　【辨释】

　　炮、燔，同为"煨烤"之义，语义微别，主要在煨烤的处理方式上不同。炮，用烂泥涂裹食物置火中煨烤。燔，把肉放在火上烧烤。炮、燔，作为古代的一种烹饪法，共同点是煨烤。不同点是：炮，用泥涂裹食物煨烤。燔，直接把肉放在火上烧烤。

二　《诗经·大雅》对出修辞同义词研究

　　《诗经·大雅》31篇，对出修辞同义词32组：燮伐、肆伐；始、谋；止、时；慰、止；陾陾、薨薨、登登、冯冯；菑、翳；闲闲、莘莘；言言、仡仡；类、祸；致、附；伐、肆；绝、忽；圻、副；灾、害；旆旆、穟穟、幪幪、唪唪；豆、登；肆、设；歌、咢；类、祃；埸、疆；积、仓；橐、囊；处处、庐旅；言言、语语；厉、锻；圭、璋；号、呼；蜩、螗、业业、彭彭、骙骙；锵锵、喈喈；滔滔、汤汤；浮浮、洸洸。

1. 燮伐、肆伐

燮伐、肆伐，在"袭伐"的意义上为一组修辞同义词。

【构组】

《大雅·大明》八章，六章：保右命尔，燮伐大商。八章：凉彼武王，肆伐大商，会朝清明。

燮伐、肆伐，同篇对出同义，均为"袭伐"之义。马瑞辰《毛诗传笺通释》："燮与袭双声，燮伐即袭伐之假借。……《风俗通·皇霸篇》引下章'肆伐大商'作'袭伐'，窃谓袭伐本此章燮伐之异文，《三家诗》盖有用本字作袭伐者，应劭偶误记为下章文耳。燮伐与肆伐义相成，袭伐言其密，肆伐言其疾也。"

郭晋稀《诗经蠡测》（修订本）："《大明》'燮伐'、'肆伐'，即'袭伐'。燮，即袭也。袭，似入切，邪母古读定母，古韵邑部。燮，苏协切，心母，古韵盍部。两字虽声韵皆异，然同为收声，钱大昕所谓同位变转也。……'肆伐'亦即'燮伐'、'袭伐'也。肆，息利切，心母，盖亦邪母之变音，肆从隶声，从隶得声之字皆读舌音，多入定纽。……《皇矣》篇云：'是伐是肆，是绝是忽'，'伐'、'肆'、'绝'、'忽'皆动词，《传》亦训肆为疾，非是也。拆开肆伐为对文，可证'肆'、'伐'两字义近，'肆'亦'袭'也。"郭晋稀从音韵角度、修辞角度论证了"燮伐"、"肆伐"为一组同义词，论述有力，至确。程俊英、蒋见元《诗经》："燮伐，即袭伐。"又曰："肆伐，进袭。""袭伐"与"进袭"义近。

【辨释】

燮伐、肆伐，同为"袭伐"之义，但"燮"、"肆"本义不同。燮，本义为协和，调和。《尚书·周书·洪范》："强弗友刚克，燮友柔克。"肆，本义为摆设，陈列。《说文·长部》："肆，极、陈也。"意即穷极，陈列。《大雅·

行苇》："肆筵设席，授几有缉御。"

2. 始、谋

始、谋，在"谋划"的意义上为一组修辞同义词。

【构组】

《大雅·绵》九章，三章：爰始爰谋，爰契我龟。

始、谋，同句对出同义，均为"谋划"之义。马瑞辰《毛诗传笺通释》："始，亦谋也。始谋谓之始，犹终谋谓之究。'爰始爰谋'犹言'是究是图'也。《尔雅》基、肇皆训为始，又皆训谋，则始与谋义正相成耳。"程俊英、蒋见元《诗经》："始，和谋同义，都是计划的意思。"

【辨释】

始、谋，同为"谋划"之义，但本义不同。始，本义为开头，开始，与"终"相对。《说文·女部》："始，女之初也。"《荀子·王制》："天地者，生之始也；礼义者，治之始也。"谋，本义为考虑，谋划。《说文·言部》："虑难曰谋。"《左传·襄公四年》："咨亲为询，咨礼为度，咨事为诹，咨难为谋。"始、谋，换用避复。

3. 止、时

止、时，在"居住"的意义上为一组修辞同义词。

【构组】

《大雅·绵》九章，三章：曰止曰时，筑室于兹。

止、时，同句对出同义，均为"居住"之义。止，居住。《小雅·绵蛮》："绵蛮黄鸟，止于丘阿。"《商颂·玄鸟》："邦畿千里，维民所止，肇域彼四海。"时，居住。王引之《经义述闻》卷六："经文叠用曰字，不当上下异训，二曰字皆语辞。时，亦止也。古人自有复语耳。《尔雅》曰：'爰，曰也。''曰止曰时'犹言'爰居爰处'。"程俊英、蒋见元《诗经》："止，居住。时，和止同义。"

【辨释】

止、时，同为"居住"之义，但本义不同。止，本义为脚。《说文·止部》："止，下基也。象草木出有址，故以止为足。"《汉书·刑法志》："当劓者，笞三百；当斩左止者，笞五百；当斩右止，及杀人先自告。"时（時），从日，寺声。从"日"与时间有关。本义为季度，季节。《左传·桓公六年》："奉盛以告曰'絜粢丰盛'，谓其三时不害而民和年丰也。"杜预注："三时，春夏秋也。"止、时，换用避复以获得错综变化之妙。

4. 慰、止

慰、止，在"安居"的意义上为一组修辞同义词。

【构组】

《大雅·绵》九章，四章：乃慰乃止，乃左乃右。

慰、止，同句对出同义，均为"安居"之义。慰，安居。《玉篇》："慰，居也。"马瑞辰《毛诗传笺通释》："慰，亦止也。《方言》：'慰，居也。江淮青徐之间曰慰。'《广雅》亦曰：'慰，居也。'居，即止也。……'乃慰乃止'犹言'爰居爰处'，皆复语耳。"程俊英、蒋见元《诗经》："慰，安居。"止，安居。《大雅·公刘》："止旅乃密，芮鞫之即。"朱熹《诗集传》："止，居。"《徐霞客游记·游黄山日记》："复从峡度栈以上，止文殊院。"止，为居住义。

【辨释】

慰、止，同为"安居"之义，但本义不同。慰，从心，尉声，本义为安慰。《说文·心部》："慰，安也。"《邶风·凯风》："有子七人，莫慰母心。"止，本义为脚。在"止、时"组同义词中略有分析，此不赘述。

5. 陾陾、薨薨、登登、冯冯

陾陾、薨薨、登登、冯冯，在"动土的声音"的意义上为一组修辞同义词。

【构组】

《大雅·绵》九章,六章:捄之陾陾,度之薨薨,筑之登登,削屡冯冯。

陾陾、薨薨、登登、冯冯,对句对出同义,均为"动土的声音"之义。陾陾,装土的声音。俞樾《群经平议》:"陾陾、薨薨、登登、冯冯皆以声音,百堵皆兴则众声并作,馨鼓之声,转不足以胜之矣。"薨薨,填土的声音。朱熹《诗集传》:"薨薨,众声也。"登登,捣土的声音。《毛传》:"登登,用力也。"朱熹《诗集传》:"登登,相应生。"陈奂《诗毛氏传疏》:"《传》云用力,谓用力声登登然也。"冯冯,削平土墙的声音。《毛传》:"削墙锻屡之声冯冯然。"陈奂《诗毛氏传疏》:"屡当作娄。锻娄者,捶打空窍坳突处;冯冯,坚实声也。"程俊英、蒋见元《诗经》:"陾陾,铲土声。"又曰:"薨薨,填土声。"又曰:"登登,捣土声。"又曰:"冯冯,括土墙声。"陈振寰解注《诗经》:"陾陾,铲土的声音。薨薨,填土的声音。登登,夯土的声音。冯冯,削墙声。"

【辨释】

陾陾、薨薨、登登、冯冯,同为"动土的声音"之义,语义微别。四词皆为用土筑墙之声音,但发出声音的劳动具体环节不同。陾陾,装土的声音。薨薨,填土的声音。登登,捣土的声音。冯冯,捶打新墙凹凸处的声音。

6. 菑、翳

菑、翳,在"枯木"的意义上为一组修辞同义词。

【构组】

《大雅·皇矣》八章,二章:作之屏之,其菑其翳。

菑、翳,同句对出同义,均为"枯木"之义。菑,直立而枯死的树木。《毛传》:"木立死曰菑。"《荀子·非相》:"周公之状,身如断菑;皋陶之状,色如削瓜。"翳,倒在地上的枯木。《毛传》:"木立死曰菑,自毙为翳。"陈奂《诗毛氏传疏》:"翳即殪之假借字。"程俊英、蒋见元《诗经》:"菑,直立未倒的枯木。翳，通'殪'，倒在地上的枯木。"

【辨释】

菑、翳，同为"枯木"之义，但枯木立卧方式不同。菑，指枯死但仍直立的树木。翳，指枯死已倒在地上的树木。二词本义不同。菑，本义为古代初耕的田地。《说文·艸部》："菑，不耕田也。"意即只铲除杂草而不耕种田地。《尔雅·释地》："田一岁曰菑，二岁曰新田，三岁曰畲。"翳，本义为用羽毛做的华盖。《说文·羽部》："翳，华盖也。"

7. 闲闲、茀茀

闲闲、茀茀，在"强盛的样子"的意义上为一组修辞同义词。

【构组】

《大雅·皇矣》八章，八章：临冲闲闲，崇墉言言。临冲茀茀，崇墉仡仡。

闲闲、茀茀，对句对出同义，均为"强盛的样子"之义。闲闲、茀茀，强盛的样子。《毛传》："茀茀，强盛也。"陈奂《诗毛氏传疏》："闲闲亦有强盛之义。"王引之《经义述闻·毛诗中》卷六："家大人曰：言言、仡仡，皆谓城之高大，则闲闲、茀茀，亦皆谓车之强盛。茀茀，或作勃勃，《广雅》曰：'闲闲，勃勃，盛也。'"程俊英、蒋见元《诗经》："闲闲，强盛的样子。"又曰："茀茀，强盛的样子。"

【辨释】

闲闲、茀茀，同为"强盛的样子"之义，二词语义基本相同。换用避复以获得错综变化之妙。

8. 言言、仡仡

言言、仡仡，在"高大的样子"的意义上为一组修辞同义词。

【构组】

《大雅·皇矣》八章，八章：临冲闲闲，崇墉言言。临冲茀茀，崇墉仡仡。

言言、仡仡，对句对出同义，均为"高大的样子"之义。《毛传》："言言，高大也。"又云："仡仡，犹言言也。"程俊英、蒋见元《诗经》："言言，高大的样子。"又曰："仡仡，同'屹屹'，高大的样子。"

【辨释】

言言、仡仡，同为"高大的样子"之义，语义基本相同。这组修辞同义词在后世使用不多。

9. 类、祃

类、祃，在"出师过程中的祭祀"的意义上为一组修辞同义词。

【构组】

《大雅·皇矣》八章，八章：是类是祃，是致是附，四方以无侮。

类、祃，同句对出同义，均为"出师过程中的祭祀"之义。《毛传》："于内曰类，于野曰祃。"《郑笺》："类也，祃也，皆师祭也。"朱熹《诗集传》："类，将出师祭上帝也。祃，至所征之地而祭始造军法者，谓黄帝及蚩尤也。"《尔雅·释天》："是类是祃，师祭也。"郭璞注："师出征伐，类于上帝，祃于所征之地。"程俊英、蒋见元《诗经》："类，通'禷'，出师前祭天。祃，出师后军中祭天。"

【辨释】

类、祃，同为"出师过程中的祭祀"之义，语义稍有区别，主要是出师过程中祭祀的时段不同。类，出师前祭祀天神的活动，有点类似于现今出师前的誓师大会。类，通"禷"，《说文·示部》："以事类祭天神。"祃，出师后在军中祭祀天神的活动。《说文·示部》："师行所止，恐有慢其神，下而祀之曰祃。……《周礼》曰：'祃于所征之地。'"

10. 致、附

致、附，在"使到来"的意义上为一组修辞同义词。

【构组】

《大雅·皇矣》八章，八章：是类是祃，是致是附，四方以无侮。

致、附，同句对出同义，均为"使到来"之义。朱熹《诗集传》："致，致其至也。附，使之来附也。"

【辨释】

致、附，同为"使到来"之义，但本义不同。致，送到。《说文·攵部》："致，送诣也。"段玉裁注："送诣者，送而必至其处也。引申为招致之致。"《卫风·竹竿》："岂不尔思？远莫致之。"附，其本义是随带着。杜甫《石壕吏》："一男附书至，二男新战死。"

致、附，作为一组修辞同义词，构组材料略显不足。

11. 伐、肆

伐、肆，在"攻击"的意义上为一组修辞同义词。

【构组】

《大雅·皇矣》八章，八章：是伐是肆，是绝是忽，四方以无拂。

伐、肆，同句对出同义，均为"攻击"之义。伐，进攻。《郑笺》："伐，谓击刺之。"《说文·人部》："伐，击也。"《论语·季氏》："季氏将伐颛臾。"肆，攻击。《郑笺》："肆，犯突也。"朱熹《诗集传》："肆，纵兵也。"程俊英、蒋见元《诗经》："肆，攻击。"

【辨释】

伐、肆，同为"攻击"之义，但"攻击"的具体方式不同。伐，指公开宣战的进攻。《左传·庄公二十九年》孔颖达疏："凡师有锺鼓曰伐，无曰侵，轻曰袭。"肆，指不受约束的进攻。《大雅·大明》："肆伐大商，会朝清明！""肆伐"连文同义，均指纵兵攻击。

12. 绝、忽

绝、忽，在"消灭"的意义上为一组修辞同义词。

【构组】

《大雅·皇矣》八章，八章：是伐是肆，是绝是忽，四方以无拂。

绝、忽，同句对出同义，均为"消灭"之义。绝，消灭。《后汉书·马援列传》："名灭爵绝，国土不传。""灭"、"绝"对文同义。忽，消灭。《毛传》："忽，灭也。"孔颖达《毛诗正义》："于是用师伐之，于是合兵疾往，于是殄绝之，于是讨灭之。"马瑞辰《毛诗传笺通释》："《尔雅·释诂》忽、灭二字并云尽也。是忽、灭二字同义。凡二字同义即可互训。"程俊英、蒋见元《诗经》："忽，消灭。"

【辨释】

绝、忽，同为"消灭"之义，但本义不同。绝，从糸，从刀，从卩（人），本义为把丝弄断。《说文·糸部》："绝，断丝也。"忽，从心，勿声，本义为不重视，忽略。《说文·心部》："忽，忘也。"《广雅·释诂》："忽，轻也。"

13. 坼、副

坼、副，在"裂开"的意义上为一组修辞同义词。

【构组】

《大雅·生民》八章，二章：不坼不副，无灾无害。

坼、副，同句对出同义，均为"裂开"之义。孔颖达、朱熹、马瑞辰直接指出二词同义，为"裂"义。孔颖达《毛诗正义》："以凡常之人，在母腹则病，其生则又坼副灾害其母，以横逆人道。"坼副，同义连文。又曰："坼、副，皆裂也。"朱熹《诗集传》："坼、副，皆裂也。"马瑞辰《毛诗传笺通释》："盖谓其胞衣之不坼裂也。"程俊英、蒋见元《诗经》："坼，裂开。副，破裂。""裂开"与"破裂"语义相近。黄典诚《诗经通译新诠》："不坼，不裂。不副……也是不裂。"坼、副，为一组修辞同义词。

【辨释】

坼、副，均为"裂开"之义，但常用义使用有别。坼，常用作开裂义。《说文·土部》："坼，裂也。"《淮南子·本经训》："夷羊在牧，飞蛩满野，天旱地坼。"今有双音词"坼裂"，意即裂开。副，常用作量词和区别词。《战国策·燕策三》："燕国有勇士秦武阳，年十二杀人，人不敢与忤视。乃令秦武阳为副。"今有词语"一副眼镜"、"副校长"，分别为量词和区别词。

14. 灾、害

灾、害，在"灾害"的意义上为一组修辞同义词。

【构组】

《大雅·生民》八章，二章：不坼不副，无灾无害。

灾、害，同句对出同义，均为"灾害"之义。杨树达《积微居小学述林》卷一："灾亦为害，故古人以之与害并言矣。"灾、害，其词义古今变化不大，一般《诗经》注本均为加注。程俊英、蒋见元《诗经》将"无灾无害"翻译为"无灾无难身健康"，可以看出，"灾"、"害"同义。

【辨释】

灾、害，均为"灾害"之义，但侧重点不同。灾，侧重于自然发生的灾害。《说文·火部》："天火曰烖，从火，哉声。或从宀火。古文从才，籀文从巛。"意即天地自然发生的火灾叫灾。《左传·宣公十六年》："凡火，人火曰火，天火曰灾。"害，侧重于人为发生的灾害。《说文·宀部》："害，伤也。从宀从口。宀口，言从家起也。"意即伤害之言从家中引起。《论语·卫灵公》："志士仁人，无求生以害仁，有杀身以成仁。"

15. 芾芾、秠秠、幪幪、唪唪

芾芾、秠秠、幪幪、唪唪，在"茂盛的样子"的意义上为一组修辞同义词。

【构组】

　　《大雅·生民》八章，四章：艺之荏菽，荏菽旆旆。禾役穟穟，麻麦幪幪，瓜瓞唪唪。

　　旆旆、穟穟、幪幪、唪唪，对句对出同义，均为"茂盛的样子"之义。旆旆，茂盛的样子。《毛传》："旆旆然，长也。"朱熹《诗集传》："旆旆，枝旍扬起也。"程俊英、蒋见元《诗经》："旆旆，茂盛的样子。"穟穟，茂盛的样子。孔颖达《毛诗正义》："此荏菽重言者，以艺之之文为下总目，于荏菽配之为句，又分别说其茂之状，故重言之。"又曰："其旆旆、穟穟、幪幪，皆言生长茂盛之貌。因其文异，故以长、好、茂散而承之，其实互相通。"幪幪，茂盛的样子。《毛传》："幪幪然茂盛也。"朱熹《诗集传》："幪幪然茂密也。"唪唪，茂盛的样子。《毛传》："唪唪然，多实也。"王引之《经义述闻》卷六："唪唪，茂盛之貌，不必专训多实。《说文》曰：'玤，读若诗曰瓜瓞菶菶。'是唪唪本作菶菶。"马瑞辰《毛诗传笺通释》："唪唪即菶菶之假借。《说文》：'玤，读若诗曰瓜瓞菶菶。'又：'唪，读若诗瓜瓞菶菶。'皆用本字，盖本《三家诗》，菶菶犹旆旆、幪幪，皆盛貌也。"

【辨释】

　　旆旆、穟穟、幪幪、唪唪，均为"茂盛的样子"之义，但茂盛的侧重点不同。旆旆，侧重于禾苗长势茂盛。文天祥《献州道中》："四望登原隰，桑麻蔚旆旆。"穟穟，侧重于禾苗禾穗丰硕。《说文·禾部》："穟，禾采之皃。从禾，遂声。"段玉裁注："成就之皃。"幪幪，侧重于禾苗茂密。唪唪，通"菶菶"，侧重于果实繁茂，如本篇。

16. 豆、登

　　豆、登，在"古代一种盛食物的器皿，相当于碗"的意义上为一组修辞同义词。

【构组】

　　《大雅·生民》八章，八章：卬盛于豆，于豆于登。

豆、登，同句对出同义，均为"古代一种盛食物的器皿，相当于碗"之义。豆、登，都是古代盛食物的器皿。《毛传》："木曰豆，瓦曰登。豆，荐菹醢也；登，大羹也。"朱熹《诗集传》："木曰豆，以荐菹醢也。瓦曰登，以荐大羹也。"陈奂《诗毛氏传疏》："豆、登制相似，豆之下跗名镫，则镫必有足。豆以木，镫以瓦，为别耳。"马瑞辰《毛诗传笺通释》："《释器》及《说文》并曰：'木豆谓之梪。'豆者，梪之省借。"《说文·豆部》："豆，古食肉器也。"《尔雅·释器》："木豆谓之豆，竹豆谓之笾，瓦豆谓之登。"

【辨释】

豆、登，均为"古代一种盛食物的器皿，相当于碗"之义，但质地不同。豆，古代木制的器皿；登，古代瓦制的器皿。豆、登，亦用作祭器。登，形制似豆而较浅。《韩非子·外储说右上》："杀一牛，取一豆肉，余以食士。"修辞同义词的运用，突出强调祭祀时祭品的丰盛。

17. 肆、设

肆、设，在"陈设"的意义上为一组修辞同义词。

【构组】

《大雅·行苇》四章，二章：肆筵设席，授几有缉御。

肆、设，同句对出同义，均为"陈设"之义。肆，陈设。《说文·镸部》："肆，极、陈也。"意即穷极和陈列。《毛传》："肆，陈也。或陈筵者，或授几者。"《小雅·楚茨》："或剥或亨，或肆或将。"句中的"肆"指陈设。设，陈设。《说文·言部》："设，施陈也。"王先谦《诗三家义集疏》："设，陈也。"《小雅·彤弓》："钟鼓既设，一朝飨之。"

【辨释】

肆、设，均为"陈设"之义，但常用义不同。肆，常用义为放纵，任意行事。《汉书·荆燕吴传》："吴与郊西，知名诸侯也，一时见察，不得安肆矣。"颜师古注"肆，纵也。"设，常用义为安排、安置。《史记·廉颇蔺相如列传》："赵亦盛设兵以待秦，秦不敢动。"

18. 歌、咢

歌、咢，在"唱歌"的意义上为一组修辞同义词。

【构组】

　　《大雅·行苇》四章，二章：嘉肴脾臄，或歌或咢。

　　歌、咢，同句对出同义，均为"唱歌"之义。歌，有音乐伴奏的歌唱。《毛传》："歌者，比于琴瑟也。"《说文·欠部》："歌，咏也。"意即（依旋律）咏唱。《韩非子·外储说左上》："昔者舜鼓五弦，歌《南风》之诗而天下治。"咢，无伴奏歌唱。《毛传》："歌者，比于琴瑟也。徒击鼓曰咢。"陆德明《经典释文》："毛云：'徒歌曰咢'。"朱熹《诗集传》："歌者，比于琴瑟也。徒击鼓曰咢。"

【辨释】

　　歌、咢，均为"唱歌"之义，但歌唱方式不同。歌，有音乐伴奏的歌唱。《战国策·齐策四》："左右曰：乃歌夫'长铗归来'者也。"咢，无音乐伴奏的歌唱。如本篇"或歌或咢"。另一说"咢"为徒击鼓而不唱歌。《尔雅·释乐》："徒击鼓谓之咢。"

19. 类、祚

类、祚，在"善、福"的意义上为一组修辞同义词。

【构组】

　　《大雅·既醉》八章，五章：孝子不匮，永锡尔类。六章：君子万年，永锡祚胤。

　　类、祚，同篇对出同义，均为"善、福"之义。首先要说明的是："永锡祚胤"当为"永锡胤祚"，这是为押韵而变换语序。在第六章中，壹、年、胤属文部字。

　　类，善、福。《毛传》："类，善也。"朱熹《诗集传》："类，善也。"祚，善、福。朱熹《诗集传》："祚，福禄也。"陈奂《诗毛氏传疏》："祚，当依《释文》作胙。《说文》有胙无祚。《肉部》：'胙，祭福肉也。'因之凡福皆曰胙。胙胤，胤胙也。'永锡胙胤'言长予子孙以福禄也。"善、福义近，当为一组修辞同义词。

【辨释】

类、祚，均为"善、福"之义，但常用义不同。类，常用义为很多相似事物的综合。《说文·犬部》："类，种类相似，惟犬为甚。"《韩非子·五蠹》："今欲以先王之政，治当世之民，皆守株之类也。"祚，常用义为善福。《国语·周语下》："若能类善物，以混厚民人者，必有章誉蕃育之祚，则单子必当之矣。"

20. 場、疆

場、疆，在"划分田界"的意义上为一组修辞同义词。

【构组】

《大雅·公刘》六章，一章：乃場乃疆，乃积乃仓。

場、疆，同句对出同义，均为"划分田界"之义。場、疆，田界，名词，在此活用作动词。《毛传》："乃場乃疆，言修其疆場也。"《毛传》已指出"場、疆"为动词。朱熹《诗集传》："場、疆，田畔也。"严粲《诗缉》："場是小界，今之小土塍也。"程俊英、蒋见元《诗经》："場，田界。"三家所释均为名词，但在串讲或译文中已指出二词活用为动词。

【辨释】

場、疆，均为"划分田界"之义，但常用义不同。場、疆，常作名词用，组合为汉语双音词"疆場"，指边境。《左传·成公十三年》："郑人怒君之疆場，我文公帅诸侯及秦围郑。"此句中的"疆場"指边境。場、疆，其不同点是"場是小界"，疆，常指大的边境。《说文·畕部》："畺，界也。从畕，三，其界画也。疆，畺或从彊土。"引申为国界、边界。《礼记·曲礼下》："大夫私行出疆，必请。"

请注意："疆場"，不是"疆場"（疆场）。

21. 积、仓

积、仓，在"把粮食装入粮仓"的意义上为一组修辞同义词。

【构组】

《大雅·公刘》六章，一章：乃埸乃疆，乃积乃仓。

积、仓，同句对出同义，均为"把粮食装入粮仓"之义。积，指露天堆积粮食。朱熹《诗集传》："积，露积也。"马瑞辰《毛诗传笺通释》："露积曰庾，与有屋曰仓异。"所释为名词"积"，动词"积"是指"把粮食露天堆积"。仓，名词，指粮仓。此为动词"仓"，即把粮食装入粮仓。《毛传》："'乃积乃仓'，言民事和，有积仓也。"程俊英《诗经注析》："仓，仓库。这里也都用作动词。"

【辨释】

积、仓，均为"把粮食装入粮仓"之义，但装入粮仓的方式不同。积，指露天堆积。具体来说，就是在场院里用摺子把粮食趸起来堆积。在北方秋末有时还能见到这种堆积粮食的方法。仓，是将粮食放入仓库里。

22. 橐、囊

橐、囊，在"装入口袋"的意义上为一组修辞同义词。

【构组】

《大雅·公刘》六章，一章：乃裹糇粮，于橐于囊。

橐、囊，同句对出同义，均为"装入口袋"之义。橐、囊，名词，口袋，活用为动词。《说文》："橐，囊也。"又曰："囊，橐也。"二词互训，为一组名词同义词。《毛传》："小曰橐，大曰囊。"朱熹《诗集传》："无底曰橐，有底曰囊。"马瑞辰《毛诗传笺通释》："盖囊与橐对文则异，散文则通。"程俊英、蒋见元《诗经》："橐，没底的口袋，装货后，用绳扎住两头。囊，有底的口袋。"在此篇中，二词活用为动词，为"装入口袋"之义。

【辨释】

橐、囊，均为"装入口袋"之义，但名词"口袋"的特点不同。一般认为，没底的口袋叫橐，有底的口袋叫囊。《战国策·秦策一》："嬴縢履蹻，负书担橐，形容枯槁，面目犁黑，状有归色。"马中锡《中山狼传》："先生如其指，纳狼于囊，遂括囊口，肩举驴上，引避道左，以待赵人之过。"橐、囊，二词在此篇中活用作动词，均为用口袋装之义。马中锡《中山狼传》："策蹇驴，囊图书，夙行失道，望尘惊悸。"

23. 处处、庐旅

处处、庐旅，在"居住"的意义上为一组修辞同义词。

【构组】

《大雅·公刘》六章，三章：于时处处，于时庐旅。

处处、庐旅，对句对出同义，均为"居住"之义。处处、庐旅，居住。《郑笺》："京地乃众民所宜居之野也，于是处其当处者，庐舍其宾旅。"朱熹《诗集传》："处处，居室也。……自上观之，则陟南冈而觏于京，于是为之居室，于是庐其宾旅，于是言其所言，于是语其所语，无不于斯焉。"于省吾《泽螺居诗经新证》："诗义本谓于是处，于是庐，于是言，于是语，是说京师之野，正是可处、可庐、可言、可语的居住地址。作重言者，以足成词句而已。"程俊英、蒋见元《诗经》："处处，居住。庐旅，寄居。"

【辨释】

处处、庐旅，均为"居住"之义，但侧重点不同。处处，侧重于建房。后引申为在各个地方。陶渊明《桃花源记》："得其船，便扶向路，处处志之。"庐旅，侧重于居住，如本篇。

24. 言言、语语

言言、语语，在"谈论"的意义上为一组修辞同义词。

【构组】

《大雅·公刘》六章，三章：于时言言，于时语语。

言言、语语，对句对出同义，均为"谈论"之义。言言、语语，谈论。《毛传》："直言曰言，论难曰语。"《郑笺》："言其所当言，语其所当语。"朱熹《诗集传》："直言曰言，论难曰语。"孟郊《自惜》："徒有言言旧，惭无默默新。"黄典诚《诗经通译新诠》："言言，杂谈貌。语语，杂辩貌。"

【辨释】

言言、语语，均为"谈论"之义，但侧重点不同。言言，直接谈论。语语，辩论式谈论。如本篇"于时言言，于时语语"。

25. 厉、锻

厉、锻，在"做工用的石头"的意义上为一组修辞同义词。

【构组】

《大雅·公刘》六章，六章：涉渭为乱，取厉取锻。

厉、锻，同句对出同义，均为"做工用的石头"之义。厉，做工用的石头，指磨刀石，为"砺"的本字。孔颖达《毛诗正义》："言取砺者，亦取其为砺之石耳。"朱熹《诗集传》："厉，砥。"马瑞辰《毛诗传笺通释》："砺者，厉字之俗。《说文》：'厉，旱石也。'《系传》：'旱石，粗石也。'"段玉裁注："旱石者，刚于柔石者也。字亦作厉、作砺。"程俊英、蒋见元《诗经》："厉同砺，粗糙坚硬的磨刀石。锻，捶物的大石。"锻，做工用的石头，指砧石。《毛传》："锻，石也。"《郑笺》："锻，石所以为锻质也。"孔颖达《毛诗正义》："言锻金之时须山石为椹质，故取之也。"陆德明《经典释文》："锻，本又作碬。"陈奂《诗毛氏传疏》："锻乃碬之假借字。厉碬者，砥砻之石也。"

【辨释】

厉、锻，均为"做工用的石头"之义，但具体所指不同。厉，为磨刀石。今有成语"再接再厉"，后引申为磨快。《左传·僖公三十三年》："则束载、厉兵、秣马矣。使皇武子辞焉。"锻，为砧石，捶物的大石。如本篇"取厉取锻"，后引申为锤击。《庄子·列御寇》："其父谓其子曰：'取石来锻之。'"

26. 圭、璋

圭、璋，在"古代帝王或诸侯举行典礼时用的一种玉制礼器"的意义上为一组修辞同义词。

【构组】

《大雅·卷阿》十章，六章：颙颙卬卬，如圭如璋，令闻令望。

圭、璋，同句对出同义，均为"古代帝王或诸侯举行典礼时用的一种玉制礼器"之义。圭，长条形，上端作三角形，下端正方。中国古代贵族朝聘、祭祀、丧葬时以为礼器。依其大小，以别尊卑，字又作珪。《周礼·大宗伯》："以苍璧礼天，以黄琮礼地，以青圭礼东方。"郑玄注："礼东方以立春，谓苍精之帝，而太昊、句芒食焉。"《礼记·礼器》："圭璋特，琥璜爵。"孔颖达疏："圭璋，玉中之贵也。……诸侯朝王以圭，朝后执璋。"璋，古代帝王或诸侯举行典礼时用的一种玉制礼器，形状像圭的一半。《说文·玉部》："璋，剡上为圭，半圭为璋。"《大雅·板》："如璋如圭，如取如携。"孔颖达《毛诗正义》："半圭为璋，合二璋成圭。"《庄子·马蹄》："白玉不毁，孰为珪璋。"程俊英、蒋见元《诗经》："圭、璋，古代玉制礼器。"

【辨释】

圭、璋，均为"古代帝王或诸侯举行典礼时用的一种玉制礼器"之义，但形制大小和表示尊卑不同。在形状上圭比璋大，"半圭为璋，合二璋成圭"。在使用上圭比璋重要，"诸侯朝王以圭，朝后执璋"。

27. 号、呼

号、呼，在"喊叫"的意义上为一组修辞同义词。

【构组】

《大雅·荡》八章，五章：式号式呼，俾昼作夜。

号、呼，同句对出同义，均为"喊叫"之义。号，繁体为號，从虎，从号，本义为喊叫。《尔雅·释言》："号，呼也。"《魏风·硕鼠》："乐郊乐郊，谁之永号。"《毛传》："号，呼也。"范仲淹《岳阳楼记》："阴风怒号，浊浪排空。"黄典诚《诗经通译新诠》："式号式呼，大嚷大叫。"呼，喊叫。《郑笺》："醉则号呼相效。"陈奂《诗毛氏传疏》："呼，亦号也。《硕鼠》《宾之初筵》传并云：'号，呼也。'"《仪礼·士昏礼》："媵侍于户外，呼则闻。"

【辨释】

号、呼，均为"喊叫"之义，但本义不同。在古代"号"、"號"为两个字，后简化为"号"。《说文·号部》："号，痛声也。"意即号啕痛哭声。又曰："號，呼也。"段玉裁注："唬号声高，故从号；虎哮声厉，故从虎。"此篇中的"号"当为"號"。呼，从口，乎声，本义为吐气，与"吸"相对。《说文·口部》："呼，外息也。"意即向外吐气。段玉裁注："出其息也。"后来"号"、"呼"结合为汉语双音词"呼号"，表示"因极端悲伤而哭叫；因处于困境需要援助而叫喊"。明王守仁《王文成公全书·南镇祷雨文》卷二十五："守土官帅其吏民奔走呼号，维是祈祷告请，亦无不至矣，而犹雨泽未应，旱烈益张。"

28. 蜩、螗

蜩、螗，在"蝉叫声"的意义上为一组修辞同义词。

【构组】

　　《大雅·荡》八章，六章：如蜩如螗，如沸如羹。

蜩、螗，同句对出同义，均为"蝉叫声"之义。蜩，蝉也，在此为蝉叫声。《说文·虫部》："蜩，蝉也。"《豳风·七月》："四月秀葽，五月鸣蜩。"《毛传》："蜩，螗也。"朱熹《诗集传》："蜩、螗，皆蝉也。"陈奂《诗毛氏传疏》："《方言》：'蝉，楚谓之蜩'是也。其大者曰唐蜩，蝉其小者也。"在此篇中，指蝉的叫声。螗，蝉的一种，背表绿色，头有花冠，喜鸣，声音清亮。《毛传》："螗，蝉也。"《郑笺》："饮酒呼号之声，如蜩螗之鸣。"此注告诉我们，"蜩"、"螗"在此活用作动词。陆机《毛诗草木鸟兽虫鱼疏》："螗，蝉之大而黑色者，有五德，文、清、廉、俭、信。"

【辨释】

蜩、蟧，均为"蝉叫声"之义，但作为"蝉"其形体大小有别。根据陆机、陈奂的注释，可知：蜩是小蝉；蟧是大蝉而体黑。从鸣叫声来看，蟧比蜩更喜欢鸣叫，而且声音清亮。

29. 业业、彭彭、骙骙

业业、彭彭、骙骙，在"马强壮威武的样子"的意义上为一组修辞同义词。

【构组】

《大雅·烝民》八章，七章：仲山甫出祖，四牡业业。四牡彭彭，八鸾锵锵。八章：四牡骙骙，八鸾喈喈。

业业、彭彭、骙骙，同篇对出同义，均为"马强壮威武的样子"之义。业业，马强壮威武的样子。《小雅·采薇》："戎车既驾，四牡业业。"《毛传》："业业然，壮也。"朱熹《诗集传》："业业，健貌。"彭彭，马强壮有力的样子。《小雅·出车》："出车彭彭，旐旟央央。"朱熹《诗集传》："彭彭，众盛貌。"《大雅·大明》："牧野洋洋，檀车煌煌，驷骠彭彭。"《郑笺》："兵车鲜明，马又强，则暇且整。"孔颖达《毛诗正义》："又驾驷骠之牡马，彭彭然皆强盛。"骙骙，马强壮威武的样子。《小雅·采薇》："驾彼四牡，四牡骙骙。"《毛传》："骙骙，强也。"

在这组同义词中，直接注明三词为同义词的非常少，根据此诗主旨和叠咏行文特点，马跑得快均与马威武强壮有关，所以，三词释为"马强壮威武的样子"则更为贴切、允当。

【辨释】

业业、彭彭、骙骙，均为"马强壮威武的样子"之义，语义区别不大，在《诗经》中经常形容马匹强壮有力。修辞同义词的运用，强调了马多且强。

30. 锵锵、喈喈

锵锵、喈喈，在"铃声悦耳之声"的意义上为一组修辞同义词。

【构组】

　　《大雅·烝民》八章，七章：四牡彭彭，八鸾锵锵。八章：四牡骙
骙，八鸾喈喈。

　　锵锵、喈喈，同篇对出同义，均为"铃声悦耳之声"之义。锵锵，铃声
悦耳之声。《郑笺》："锵锵，鸣声。"孔颖达《毛诗正义》："八鸾之声又锵锵
然。"黄典诚《诗经通译新诠》："锵锵，铜铃声音。"又曰："喈喈，也是铜铃
声。"喈喈，铃声悦耳之声。《毛传》："喈喈，犹锵锵也。"孔颖达《毛诗正
义》："八鸾之声喈喈然而鸣。"

【辨释】

　　锵锵、喈喈，均为"铃声悦耳之声"之义，其铃声稍有区别。锵锵，指
铃声悦耳。喈喈，也铃声悦耳但声音和谐。秦嘉《留郡赠妇》之二："肃肃仆
夫征，锵锵扬和铃。"《小雅·鼓钟》："鼓钟喈喈，淮水湝湝。"《毛传》："喈
喈，犹锵锵。"

31. 滔滔、汤汤
滔滔、汤汤，在"水势浩大的样子"的意义上为一组修辞同义词。

【构组】

　　《大雅·江汉》六章，一章：江汉浮浮，武夫滔滔。二章：江汉汤
汤，武夫洸洸。

　　滔滔、汤汤，对句对出同义，均为"水势浩大的样子"之义。

　　根据王引之《经义述闻》卷七的考证，《大雅·江汉》一章中的诗句"江
汉浮浮，武夫滔滔"当为"江汉滔滔，武夫浮浮"，据此可知，此诗中的"滔
滔"、"汤汤"，对句对出同义。

　　王引之《经义述闻》卷七"江汉浮浮，武夫滔滔"条，引之谨案："经当
作'江汉滔滔，武夫浮浮'，《传》当作'滔滔，广大貌。浮浮，众强貌。'
《笺》当作'江汉之水，合而东流滔滔然，宣王于是水上命将率遣士众，使循

流而下浮浮然。'《传》云'滔滔，广大貌'者，《小雅·四月》篇'滔滔江汉'，《传》曰：'滔滔，大水貌。'此言'江汉滔滔'，义与彼同。故曰'广大貌'也。云'浮浮，众强貌'者，浮与儦声义相近，浮浮犹儦儦也。《齐风·载驱》篇：'行人儦儦'，《传》曰：'儦儦，众貌，犹浮浮之为众貌也。'《郑风·清人》篇：'驷介儦儦'，《传》曰：'儦儦，武貌，犹浮浮之为强貌也。'人盛谓之儦儦，又谓之浮浮。……滔滔、浮浮四字上下互讹。"

【辨释】

滔滔、汤汤，均为"水势浩大的样子"之义，语义区别不大。需要说明的是，王引之考证出本篇中的"滔滔、浮浮四字上下互讹"，所论至确。从现今《诗经》注译版本中，指出其"滔滔、浮浮四字上下互讹"的不多，由此可见先哲学术研究的精深，需后学者继承。

32. 浮浮、洸洸

浮浮、洸洸，在"威武的样子"的意义上为一组修辞同义词。

【构组】

　　《大雅·江汉》六章，一章：江汉浮浮，武夫滔滔。二章：江汉汤汤，武夫洸洸。

浮浮、洸洸，对句对出同义，均为"威武的样子"之义。浮浮，威武的样子。在"滔滔、汤汤"词条中已述王引之的论证，此不赘述。洸洸，威武的样子。《毛传》："洸洸，武貌。"《尔雅·释训》："洸洸，武也。"朱熹《诗集传》："洸洸，武貌。"程俊英、蒋见元《诗经》："洸洸，威武的样子。"

【辨释】

浮浮、洸洸，均为"威武的样子"之义，语义区别不大。主要是换用避复以取得错综变化之妙。

第三节　《诗经·颂》对出修辞同义词研究

一　《诗经·周颂》对出修辞同义词研究

《诗经·周颂》31篇，对出修辞同义词8组：将、享；戬、戬；喤喤、将将；黍、稷；酒、醴；鳣、鲔；萋、且；宿宿、信信。

1. 将、享

将、享，在"奉献"的意义上为一组修辞同义词。

【构组】

> 《周颂·我将》一章，一章：我将我享，维羊维牛，维天其右之。

将、享，同句对出同义，均为"奉献"之义。杨合鸣《〈诗经〉疑难词语辨析》："'将'与'享'义同，即奉献之意。"将，奉献。《郑笺》："将，犹奉也。"孔颖达《毛诗正义》："以将与享相类，当谓致之于神，不宜为大。"朱熹《诗集传》："将，奉。"奉，即奉献。享，奉献。《说文·亯部》："亯，献也。"亯，古同"享"。《商颂·殷武》："昔有成汤，自彼氐羌，莫敢不来享，莫敢不来王。"《郑笺》："享，献也。"朱熹《诗集传》："享，献。"程俊英、蒋见元《诗经》："享，祭献。"杨合鸣《疑难词语辨析》将这三句译为："奉上献上，有牛有羊，敬请上帝是飨。"

【辨释】

将、享，均为"奉献"之义，但本义不同。将，从寸，酱省声，从"寸"的字，大都表示与手有关。本义为带领、扶助，动词。《乐府诗集·木兰诗》："爷娘闻女来，出郭相扶将。"扶将，即扶助和引领。享，用物品进献人，供奉鬼神使其享受，即祭献。《小雅·楚茨》："以为酒食，以享以祀。"《郑笺》："享，献。"

2. 戢、櫜

戢、櫜，在"收藏兵器"的意义上为一组修辞同义词。

【构组】

> 《周颂·时迈》一章，一章：载戢干戈，载櫜弓矢。

戢、櫜，对句对出同义，均为"收藏兵器"之义。戢，收藏兵器。《毛传》："戢，聚。"《说文·戈部》："戢，藏兵也。从戈咠声。《诗》曰：'载戢干戈。'"朱熹《诗集传》："戢，聚。"段玉裁注："聚与藏义相成，聚而藏之也。"櫜，本义为口袋，名词。《说文》："櫜，车上大橐。"后引申为收藏盔甲、弓矢的器具，动词。在这句诗中，"载櫜弓矢"与"载戢干戈"结构相同，均为动宾关系。"戢干戈"是收藏兵器，"櫜弓矢"是收藏弓箭。"戢"与"櫜"同义，均为收藏，为一组词汇同义词。

【辨释】

戢、櫜，均为"收藏兵器"之义，但收藏的侧重点不同。戢，侧重于收藏干戈一类的兵器，体积较大。櫜，侧重于收藏弓箭一类的兵器，常在口袋里收藏。"载櫜弓矢"，《毛传》："櫜，韬也。"孔颖达《毛诗正义》："櫜者，弓衣，一名韬。"

3. 喤喤、将将

喤喤、将将，在"钟鼓乐器声"的意义上为一组修辞同义词。

【构组】

《周颂·执竞》一章，一章：钟鼓喤喤，磬筦将将，降福穰穰。

喤喤、将将，对句对出同义，均为"钟鼓乐器声"之义。喤喤，也作"鍠鍠"，形容钟鼓声大而和谐。《说文·金部》："鍠，钟声也。从金，皇声。《诗》曰：'钟鼓鍠鍠。'"《毛传》："喤喤，和也。"和，即指声音和谐。孔颖达《毛诗正义》："喤喤、将将，俱是声也。"陈奂《诗毛氏传疏》："云和者，谓钟与鼓声相应也。"程俊英、蒋见元《诗经》："喤假借为鍠，钟鼓声。"又曰："将将，音义同锵锵。"将将，同"锵锵"，象声词，指金玉撞击声。《郑风·有女同车》："将翱将翔，佩玉将将。"《毛传》："将将，鸣玉而后行。"陆德明《经典释文》："将将，玉佩声。"将将，严粲《诗缉》："钱氏曰：'声之相应也。'"黄典诚《诗经通译新诠》："喤喤，鼓钟的声音。"又曰："将将，磬管的声音。"

【辨释】

喤喤、将将，均为"钟鼓乐器声"之义，但钟鼓乐器声的侧重点稍有不同。喤喤，侧重于钟鼓声大而和谐。将将，侧重于金玉撞击声。

4. 黍、稌

黍、稌，在"粮食"的意义上为一组修辞同义词。

【构组】

《周颂·丰年》一章，一章：丰年多黍多稌。

黍、稌，同句对出同义，均为"粮食"之义。黍，古代专指一种子实叫黍子的一年生草本植物，其子实煮熟后有黏性，可以酿酒、做糕等。北方俗称黄米。《说文·黍部》："黍，禾属而黏者也。以大暑而孰，故谓之黍。"《论语·微子》："止子路宿，杀鸡为黍而食之，见其二子焉。"稌，稻子。《毛传》："稌，稻也。"《说文·禾部》："稌，稻也。"朱熹《诗集传》："稌，稻也。"陈奂《诗毛氏传疏》："稌，稻。《尔雅·释草》文，郭注云：'今沛国呼稌。'《说文》：'沛国谓稻曰稬。'是以黏者为稌矣。《周礼·食医》：'朱宜稌矣。'郑司农注云：'稌，粳也。'是又以不黏者为稌矣。盖稻、稌皆大名也。"

【辨释】

黍、稌，均为"粮食"之义，但具体所指粮食作物不同。黍，指一种子实叫黍子的一年生有黏性的草本植物。北方俗称黄米，今在北方也普遍种植。稌，指稻子。如本篇"丰年多黍多稌"。

5. 酒、醴

酒、醴，在"酒"的意义上为一组修辞同义词。

【构组】

《周颂·丰年》一章，一章：为酒为醴，烝畀祖妣。

酒、醴，同句对出同义，均为"酒"之义。酒，用高粱、米、麦等发酵制成的含有乙醇的饮料。《说文·酉部》："酒，就也。所以就人性之善恶。"

意即酒，就是迁就，是用来迁就人性的善良和丑恶的饮料。《小雅·大东》："维北有斗，不可以挹酒浆。"醴，甜酒。《说文·酉部》："醴，酒一宿孰也。"意即酒酿一夜就熟了。《小雅·吉日》："以御宾客，且以酌醴。"朱熹《诗集传》："醴，酒名。"程俊英、蒋见元《诗经》："醴，一种甜酒。"

【辨释】

酒、醴，均为"酒"之义，但酒的品类不同。酒，一般的酒。醴，指甜酒。这说明我国在春秋时代已能酿造出不同品类的酒，说明当时手工业已比较发达。

6. 鳣、鲔

鳣、鲔，在"鱼"的意义上为一组修辞同义词。

【构组】

《周颂·潜》一章，一章：有鳣有鲔，鲦鲿鰋鲤。

鳣、鲔，同句对出同义，均为"鱼"之义。鳣，鲟鳇鱼的古称。《尔雅·释鱼》郭璞注："鳣，大鱼，似鳣而短鼻，口在颌下，体有斜行甲，无鳞，肉黄。大者长二、三丈。今江东呼为黄鱼。"鲔，古书上指鲟鱼。陆机《毛诗草木鸟兽虫鱼疏》："鲔鱼，色青黑，头小而尖，似铁兜鍪，口在颌下，其甲可以磨姜，大者不过七八尺。大者为王鲔，小者为叔鲔。"

【辨释】

鳣、鲔，均为"鱼"之义，但所指鱼的具体品类不同。鳣，鲟鳇鱼的古称。鲔，古书上指鲟鱼。如本篇"有鳣有鲔"。一说：鳣，为鲤鱼。如《郑笺》："鳣，大鲤也。"此注不确。这是周王用鱼献祭的乐歌，下文已明确指出献祭鱼名有"鲦鲿鰋鲤"四种，其中就有"鲤鱼"，而上文"鳣"也指鲤鱼，上下文用词重复，这在古代极为罕见，与古人行文习惯相悖。所以，还是将"鳣"释为"鲟鳇鱼"为确。

7. 姜、且

姜、且，在"随从众多的样子"的意义上为一组修辞同义词。

【构组】

　　《周颂·有客》一章，一章：有萋有且，敦琢其旅。

　　萋、且，同句对出同义，均为"随从众多的样子"之义。马瑞辰《毛诗传笺通释》："萋、且，双声字，皆状其从者之盛。《说文》：'萋，草盛也。'《韩诗章句》：'萋萋，盛也。'且与居同部义近。且且犹言裾裾。《荀子》杨倞注：'裾裾，盛服貌。'草之盛曰萋萋，服之盛曰裾裾，人之盛曰萋且，其义一也。"程俊英、蒋见元《诗经》："有萋有且，即萋萋且且，形容随从众多的样子。"杨合鸣《〈诗经〉疑难词语辨析》："'有萋'即'萋萋'，本义为草盛貌；'有且'即'且且'（通'裾裾'），本义为服盛貌。'萋且'在此是用以形容人盛。"

【辨释】

　　萋、且，均为"随从众多的样子"之义，但常用义不同。萋，常用义为草茂盛的样子。《说文·艸部》："萋，草盛。"且，常用义为"将近"、"几乎"、"将要"，副词；又相当于"又"、"而且"，连词。《齐风·鸡鸣》："会且归矣，无庶予子憎。"且，将要，副词。《小雅·鱼丽》："君子有酒，旨且多。"且，而且，连词。

　　8. 宿宿、信信

　　宿宿、信信，在"住宿"的意义上为一组修辞同义词。

【构组】

　　《周颂·有客》一章，一章：有客宿宿，有客信信。

　　宿宿、信信，对句对出同义，均为"住宿"之义。《毛传》："一宿曰宿，再宿曰信。"李黼平《毛诗紬义》："有客宿宿，有客信信，特心欲留客，致殷勤之辞，犹《豳风》'于女信处，于女信宿'耳。"王先谦《诗三家义集疏》："《鲁》说曰：'有客宿宿，言再宿也。'"程俊英、蒋见元《诗经》："宿，住一夜。信，住二夜。信信，用叠字形容客人住了几天的意思。"

【辨释】

宿宿、信信，均为"住宿"之义，但常用义不同。宿，常用义为住宿，夜里睡觉。《说文·宀部》："宿，止也。"意即止宿。《孟子·公孙丑下》："孟子去齐，宿于昼。"信，常用义为诚实、不欺骗。《说文·言部》："信，诚也。"《史记·屈原贾生列传》："信而见疑，忠而被谤，能无怨乎？"

二 《诗经·鲁颂》对出修辞同义词研究

《诗经·鲁颂》4篇，对出修辞同义词3组：飨、宜；耆、艾；断、度。

1. 飨、宜

飨、宜，在"祭祀"的意义上为一组修辞同义词。

【构组】

《鲁颂·閟宫》九章，三章：是飨是宜，降福既多。

飨、宜，同句对出同义，均为"祭祀"之义。飨，祭祀。《礼记·月令》："乃命太史次诸侯之列，赋之牺牲，以共皇天、上帝、社稷之飨。"罗贯中《三国演义》第七十九回，兄逼弟曹植赋诗，侄陷叔刘封伏法："〔曹丕〕遂统甲兵三十万，南巡沛国谯县，大飨先茔。"宜，祭祀，祭祀土地之神。马瑞辰《毛诗传笺通释》："宜本祭社之名。"接着又引《尔雅·释天》："'乃立冢土，戎丑攸行。'起大事，动大众，必先有事乎社而后出，谓之宜。""凡神歆其祀通谓之宜。"

【辨释】

飨、宜，均为"祭祀"之义，但祭祀的对象稍有不同。飨，祭祀对象较为宽泛，根据《礼记》等典籍可知，飨，可祭祀皇天、上帝、社稷、祖先等。宜，一般指祭祀土地之神。黄典诚《诗经通译新诠》："是飨是宜，飨之宜之。用飨献与俎牲致祭于后帝与后稷。"

2. 耆、艾

耆、艾，在"长寿"的意义上为一组修辞同义词。

【构组】

　　《鲁颂·閟宫》九章，五章：俾尔昌而大，俾尔耆而艾。

　　耆、艾，同句对出同义，均为"长寿"之义。耆、艾，长寿。《礼记·曲礼上》："五十曰艾，服官政；六十曰耆，指使。"郑玄注："艾，老也。"耆、艾，在此篇中指长寿。《说文·老部》："耆，老也。"《释名·释长幼》："六十曰耆。耆，指也，不从力役，指事使人也。"严粲《诗缉》："使汝耆寿而且老艾。"孔颖达《毛诗正义》："使尔年寿则耆而又艾。"程俊英、蒋见元《诗经》："耆、艾，都是长寿的意思。"

【辨释】

　　耆、艾，均为"长寿"之义，在此篇中语义区别不大，对出使用，在于渲染、强调。今有双音词"耆艾"，泛指老年。《荀子·致士》："尊严而惮，可以为师；耆艾而信，可以为师。"

　　3. 断、度
　　断、度，在"砍断"的意义上为一组修辞同义词。

【构组】

　　《鲁颂·閟宫》九章，九章：是断是度，是寻是尺。

　　断、度，同句对出同义，均为"砍断"之义。断，砍断。《韩非子·说林下》："公孙弘断发而为越王骑，公孔喜使人绝之。"《说文·斤部》："断，截也。"《商颂·殷武》："是断是迁，方斲是虔。"孔颖达《毛诗正义》："于斯斩断之，于是迁徙之，又方正而斲之。"度，通"劚"，砍断。马瑞辰《毛诗传笺通释》："度者，劚之省借。《说文》：'劚，判也。'《广雅》：'劚，分也。'《尔雅》'木谓之劚'，郭注引《左传》'山有木，工则劚之'，《左传》今作度，是劚古借作度之证。《玉篇》引《尔雅》作'木谓之柝'，'今江东斫木为柝'，是劚与断义近，故诗以断、度并举。"程俊英、蒋见元《诗经》："度，劚字的省借。劚，劈开。"劈开与砍断义近。

【辨释】

断、度，均为"砍断"之义，但本义不同。断，本义为砍断。表示用斧斤之类断绝。《玉台新咏·古诗为焦仲卿妻作》："三日断五匹，大人故嫌迟。"度，劚的借字，本字为劚，砍断。《尔雅·释器》："犀谓之剒，木谓之劚。"《左传·隐公十一年》："山有木，工则度之；宾有礼，主则择之。"

三 《诗经·商颂》对出修辞同义词研究

《诗经·商颂》5篇，对出修辞同义词6组：简简、渊渊；假、享；正域、肇域；震、动；嶪、竦；遂、达。

1. 简简、渊渊

简简、渊渊，在"鼓声"的意义上为一组修辞同义词。

【构组】

《商颂·那》一章，一章：奏鼓简简。鞉鼓渊渊。

简简、渊渊，同篇对出同义，均为"鼓声"之义。简简，形容鼓声。《郑笺》："其声和大简简然。"陈奂《诗毛氏传疏》："四面建鼓间作，其声大也。"渊渊，形容鼓声富有节奏。《小雅·采芑》："伐鼓渊渊，振旅阗阗。"《毛传》："渊渊，鼓声也。"程俊英、蒋见元《诗经》："渊渊，鼓声。"

【辨释】

简简、渊渊，均为"鼓声"之义，语义区别不大，修辞同义词的运用，重在形容鼓声不断。

2. 假、享

假、享，在"祭祀"的意义上为一组修辞同义词。

【构组】

《商颂·烈祖》一章，一章：以假以享，我受命溥将。

假、享，同句对出同义，均为"祭祀"之义。假，通"格"，祭祀者上祭于神。严粲《诗缉》："以格神，而神来格；以享神，而神来飨；降以无穷之福也。"朱熹《诗集传》："助祭之诸侯，乘是车以假以享于祖宗之庙也。……假之而祖考来假，享之而祖考来飨，则降福无疆矣。"吴闿生《诗义会通》："假读曰格。以格以享，主祭者之感格神明也，来格来享，神明之来降也。"程俊英、蒋见元《诗经》："假，通'格'，祭者上祭于神。"享，祭祀。《说文·享部》："享，献也。……曰象进孰物形。《孝经》曰：'祭则鬼享之。'"《小雅·楚茨》："以为酒食，以享以祀。"《郑笺》："享，献。"

【辨释】

假、享，均为"祭祀"之义，但本义不同。假，本义与"真"相对，不真实的。元曲·无名氏《隔江斗志》："那一个掌亲的怎知道弄假成真。"享，本义为祭献，上供。即用物品进献人，供奉鬼神使其享受。《小雅·信南山》："祭以清酒，从以骍牡，享于祖考。"程俊英、蒋见元《诗经》将其译为"神前斟上清清酒，再献赤黄大公牛，上供祖先来享受"。

3. 正域、肇域

正域、肇域，在"划定疆域、治理"的意义上为一组修辞同义词。

【构组】

> 《商颂·玄鸟》一章，一章：古帝命武汤，正域彼四方。邦畿千里，维民所止，肇域彼四海。

正域、肇域，同篇对出同义，均为"划定疆域、治理"之义。正域、肇域，划定疆域、治理。朱熹《诗集传》："正，治也。域，封竟也。"马瑞辰《毛诗传笺通释》："正、域二字平列，皆正其封疆之谓。《周礼》'形方氏掌制邦国之地而正其封疆，无有华离之地'，此诗所谓正域也。正域与兆域义相近。"肇域与正域义近。《郑笺》："肇，当作'兆'。王畿千里之内，其民居安，乃后兆域正天下之经界。言其为政自内及外。"屈万里《诗经诠释》："言开辟疆域至于四海也。"程俊英、蒋见元《诗经》："肇通兆。兆域，即疆域。"

【辨释】

正域、肇域，均为"划定疆域、治理"之义，语义区别不大，换用避复。

4. 震、动

震、动，在"震惊"的意义上为一组修辞同义词。

【构组】

《商颂·长发》七章，五章：不震不动，不戁不竦，百禄是总。

震、动，同句对出同义，均为"震惊"之义。陈奂《诗毛氏传疏》："震，亦动也。'不震不动'，言不震作动摇也。"马瑞辰《毛诗传笺通释》："震、动同义，皆谓震惊，犹戁、竦皆为恐惧。宣十一年《左传》'谓陈人无动'，《史记》作'谓陈曰无惊'，文十五年《公羊传》'其实我动焉耳'，皆动即震惊之证。"《大雅·常式》："如雷如霆，徐方震惊。"震与惊同义。《楚辞·九章·抽思》："愿承闲而自察兮，心震悼而不敢。"震，震惊。

【辨释】

震、动，均为"震惊"之义，但常用义不同。震，常用义为震动、震慑。贾谊《过秦论》："始王既没，余威震于殊俗。"动，常用义为行动。《说文·力部》："动，作也。"即起身行动。《孟子·滕文公上》："为民父母，使民盻盻然，将终岁勤动，不得以养其父母，又称贷而益之。"震、动，今已构成双音节合成词"震动"，常指因重大事情而引起强烈反响。如《史记·鲁仲连邹阳列传》："天下震动，诸侯惊骇。"

5. 戁、竦

戁、竦，在"恐惧"的意义上为一组修辞同义词。

【构组】

《商颂·长发》七章，五章：不震不动，不戁不竦，百禄是总。

戁、竦，同句对出同义，均为"恐惧"之义。戁，恐惧。竦，通"悚"，

恐惧。《毛传》："慹，恐。竦，惧也。"朱熹《诗集传》："慹、竦，惧也。"陈
奂《诗毛氏传疏》："恐亦惧也。不慹不竦，不恐惧也。"《韩非子·主道》：
"明君无为于上，群臣竦惧乎下。"竦惧，即恐惧。马瑞辰《通释》："慹、竦
皆为恐惧。"程俊英、蒋见元《诗经》："慹、竦，都是恐惧的意思。"

【辨释】

慹、竦，均为"恐惧"之义，但本义不同。慹，本义为恐惧。《尔雅·释
诂》："慹，惧也。"如本篇"不慹不竦"。竦，本义为伸长脖子、提起脚跟站
立着。《汉书·魏豹田儋韩王信传》："士卒皆山东人，竦而望归，及其蜂东
乡，可以争天下。"本诗中竦，通"悚"，恐惧。《汉书·李广苏建传》："率三
军之心，同战士之力，故怒形则千里竦，威振则万物伏。"

6. 遂、达

遂、达，在"草木生长的样子"的意义上为一组修辞同义词。

【构组】

《商颂·长发》七章，六章：苞有三蘖，莫遂莫达。

遂、达，同句对出同义，均为"草木生长的样子"之义。马瑞辰《毛诗
传笺通释》："《方言》：'达，芒也。'遂与达皆草木生长之称，'莫遂莫达'以
喻三国不能复兴。"《淮南子·修务》："禾稼春生，人必加功焉，故五谷得遂
长。"遂长，即生长。程俊英、蒋见元《诗经》："遂、达，都是形容草木生长
的样子。"

【辨释】

遂、达，均为"草木生长的样子"之义，但常用义不同。遂，从辵，本
义为道路。《荀子·大略》："迷者不问路，溺者不问遂，亡人好独。"杨倞注：
"遂谓径隧，水中可涉之径也。"达，常用义为畅通。《国语·吴语》："寡人其
达王于甬句东，夫妇三百，唯王所安，以没王年。"

第十章 《诗经》连文修辞同义词研究

第一节 《诗经·风》连文修辞同义词研究

一 《诗经·周南》连文修辞同义词研究

《诗经·周南》诗 11 篇,连文修辞同义词 3 组:琴、瑟,钟、鼓;福、履。

1. 琴、瑟,钟、鼓

琴、瑟,钟、鼓,在"奏乐"的意义上为两组修辞同义词。

【构组】

> 《周南·关雎》五章。四章:窈窕淑女,琴瑟友之。五章:窈窕淑
> 女,钟鼓乐之。

琴、瑟,钟、鼓,均连文同义,为"奏乐"之义。琴、瑟,为古代弹拨乐器,名词。钟、鼓,为古代打击乐器,名词。琴,弦乐。《说文·琴部》:"琴,神农所作,洞越。练朱五弦,周加二弦,象形。"瑟,弦乐。《说文·琴部》:"瑟,庖牺所作弦乐也。"钟,乐器钟。《说文·金部》:"钟,乐钟也。"鼓,乐器。《说文·鼓部》:"鼓,郭也。"王筠《说文释例》:"鼓以木为腔,上下冒以皮,其中空洞无物,故谓之郭。""琴、瑟,钟、鼓"这四个词在此篇中活用为动词,指弹琴、奏瑟、敲钟、打鼓。

【辨释】

琴、瑟,钟、鼓,均为乐器,名词。但乐器种类不同。琴、瑟,为弹拨

乐器。琴，琴身狭长，最初为五弦，周初增为七弦。陶渊明《归去来兮辞》："悦亲戚之情话，乐琴书以消忧。"瑟，形状像古琴，有二十五弦。每弦一柱，无徽位。《史记·廉颇蔺相如列传》："寡人窃闻赵王好音，请奏瑟。"钟、鼓，为打击乐器。钟，青铜制造，中空，悬挂架上，用槌敲击发音。《淮南子·泰族训》："故不高宫室者，非爱木也；不大钟鼎者，非爱金也。"鼓，在坚固的、圆桶形的鼓身一面或双面蒙上一块拉紧的膜制成。可用手或杵敲击出声。《左传·僖公二十二年》："君之惠，不以累臣衅鼓，使归就戮于秦。"

"琴瑟"，侧重于渲染其爱恋情境。"钟鼓"侧重于渲染其迎娶场面。

2. 福、履

福、履，在"福禄"的意义上为一组修辞同义词。

【构组】

《周南·樛木》三章。一章：乐只君子，福履绥之。

福、履，连文同义，均为"福禄"之义。福，幸福。《礼记·祭统》："福者，备也；备者，百顺之名也。"《毛传》："履，禄。"朱熹《诗集传》："履，禄。"马瑞辰《毛诗传笺通释》："履与禄双声，故履得训禄，即以履为禄之假借也。"

【辨释】

福、履，均为"福禄"之义，但使用频率不同。福，使用频率高。《说文·示部》："福，佑也。"佑，即祜。《礼记·祭统》："福者，备也；备者，百顺之名也，无所不顺者，谓之备。"履，为通假字，其本字为"禄"。履，作为"禄"的借字使用频率不高。《汉语大字典》："履，福禄。"履为脂部，禄为屋部，但均属来母，双声通假。履，本义为践踏，动词。《魏风·葛屦》："纠纠葛屦，可以履霜。"修辞同义词的运用，以求句法整齐，结构和谐。

二 《诗经·邶风》连文修辞同义词研究

《诗经·邶风》19篇，连文修辞同义词2组：方、将；说、怿。

1. 方、将

方、将，在"将要"的意义上为一组修辞同义词。

【构组】

《邶风·简兮》四章。一章：简兮简兮，方将《万舞》。

方、将，连文同义。马瑞辰《毛诗传笺通释》："方、将二字连文，方犹云将也，将，且也。"程俊英、蒋见元《诗经》将"简兮简兮，方将《万舞》"这两句诗译为："敲起鼓来咚咚响，《万舞》演出将开场。"可见将"方、将"译为"将要"。

【辨释】

方、将，二词语义相近，但使用频率稍有不同。方，即将也，使用频率没有"将"高。《资治通鉴·汉献帝建安十三年》："今治水军八十万众，方与将军会猎于吴。"将，将要，使用频率高。《孟子·告子下》："故天将降大任于斯人也，必先苦其心志，劳其筋骨，饿其体肤，空乏其身，行拂乱其所为，所以动心忍性，曾益其所不能。"

将，义项较多。其本义为将领，带兵的人，指将军。《乐府诗集·木兰诗》："将军百战死，壮士十年归。"修辞同义词的运用，以求语句对称美。

2. 说、怿

说、怿，在"喜爱"的意义上为一组修辞同义词。

【构组】

《邶风·静女》三章。二章：彤管有炜，说怿女美。

说、怿，连文同义，均为"喜爱"之义。说，喜悦。陆德明《经典释文》："说，本又作悦。"《韩非子·五蠹》："民说之，使王天下，号之曰燧人氏。"怿，喜爱。朱熹《诗集传》："怿，悦也。"《礼记·文王世子》："礼乐交错于中，发形于外，是故其成也怿，恭敬而温文。"程俊英、蒋见元《诗经》："说，同悦。说怿，喜爱。"

【辨释】

说、怿，二词同义，但"说"用法较为复杂。说，有四个读音，即
shuō、shuì、yuè、tuō。说（shuō），指用话来表达意思。《说文·言部》：
"说，说释也。一曰，谈说。"段玉裁注："说释即悦怿。说悦、释怿皆古今
字。许书无悦怿二字。"这样可知，《说文》"说"解说了两种意义，即喜悦和
谈说。白居易《琵琶行》："低眉信手续续弹，说尽心中无限事。"说（shuì），
指用话劝说别人，使听从自己的意见。如"游说"。说（yuè），同"悦"。说
（tuō），解脱。《荀子·乐论》："降，说屦，升坐，修爵无数。"怿，一般指喜
爱、喜悦。

三 《诗经·鄘风》连文修辞同义词研究

《诗经·鄘风》10篇，连文修辞同义词6组：绤、绨；清、扬；榛、栗；
椅、桐、梓、漆；骐、牝；昏、姻。

1. 绤、绨

绤、绨，在"细葛布"的意义上为一组修辞同义词。

【构组】

> 《鄘风·君子偕老》三章。三章：蒙彼绤绨，是绁袢也。

绤、绨，连文同义，均为"细葛布"之义。绤，指非常细的葛布。《说
文·糸部》："绤，绨之细也。"《毛传》："绨之靡者为绤。"孔颖达《毛诗正
义》："绨者，以葛为之。精曰绨，粗曰绤，其精尤细靡者绤也。"马瑞辰《毛
诗传笺通释》："靡为极细之貌。"绨，指细葛布。《毛传》："葛所以为绨绤，
精曰绨，粗曰绤。"陈振寰解注《诗经》："绤、绨，细葛麻布。"

【辨释】

绤、绨，同为"细葛布"，但粗细仍有区别。绨为细葛布。《仪礼·大射
仪》："幂用锡若绨，缀诸箭。"绤，指更细的、非常细的葛布，如本篇"蒙彼
绤绨"。

2. 清、扬

清、扬，在"面貌清秀，眼睛美丽"的意义上为一组修辞同义词。

【构组】

《鄘风·君子偕老》三章。三章：子之清扬，扬且之颜也。

清、扬，连文同义，均为"面貌清秀，眼睛美丽"之义。《毛传》："清，视清明也。扬，广扬而额角丰满。"马瑞辰《毛诗传笺通释》："清扬皆美貌之称。《野有蔓草》诗'清扬婉兮'、'婉如清扬'，此泛言貌之美也。《猗嗟》诗'美目扬兮'、'美目清兮'，此专言目之美也。"清、扬，皆指"面貌清秀，眼睛美丽"。

【辨释】

清、扬，指面貌清秀，眼睛美丽，二词语义区别不大。马瑞辰《通释》："据《齐风·猗嗟》篇首章曰：'美目扬兮。'次章曰：'美目清兮。'三章即合之曰：'清扬婉兮。'是清、扬皆指目之美。此诗'清扬婉兮'，义与彼同，不必如《毛传》以扬为扬眉而指为眉目之间也。"程俊英、蒋见元《诗经》："清扬，眉清目秀。"

3. 榛、栗

榛、栗，在"树木"的意义上为一组修辞同义词。

【构组】

《鄘风·定之方中》三章。一章：树之榛栗，椅桐梓漆，爰伐琴桑。

榛、栗，连文同义，均指"树木"之义。榛，即落叶灌木或小乔木，结球形坚果，称"榛子"，木材可做器物。《说文·木部》："榛，木也。"陆机《毛诗草木鸟兽虫鱼疏》："榛有两种：一种大小枝叶皆如栗，而子小，形如橡子，味亦如栗。一种高丈余，枝叶如水蓼，子作胡桃味。"栗，落叶乔木，果实叫栗子，可食。木材坚实，供建筑和制器具用。榛、栗，可做琴瑟。

【辨释】

榛、栗，为类义词，同为树木，但为两种不同的树木。榛，为落叶灌木或小乔木。即陆机《诗义疏》中"榛"的第一种。《邶风·简兮》："山有榛，隰有苓。云谁之思？西方美人。"栗，则为落叶乔木。

4. 椅、桐、梓、漆

椅、桐、梓、漆，在"树木"的意义上为一组修辞同义词。

【构组】

　　《鄘风·定之方中》三章。一章：树之榛栗，椅桐梓漆，爰伐琴桑。

椅、桐、梓、漆，连文同义，均为"树木"之义。程俊英、蒋见元《诗经》："椅，梧桐一类的树。"椅，此为木名，指山桐子。《说文·木部》："桐，荣也。"颜师古《急就篇》注："桐即今日白桐木也。一名荣。"朱熹《诗集传》："桐，梧桐也。"桐，为制造琴瑟等乐器的良材。梓，木材可供建筑及制作木器用。《说文·木部》："梓，楸也。"漆，落叶乔木，树皮内富含树脂，与空气接触后呈褐色，即"生漆"，可制涂料。其共同点为，《郑笺》："树此六木于宫者，曰其长大可伐以为琴瑟。"黄典诚《诗经通译新诠》："椅、桐、梓、漆，四种树名。这四种树和上两种树都是做琴瑟等乐器的原料。"

【辨释】

椅、桐、梓、漆，四词为类义词，同为树木，但所指具体树木不同。椅，类似于梧桐。桐，指梧桐。《礼记·月令》："桐始华，田鼠化为鴽，虹始见，萍始生。"梓、漆，同为落叶乔木。《史记·货殖列传》："江南出枏、梓、姜、桂、金、锡、连、丹沙、犀、玳瑁、珠玑、齿革。""漆"的树汁可做涂料。修辞同义词的运用，突出写卫文公迁都重建时栽种树木品类之多、数量之多。

5. 骐、牝

骐、牝，在"马"的意义上为一组修辞同义词。

【构组】

《鄘风·定之方中》三章。三章：匪直也人，秉心塞渊，騋牝三千。

騋、牝，连文同义，均为"马"之义。騋，指良马。《周礼·夏官·廋人》："马八尺以上为龙，七尺以上为騋，六尺以上为马。"牝，本义指雌性的鸟兽。《说文·牛部》："牝，畜母也。"《尚书·牧誓》："牝鸡无晨。牝鸡之晨，惟家之索。"意即母鸡不打鸣。母鸡早晨打鸣，这个家就要败落。在此篇中，"騋"与"牝"连文，騋，指良马，"牝"在此也应指良马。《毛传》："马七尺以上为騋，騋马与牝马也。"可见，《毛传》直接将"牝"解释为"牝马"。黄典诚《诗经通译新诠》："七尺以上的马叫'騋'。母马叫'牝'。"

【辨释】

騋、牝，均为"马"之义，但稍有区别。騋，七尺以上的马为騋，即指良马。牝，指雌性鸟兽，在此指雌性的马。但"騋"为良马，又与"牝"连文，"牝"也应指良马。关于同义连文，王念孙、王引之父子有详细阐述，可参见王念孙《读书杂志·汉书第十六"连语"》和王引之《经义述闻·通说下》。修辞同义词的运用，其作用在于意义显豁美。

6. 昏、姻

昏、姻，在"男女结为夫妻"的意义上为一组修辞同义词。

【构组】

《鄘风·蝃蝀》三章。三章：乃如之人也，怀昏姻也。

昏、姻，连文同义，均为"男女结为夫妻"之义。男女结合为夫妻，夫称妻为昏。后来写作"婚"。《白虎通义·嫁娶》："婚姻者，何谓也？昏时行礼，故谓之婚也。妇人因夫而成，故曰姻。《诗》云：'不惟旧因。'谓夫也。又曰：'燕尔新婚。'谓妇也。所以昏时行礼何？示阳下阴也，婚亦阴阳交时也。"朱熹《诗集传》："昏姻，谓男女之欲。"姻，妻称夫为姻。《说文·女部》："姻，壻家也，女之所因，故曰姻。从女，从因，因亦声。"昏姻，指男女结合为夫妻。夫称妻为昏，妻称夫为姻。

【辨释】

昏、姻，均为"男女结为夫妻"之义，但词义稍有不同。"昏"的本义为天黑、傍晚。《说文·日部》："昏，日冥也。"《淮南子·天文训》："日至于虞渊，是为黄昏。"后来"昏"指男女结合为夫妻，夫称妻为昏。《邶风·谷风》："宴尔新昏，如兄如弟。"昏，后写作"婚"，指婚姻。姻，妻称夫为姻。《说文·女部》："姻，壻家也，女之所因，故曰姻。从女，从因，因亦声。"壻家，即婿家。"昏姻"后写作"婚姻"，成为同义并列合成词。

四 《诗经·郑风》连文修辞同义词研究

《诗经·郑风》21篇，连文修辞同义词1组：翱、翔。

翱、翔

翱、翔，在"鸟展翅回旋地飞"的意义上为一组修辞同义词。

【构组】

《郑风·清人》三章。一章：二矛重英，河上乎翱翔。

翱、翔，连文同义，均为"鸟展翅回旋地飞"之义。翱，从羽，皋声，本义为鸟上下振动而回旋地飞翔。《淮南子·俶真》高诱注："鸟之高飞，翼上下曰翱，直刺不动曰翔。"翔，盘旋地飞而不扇动翅膀。《说文·羽部》："翔，回飞也。"

【辨释】

翱、翔，语义区别不大。《说文·羽部》："翱，翱翔也。"《释名·释言语》："翱，敖也，言敖游也。"《说文·羽部》："翔，回飞也。"二词同义并列构成复合词"翱翔"，指鸟展翅回旋地飞。《庄子·逍遥游》："翱翔蓬蒿之间，此亦飞之至也。"《楚辞·离骚》："凤凰翼其承旗兮，高翱翔之翼翼。"

五 《诗经·魏风》连文修辞同义词研究

《诗经·魏风》7篇，连文修辞同义词1组：彼、其、之。

彼、其、之

彼、其、之，在"他"的意义上为一组修辞同义词。

【构组】

《魏风·汾沮洳》三章。一章：彼其之子，美无度。

彼、其、之，连文同义，均为"他"之义。刘晶雯整理《闻一多诗经讲义》："彼、其、之，皆同义，即'他'。古人说话往往不嫌重复（今人亦然）。所以要重复，是因为中国单音字不易听清楚，重复一下就较清楚。而且，诗为四言，为凑数也得重复一下。"程俊英、蒋见元《诗经》将"彼其之子，美无度"译为"就是那位采菜人，美得简直没法讲"。可见，程俊英、蒋见元也是将"彼、其、之"作为一组同义词来处理的。

【辨释】

彼、其、之，均为代词，指"他"，三词语义差别不大。韩愈《师说》："彼与彼年相若也，道相似也。"彼，指他。《师说》："郯子之徒，其贤不及孔子。"其，指他，他的。《战国策·赵策四》："赵太后新用事，秦急攻之。"之，指他（此指女性"她"）。

"之"字，义项较多。其本义为去到、前往，动词。《卫风·伯兮》："自伯之东，首如飞蓬。"《战国策·齐策四》："驱而之薛，使吏召诸民当偿者，悉来合券。"这两例的"之"均为"去到、前往"义。

六 《诗经·桧风》连文修辞同义词研究

《诗经·桧风》4篇，连文修辞同义词1组：釜、鬵。

釜、鬵

釜、鬵，在"锅"的意义上为一组修辞同义词。

【构组】

《桧风·匪风》三章。三章：谁能亨鱼？溉之釜鬵。

釜、鬵,连文同义,均为"锅"之义。釜,古代的一种锅。敛口圜底,有的有二耳。放置于灶,上面可放置甑以蒸煮食物。《毛传》:"有足曰锜,无足曰釜。"曹植《七步诗》:"萁在釜下燃,豆在釜中泣。"鬵,指大锅。《毛传》:"鬵,釜属。"马瑞辰《毛诗传笺通释》:"无足曰釜。《说文》:'鬵,大釜也。'《韵会》引《说文》作'土釜'。"黄典诚《诗经通译新诠》:"釜鬵,铁锅。"

【辨释】

釜、鬵,同为炊具,义为锅,其大小有别。"釜"相对于"鬵"来说,为小锅,"鬵"指大锅。《孟子·滕文公上》:"许子以釜甑爨,以铁耕乎?""釜鬵"连文,此指各种锅。《韩非子·备内》:"今夫水之胜火亦明矣,然而釜鬵间之,水煎沸竭尽其上,而火得炽盛焚其下,水失其所以胜者矣。"修辞同义词的运用,使意思周密,音节协调。

七 《诗经·豳风》连文修辞同义词研究

《诗经·豳风》7 篇,连文修辞同义词 6 组:斧、斨;场、圃;禾、稼;黍、稷、重、穋;禾、麻、菽、麦;笾、豆。

1. 斧、斨

斧、斨,在"斧子"的意义上为一组修辞同义词。

【构组】

《豳风·七月》八章,三章:蚕月条桑,取彼斧斨。

斧、斨,连文同义,均为"斧子"之义。斧,砍东西用的工具,古代亦用来做兵器。《说文·斤部》:"斧,斫也。"《豳风·破斧》:"既破我斧,又缺我斨。"苏轼《石钟山记》:"寺僧使小童持斧,于乱石间择其一二扣之。"斨,方孔的斧子。《说文·斤部》:"斨,方銎斧也。"段玉裁注:"銎者,斤斧空也。"斤斧空,是指安把儿的孔是方形的。

【辨释】

斧、斨,同为"斧子"之义,词义稍有不同。安把儿的孔为圆形的叫斧。

指安把儿的孔为方形的叫斨。《毛传》："隋銎曰斧，方銎曰斨。"隋，即椭，指椭圆形的。斧、斨，连文，常指各种斧子。修辞同义词的运用，使语义丰足，指各种斧子。

2. 场、圃

场、圃，在"农村的场院"的意义上为一组修辞同义词。

【构组】

　　《豳风·七月》八章，七章：九月筑场圃，十月纳禾稼。

场、圃，连文同义，均为"农村的场院"之义。场，指农家收打庄稼、翻晒粮食的平坦的空地。《毛传》："春夏为圃，秋冬为场。"陈奂《诗毛氏传疏》："《说文》：'场，治谷田也。'《东方未明》《传》：'圃，菜园也。'场圃连言，《传》乃先释圃后释场。春夏之圃至秋冬作场以治谷，是谓之筑场圃。"《周礼·载师》："以廛里任国中之地，以场圃任园地，以宅田、士田、贾田任近郊之地。"圃，春夏时的场院，种植蔬菜等作物。孟浩然《过故人庄》："开轩面场圃，把酒话桑麻。"

【辨释】

场、圃，同属一地，因季节不同，功用不同。秋冬季节，在平坦的空地上，农村要筑场以用来收打庄稼、翻晒粮食，这叫场或场院。春秋时节，在这个场院上，种植生长期短的作物，这就叫圃。《郑笺》："场圃同地，自物生之时，耕治之以种菜茹，至物尽成熟，筑坚以为场。"

3. 禾、稼

禾、稼，在"庄稼"的意义上为一组修辞同义词。

【构组】

　　《豳风·七月》八章，七章：九月筑场圃，十月纳禾稼。

禾、稼，连文同义，均为"庄稼"之义。禾、稼，均指庄稼。禾，庄稼。

黍稷稻麦等谷类植物的统称。朱熹《诗集传》："禾者，谷连藁秸之总名。"王筠《说文释例》卷二："'禾麻菽麦'，则禾专名也；'十月纳禾稼'，则禾又统名也。"稼，谷物，庄稼。《说文·禾部》："稼，禾之秀实为稼，茎节为禾。一曰：稼，家事也，一曰：在野曰稼。"朱熹《诗集传》："禾之秀实而在野曰稼。"《仪礼·少牢礼》："来女孝孙，使女受禄于天，宜稼于田，眉寿万年，勿替引之。"《孟子·滕文公上》："后稷教民稼穑，树艺五谷。"

【辨释】

禾、稼，均为"庄稼"之义，语义微别。王凤阳《古辞辨》："《诗·豳风·七月》：'九月筑场圃，十月纳禾稼。黍稷重穋，禾麻菽麦。'前一'禾'泛指庄稼，后一'禾'特指谷子。"也就是说，"禾"有泛指与特指之分。稼，侧重在种植，常指长在地里的庄稼。即朱熹所说的"禾之秀实而在野曰稼"。

4. 黍、稷、重、穋

黍、稷、重、穋，在"粮食作物的名称"的意义上为一组修辞同义词。

【构组】

《豳风·七月》八章，七章：黍稷重穋，禾麻菽麦。

黍、稷、重、穋，连文同义，均为"粮食作物的名称"之义。黍，古代专指一种子实叫黍子的一年生草本植物。结穗松散而分枝，碾成的米北方称黄米，有黏性。《说文·禾部》："黍，禾属而黏者也。以大暑而种（熟），故谓之黍。"王筠《说文句读》："种当作埶。"稷，古代的一种粮食作物，指粟，今北方通称谷子。《说文·禾部》："稷，齋也。五谷之长。"邵晋涵《尔雅正义》："稷，即北方之稷米也。北方呼稷为谷子，其米为小米。"《国语·晋语四》："黍稷无成，不能为荣。黍不为黍，不能蕃庑。稷不为稷，不能蕃殖。"重，同"穜"，早种晚熟的谷物。穋，后种先熟的谷类。《毛传》："后熟曰重，先熟曰穋。"朱熹《诗集传》："先种后熟曰重，后种先熟曰穋。"黄典诚《诗经通译新诠》："黍，糜子。稷，谷子。重，高粱。穋，粳子。"

【辨释】

黍、稷、重、穋，同为"粮食作物的名称"之义，但作物品种、习性不同。黍、稷，品种不同，黍，黏性谷物。稷，非黏性谷物。重、穋，习性不同。"先种后熟曰重，后种先熟曰穋。"《汉书·任城陈萧王传》："芒芒原隰，祁祁士女，经彼公田，乐我稷黍。"重、穋，本篇"黍稷重穋"。此指各种粮食作物。

5. 禾、麻、菽、麦

禾、麻、菽、麦，在"农作物的名称"的意义上为一组修辞同义词。

【构组】

《豳风·七月》八章，七章：黍稷重穋，禾麻菽麦。

禾、麻、菽、麦，连文同义，均为"农作物的名称"之义。禾，此指谷子。《说文·禾部》："禾，嘉谷也，二月始生，八月而孰，得时之中，故谓之禾。"麻，麻类植物的总名，古代专指大麻。茎皮纤维通常亦称"麻"，可制绳索、织布。《陈风·东门之池》："东门之池，可以沤麻。"菽，豆类的总称，也作"尗"。"尗"，象戴种而出之形，下其根也。《说文·尗部》："尗，豆也。象尗豆生之形也。"可见，"尗"即"菽"也。《小雅·小宛》："中原有菽，庶民采之。"麦，我国北方自古以来重要的粮食作物。一年生或二年生草本植物，有小麦、大麦、燕麦、黑麦等。子实主要做粮食或做精饲料、酿酒、制饴糖，其中，小麦、大麦最普遍。《说文·麦部》："麦，芒谷，秋种厚薶，故谓之麦。"《鄘风·桑中》："爰采麦矣？沬之北矣。"

【辨释】

禾、麻、菽、麦，均为"农作物的名称"之义，但作物品种不同。禾，此指谷子。杜甫《兵车行》："纵有健妇把锄犁，禾生陇亩无东西。"禾，指粟类植物。麻，麻类植物，此专指大麻。《王风·丘中有麻》："丘中有麻，彼留子嗟。"菽，豆类的总称。《小雅·小宛》："中原有菽，庶民采之。"麦，我国北方自古以来重要的粮食作物，此指小麦、大麦。《鄘风·桑中》："爰采麦矣？沬之北矣。"此指各种粮食作物。

6. 笾、豆

笾、豆，在"高脚碗"的意义上为一组修辞同义词。

【构组】

《豳风·伐柯》二章，二章：我觏之子，笾豆有践。

笾、豆，连文同义，均为"高脚碗"之义。笾，古代的一种食器，形状如豆，祭祀燕享时用来盛果实、干肉。竹制。《说文·竹部》："笾，竹豆也。"朱熹《诗集传》："笾，竹豆也。"《左传·昭公六年》："夏，季孙宿如晋，拜莒田也。晋侯享之，有加笾。"豆，古代一种盛食物的器皿，木制。甲骨文写作豆，形似高脚盘，有的有盖。《说文·豆部》："古食肉器也。"朱熹《诗集传》："豆，木豆也。"

【辨释】

笾、豆，同为古代的高脚碗，形状基本相同，但质地不同。笾，竹制高脚碗。《左传·昭公六年》："夏，季孙宿如晋，拜莒田也。晋侯享之，有加笾。"豆，木制高脚碗。《尔雅·释器》："木豆谓之豆，竹豆谓之笾，瓦豆谓之登。"程俊英、蒋见元《诗经》："笾、豆，都是独角碗，笾竹制，豆木制。"刘基《卖柑者言》："若所市于人者，将以实笾豆，奉祭祀，供宾客乎？"

第二节　《诗经·雅》连文修辞同义词研究

一　《诗经·小雅》连文修辞同义词研究

《诗经·小雅》74篇，连文修辞同义词18组：禴、祠、烝、尝；戏、谈；震、电；馌、馑；斩、伐；滺滺；讻讻；缉缉；翩翩；捷捷、幡幡；征、徂；黍、稷、稻、粱；率、从；绋、纚；福、禄；优、游；凶、矜；菅、茅；艰、难；悠、远。

1. 禴、祠、烝、尝

禴、祠、烝、尝，在"祭祀"的意义上为一组修辞同义词。

【构组】

《小雅·天保》六章，四章：禴祠烝尝，于公先王。

禴、祠、烝、尝，连文同义，均为"祭祀"之义。禴，同"礿"，古代祭祀名。夏、商两代在春天举行，周代在夏天举行。《说文·示部》："礿，夏祭也。"祠，古代指春祭。《说文·示部》："春祭曰祠，品物少，多文辞也。仲春之月，祠，不用牺牲，用圭璧及皮币。"意即（周代）春天的祭祀叫祠。这是由于用来祭祀的物品少，而仪式文辞多的缘故。农历二月，祭祀不用牺牲，而用玉器、毛皮和缯帛。烝，古代特指冬天的祭祀。《尔雅·释天》："冬祭曰烝。"郭璞注："进品物也。"《玉篇·火部》："烝，冬祭也。"尝，秋祭。《尔雅·释天》："秋祭曰尝。"黄典诚《诗经通译新诠》："禴，夏天的庙祭。祠，春天的庙祭。烝，冬天的庙祭。尝，秋天的庙祭。"

【辨释】

禴、祠、烝、尝，均为"祭祀"之义，但祭祀的时间不同。《毛传》："春曰祠，夏曰禴，秋曰尝，冬曰烝。"孔颖达《毛诗正义》："孙炎曰：'祠之言食。礿，新菜可汋。尝，尝新谷。烝，进品物也。若以四时当云祠、禴、尝、烝，诗以便文，故不依先后。此皆《周礼》文，自殷以上则禴、禘、尝、烝，《王制》文也。'"孔颖达《毛诗正义》在此主要讲了四种祭名的由来。《礼记·王制》："天子诸侯宗庙之祭，春曰礿，夏曰禘，秋曰尝，冬曰烝。"郑玄注："此盖夏、殷之祭名，周则改之，春曰祠，夏曰礿。"《论衡·祀义》："《易》曰：'东邻杀牛，不如西邻之礿祭。夫言东邻不若西邻，言东邻牲大福少，西邻祭少福多也。'"古代祭祀的名称很多，在此篇中，祭祀的时间不同，祭祀的名称不同。足见"国之大事，在祀与戎"。

2. 戏、谈

戏、谈，在"戏谑"的意义上为一组修辞同义词。

【构组】

《小雅·节南山》十章，一章：忧心如惔，不敢戏谈。

戏、谈，连文同义，均为"戏谑"之义。王引之《经义述闻》卷六："谈，亦戏也。《玉篇》《广韵》并云：'谈，戏调也。'《孟子·告子》篇：'越人关弓而射之，则已谈笑而道之。'谈笑者，调笑也。调、谈一声之转耳。戏而嘲之谓之调，亦谓之谈。故以戏谈连文，戏谈犹戏谑也。"

【辨释】

戏、谈，均为"戏谑"之义，但先哲时贤所论不多。较早提出"戏"、"谈"同义连文的是王引之。他在《经义述闻》卷六中提出二词同义，并分析论证。应该说，分析到位，论述有力，值得重视。

戏、谈，二词来源不同。戏，繁体为"戲"。《说文·戈部》："戏，三军之偏也。一曰兵也。"意即"戏"本义为三军的偏师，也指兵器。假借为"麾"，指军队中的帅旗。《汉书·陈胜项籍传》："于是羽遂上马，麾下骑从者八百余人，夜直溃围南出驰。"谈，本义为谈论。《说文·言部》："谈，语也。从言，炎声。"《庄子·天运》："孔子见老聃归，三日不谈。"

3. 震、电

震、电，在"放电现象——雷电"的意义上为一组修辞同义词。

【构组】

《小雅·十月之交》八章，三章：烨烨震电，不宁不令。

震、电，连文同义，均为"放电现象——雷电"之义。震，疾雷。《说文·雨部》："震，劈历，振物者。"意即"震是霹雳，是使万物震动的疾雷。"《春秋》："三月癸酉，大雨震电。"孔颖达疏："震是雷之劈历，电是雷光。"《毛传》："震，雷也。"陈奂《诗毛氏传疏》："震电，阴阳薄激而生。震者，电之声；电者，震之光。"电，闪电。《说文·雨部》："电，阴阳激耀也。"意即"电是阴气和阳气彼此冲击而飞溅出来的光耀"。

【辨释】

震、电，均为"放电现象——雷电"之义，但具体所指不同。雷电是伴有"闪电"和"雷鸣"的一种雄伟壮观而又有点令人生畏的放电现象。雷，指放电现象的听觉所感，电，指放电现象的视觉所感。

4. 饑、馑

饑、馑，在"饥荒"的意义上为一组修辞同义词。

【构组】

《小雅·雨无正》七章，一章：降丧饑馑，斩伐四国。

饑、馑，连文同义，均为"饥荒"之义。饑，本义为荒年，五谷无收。《说文·食部》："饑，谷不孰为饑。"《韩非子·外储说右上》："齐尝大饑，道旁饿死者不可数也。"馑，本义为荒年。《说文·食部》："蔬不孰为馑。"《尔雅·释天》："疏不熟为馑。"白居易《除李逊京兆尹制》："或纷扰之际，或荒馑之余，威惠所加，罔不和辑。"

【辨释】

饑、馑，均为"饥荒"之义，但所指对象不同。饑，指五谷不收。馑，指蔬菜不收。后二词结合为双音词"饑馑"，简化为"饥馑"，指饥荒。《管子·五辅》："天时不祥，则有水旱；地道不宜，则有饑馑；人道不顺，则有祸乱。"黄典诚《诗经通译新诠》："饑，谷不熟。馑，疏不熟。"

请注意："饥"与"饑"的区别。

"饥"与"饑"为两个字，饥，指饥饿，吃不饱。饑，指饥荒。1964 年《简化字总表》将"饑"与"飢"均简化为"饥"，这样"饥"就有了"饥"与"饑"的全部义项。

5. 斩、伐

斩、伐，在"残害"的意义上为一组修辞同义词。

【构组】

《小雅·雨无正》七章，一章：降丧饑馑，斩伐四国。

斩、伐，连文同义，均为"残害"之义。斩，残害。《说文·车部》："斩，截也。"意即"斩"即斩杀，引申为残害。伐，残害。《说文·人部》："伐，击也。"引申为残害。后来二词结合为双音词"斩伐"，指残害。苏辙《秦论》："秦人居诸侯之地而有万乘之志，侵夺六国，斩伐天下，不数十年之间而得志于海内。"

【辨释】

斩、伐，均为"残害"之义，本义也相同，但常用义不同。斩，本义常用义均为杀，古代的一种死刑。《释名·释丧制》："斫头曰斩，斩要曰要斩。"伐，本义为杀，常用义为征讨。《论语·季氏》："季氏将伐颛臾。"

6. 潝潝、訿訿

潝潝、訿訿，在"诋毁"的意义上为一组修辞同义词。

【构组】

《小雅·小旻》六章，二章：潝潝訿訿，亦孔之哀。

潝潝、訿訿，连文同义，均为"诋毁"之义。孔颖达《毛诗正义》："潝潝为小人之势，是作威福也；訿訿者，自营之状，是求私利也。"马瑞辰《毛诗传笺通释》："《尔雅》：'潝潝、訿訿，莫供职也。'郭注：'贤者陵替奸党炽，背公恤私旷职事。'毛传义本《尔雅》。《方言》：'翕，炽也。'《广雅》同。又曰：'翕，爇也。'《说文》：'翕，起也。'义并相近。"

【辨释】

潝潝、訿訿，均为"诋毁"之义，语义稍有区别。潝潝，常指低声附和，訿訿，常指诋毁。后以"翕訿"谓小人相互勾结，朋比为奸。李纲《第二札子》："然君子小人尚犹混淆于朝，翕訿成风，殊未逻听。"

7. 缉缉、翩翩

缉缉、翩翩，在"交头接耳"的意义上为一组修辞同义词。

【构组】

《小雅·巷伯》七章，三章：缉缉翩翩，谋欲谮人。

缉缉、翩翩，连文同义，均为"交头接耳"之义。缉缉，交头接耳的声音。《毛传》："缉缉，口舌声。"程俊英、蒋见元《诗经》："缉缉，交头接耳小语声。"翩翩，通"谝谝"，《说文·言部》："便巧言也。"意即花言巧语。

《魏书·阳尼传》："予实无罪，骋汝诡言。番番缉缉，谗言侧人。"

【辨释】

缉缉、翩翩，均为"交头接耳"之义，但本义不同。缉缉，本义为交头接耳。翩翩，本义为运动自如、鸟飞轻疾的样子。白居易《燕诗示刘叟》："梁上有双燕，翩翩雄与雌。"

8. 捷捷、幡幡

捷捷、幡幡，在"花言巧语"的意义上为一组修辞同义词。

【构组】

《小雅·巷伯》七章，四章：捷捷幡幡，谋欲谮言。

捷捷、幡幡，连文同义，均为"花言巧语"之义。捷捷，花言巧语。《毛传》："捷捷，犹缉缉也。"余冠英《诗经选译》："捷捷，犹缉缉。幡幡，犹翩翩。"就是说"捷捷幡幡"与"缉缉翩翩"同义。幡幡，花言巧语。马瑞辰《毛诗传笺通释》："幡、便音近，幡幡即便便之假借，亦辩给也。"程俊英、蒋见元《诗经》将"捷捷幡幡"翻译为"花言巧语信口编"，至确。

【辨释】

捷捷、幡幡，均为"花言巧语"之义，但本义不同。捷捷，本义为行动迅速敏捷的样子。《大雅·烝民》："征夫捷捷，每怀靡及。"孔颖达《毛诗正义》："捷捷者，举动敏疾之貌。行者或苦于役，则举动迟缓，故言捷捷以见其劝乐于事也。"幡幡，翻动的样子。《小雅·瓠叶》："幡幡瓠叶，采之亨之。"程俊英、蒋见元《诗经》："幡幡，犹翩翩，反复翻动的样子。"

9. 征、徂

征、徂，在"远行"的意义上为一组修辞同义词。

【构组】

《小雅·小明》五章，一章：我征徂西，至于艽野。

征、徂，连文同义，均为"远行"之义。征，本义为到很远的地方去，远行。《说文·辵部》："征，正、行也。从辵，正声。或从彳。"《尔雅·释言》："征，行也。"《召南·小星》："肃肃宵征，夙夜在公。"徂，前往，远行。《大雅·桑柔》："靡所止疑，云徂何往?"《郑笺》："征，行。徂，往也。"朱熹《诗集传》："徂，亦往也。"《小雅·小明》中的"我征徂西"之"征"、"徂"，与《召南·小星》"肃肃宵征"中的"征"和《大雅·桑柔》"云徂何往"中的"徂"，词义相同。程俊英、蒋见元《诗经》将"我征徂西"译为"想我出差到西方"。

【辨释】

征、徂，均为"远行"之义，但用法有所不同。王凤阳《古辞辨》虽未将"征"、"徂"构组辨析，但在不同组中作了辨释。"'征'的目的性是很明确的，它总是为了处理某种事情到异地去的。""'徂'后面一般要求带宾语，表明所去的地点或处所。如《诗·豳风·东山》：'我徂东山，慆慆不归。'"

征、徂，连文同义，使诗句意义显豁。"征"在《诗经》中既有"征讨、征伐"义，又有"往，远行"义，在此与"徂"连文，"征"当为"往，远行"义。《小雅·采芑》："显允方叔，征伐玁狁。""征伐"同义连文。"征"在此句中显然已不是"往"义，而是"征讨"义。《诗经》中以"征徂"、"征伐"同义连文来解释多义的"征"，避免了理解诗中用意的含混。

10. 黍、稷、稻、粱

黍、稷、稻、粱，在"农作物"的意义上为一组修辞同义词。

【构组】

《小雅·甫田》四章，四章：黍稷稻粱，农夫之庆。

黍、稷、稻、粱，连文同义，均为"农作物"之义。黍，一种农作物。一年生草本植物，其子实煮熟后有黏性。《说文·黍部》："黍，禾属而黏者也。以大暑而种，故谓之黍。"黍，去皮后今北方谓之黄米。《论语·微子》："止子路宿，杀鸡为黍而食之。"稷，一种农作物，即粟。一年生草本植物，今北方通称谷子，其实称小米。稻，一种农作物。一年生草本植物，子实称

"稻谷",去壳后称"大米"。《鲁颂·閟宫》:"有稷有黍,有稻有秬。"粱,古代指粟的优良品种,子实也称粱。《小雅·黄鸟》:"黄鸟黄鸟,无集于桑,无啄我粱。"

【辨释】

黍、稷、稻、粱,均为"农作物"之义,但具体品种不同。黍,其子实煮熟后有黏性的农作物。去皮后今北方谓之黄米。稷,即粟。今北方通称谷子,其实称小米,是黄河流域最主要的谷类。稻,即水稻。子实称"稻谷",去壳后称"大米"。粱,古代指粟的优良品种,子实也称粱。

11. 率、从

率、从,在"顺从"的意义上为一组修辞同义词。

【构组】

　　《小雅·采菽》五章,四章:平平左右,亦是率从。

率、从,连文同义,均为"顺从"之义。率,遵循,顺从。《左传·哀公十六年》:"周仁之谓信,率义之谓勇。"《郑笺》:"率,循也。诸侯之有贤才之德,能辩治其连属之国,使得其所,则连属之国亦循顺之。"朱熹《诗集传》:"率,循也。"从,随着,顺从。《说文·从部》:"从,随行也。"《邶风·击鼓》:"从孙子仲,平陈与宋。"程俊英、蒋见元注译《诗经》:"率,遵循。"

【辨释】

率、从,均为"顺从"之义,但来源不同。率,本义为捕鸟的丝网。《说文·率部》:"率,捕鸟毕也。"意即捕鸟的网。引申为用网捕鸟。《文选·张衡·东京赋》:"悉率百禽,鸠诸灵囿。"从,本义为随行,跟随。《说文·从部》:"从,随行也。"《淮南子·诠言训》:"百姓携幼扶老而從之,遂成国焉。"

12. 绋、縴

绋、縴,在"系船的绳索"的意义上为一组修辞同义词。

【构组】

　　《小雅·采菽》五章，五章：泛泛杨舟，绋纚维之。

　　绋、纚，连文同义，均为"系船的绳索"之义。绋，系船的绳索。《毛传》："绋，缧也。"缧，即粗绳索。孔颖达《毛诗正义》引《尔雅》李巡注曰："缧，竹为索，所以维持舟者。"又曰："绋训为缧，缧是大緪。……正谓舟之止息，以緪系而维持之。"程俊英、蒋见元《诗经》："绋，系船的麻绳。"纚，系船的绳索。《毛传》："纚，绥也。"李黼平《毛诗绅义》："绥，在冠为系冠之绳，则在舟为系舟之绳，即缆也。"马瑞辰《毛诗传笺通释》："《诗》以绋、纚二字平列，绋，盖以麻为索，纚，盖以竹为索，皆所以维舟也。"黄典诚《诗经通译新诠》也指出："绋纚，拉船的绳子，用麻做的叫'绋'，用竹做的叫'纚'。"

【辨释】

　　绋、纚，均为"系船的绳索"之义，但构成材料不同。马瑞辰《通释》指出了其构成材料的不同。即"绋，盖以麻为索，纚，盖以竹为索"，其功用为"皆所以维舟也"。

13. 福、禄

福、禄，在"福禄"的意义上为一组修辞同义词。

【构组】

　　《小雅·采菽》五章，五章：乐只君子，福禄膍之。

　　福、禄，连文同义，均为"福禄"之义。福，福禄。《鲁颂·闷宫》："是飨是宜，降福既多。"禄，福禄。《说文·示部》："禄，福也。"《小雅·瞻彼洛矣》："君子至止，福禄如茨。"

【辨释】

　　福、禄，均为"福禄"之义，语义区别不大。福，常指福分。也常用作动词，保佑。《说文·示部》："福，佑也。"指神明降福保佑。禄，常指禄位。

王凤阳《古辞辨》指出了二词的不同点："'福'的含义很广泛，它因人因事而异。……'福'宽泛，'禄'具体。"

14. 优、游

优、游，在"悠闲自得的样子"的意义上为一组修辞同义词。

【构组】

《小雅·采菽》五章，五章：优哉游哉，亦是戾矣。

优、游，连文同义，均为"悠闲自得的样子"之义。优、游，常连文同义，哉，为语气词。《大雅·卷阿》："伴奂尔游矣，优游尔休矣。"程俊英、蒋见元《诗经》："优游，闲暇自得的样子。"嵇康《赠秀才入军》之一："俛仰慷慨，优游容与。"朱熹《诗集传》："优游，闲暇之意。"严粲《诗缉》："优游，闲暇貌。"陈启源《毛诗稽古编》："从容而自得，而王可得休息矣。"

【辨释】

优、游，均为"悠闲自得的样子"之义，语义区别不大，二词常连用，当为古代同义连用复合词。优、游，亦作"悠游"，指悠闲自得。三国魏·嵇康《赠秀才入军》之一："俛仰慷慨，优游容与。"

15. 凶、矜

凶、矜，在"危险、凶险之地"的意义上为一组修辞同义词。

【构组】

《小雅·菀柳》三章，三章：曷予靖之，居以凶矜。

凶、矜，连文同义，均为"危险、凶险之地"之义。凶，危险、凶险之地。《说文·凶部》："凶，恶也。象地穿交陷其中也。"意即险恶之地。像穿地为坑，有物交相陷入其中。《郑笺》："居我以凶危之地。"《王风·兔爰》："我生之后，逢此百凶。"矜，危险、凶险之地。《毛传》："矜，危也。"孔颖达《毛诗正义》："以诛放类之，故知凶危是凶危之地，谓四方荒裔远处，即九州岛之外也。"程俊英、蒋见元《诗经》："矜，危。指危险的境地。"

【辨释】

凶、矜，均为"危险、凶险之地"之义，但来源不同。凶，本义为不吉利。《尔雅·释言》："凶，咎也。"咎，即灾祸，不吉利。《楚辞·卜居》："此孰吉孰凶，何去何从？"矜，本义当为自夸。《公羊传·僖公九年》："矜之者何？犹曰莫我若也。"

16. 菅、茅

菅、茅，在"茅类草本植物"的意义上为一组修辞同义词。

【构组】

《小雅·白华》八章，二章：英英白云，露彼菅茅。

菅、茅，连文同义，均为"茅类草本植物"之义。菅，一种多年生草本植物，也叫巴茅，叶子细长而尖，花绿色，结颖果，褐色。《说文·艸部》："菅，茅也。从艸，官声。"何楷《诗经世本古义》："陆佃曰：'菅，茅属也。而其华白，故一曰白华。……茅亦洁白，故曰白茅。'此诗取茅与菅对言，正以菅、茅同类。"《小雅·白华》："白华菅兮，白茅束兮。"茅，多年生草本植物，春季先开花，后生叶，花穗上密生白毛。《说文·艸部》："茅，菅也。从艸，矛声。"段玉裁注："统言则茅菅是一，析言则菅与茅殊。许菅茅互训，此从统言也。"杜甫《茅屋为秋风所破歌》："八月秋高风怒号，卷我屋上三重茅。"

【辨释】

菅、茅，同为"茅类草本植物"之义，词义稍有区别。菅，茅草柔韧。陆机《毛诗草木鸟兽虫鱼疏》："菅似茅而滑泽，无毛。根下五寸中有白粉者，柔韧宜为索，沤乃尤善矣。"茅，茅草坚脆。李时珍《本草纲目·草部·白茅》："茅有白茅、菅茅、黄茅、香茅、巴茅数种……菅茅只生山上，似白茅而长。"

17. 艰、难

艰、难，在"不容易、困难"的意义上为一组修辞同义词。

【构组】

《小雅·白华》八章，二章：天步艰难，之子不犹。

艰、难，连文同义，均为"不容易，困难"之义。艰，不容易，困难。《说文》："艰，土难治也。"段玉裁注："引申之凡难理皆曰艰。"《尔雅·释诂》："艰，难也。"《王风·中谷有蓷》："嘅其叹矣，遇人之艰难矣。"《毛传》："艰亦难也。"《郑笺》："所以嘅然而叹者，自伤遇君子之穷厄。"陈奂《诗毛氏传疏》："艰难，谓饥馑也。艰难合二字一义。古人属辞，一字未尽，重一字以足之。"《楚辞·离骚》："长太息以掩涕兮，哀民生之多艰。"难，不容易，困难。李白《蜀道难》："蜀道之难，难于上青天。"

【辨释】

艰、难，同为"不容易、困难"之义，但来源不同。艰，本义为土难治理。难，本义为支翅鸟。艰、难，作为一组修辞同义词，语义区别不大，其作用主要是"一字未尽，重一字以足之"。后二词结合为一个双音节复合词"艰难"，指非常困难。杜甫《登高》："艰难苦恨繁霜鬓，潦倒新停浊酒杯。"

18. 悠、远

悠、远，在"长、远"的意义上为一组修辞同义词。

【构组】

《小雅·渐渐之石》三章，一章：山川悠远，维其劳矣。

悠、远，连文同义，均为"长、远"义。悠，长、远。《尔雅·释诂》："悠，远也。"《毛传》："悠，远。"朱熹《诗集传》："将帅出征，经历险远，不堪劳苦而作此诗矣。"《周颂·访落》："于乎悠哉，朕未有艾。"朱熹《诗集传》："悠，远也。"远，时空距离长，与"近"相对。《说文·辵部》："远，辽也。"意即遥远。《尔雅·释诂》："远，遐也。"意即遥远。

【辨释】

悠、远，同为"长、远"之义，语义区别不大。一般"悠"常侧重于时间的久远。"远"常侧重于距离的长远。其作用主要在于避免单音节词的多义而使语义不明。

二 《诗经·大雅》连文修辞同义词研究

《诗经·大雅》31篇，连文修辞同义词18组：仪、刑；瓜、瓞；堇、荼；追、琢；烈、假；临、冲；矇、瞍；践、履；干、戈、戚、扬；奉奉、萋萋；雍雍、喈喈；忧、谑；戏、豫；奠、瘗；赫赫、炎炎；绵绵、翼翼；罪、罟；皋皋、訿訿。

1. 仪、刑

仪、刑，在"效法"的意义上为一组修辞同义词。

【构组】

《大雅·文王》七章，七章：仪刑文王，万邦作孚。

仪、刑，连文同义，均为"效法"之义。仪，效法。《郑笺》："仪法文王之事，则天下咸信而顺之。"白居易《襄州别驾府君事状》："故中外凡为家妇者，皆景慕而仪刑焉。"刑，效法。《毛传》："刑，法。"《左传·襄公十三年》："晋国以平，数世赖之，刑善也夫。"杜预注："刑，法也。"程俊英、蒋见元《诗经》："仪刑，效法。"是将其看作为一个词，应看作两个词为确。

【辨释】

仪、刑，同为"效法"之义，但来源不同。仪，本义为容止仪表。《大雅·烝民》："令仪令色，小心翼翼。"《郑笺》："善威仪，善颜色容貌，翼翼然恭敬。"刑，本义为对犯罪者的处罚。《史记·项羽本纪》："夫秦王有虎狼之心，杀人如不能举，刑人如恐不胜，天下皆叛之。"

2. 瓜、瓞

瓜、瓞，在"瓜"的意义上为一组修辞同义词。

【构组】

《大雅·绵》九章，一章：绵绵瓜瓞，民之初生，自土沮漆。

瓜、瓞，连文同义，均为"瓜"之义。瓜，草本蔓生植物，种类很多，果实称瓜。《豳风·七月》："七月食瓜，八月断壶。"瓞，小瓜。《郑笺》："瓜之本实，继先岁之瓜，必小，状似匏，故谓之瓞。"孔颖达《毛诗正义》："大者曰瓜，小者曰瓞，此则其种别也。"朱熹《诗集传》："大曰瓜，小曰瓞。瓜之近本初生者常小，其蔓不绝，至末而后大也。"程俊英、蒋见元《诗经》："瓞，小瓜。"

【辨释】

瓜、瓞，同为"瓜"之义，但形状大小有别。大者曰瓜，小者曰瓞。王凤阳《古辞辨》对"瓜"、"瓞"作了辨释，指出"瓜，《说文》：'蓏也'，段玉裁注：'……瓜者，藤生而蔓者也。''瓜'的古今义相同，都指茎蔓生的葫芦科植物的果实。"又曰："瓞，《尔雅·释草》：'瓞，其绍瓞'，注'俗呼匏瓜为瓞'。所谓'匏瓜'即是蒂瓜，是靠根处生的门瓜，一般比后结的瓜小。"据此可知：瓞，是最先结的紧靠根部的门瓜，比后结的瓜要小。

3. 堇、荼

堇、荼，在"苦菜"的意义上为一组修辞同义词。

【构组】

《大雅·绵》九章，三章：周原膴膴，堇荼如饴。

堇、荼，连文同义，均为"苦菜"之义。堇，也作"菫"，经传通作"堇"，苦菜，多年生草本植物，茎细弱，叶呈肾脏形，边缘有锯齿，春末开白花，有紫色条纹，嫩苗叶可食。《说文·艸部》："堇，草也。根如荠，叶如细柳，蒸食之，甘。"《毛传》："堇，菜也。"李时珍《本草纲目·菜部》："堇，苦堇，堇葵，旱芹。"朱骏声《说文通训定声·屯部》："此菜野生，非人所种，作紫花，味苦，沦之则甘滑。"马瑞辰《毛诗传笺通释》："诗人盖取苦堇之名与苦荼同类，遂并称之。"余冠英《诗经选译》："堇菜和荼菜都略带苦味。"堇，有三种，此指苦堇。荼，一种苦菜。《尔雅·释草》："荼，苦菜。"《毛传》："荼，苦菜也。"陆机《毛诗草木鸟兽虫鱼疏》："荼，苦叶（菜），生山田及泽中，得霜，甜脆而美。"《邶风·谷风》："谁谓荼苦？其甘如荠。"陈振寰解注《诗经》："堇、荼，苦菜。堇又叫旱芹，根像荠菜，叶像嫩柳，可食。荼，一种苦菜。"

【辨释】

堇、荼，同为"苦菜"之义，语义微别。堇，有三类，即苦堇，堇葵，旱芹。其中苦堇味苦，与"荼"相类。此诗中的"堇"即指"苦堇"。荼，也是苦菜。朱熹《诗集传》串讲"周原膴膴，堇荼如饴"为"言周原土地之美，虽物之苦者亦甘"。间接指出了"堇"、"荼"为苦菜之义。

4. 追、琢

追、琢，在"雕刻"的意义上为一组修辞同义词。

【构组】

《大雅·棫朴》五章，五章：追琢其章，金玉其相。

追、琢，连文同义，均为"雕刻"之义。追，雕刻。《毛传》："追，彫也。金曰彫，玉曰琢。"《郑笺》："《周礼》：'追师掌追衡笄'，则追亦治玉也。"马瑞辰《毛诗传笺通释》："追，即彫之假借。《说文》：'琱，治玉也。''彫，琢文也。'治玉以琱为正字，今经传通作彫与雕。"程俊英、蒋见元《诗经》："追，雕的假借字。"琢，雕刻。《说文·玉部》："琢，治玉也。"《尔雅·释器》："雕谓之琢。"《礼记·学记》："玉不琢，不成器；人不学，不知道。"追，通"雕"，雕刻，这样与"琢"构成一组修辞同义词。程俊英、蒋见元注译《诗经》："追，雕的假借字。"

【辨释】

追、琢，同为"雕刻"之义，但本义不同。追，本义为追逐。《说文·辵部》："追，逐也。"又曰："逐，追也。"《公羊传·庄公十八年》："夏，公追戎于济西。"后"追"为"彫"的借字。琢，本义为雕刻加工玉石。《荀子·

大略》："和之璧，井里之厥也。玉人琢之，为天子宝。"

5. 烈、假

烈、假，在"害人的瘟疫"的意义上为一组修辞同义词。

【构组】

《大雅·思齐》五章，四章：肆戎疾不殄，烈假不瑕。

烈、假，连文同义，均为"害人的瘟疫"之义。烈，通"疠"，恶疾。假，通"瘕"，病害。《郑笺》："厉，假皆病也。瑕，已也。"马瑞辰《毛诗传笺通释》："戎疾与烈假对文，戎、疾皆恶也。……厉、烈古同声，厉《说文》作痢，云：'恶疾也。'……烈即痢之假借。假即瘕之假借。……诗两不字皆句中助词，'肆戎疾不殄'即言戎疾殄也，'烈假不瑕'即言厉蛊之疾已也。"于省吾《泽螺居诗经新证》："'烈假不瑕'的'烈假'，汉唐公房碑作'疠蛊不瑕。'"程俊英、蒋见元《诗经》："烈，厉的假借字。假，瘕的假借字，即蛊字。厉蛊，害人的瘟疫。""烈"、"假"二词，在此诗中属先通假，而后连文同义，均指疾病，即害人的瘟疫。

【辨释】

烈、假，同为"害人的瘟疫"之义，但本义不同。烈，本义为火势猛。《说文·火部》："烈，火猛也。"《左传·昭公二十年》："夫火烈，民望而畏之，故鲜死焉。"后来烈，通"疠"，恶疾。假，从人，叚声，本义为不是真的。《史记·淮阴侯列传》："大丈夫定诸侯，即为真王耳，何以假为？"后来假，通"瘕"，病害。

6. 临、冲

临、冲，在"战车"的意义上为一组修辞同义词。

【构组】

《大雅·皇矣》八章，八章：临冲闲闲，崇墉言言。

临、冲，连文同义，均为"战车"之义。《毛传》："临，临车也。冲，冲车也。"孔颖达《毛诗正义》："临者，在上临下之名；冲者，从傍冲突之称。兵书有作临车、冲车之法，《墨子》有《备冲》之名，知临、冲俱是车也。"傍，当通"旁"，指旁边、侧翼。马瑞辰《毛诗传笺通释》："窃谓临车可用以守城，即可用以攻城。又诗与冲并言，冲为车，则知临亦车耳。"

【辨释】

临、冲，同为"战车"之义，语义微别，主要是二战车的进攻特点不同。《毛诗正义》："临者，在上临下之名；冲者，从傍冲突之称。"这已经指出了两种战车的进攻特点。"临"为战车居高临下攻击敌人，"冲"指战车从侧翼攻击敌人。

7. 矇、瞍

矇、瞍，在"瞽师"的意义上为一组修辞同义词。

【构组】

    《大雅·灵台》四章，四章：鼍鼓逢逢。矇瞍奏公。

矇、瞍，连文同义，均为"瞽师"之义。矇，盲人，古时以盲人担任乐官，所以又为乐官的代称。《毛传》："有眸子而无见曰矇。"《郑笺》："凡声使矇瞍为之。"孔颖达《毛诗正义》："矇，即今之青盲者也。"陈奂《诗毛氏传疏》："矇瞍，即瞽矇，乐工也。"《楚辞·九章·怀沙》："玄文处幽兮，矇瞍谓之不章。"王逸注："矇，盲者也。"从王逸的注释可知，这句中的"矇"指盲人。瞍，眼睛没有瞳仁的盲人，古代以盲人担任乐官，又为乐官的代称。《毛传》："无眸子曰瞍。"朱熹《诗集传》："无眸子曰瞍。古者乐师，皆以瞽者为之，以其善听而审于音也。"程俊英、蒋见元《诗经》："矇、瞍，都是古代盲人的专称。古代乐师常以盲人充任。"

【辨释】

矇、瞍，同为"瞽师"之义，语义区别不大。矇、瞍，作为盲人之义，词义稍有不同。矇，是指有眸子但眼睛看不见的盲人。瞍，是指没有眸子的盲人。在此篇中，矇、瞍，同义连文，指瞽师。晋葛洪《抱朴子·擢才》："华章藻蔚，非蒙瞍所玩；英逸之才，非浅短所识。"这里的"蒙瞍"即"矇瞍"。

8. 践、履

践、履，在"踩踏"的意义上为一组修辞同义词。

【构组】

《大雅·行苇》四章，一章：敦彼行苇，牛羊勿践履。

践、履，连文同义，均为"踩踏"之义。践，踩踏。《说文·足部》："践，履也。"《郑笺》："敦敦然道傍之苇，牧牛羊者毋使蹸履折伤之。"程俊英、蒋见元《诗经》将"牛羊勿践履"翻译为"别让牛羊践踏它"，可见是将"践履"，译为践踏，即踩踏。履，踩踏。《毛传》："履，践也。"《庄子·养生主》："庖丁为文惠君解牛，手之所触，肩之所倚，足之所履，膝之所倚。"履，指踩踏。

【辨释】

践、履，均为"踩踏"之义，但本义不同。践，本义为践踏。《礼记·曲礼上》："大夫、士入君门不践阈。"履，本义为鞋子。《说文·履部》："履，足所依也。"但在战国以前"履"、"屦"用法分工明确，屦，常用作名词，鞋子。履，一般只用作动词。《魏风·葛屦》："纠纠葛屦，可以履霜。"有时也用作名词，指鞋子。《韩非子·外储说左上》："郑人有且置履者，先自度其足而置之其坐，至之市而忘操之。"

9. 干、戈、戚、扬

干、戈、戚、扬，在"武器"的意义上为一组修辞同义词。

【构组】

《大雅·公刘》六章，一章：干戈戚扬，爰方启行。

干、戈、戚、扬，连文同义，均为"武器"之义。干，武器，指盾牌，古代抵御刀枪的兵器。《郑笺》："干，盾也。"《方言》卷九："盾，自关而东或谓之瞂，或谓之干，关西谓之盾。"《小尔雅·广器》："干，盾也。"程俊英、蒋见元《诗经》："干，盾。戚，斧。扬，又叫钺，大斧。"戈，武器，商代至战国时期的一种长柄兵器。《说文·戈部》："戈，平头戟也。从弋，一横之。"《郑笺》："戈，句子戟也。"《礼记·檀弓下》："能执干戈以卫社稷，虽欲勿殇也，不亦可乎！"戚，斧子，古代兵器。《说文·戌部》："戚，戉也。"又曰："戉，斧也。"《毛传》："戚，斧也。"朱熹《诗集传》："戚，斧。扬，钺。"扬，古代的一种兵器，像大斧。《毛传》："扬，钺也。"

【辨释】

干、戈、戚、扬，均为"武器"之义，但所指具体武器不同。干，古代抵御刀枪的兵器，即盾牌。《尚书·大禹谟》："帝乃诞敷文德，舞干羽于两阶，七旬有苗格。"戈，是商代至战国时期的一种长柄兵器。《楚辞·国殇》："操吴戈兮被犀甲，车错毂兮短兵接。"戚，斧子一样的古代兵器。陶渊明《读山海经》："刑天舞干戚，猛志故常在。"扬，古代像大斧一样的兵器。如本篇"干戈戚扬"。此指武器之多。

10. 菶菶、萋萋

菶菶、萋萋，在"枝叶茂盛的样子"的意义上为一组修辞同义词。

【构组】

《大雅·卷阿》十章，九章：菶菶萋萋，雍雍喈喈。

菶菶、萋萋，连文同义，均为"枝叶茂盛的样子"之义。菶菶，枝叶茂盛的样子。菶菶，《说文·艸部》："菶，草盛。"《广雅·释训》："菶菶，茂也。"《毛传》："梧桐盛也，凤凰鸣也。"孔颖达《毛诗正义》："梧桐之生，则菶菶萋萋而茂盛，以兴明君亦德盛也。"又曰："菶菶萋萋，梧桐之貌也。"朱熹《诗集传》："菶菶萋萋，梧桐生之盛也。"陈奂《诗毛氏传疏》："《说文》：'菶，草盛。萋，草盛。'菶与萋，皆本为草盛，因之为木盛。"程俊英、蒋见元《诗经》："菶菶，亦萋萋，形容梧桐枝叶茂盛的样子。"萋萋，枝叶茂盛的样子。《周南·葛覃》："葛之覃兮，施于中谷，维叶萋萋。"《毛传》："萋萋，茂盛貌。"黄典诚《诗经通译新诠》:"菶菶萋萋,草木茂盛貌。"

【辨释】

菶菶、萋萋,均为"枝叶茂盛的样子"之义,但后世使用频率不同。菶菶,后世使用频率较低。萋萋,后世使用频率较高,义项较多。崔颢《黄鹤楼》:"晴川历历汉阳树,芳草萋萋鹦鹉洲。"萋萋,还有云行弥漫的样子之义。《小雅·大田》:"有渰萋萋,兴雨祈祈。"萋萋,是凄凄的借字。萋萋,还有华丽的样子之义。潘岳《藉田赋》:"袭春服之萋萋兮,接游车之鳞鳞。"

11. 雍雍、喈喈

雍雍、喈喈,在"凤凰鸣声和谐"的意义上为一组修辞同义词。

【构组】

《大雅·卷阿》十章,九章:菶菶萋萋,雍雍喈喈。

雍雍、喈喈,连文同义,均为"凤凰鸣声和谐"之义。雍雍、喈喈,禽鸟鸣声和谐。孔颖达《毛诗正义》:"凤皇之鸣也,则雍雍喈喈然音声和协,以兴民臣亦和协也。"朱熹《诗集传》:"雍雍喈喈,凤凰鸣之和也。"黄典诚《诗经通译新诠》:"雍雍喈喈,禽鸟和鸣的声音。"《礼记·少仪》:"车马之美,匪匪翼翼;鸾和之美,肃肃雍雍。"鲍照《拟行路难》之十三:"春禽喈喈旦暮鸣,最伤君子忧思情。"

【辨释】

雍雍、喈喈,均为"凤凰鸣声和谐"之义,但后世使用频率不同。雍雍,后世使用频率较低。喈喈,后世使用频率较高,义项较多。喈喈,还指钟、铃等和鸣的声音。《小雅·鼓钟》:"鼓钟喈喈,淮水湝湝。"喈喈,还指啼哭声。孟郊《送淡公》:"江湖有故庄,小女啼喈喈。"喈喈,还指风雨疾速的样子。元稹《痁卧闻幕中诸公徵乐会饮,因有戏呈三十韵》:"穹苍真漠漠,风雨漫喈喈。"

12. 忧、谑

忧、谑,在"调笑"的意义上为一组修辞同义词。

【构组】

《大雅·板》八章，四章：匪我言耄，尔用忧谑。

忧、谑，连文同义，均为"调笑"之义。忧，通"优"，调笑、开玩笑。俞樾《群经平议》："忧当为优。《襄公六年左传》：'长相优。'杜预注：'优，调戏也。''尔用忧谑'，言尔用我言相戏谑也。优谑连文，义亦不异。"程俊英、蒋见元《诗经》："忧假借为优。忧谑，调笑。"黄典诚《诗经通译新诠》："忧，同优，戏。"黄典诚所释正确，但"同"应用"通"字，因为此为通假字，而非古今字。谑，调笑、开玩笑。《说文·言部》："谑，戏也。"《卫风·淇奥》："善戏谑兮，不为虐兮。"戏谑，连文同义，即调笑、开玩笑。

【辨释】

忧、谑，均为"调笑"之义，但本义不同。忧，本义为担忧、发愁。《说文·心部》："忧，愁也。"忧，本字古作上"頁"下"心"，会意。朱骏声《说文通训定声》："经传皆以忧为之，而忧字废矣。"后"忧"简化为"忧"。《小雅·小弁》："我心忧伤，怒焉如捣。"谑，本义为尽兴地游乐、调笑。李白《将进酒》："陈王昔时宴平乐，斗酒十千恣欢谑。"

13.戏、豫

戏、豫，在"嬉戏娱乐"的意义上为一组修辞同义词。

【构组】

《大雅·板》八章，八章：敬天之怒，无敢戏豫。

戏、豫，连文同义，均为"嬉戏娱乐"之义。戏，嬉戏娱乐。《毛传》："戏豫，逸豫也。"马瑞辰《毛诗传笺通释》："豫与戏并言，豫亦戏也。"豫，嬉戏娱乐。《尔雅·释诂》："豫，乐也。"《周易·豫卦》："豫，利建侯行师。"郑玄注："豫，喜豫说乐之貌也。"《毛传》："戏豫，逸豫也。"陈奂《诗毛氏传疏》："豫，乐也。逸豫，是戏豫之意。"程俊英、蒋见元《诗经》："戏豫，嬉戏娱乐。"

【辨释】

戏、豫，均为"嬉戏娱乐"之义，但本义不同。戏，繁体作戲，从戈虘声，本义为一种兵器。豫，本义为大象。《说文·象部》："豫，象之大者。"段玉裁注："贾侍中名逵，许所从受古学者也。侍中说：'豫虽大，而不害于物。'故宽大舒缓之义取此字。"《老子》第十五章："豫焉若冬涉川，犹兮若畏四邻。"范应元注："豫，象属。"

14. 奠、瘗

奠、瘗，在"祭祀神灵"的意义上为一组修辞同义词。

【构组】

《大雅·云汉》八章，二章：上下奠瘗，靡神不宗。

奠、瘗，连文同义，均为"祭祀神灵"之义。奠，陈列祭品祭祀天神。瘗，埋藏祭品祭地神。《说文·丌部》："奠，置祭也。"《毛传》："上祭天，下祭地，奠其礼，瘗其物。"孔颖达《毛诗正义》："其祭之礼，则上祭天，下祭地，而天则奠其礼，地则瘗其物。……奠谓置之于地，瘗谓埋之于土。"程俊英、蒋见元《诗经》："奠，陈列祭品以祭天神。瘗，埋，将祭品埋在地下祭地神。"《礼记·檀弓下》："有司以几筵舍奠于墓左，反，日中而虞。"陆德明《经典释文》："瘗，埋也。"朱熹《诗集传》："上祭天，下祭地，奠其礼，瘗其物。"

【辨释】

奠、瘗，均为"祭祀神灵"之义，但祭祀的对象和方式不同。奠，祭祀天神。瘗，祭祀地神。祭祀天神要陈列祭品供奉。祭祀地神要埋祭品于地下。"礼与物，皆谓为礼事神之物，酒食牲玉之属也。"（孔颖达《毛诗正义·大雅·云汉》）

15. 赫赫、炎炎

赫赫、炎炎，在"天气炎热的样子"的意义上为一组修辞同义词。

【构组】

  《大雅·云汉》八章，四章：赫赫炎炎，云我无所。

  赫赫、炎炎，连文同义，均为"天气炎热的样子"之义。赫赫，天气炎热的样子。《毛传》："赫赫，旱气也。"孔颖达《毛诗正义》："赫赫，燥热之状，故为旱气。"朱熹《诗集传》："赫赫，旱气也。"陈奂《诗毛氏传疏》："赫赫，旱气之盛也。"黄典诚《诗经通译新诠》："赫赫炎炎，旱气热气。"炎炎，天气炎热的样子。《尔雅·释训》："炎炎，熏也。"熏，即旱气熏蒸。《毛传》："炎炎，热气也。"《郑笺》："热气太盛，人皆不堪，言我无所庇荫处。"孔颖达《毛诗正义》："《释训》云：'炎炎，熏也。'郭璞曰：'旱热熏炙人。'是炎炎为热气也。"朱熹《诗集传》："炎炎，热气也。"

【辨释】

  赫赫、炎炎，均为"天气炎热的样子"之义，但后世使用频率不同。赫赫，在"天气炎热的样子"之义上，后世使用较少，多用为"显赫、显著的样子"之义。《汉书·何武王嘉师丹传》："其所居亦无赫赫名，去后常见思。"炎炎，常用为天气炎热义，而且义项较多。《孔子家语·观周》："焰焰不灭，炎炎若何？"

16. 绵绵、翼翼

绵绵、翼翼，在"连绵不断的样子"的意义上为一组修辞同义词。

【构组】

  《大雅·常武》六章，五章：如川之流，绵绵翼翼。

  绵绵、翼翼，连文同义，均为"连绵不断的样子"之义。绵绵、翼翼，连绵不断的样子。朱熹《诗集传》："绵绵，不可绝也。"《小雅·楚茨》："我黍与与，我稷翼翼。"《郑笺》："翼翼，蕃庑貌。"意即蕃盛的样子。马瑞辰《毛诗传笺通释》："《广雅》：'绵绵，长也。翼翼，盛也。'长与盛义相近，皆状其兵之壮盛耳。"程俊英、蒋见元《诗经》："绵绵，连绵不断的样子。翼翼,壮盛的样子。""绵绵"与"翼翼"义近,为一组修辞同义词。

【辨释】

绵绵、翼翼,均为"连绵不断的样子"之义,但侧重点不同。绵绵,侧重于连绵不断,指绵长。翼翼,侧重于壮盛,指强度。

17. 罪、罟

罪、罟,在"网罟,比喻条目繁多的酷刑"的意义上为一组修辞同义词。

【构组】

> 《大雅·瞻卬》七章,一章:罪罟不收,靡有夷瘳。

罪、罟,连文同义,均为"网罟,比喻条目繁多的酷刑"之义。罪,本义为捕鱼竹网。《说文·网部》:"罪,捕鱼竹网。从网、非。秦以罪为皋字。"段玉裁注引《文字音义》:"始皇以皋字似皇,乃改为罪。"《小雅·小明》:"岂不怀归,畏此罪罟。"马瑞辰《毛诗传笺通释》:"《说文》:'罪,捕鱼竹网。罟,网也。'秦始以罪易皋,惟此诗罪罟二字平列,犹云网罟,与下章'畏此遣怒'、'畏此反覆'语同,盖罪字之本义。"罟,网罟。《说文·网部》:"罟,网也。"《孟子·梁惠王上》:"数罟不入洿池,鱼鳖不可胜食也。"程俊英、蒋见元《诗经》:"罪罟,指条目繁多的酷刑。"

【辨释】

罪、罟,均为"网罟,比喻条目繁多的酷刑"之义,但秦以后语义区别较大。秦朝以前,"罪"为捕鱼竹网。犯罪的"罪"字为"皋"。秦统一中国后,秦始皇认为"皋"字在字形上似"皇",于是以"罪"易"皋","罪"的常用义为犯罪义。

18. 皋皋、讻讻

皋皋、讻讻,在"小人谗毁的样子"的意义上为一组修辞同义词。

【构组】

> 《大雅·召旻》七章,三章:皋皋讻讻,曾不知其玷。

皋皋、讻讻，连文同义，均为"小人谗毁的样子"之义。皋皋，欺诳的样子。马瑞辰《毛诗传笺通释》："皋当读为諕。《玉篇》：'諕，相欺也。'重言之则曰言皋言皋。讻与訾通。……皋皋、讻讻，皆极言小人谗毁之状。"讻讻，诋毁之状。朱熹《诗集传》："讻讻，务为谤毁也。"马瑞辰《通释》："讻与訾通。《管子·形势篇》：'毁訾贤者谓之訾。'《列子·天瑞篇》：'訾訾然'张谌注：'毁訾也。'"程俊英、蒋见元《诗经》："皋皋，欺诳的样子。讻讻，毁谤的样子。""皋皋"与"讻讻"义近，当为一组修辞同义词。

【辨释】

皋皋、讻讻，均为"小人谗毁的样子"之义，但词义侧重点不同。皋皋，词义侧重于欺诳；讻讻，词义侧重于毁谤。

第三节 《诗经·颂》连文修辞同义词研究

一 《诗经·周颂》连文修辞同义词研究

《诗经·周颂》31篇，连文修辞同义词11组：祉、福；仪、式、刑；右、序；来、牟；钱、镈；铚、艾；祖、妣；鲦、鳣、鲿、鲤；敦、琢；遏、刘；萧、鼎、鼏。

1. 祉、福

祉、福，在"幸福"的意义上为一组修辞同义词。

【构组】

《周颂·烈文》一章，一章：烈文辟公，锡兹祉福。

祉、福，连文同义，均为"幸福"之义。祉，幸福。《尔雅·释诂》："祉，福也。"《说文·示部》："祉，福也。"《大雅·皇矣》："既受帝祉，施于孙子。"《郑笺》："祉，福也。"朱熹《诗集传》："言诸侯助祭使我获福，则是诸侯锡此祉福，而惠我以无疆，使我子孙保之也。"程俊英、蒋见元《诗经》："祉，福。"福，幸福，跟"祸"相对。《鲁颂·闷宫》："是飨是宜，降福既多。"福，幸福。

【辨释】

祉、福，均为"幸福"之义，但侧重点稍有不同。祉，侧重于祖先神降临福气。《国语·周语下》："皇天嘉之，祚以天下，赐姓曰'姒'，氏曰'有夏'，谓其能以嘉祉殷富生物也。"福，侧重于上天保佑而致福。《说文·示部》："福，祐也。"《礼记·祭统》："贤者之祭也，必受其福。"现今"祉福"发展为汉语双音词"福祉"，指幸福、利益、福利之义。《史记·鲁周公世家》："天降祉福，唐叔得禾。"

2. 仪、式、刑

仪、式、刑，在"效法"的意义上为一组修辞同义词。

【构组】

《周颂·我将》一章，一章：仪式刑文王之典，日靖四方。

仪、式、刑，连文同义，均为"效法"之义。杨合鸣《〈诗经〉疑难词语辨析》："'文王之典'前连用三个同义动词'仪式刑'是颇有深意的。'仪'、'式'、'刑'皆含有'效法'义。"仪、式、刑，皆"效法"义。朱熹《诗集传》："仪、式、刑，皆法也。……言我仪式刑文王之典以靖天下，则此能赐福之文王。"马瑞辰《毛诗传笺通释》："《说文》：'仪，度也。''度，法制也。'……式者，杙之省。褚少孙《日者传》言'卜者旋式正棊'，《索隐》曰：'式即杙也。杙之形，上圆像天，下方法地。用之则转天纲加地之辰，故曰旋式。'……刑者，型之省。《说文》：'型，铸器之法也。'古者以木曰模，以金曰镕，以竹曰範，以土曰型，经传中通假作刑。……仪、式、刑皆可训法。"杨合鸣《辨析》："严粲《诗缉》：'钱氏曰：仪式刑，犹《书》云：严祗敬六德也。今曰：累言之者，谓法之不已也。''法之不已'，即'不断地效法'。此训可谓中的。"程俊英、蒋见元《诗经》："仪、式、刑，三字均是效法的意思。"

【辨释】

仪、式、刑，均为"效法"之义，但侧重点有所不同。仪，侧重于法制角度效法。《大雅·文王》："仪刑文王，万邦作孚。"《郑笺》："仪法文王之事，则天下咸信而顺之。"式，侧重于法式角度效法。《说文·工部》：

"式，法也。"法，即法式。《孟子·公孙丑下》："我欲中国而授孟子室，养弟子以万钟，使诸大夫国人皆有所矜式。"刑，侧重于典范、榜样角度效法。《孟子·梁惠王上》："刑于寡妻，至于兄弟，以御于家邦。"三词同义累言，指"法之不已"，即不断地效法。

3. 右、序

右、序，在"帮助、保佑"的意义上为一组修辞同义词。

【构组】

　　《周颂·时迈》一章，一章：时迈其邦，昊天其子之，实右序有周。

右、序，连文同义，均为"帮助、保佑"之义。右、序，指帮助、保佑。右，后多作"佑"。《说文·又部》："右，手口相助也。"《郑笺》："右助次序其事。"陈奂《诗毛氏传疏》："右，助也。"吴闿生《诗义会通》："右、序，皆助也。"程俊英、蒋见元《诗经》："右同佑。序，助。"马瑞辰《毛诗传笺通释》："次序为序，顺序亦为序，顺之即助之也。《周礼·司书》注：'叙，犹比次也。'凡相比相次皆有助义。'实右序有周'，犹言实佑助有周也。右、序二字同义。"

【辨释】

右、序，均为"帮助、保佑"之义，但常用义不同。右，常用义为右边，与"左"相对。《卫风·竹竿》："泉源在左，淇水在右。"朱熹《诗集传》："泉源，即百泉也。在卫之西北，而东南流入淇，故曰在左。淇，在卫之西南，而东流与泉源合，故曰在右。"序，常用义为次第、顺序。《楚辞·离骚》："日月忽其不淹兮，春与秋其代序。"指四季按时序更替。

4. 来、牟

来、牟，在"麦子"的意义上为一组修辞同义词。

【构组】

　　《周颂·思文》一章，一章：贻我来牟，帝命率育。

来、牟，连文同义，均为"麦子"之义。来，是小麦。牟，是大麦。《说文·来部》："来，周所受瑞麦来麰也。"意即周地所接受的优良麦子——来和麰。来，甲骨文作𠧥，象形，本义为麦子。陆德明《经典释文》引《广雅》："麳，小麦。麰，大麦也。"朱熹《诗集传》："来，小麦。牟，大麦也。"牟，通"麰"，指大麦。陆德明《释文》："牟，字书作麰。"《广雅·释草》："小麦，麳；大麦，麰。"

【辨释】

来、牟，均为"麦子"之义，但具体品种不同。来，为小麦。牟，为大麦。在春秋时代，先民在粮食品种上早已培育出小麦"来"、大麦"牟"，足见当时农业生产状况之发达。黄典诚《诗经通译新诠》："来牟，小麦大麦。"

5. 钱、镈
钱、镈，在"农具"的意义上为一组修辞同义词。
【构组】

《周颂·臣工》一章，一章：庤乃钱镈，奄观铚艾。

钱、镈，连文同义，均为"农具"之义。钱，从金，戋声，形声字。本义为农具名，即铁锹。上古时期曾以农具作为交易媒介，其后铸造货币又仿其形为之，因此引申为货币、钱财，成为一切货币的通称。《说文·金部》："钱，铫也，古田器。"如本篇"庤乃钱镈"。镈，古代除田除草的农具。《毛传》："镈，𬭚。"𬭚，除草农具。《管子·轻重乙》："一农之事，必有一耜、一铫、一镰、一𬭚、一椎、一铚，然后成为农。"《郑笺》："教我庶民具女田器。"孔颖达《毛诗正义》引《释名》："镈，锄类也。"朱熹《诗集传》："钱、铫、钮、镈，皆田器也。"程俊英、蒋见元《诗经》："钱，古农具名，似今之铁锹。镈，锄头。"

【辨释】

钱、镈，均为"农具"之义，但具体所指农具不同。钱，似铁锹一类的农具。镈，似锄头一类的农具。镈，还指古代钟一类的乐器。《周礼·春官宗伯》："镈师中士二人，下士四人，府二人，史二人，胥二人，徒二十人。"郑玄注："镈，如钟而大。"

6. 铚、艾

铚、艾，在"收割"的意义上为一组修辞同义词。

【构组】

《周颂·臣工》一章，一章：庤乃钱镈，奄观铚艾。

铚、艾，连文同义，均为"收割"之义。铚，收获。《小尔雅·广物》："截颖谓之铚。"《毛传》："铚，获也。"王念孙《广雅疏证》卷八上："艾与刈同。穫谓之铚，亦谓之刈，故穫器谓之铚，亦谓之刈。"艾，通"刈"，收割、刈割。朱熹《诗集传》："艾，穫也。"陆德明《经典释文》："艾，音刈。"马瑞辰《毛诗传笺通释》："艾亦义之假借，《说文》：'义，芟草也。或作刈。'"程俊英、蒋见元《诗经》："铚，割。艾，义的假借字，收割。"

【辨释】

铚、艾，均为"收割"之义，但本义不同。铚，本义为一种小镰刀，古时用以割禾，名词。《说文·金部》："铚，获禾短镰也。"艾，本义为草名，即艾蒿。《说文·艸部》："艾，冰台也。"意即冰台草。艾，《尔雅·释草》郭璞注："今艾蒿。"《王风·采葛》："彼采艾兮，一日不见，如三岁兮。"

7. 祖、妣

祖、妣，在"祖先"的意义上为一组修辞同义词。

【构组】

《周颂·丰年》一章，一章：为酒为醴，烝畀祖妣。

祖、妣，连文同义，均为"祖先"之义。祖，祖先。孔颖达《毛诗正义》："以之为酒，以之为醴，而进与先祖先妣。"《小雅·斯干》："似续妣祖，筑室百堵。"《郑笺》："祖，先祖也。"《大雅·文王》："王之荩臣，无念尔祖。"祖，指祖先。妣，祖先。《郑笺》："进予祖妣，谓祭先祖先妣也。"

【辨释】

祖、妣，均为"祖先"之义，但所指祖先的性别不同。祖，指男祖先。妣，指女祖先。程俊英、蒋见元《诗经》："祖妣，男女祖先。"由此诗可知：春秋时代，丰收之后祭祀祖先已是普遍的事情。

8. 鲦、鳗、鳎、鲤

鲦、鳗、鳎、鲤，在"鱼"的意义上为一组修辞同义词。

【构组】

　　《周颂·潜》一章，一章：有鳣有鲔，鲦鳗鳎鲤。

鲦、鳗、鳎、鲤，连文同义，均为"鱼"之义。鲦，鱼名，白鲦，性活泼，善跳跃，常在水面结群往来，迅速游动。《郑笺》："鲦，白鲦也。"朱熹《诗集传》："鲦，白鲦也。"鳗，黄颊鱼。体侧扁而头似燕，大口，黄色，细鳞。陆机《毛诗草木鸟兽虫鱼疏》："鳗，今江东呼黄鳗鱼，亦名黄颊鱼。尾微黄，大者长尺七八寸许。"鳎，鲇鱼。《毛传》："鳎，鲇也。"鲤，鲤鱼。体侧扁，嘴边有长短触须各一对，肉可食。程俊英、蒋见元《诗经》："鲦，白条鱼。鳗，亦名黄鳗鱼。鳎，鲇鱼。"程俊英所释至确。

【辨释】

鲦、鳗、鳎、鲤，均为"鱼"之义，但所指鱼的具体品类不同。鲦，指白条鱼。鳗，指黄鳗鱼。鳎，指鲇鱼。鲤，指鲤鱼。由此可见，春秋中叶之前，先民们已有丰富的渔业知识，区分了不同品类的鱼，并加以命名区分，显见当时渔业的先进。

9. 敦、琢

敦、琢，在"雕琢"的意义上为一组修辞同义词。

【构组】

　　《周颂·有客》一章，一章：有萋有且，敦琢其旅。

敦、琢，连文同义，均为"雕琢"之义。孔颖达《毛诗正义》："敦琢，治玉之名。人而言敦琢，故为选择。明尊其所往，故则卿大夫之贤者，与之朝王。从亦有士，举卿大夫而士同可知。又解人而言敦琢之意，以其此人贤，故以玉言之，谓以治玉之事言择人也。……敦、雕，古今字。"马瑞辰《毛诗传笺通释》："敦与彫双声，敦即彫字之假借，字亦作雕。据《说文》'琱，治玉也'，彫及雕又皆琱字之假借。……'敦琢其旅'犹云雕琢其侣也。"程俊英、蒋见元《诗经》："敦琢，即雕琢，引申有选择之意。旅，通'侣'，伴侣。指微子的随从众臣。"

【辨释】

敦、琢，均为"雕琢"之义，但本义不同。敦，本义为厚道、诚朴宽厚。《左传·成公十三年》："勤礼莫如致敬，尽力莫如敦笃。"琢，本义为雕刻加工玉石。《说文·玉部》："琢，治玉也。"《礼记·学记》："玉不琢，不成器；人不学，不知道。"

10. 遏、刘

遏、刘，在"消灭"的意义上为一组修辞同义词。

【构组】

《周颂·武》一章，一章：嗣武受之，胜殷遏刘，耆定尔功。

遏、刘，连文同义，均为"消灭"之义。遏，杀、消灭。陈奂《诗毛氏传疏》："《诗》之'遏刘'，即《书》之'咸刘'，皆合二字一义。《长发传》：'曷，害也。'遏与曷通，则此遏字亦当训为害。"马瑞辰《毛诗传笺通释》："《尔雅·释诂》：'灭，绝也。'虞翻《易注》：'遏，绝也。'是遏、灭二字同义。'胜殷遏刘'谓胜殷而灭杀之，犹《周语》云'蔑杀其民人'也。遏刘二字平列。"刘，杀、消灭。《毛传》："刘，杀。"《郑笺》："举兵伐殷而胜之，以止天下之暴虐而杀人者。"朱熹《诗集传》："刘，杀。"程俊英、蒋见元《诗经》："遏刘，二字同义，消灭的意思。"

【辨释】

遏、刘，均为"消灭"之义，但常用义不同。遏，常用义为阻止。《尔雅·释诂》："遏，止也。"《列子·汤问》："饯于郊衢，抚节悲歌，声振林木，响遏行云。"刘，常用义为姓氏。

11. 鼐、鼎、鼒

鼐、鼎、鼒，在"鼎"的意义上为一组修辞同义词。

【构组】

　　《周颂·丝衣》一章，一章：鼐鼎及鼒，兕觥其觩。

鼐、鼎、鼒，连文同义，均为"鼎"之义。鼐，大鼎。《毛传》："大鼎谓之鼐，小鼎谓之鼒。"朱熹《诗集传》："鼐，大鼎，鼒，小鼎。"程俊英、蒋见元《诗经》："鼐，大鼎，鼒，小鼎。"根据本篇中的"鼐鼎及鼒"，鼐，为大鼎；鼒，为小鼎；居于"鼐鼒"中间的"鼎"，当为中鼎。鼎，用于煮盛物品，或置于宗庙作铭功记绩的礼器。《说文·鼎部》："鼎，三足两耳，和五味之宝器也。"

【辨释】

鼐、鼎、鼒，均为"鼎"之义，其体积大小有别。鼐，为大鼎。鼎，为中鼎。鼒，为小鼎。所用的"鼎"的大小，与当时社会所处的社会地位高低、职位尊卑有关。程俊英、蒋见元《诗经》将"鼐鼎及鼒"译为"大鼎中鼎加小鼎"。

二　《诗经·鲁颂》连文修辞同义词研究

《诗经·鲁颂》4篇，连文修辞同义词3组：烝烝、皇皇；稙、稚、菽、麦；笾、豆、大房。

1. 烝烝、皇皇

烝烝、皇皇，在"美盛的样子"的意义上为一组修辞同义词。

【构组】

　　《鲁颂·泮水》八章，六章：烝烝皇皇，不吴不扬。

烝烝、皇皇，连文同义，均为"美盛的样子"之义。烝烝、皇皇，美盛的样子。《毛传》："烝烝，厚也。皇皇，美也。"朱熹："烝烝皇皇，盛也。"方孝孺《胡夫人范氏墓碣铭》："始终一德，靡懈俭勤。百口烝烝，率之以身。"烝烝，美盛的样子。马瑞辰《毛诗传笺通释》："以《传》训皇皇为美推之，烝烝亦当为美。美与盛同义，烝烝、皇皇皆极状多士之美盛耳。"程俊英、蒋见元《诗经》："烝烝皇皇，形容'多士'的美盛。"

【辨释】

烝烝、皇皇，均为"美盛的样子"之义，但侧重点不同。烝烝，侧重于"多"、"盛"；皇皇，侧重于"美"、"好"。二词连文同义，为"美盛的样子"之义。

2. 稙、稚、菽、麦

稙、稚、菽、麦，在"农作物"的意义上为一组修辞同义词。

【构组】

《鲁颂·闷宫》九章，一章：黍稷重穋，稙稚菽麦。

稙、稚、菽、麦，连文同义，均为"农作物"之义。稙，早种早熟的谷类。《毛传》："先种曰稙，后种曰穉。"孔颖达《毛诗正义》："先种曰稙，后种曰穉，当谓先种先熟，后种后熟，但《传》略而不言其熟耳。"稚，字也作稺、穉，指晚种晚熟的谷类。菽，豆类农作物。《说文·尗部》："尗，豆也。象尗豆生之形也。"朱骏声《说文通训定声》："古谓之尗，汉谓之豆。今字作菽。菽者，众豆之总名。"麦，一年生或两年生的草本植物，自古以来是我国北方重要的粮食作物。《说文·麦部》："麦，芒谷。"段玉裁注："芒谷，有芒刺之谷也。"

【辨释】

稙、稚、菽、麦，均为"农作物"之义，但具体所指作物不同。稙，具体指早种早熟的作物。贾思勰《齐民要术·种谷》："二月、三月种者为稙禾，四月、五月种者为稚禾。"稚，指晚种晚熟的作物。菽，指豆类作物。《小雅·小宛》："中原有菽，庶民采之。"麦，指麦类作物。《鄘风·桑中》："爰采麦矣？沫之北矣。"

　　3. 笾、豆、大房
　　笾、豆、大房，在"古代食器"的意义上为一组修辞同义词。
【构组】

　　　《鲁颂·閟宫》九章，四章：牺尊将将，毛炰胾羹，笾豆大房。

　　笾、豆、大房，连文同义，均为"古代食器"之义。笾，古代用竹编成的食器，形状如高脚盘，祭祀燕享时用来盛果实、干肉。《尔雅·释器》："木豆谓之豆，竹豆谓之笾，瓦豆谓之登。"《说文·竹部》："笾，竹豆也。从竹，边声。"段玉裁注："豆，古食肉器也。"朱骏声《说文通训定声》："豆盛湿物，笾盛干物。豆重而笾轻。"豆，古代盛肉或其他食品的器皿，形状像高脚盘，木制。《说文·豆部》："豆，古食肉器也。"大房，古代祭祀时盛牲畜的用具，通称俎。《毛传》："大房，半体之俎也。"《郑笺》："大房，玉饰俎也。其制足间有横，下有柎，似乎堂后有房然。"孔颖达《毛诗正义》："大房与笾豆同文，则是祭祀之器。器之名房者，唯俎耳，故知'大房，半体之俎'。""大房"器形比"笾"、"豆"器形大。

【辨释】
　　笾、豆、大房，均为"古代食器"之义，但质地、形状有别。笾、豆，形状相近，类似高脚盘，但质地不同。笾，为竹制食器。豆，为木制食器。大房，即俎，有木制或青铜制品。是古代供祭祀或宴会时用的四脚方形青铜盘或木漆盘，常陈设牛羊肉的一种礼器，体积较大。

三　《诗经·商颂》连文修辞同义词研究
《诗经·商颂》4篇，连文修辞同义词2组：庸、鼓；夷、怿。

　　1. 庸、鼓
　　庸、鼓，在"乐器"的意义上为一组修辞同义词。

【构组】

《商颂·那》一章，一章：庸鼓有斁，万舞有奕。

庸、鼓，连文同义，均为"乐器"之义。庸，通"镛"，大钟，古代的一种乐器。《毛传》："大钟曰庸。"陆德明《经典释文》："庸，依字作镛，大钟也。"朱熹《诗集传》："庸、镛通。"程俊英、蒋见元《诗经》："庸，通'镛'，大钟。"《说文·金部》："镛，大钟谓之镛。"鼓，一种打击乐器。《邶风·击鼓》："击鼓其镗，踊跃用兵。"鼓，指战鼓，打击乐器。

【辨释】

庸、鼓，均为"乐器"之义，但具体所指乐器不同。庸，通"镛"，指大钟，为青铜制品。《大雅·灵台》："虡业维枞，贲鼓维镛。"镛，大钟。鼓，我国传统打击乐器。《释名·释乐器》："鼓，郭也。张皮以冒之，其中空也。"《孟子·梁惠王下》："百姓闻王钟鼓之声，管籥之音，举疾首蹙頞而相告。"

2. 夷、怿

夷、怿，在"喜悦"的意义上为一组修辞同义词。

【构组】

《商颂·那》一章，一章：我有嘉客，亦不夷怿。

夷、怿，连文同义，均为"喜悦"之义。夷，喜悦。《召南·草虫》："亦既见止，亦既觏止，我心则夷。"《毛传》："夷，平也。"朱熹《诗集传》："夷，悦也。亦不夷怿者，言皆悦怿也。"马瑞辰《毛诗传笺通释》："夷、悦以双声为义。《尔雅·释言》：'夷，悦也。'《风雨》诗'云胡不夷'，《那》诗'亦不夷怿'，《毛传》并训夷为悦。"怿，喜悦。《小雅·节南山》："既夷既怿，如相酬矣。"朱熹《诗集传》："怿，悦也。"黄典诚《诗经通译新诠》："夷、怿，快乐。"

【辨释】

夷、怿，均为"喜悦"之义，语义区别不大。用以补足音节或强调。黄典诚《诗经通译新诠》："夷怿，快乐。""快乐"与"喜悦"义近。

参考文献

　　此参考文献分为古代参考文献与现代参考文献两部分。古代参考文献：先按朝代先后顺序为序，同一朝代的按第一作者姓氏拼音首字母顺序为序。古代参考文献中，首列朝代，次列撰者姓名与书名，最后列所用版本和出版时间。常用引用书目，在书名后、小括号内列有简称。现代参考文献：按第一作者姓氏拼音首字母顺序为序。

一　古代参考文献（按朝代先后顺序为序）

（汉）毛亨：《毛诗故训传》（《毛传》），通行本。

（汉）郑玄：《毛诗郑笺》（《郑笺》），通行本。

（汉）许慎：《说文解字》（《说文》），中华书局1963年版。

（三国吴）陆机：《毛诗草木鸟兽虫鱼疏》（《诗义疏》），台湾商务印书馆民国75年（1986年）版。

（南北朝梁）顾野王：《大广益会玉篇》（《玉篇》），中华书局1987年版。

（唐）孔颖达：《毛诗正义》（《正义》），李学勤主编，北京大学出版社1999年版。

（唐）李善注：《文选》，中华书局1977年版。

（唐）陆德明：《经典释文》，上海古籍出版社1985年版。

（宋）吕祖谦：《吕氏家塾读诗记》，台湾商务印书馆民国75年（1986年）版。

（宋）王应麟：《诗考》，台湾商务印书馆民国75年（1986年）版。

（宋）严粲：《诗缉》，吉林出版社2005年版。

（宋）朱熹：《诗集传》（《诗集传》），凤凰出版社2007年版。

（明）何楷：《诗经世本古义》（《古义》），台湾商务印书馆影印民国75年（1986年）版。

（清）陈奂：《诗毛氏传疏》（《传疏》），北京市中国书店 1984 年版。

（清）陈乔枞：《四家诗异文考》，清经解续编本。

（清）陈启源：《毛诗稽古编》（《稽古编》），皇清经解本，上海书店出版社 1988 年版。

（清）段玉裁：《诗经小学》，上海古籍出版社 1995 年版。

（清）段玉裁：《说文解字注》（段注），上海古籍出版社 1988 年版。

（清）方玉润：《诗经原始》，中华书局 1986 年版。

（清）桂馥：《说文解字义证》，中华书局 1987 年版。

（清）胡承珙：《毛诗后笺》，黄山书社 1999 年版。

（清）李黼平：《毛诗紬义》，清经解本。

（清）林柏桐：《毛诗通考》，商务印书馆 1936 年版。

（清）马瑞辰：《毛诗传笺通释》（《通释》），中华书局 1989 年版。

（清）牟庭：《诗切》，齐鲁书社 1983 年版。

（清）阮元编：《经籍籑诂》，成都古籍书店 1982 年版。

（清）阮元主持校刻：《十三经注疏》，上海古籍出版社 1997 年版。

（清）王念孙：《读书杂志》，江苏古籍出版社 2000 年版。

（清）王念孙：《广雅疏证》，江苏古籍出版社 2000 年版。

（清）王引之：《经义述闻》（《述闻》），江苏古籍出版社 2000 年版。

（清）王引之：《经传释词》，岳麓书社 1984 年版。

（清）王筠：《说文释例》，中华书局 1987 年版。

（清）王先谦：《诗三家义集疏》（《集疏》），中华书局 1987 年版。

（清）吴闿生：《诗义会通》，中华书局 1959 年版。

（清）姚际恒：《诗经通论》，顾颉刚点校本，中华书局 1958 年版。

（清）俞樾：《群经平议》，上海古籍出版社 1995 年版。

（清）俞樾等：《古书疑义举例五种》，中华书局 1963 年版。

（清）朱骏声：《说文通训定声》，武汉市古籍书店影印 1983 年版。

二　现代参考文献（按第一作者姓氏拼音首字母顺序为序）

陈子展：《诗经直解》，复旦大学出版社 1983 年版。

陈宏天、吕岚：《诗经索引》，书目文献出版社 1984 年版。

陈振寰解注：《诗经》，漓江出版社 2003 年版。

陈戍国撰：《诗经校注》，岳麓书社 2005 年版。

陈忠：《认知语言学研究》，山东教育出版社 2006 年版。

程俊英：《诗经译注》，上海古籍出版社 2009 年版。

程俊英、蒋见元注译：《诗经》（程俊英、蒋见元《诗经》），岳麓书社 2000 年版。

程俊英、蒋见元：《诗经注析》，中华书局 1991 年版。

池昌海：《史记同义词研究》，上海古籍出版社 2002 年版。

楚永安：《古汉语表达例话》，中国青年出版社 1994 年版。

《辞源》（修订本），商务印书馆 1992 年版。

《辞海》（缩印本），上海辞书出版社 2000 年版。

丁忱：《诗经古字通》，武汉大学出版社 1990 年版。

高亨：《诗经今注》，上海古籍出版社 1980 年版。

高守纲：《古代汉语词义通论》，语文出版社 1994 年版。

郭晋稀：《诗经蠡测》，巴蜀书社 2006 年版。

郭锡良：《汉字古音手册》（增订本），商务印书馆 2010 年版。

郭锡良：《汉语史论集》，商务印书馆 1997 年版。

郭在贻：《郭在贻文集》，中华书局 2002 年版。

何九盈、蒋绍愚：《古汉语词汇讲话》，北京出版社 1980 年版。

何九盈、胡双宝、张猛主编：《汉字文化大观》，人民教育出版社 2009 年版。

洪东流：《诗经疑难新解》，上海人民出版社 2001 年版。

洪湛侯：《诗经学史》，中华书局 2002 年版。

胡奇光、方环海：《尔雅译注》，上海古籍出版社 2004 年版。

黄侃：《黄侃论学杂著》，上海古籍出版社 1980 年版。

黄侃：《文字声韵训诂笔记》，上海古籍出版社 1983 年版。

黄焯：《毛诗郑笺平议》，上海古籍出版社 1985 年版。

黄焯：《诗疏平议》，上海古籍出版社 1985 年版。

黄典诚：《诗经通译新诠》（《新诠》），华东师范大学出版社 1992 年版。

黄金贵：《古汉语同义词辨释论》，上海古籍出版社 2002 年版。

季旭升：《诗经古义新证》，学苑出版社 2001 年版。

蒋绍愚：《古汉语词汇纲要》，商务印书馆 2005 年版。

蒋绍愚:《蒋绍愚自选集》,河南教育出版社 1994 年版。

蒋绍愚:《汉语词汇语法史论文集》,商务印书馆 2000 年版。

金启华译注:《诗经全译》,江苏古籍出版社 1984 年版。

李维琦、王玉堂、王大年、李运富:《古汉语同义修辞》,湖南师范大学出版
    社 1989 年版。

李运富:《修辞同义关系的"同"与"异"》,《赤峰学院学报》2013 年第 4 期。

李山:《诗经的文化精神》,东方出版社 1997 年版。

刘晶雯整理:《闻一多诗经讲义》,天津古籍出版社 2005 年版。

刘精盛:《诗经通释》,湖南大学出版社 2007 年版。

刘宇红:《认知语言学:理论与应用》,中国社会科学出版社 2006 年版。

陆宗达:《说文解字通论》,北京出版社 1981 年版。

陆宗达:《训诂简论》,北京出版社 1980 年版。

陆宗达、王宁:《训诂与训诂学》,山西教育出版社 1994 年版。

罗正坚:《汉语词义引申导论》,南京大学出版社 1996 年版。

罗卫东:《词汇通论》,沈阳出版社 2003 年版。

雒启坤:《〈诗经〉散论》,商务印书馆 2002 年版。

马振亚、张振兴:《中国古代文化概说》,吉林大学出版社 1988 年版。

潘允中:《汉语词汇史概要》,上海古籍出版社 1989 年版。

彭林:《中国古代礼仪文明》,中华书局 2004 年版。

濮之珍:《中国语言学史》,上海古籍出版社 2002 年版。

钱穆:《中国文化史导论》(修订本),商务印书馆 1994 年版。

佘正松、周晓琳主编:《〈诗经〉的接受与影响》,上海古籍出版社 2006 年版。

沈兼士:《沈兼士学术论文集》,中华书局 1986 年版。

盛广智译注:《诗经三百首译析》,吉林文史出版社 2005 年版。

宋子然:《古汉语词义丛考》,巴蜀书社 2000 年版。

孙常叙:《汉语词汇》(重排本),商务印书馆 2006 年版。

檀作文:《朱熹诗经学研究》,学苑出版社 2003 年版。

汤可敬:《说文解字今释》,岳麓书社 1997 年版。

唐建:《修辞同义词探略》,中国人民大学复印资料《语言文字学》1986 年第
    2 期。

滕志贤：《诗经与训诂散论》，上海人民出版社 2008 年版。

王力：《汉语史稿》，中华书局 1980 年版。

王力主编：《王力古汉语字典》，中华书局 2000 年版。

王凤阳：《古辞辨》（《古辞辨》），吉林文史出版社 1993 年版。

王希杰：《修辞学通论》，南京大学出版社 1996 年版。

王希杰：《汉语修辞学》（修订本），商务印书馆 2007 年版。

王宁：《训诂学原理》，中国国际广播出版社 1996 年版。

王宗石编著：《诗经分类诠释》，湖南教育出版社 1993 年版。

王云五主编，马持盈注译：《诗经今注今译》，新世界出版社 2011 年版。

王文锦译解：《礼记译解》，中华书局 2001 年版。

王巍：《诗经民俗文化阐释》，商务印书馆 2004 年版。

王妍：《经学以前的〈诗经〉》，东方出版社 2007 年版。

汪少华：《古诗文词义训释十四讲》，上海世纪出版集团 2008 年版。

闻一多：《诗经通义》《诗经新义》《风诗类钞》《闻一多全集》，生活·读书·新
　　知三联书店 1982 年版。

夏传才：《〈诗经〉语言艺术新编》，语文出版社 1998 年版。

夏传才：《诗经研究史概要》，中州书画社 1982 年版。

夏传才：《思无邪斋文钞》，学苑出版社 2002 年版。

夏传才、董治安主编：《诗经要籍提要》，学苑出版社 2003 年版。

向熹：《诗经词典》（修订本），四川人民出版社 1997 年版。

向熹：《〈诗经〉语言研究》，四川人民出版社 1987 年版。

徐中舒主编：《汉语大字典》，四川辞书出版社、湖北辞书出版社 1989 年版。

徐正考：《论衡同义词研究》，中国社会科学出版社 2004 年版。

许嘉璐：《中国古代衣食住行》，北京出版社 2002 年版。

许嘉璐：《语言文字学论文集》，商务印书馆 2005 年版。

许嘉璐：《语言文字学及其应用研究》，广东教育出版社 1999 年版。

杨树达：《积微居小学述林》，上海古籍出版社 2007 年版。

杨合鸣：《诗经疑难词语辨析》，崇文书局 2002 年版。

杨宝忠：《古代汉语词语考证》，河北大学出版社 1997 年版。

杨天宇撰：《周礼译注》，上海古籍出版社 2004 年版。

杨琳：《小尔雅今注》，汉语大词典出版社 2002 年版。

叶舒宪：《诗经的文化阐释》，陕西人民出版社 2005 年版。

阴法鲁、许树安：《中国古代文化史》，北京大学出版社 1989 年版。

于省吾：《泽螺居诗经新证》，中华书局 1982 年版。

余冠英：《诗经选译》，人民文学出版社 1985 年版。

余培林：《诗经正诂》，台湾三民书局 1993 年版。

于茀：《金石简帛诗经研究》，北京大学出版社 2004 年版。

袁愈荌译诗、唐莫尧注释：《诗经全译》，贵州人民出版社 2008 年版。

曾运乾：《毛诗说》，岳麓书社 1990 年版。

曾昭聪：《古汉语神祀类同义词研究》，中国文史出版社 2005 年版。

张弓：《现代汉语修辞学》，天津人民出版社 1963 年版。

张岱年、方克立：《中国文化概论》，北京师范大学出版社 1994 年版。

张永言：《词汇学简论》，华中工学院出版社 1982 年版。

张双棣：《〈吕氏春秋〉词汇研究》，山东教育出版社 1989 年版。

张联荣：《古汉语词义论》，北京大学出版社 2000 年版。

张启成：《诗经风雅颂研究论稿》，学苑出版社 2003 年版。

张文治编：《古书修辞例》，中华书局 1996 年版。

赵克勤：《古代汉语词汇学》，商务印书馆 2005 年版。

赵浩如：《诗经选译》，上海古籍出版社 1980 年版。

赵逵夫注评：《诗经》，凤凰出版社 2011 年版。

赵学清：《韩非子同义词研究》，中国社会科学出版社 2004 年版。

中国诗经学会编：《诗经研究丛刊》（第 1—21 辑），学苑出版社 2005 年版。

周振甫：《诗经译注》，中华书局 2010 年版。

周祖谟：《汉语词汇讲话》，人民教育出版社 1959 年版。

周文德：《孟子同义词研究》，巴蜀书社 2002 年版。

朱自清：《诗言志辨》，凤凰出版社 2008 年版。

朱广祁：《诗经双音词论稿》，河南人民出版社 1985 年版。

宗福邦、陈世铙、萧海波主编：《故训汇纂》，商务印书馆 2003 年版。

后　记

这本小书是内蒙古自治区哲学社会科学规划办项目成果。该项目 2010 年 9 月立项，批准号：10B049，2013 年 5 月 31 日结项，证书号：1210022，等级：优秀。现已按规定计划完成了该课题的研究。

该课题探讨了古汉语修辞同义词的一些理论问题，探索出了修辞同义词的具体研究方法、步骤，即修辞同义词的判定、证明及辨释。全书分上、下两篇。

上篇是自己不太成熟的一些理论思考。主要是对古汉语词汇同义词、古汉语修辞同义词的界定、判定、证明及辨释的探讨；是对《诗经》词汇同义词与《诗经》修辞同义词区别与联系的探讨；是对《诗经》修辞同义词与汉语双音词的关系的探讨。主要内容包括：《诗经》修辞同义词的界定与研究方法；《诗经》修辞同义词形成的基础与基本类型；《诗经》修辞同义词的构组与辨释；《诗经》修辞同义词的修辞作用；《诗经》修辞同义词与古汉语同义并列复合词；《诗经》修辞同义词与古人的认识能力。

下篇是《诗经》修辞同义词的具体探究。从《诗经》行文特点、语例特色上将《诗经》修辞同义词分为叠咏、对出和连文三大类，并据其判定其一义相同，而后证明，最后辨释。每组修辞同义词包括构组和辨释两项内容，全书完成《诗经》修辞同义词探讨 400 多组。

该课题研究缘起于北京师范大学文学院访学。2006 年 9 月—2007 年 7 月在北京师范大学访学，师从文学院教授、博士生导师李运富先生，李先生睿智、博学、谦和、平易，接触很多，受教很多。特别是先生主持的每周一次的博士论坛，使人思路开阔，启发很大。在访学期间，该课题无论是选题、撰写还是修改、定稿，无论是题目的确定还是内容的探究，无不包含着先生无尽的心血，经过努力，最后完成访学时研究论文一篇，一万五千余字。经过先生的悉心指导，使自己最初对《诗经》修辞同义词的朦胧想法变成了清晰的思路，有了初步的心得。特别是访学结束后，李先生还积极主动地将拙作推荐给北京师范大学《励耘学刊》编辑部，并在 2007 年第一辑上发表，很让人感动。无以为报，只有努力为学，以不辜负先生的热切期望。

回赤峰学院后，又进一步搜集、研读《诗经》语言研究方面的著作，探讨似乎又深了一点。2010 年冒昧申报内蒙古社科课题，侥幸获批，2013 年结题，成果也由访学时的一万五千余字的论文汇成现在的 25 万字的一本小书，探讨暂告一段。这时又想到了李老师，让人感动的是，李老师欣然允诺赐序，百忙中挤出时间审读拙稿。在这里，只有感激，真诚的感激。

特别感谢李运富老师的悉心指导，无私帮助。

特别感谢内蒙古自治区社科规划办鉴定为优秀。

特别感谢编审续维国先生提出的宝贵意见与大力帮助。

特别感谢其他专家的辛勤劳动与厚爱。

中国社会科学出版社，是国家一级出版社，一向以出版高水平的学术著作名世，现在居然把我这个拙稿也列入出版计划，我不但应该更加感谢，而且这也使我愧赧不安，我应视为激励与鞭策。我深知自己资质愚拙，书中一定存在不少问题和错误，真诚地欢迎方家和读者批评指正。

程国煜

2015 年 2 月于赤峰学院

（E-mail：cfucgy@126.com）